L'été des secrets

SUSAN WIGGS

L'été des secrets

BestSellers

Titre original : THE SUMMER HIDEAWAY

Traduction française de KARINE XARAGAI

Photo de couverture
Femme : © MARK OWEN/PLAIN PICTURE

83/85, boulevard Vincent-Auriol, 75646 PARIS CEDEX 13.
Tél : 01 42 16 63 63
Service Lectrices — Tél. : 01 45 82 47 47
www.harlequin.fr
ISBN 978-2-2802-2442-0 — ISSN 1248-511X

Prologue

Vallée du Korengal, province de Kunar, Afghanistan

Le vacarme régnait dans le mess. Ross Bellamy baissa les yeux sur son petit déjeuner : des pommes de terre bouillies, mal cuites et sans saveur, accompagnées d'œufs reconstitués qui le fixaient comme deux yeux depuis le plateau compartimenté. Sa tasse était remplie d'un liquide ressemblant à du café, éclairci par une poudre blanchâtre.

Au terme de deux ans de service, Ross ne supportait plus la vue du rata matinal ; il avait atteint sa limite. Heureusement, c'était son dernier jour de mission. Un jour semblable à tous les autres — fastidieux, bien que chargé de tension. Ici, la menace était omniprésente, matérialisée par un bourdonnement sinistre et incessant. Les parasites de la radio crépitaient par-dessus le cliquetis des couverts, mais au fil des mois, ce bruit lui était devenu si familier qu'il n'y prêtait plus attention. Depuis son poste de communication, un gars de l'unité Médivac était en alerte, prêt à relayer le prochain appel demandant une évacuation sanitaire.

Et les appels se succédaient, inexorablement. Une unité d'évacuation sanitaire aérienne comme celle de Ross y était confrontée tous les jours, voire heure par heure.

Aussi, quand le talkie-walkie fixé à sa poche se déclencha, il quitta le mess sans se poser de question. Pour l'équipe de garde, c'était le signal qui ordonnait de tout lâcher — la fourchette qu'on était sur le point de planter dans un morceau de viande douteuse, la partie de poker, même si on était en train de gagner. L'alerte interrompait brutalement une lettre d'amour au beau milieu d'une phrase qui resterait à jamais inachevée, brisait net le rêve de retour d'un soldat profondément endormi. Un gars s'arrêtait en pleine prière, un autre en plein rasage.

Les unités d'évacuation sanitaire se targuaient de leur rapidité de réaction — il ne s'écoulait guère que cinq ou six minutes entre l'appel et le lancement de l'opération. Hommes et femmes se jetaient tête baissée dans l'action. La bouche encore pleine ou la peau encore humide au sortir de la douche, ils endossaient leur rôle, un rôle aussi rude et familier que leurs godillots à bout d'acier.

Ross serra les dents. Que lui réservait cette dernière journée ? Et pourvu qu'il arrive au bout sain et sauf… Il avait un besoin urgent de retourner à la vie civile. Là-bas, au pays, son grand-père était souffrant depuis quelque temps, déjà — atteint d'une maladie certainement plus grave que ce que la famille avait bien voulu lui dire. Grand-père… Il parvenait mal à l'imaginer en vieil homme diminué. George Bellamy possédait une personnalité hors du commun. Chez lui, tout était démesuré — depuis sa passion des voyages jusqu'à son bon rire franc, reconnaissable entre mille, et capable de se communiquer à tout un auditoire. Pour Ross, il était bien plus qu'un grand-père. Les circonstances de la vie les avaient rapprochés et, jusqu'à ce jour, rien n'avait entamé ce lien à part qui les unissait.

Mû par un mauvais pressentiment, Ross fourra la dernière lettre de son grand-père dans la poche de poitrine de son blouson, tout contre son cœur, et cette pulsion irraisonnée fit naître en lui une angoisse sourde.

— C'est parti, Leroy ! lança Nemo, son chef d'unité, avant, comme à son habitude, d'entonner le premier couplet de « *Get Up Offa That Thang.* »

Selon la tradition alambiquée de l'armée, Ross avait hérité du surnom de « Leroy. » A l'origine, un membre de l'unité avait eu vent de rumeurs — forcément incomplètes — concernant le milieu privilégié dont il était issu. Sa famille très en vue dans la société, son parcours d'enfant gâté — écoles huppées, prestigieuse université de l'Ivy League —, tout cela l'avait mis en butte aux plaisanteries faciles. Nemo l'avait baptisé « Petit Lord Fauntleroy », sobriquet rapidement abrégé en « Leroy », et le nom lui était resté.

— Prêt à décoller ! cria-t-il en fonçant vers l'héliport.

Aujourd'hui, il assurait le pilotage avec Ranger.

— Bonne chance, vieux ! Tu écopes d'un BB !

Un BB… un Bleu-Bite. Autrement dit, il serait accompagné à bord d'une nouvelle recrue. Il se promit d'être aimable avec lui. Après tout, sans les bleus, il aurait été coincé dans ce trou pour une éternité. Or, d'après l'ordre qu'il avait reçu, son « éternité » à lui était sur le point de s'achever. Dans quelques jours, il regagnerait les Etats-Unis, à condition, bien sûr, qu'il ne se fasse pas dégommer aujourd'hui…

Le BB s'avéra être une fille, une infirmière de l'armée de l'air prénommée Florence Kennedy, originaire de Newark, dans le New Jersey. Elle arborait cette détermination juvénile commune à tous les bleus — ils s'en paraient comme d'un masque destiné à cacher la peur qui leur tordait le ventre.

Nemo la dépassa au pas de gymnastique et lui jeta sèchement :

— Qu'est-ce que tu fous, bordel ? Magne-toi le cul à l'héliport !

La jeune femme se figea sur place, le visage blême de colère. Ross la transperça d'un regard noir.

— Eh bien ? Qu'est-ce qui t'arrive ?

— C'est que je... je n'apprécie pas la grossièreté, chef.

Ross éclata d'un rire bref.

— Quoi, tu vas atterrir dans une zone de combat et c'est ça qui t'inquiète ? Les jurons, ça fait partie de l'armée. Faut t'y faire. Personne ne jure autant qu'un soldat — et personne ne prie avec autant de ferveur. Pour ma part, je n'y vois aucune contradiction. Et de toute façon, tu ne tarderas pas à partager mon point de vue, crois-moi !

La jeune recrue était au bord des larmes. Ross se creusa les méninges pour trouver quelques paroles de réconfort, mais aucune ne lui vint. Depuis quand avait-il perdu le sens de l'amabilité ?

Depuis qu'il s'était blindé, à force de tragédies.

— Allons-y, dit-il simplement, et il s'éloigna sans un regard en arrière.

Le chef de l'équipe au sol aboyait la check-list. Tout le monde grimpa à bord. Les casques et les gilets pare-balles seraient enfilés dans l'hélico afin de grappiller quelques précieuses secondes.

Ross consultait sa feuille de vol tandis que les détails de la mission lui étaient communiqués dans l'oreillette. L'appel était de ceux qu'ils redoutaient le plus — victimes civiles et militaires, *ennemi encore sur zone*. Les hélicoptères de combat Apache escorteraient les hélicos d'évacuation sanitaire car, pour l'ennemi, la croix rouge peinte sur le nez et le ventre de l'appareil ne signifiait rien. Pour autant, cela ne devait pas entamer la motivation de l'équipage ; ils étaient tenus de réagir au quart de tour. Quand un soldat au sol est blessé, il a besoin d'entendre l'expression magique : *Médivac en approche*. Car pour un gars qui se vide de son sang sur le terrain, l'ambulance aérienne représente le seul espoir de survie.

Quelques minutes après, ils filaient pleins gaz en direction du nord, par-dessus les montagnes plantées de conifères de la province de Kunar. L'hélicoptère survolait un paysage de cimes découpées, de forêts majestueuses et de rivières argentées, mais, crispé sur son manche, les nerfs tendus à craquer, Ross ne voyait rien. Le brouhaha incessant de l'équipage, ajouté aux règles strictes qui encadraient les vols, limitait la conversation dans le casque au minimum nécessaire. Foncer vers un danger inconnu était une épreuve qu'il affrontait au quotidien, et pourtant il ne s'y était jamais habitué. « C'est ta dernière mission, songeait-il, ta dernière mission. Alors, ne te loupe pas ! »

La vallée du Korengal est l'un des plus beaux endroits du monde, mais aussi l'un des plus traîtres. Il arrivait que les hélicos essuient des missiles anti-aériens, des tirs de canon, ou qu'ils s'entravent dans les fils de détente accrochés entre des pics montagneux. Pour le moment, de sinistres panaches de fumée s'élevaient du splendide paysage zébré de rafales de tir. Chacune pouvait être fatale à l'hélico.

Ross connaissait désormais par cœur l'intervalle entre l'instant où l'on repérait l'éclair lumineux et celui où l'on subissait l'impact du projectile — une, deux, trois secondes. Et parfois, l'appareil se faisait dézinguer.

Les hélicoptères de combat effectuèrent une manœuvre de dégagement afin de mitrailler les zones d'où montait le feu continu des armes. L'accalmie provoquée par leur diversion permit aux hélicoptères d'évacuation sanitaire de se rapprocher en cercles concentriques.

Avec Ranger, l'autre pilote, Ross s'appliquait à se

rapprocher de l'endroit d'où émanait l'appel radio. Malgré les renseignements qu'on leur transmettait, ils ne savaient jamais à quoi s'attendre. Leurs vols servaient pour moitié à évacuer des civils afghans et du personnel de sécurité. Le pays souffrait d'une désastreuse pénurie d'infrastructures médicales, et il arrivait qu'on les appelle pour transporter des malades, des victimes de combat, des accidentés, voire des personnes mordues par un chien. L'unité de Ross avait été témoin de toutes les horreurs et de toutes les infortunes de cette partie du monde, mais au vu de leur destination, cette mission ne se limiterait pas au simple transport d'un patient vers la base aérienne de Bagram. Cette région abritait les pires repaires de talibans. Quadrillée à pied par les patrouilles, on la surnommait la Vallée de la mort.

A l'approche du point d'extraction des victimes, Ross amorça la descente. Les cimes des pins majestueux oscillaient d'avant en arrière sous l'effet du vent brassé par les rotors principaux, laissant apercevoir le terrain de façon fugace. Coincé entre les parois de la vallée, on distinguait un groupe de cahutes au toit en terre cuite. En bas, c'était la débandade. Des troupes armées et des civils s'éloignaient en courant ; certains se déployaient à la recherche de l'ennemi, d'autres montaient la garde auprès de leurs blessés en attendant l'arrivée des secours.

Aux deux extrémités de la vallée, la fusillade illuminait les versants de la colline. Ross prit immédiatement la mesure du danger : au-dessous d'eux, les tirs d'arme de poing étaient trop nombreux. Les hélicoptères de combat offraient une couverture trop clairsemée.

Le risque était grand d'attirer les tirs ennemis, mais en tant que pilote, il se devait d'accomplir sa mission. Que faire ? Se replier sur-le-champ pour protéger l'équipage, ou effectuer l'opération de sauvetage et sauver des vies au sol ? C'était toujours un choix cornélien, mais il fallait trancher sans délai, et une fois la décision prise, elle était menée à bien avec une détermination d'acier. L'heure n'était pas aux tergiversations.

Il reprit sa manœuvre afin de s'approcher aussi près que possible de l'endroit, mais ne put atterrir. L'autre pilote secoua la tête énergiquement pour le dissuader de se poser. Le terrain était trop accidenté. Il allait falloir procéder à un hélitreuillage.

Le chef d'équipage se présenta devant la porte ouverte de la soute et fit glisser le câble du treuil entre ses mains gantées. Une civière Stokes fut descendue et le premier soldat — le plus gravement blessé — placé dans la coque.

« On repart, chef » entendit-il dans son casque.

Ross reprit de l'altitude tandis que le treuil enclenchait son rembobinage à vive allure.

La civière était toute proche de l'hélico lorsqu'il repéra un nouveau panache de fumée — un lance-roquettes. A cinquante pieds d'altitude, il n'avait pas le temps d'esquisser une manœuvre de repli. Le missile sol-air miniature s'encastra violemment dans l'appareil.

Un éclair blanc déchira l'hélico et une pluie hétéroclite s'abattit dans la cabine : des éclats d'obus, des équipements militaires et des écailles de peinture, le tout dans un sinistre tourbillon de fines particules de sang séché, vestiges des sorties précédentes. Puis une rafale de tirs atteignit l'hélico, criblant l'appareil d'une série de perforations. L'hélico se cabra et fut pris de vibrations. Tout vola dans la cabine — des sangles, des débris d'aluminium, du matériel endommagé, sans compter deux postes radio, ce qui interrompit le premier appel de détresse lancé par Ross à l'intention des gars de la base qui supervisaient leur mission. Une conduite percée arrosa l'habitacle d'un jet de carburant.

Ross sentit l'impact des projectiles dans son siège blindé, sur les tôles face à lui et sur la vitre arrondie au-dessus de sa tête. Quelque chose heurta violemment son dossier, lui coupant le souffle. *Je ne veux pas mourir,* pensa-t-il. *Putain, je ne veux pas mourir !* Il devait rester en vie, sans quoi il entraînerait tout l'équipage dans la chute de l'hélico. C'était une sacrée bonne raison pour tenir le coup.

Il avait déjà fait atterrir un appareil endommagé, mais jamais dans ces conditions. Il n'y avait pas de plan d'eau pour amortir sa descente. Bon sang, pourvu qu'il puisse se poser en préservant la vie de l'équipage… Pas moyen de savoir si les gars avaient remonté la civière. Le soldat blessé se tordait peut-être dans le vide au bout d'un filin… Non ! Il ne pouvait pas se permettre d'y penser maintenant.

Ranger essaya d'appeler d'un autre poste radio. La traînée rouge d'une grenade fumigène se propagea devant eux mais fut dispersée par le vent. Ross aperçut un bout de terrain au moment où l'appareil essuyait une autre rafale de tirs. De nouveau, tout vola dans la cabine, des débris rebondissaient sur son épaule, sur son casque… Echappant totalement à son contrôle, l'appareil se mit à tournoyer sur lui-même, comme pris dans un mixeur géant. Il n'y avait plus de sustentation, plus rien du tout. Les gémissements stridents de l'hélico blessé à mort emplirent sa tête.

La terre se rapprochait à toute vitesse. Bizarrement, son esprit se fixait sur des détails au hasard : une affiche en lambeaux pour du lait maternisé, une cage de gardien de but démantibulée. L'hélico heurta le sol dans un rugissement de moteur, projetant encore des morceaux de tôles arrachés à la cabine. La secousse se répercuta dans chacun de ses os avec une violence inouïe. Ses dernières molaires s'entrechoquèrent à se briser. Un rotor se détacha, fauchant tout sur son passage. Avant même que l'hélico ne se soit immobilisé, Ross réagit. La puanteur du carburant JP4 le prit à la gorge. Il empoigna Ranger par l'épaule en remerciant le ciel — le pilote semblait indemne.

Nemo se débattait dans sa sangle de sécurité, l'appareillage destiné à le retenir à l'intérieur de l'hélico durant les opérations de sauvetage. Les sangles s'étaient emmêlées et il restait attaché à une mâchoire d'arrimage fixée à la cabine déchiquetée. Ranger vint lui prêter main-forte et tous deux traînèrent au loin le soldat blessé sanglé dans la civière qui, par bonheur, avait été remontée dans la soute avant le crash.

— Kennedy !

Ross se laissa tomber à genoux près de la jeune femme. Elle gisait sur le flanc, dans une immobilité inquiétante.

— Hé, Kennedy ! Bouge-toi, allez ! Mais bouge-toi le cul, bordel ! Faut se tirer d'ici !

Faites qu'elle ne soit pas morte. Je vous en prie, faites qu'elle ne soit pas morte. Il avait trop souvent retourné un soldat gisant au sol pour découvrir qu'il — ou elle — était parti trop loin, dans les limbes des réflexes végétatifs.

— Kenn…

— Putain de merde !

Repoussant sa main secourable, la BB se mit péniblement debout en proférant un flot d'insanités, puis elle se tourna brièvement vers Ross — toute sa fraîche candeur de jeune recrue avait déserté son visage. Le regard empli d'une froide détermination, elle lança :

— Grouillons-nous, chef ! Foutons le camp d'ici !

Ils s'accroupirent tous les quatre contre la carcasse incurvée de l'hélico. La croix rouge vif était grêlée de perforations ; la poutre de queue aussi. Le sol était criblé d'impacts d'AK-47.

Après avoir effectué leur manœuvre de dégagement, les

hélicoptères Apache étaient passés en mode chasseur. Ils cherchaient à repérer l'ennemi au sol et tiraient en direction des coups de feu qui éclairaient les versants de la montagne. Enfin, leur intervention provoqua l'accalmie tant espérée. L'autre hélico s'était replié et envoyait sûrement des appels de détresse de la part de leur unité. Des colonnes de fumée noire s'élevaient des cratères de tirs de mortier disséminés un peu partout.

Sans aucun moyen d'évacuation, l'équipage devait trouver un abri de fortune. Tête baissée, sous une pluie de débris, ils transportèrent la civière jusqu'à l'habitation la plus proche. A travers un nuage de poussière et de fumée, Ross repéra un combattant ennemi. L'homme avançait courbé, sur le qui-vive. Il se dirigeait vers la même maison qu'eux, mais du côté opposé. Il était armé d'une AK-47. Ross donna un coup de coude à Nemo :

— Je m'en charge.

Pour affronter à mains nues un individu muni d'une arme lourde, il ne disposait que de quelques secondes pour agir, sans quoi il perdrait l'effet de surprise. C'est là qu'intervenait l'entraînement militaire. Plié en deux, il s'approcha du soldat par-derrière, et, le saisissant par les chevilles, il le tira violemment en arrière. L'homme armé s'étala de tout son long, face contre terre. Alors que sa victime gisait encore au sol, le souffle coupé, il la retourna et la neutralisa par trois coups portés aux yeux, au cou et à l'aine — dans cet ordre. L'homme n'eut pas le temps de comprendre ce qui lui arrivait. En quelques secondes, Ross lui attacha les poignets à l'aide de liens de serrage, lui confisqua son arme et le traîna à l'intérieur de l'habitation.

Là, ils trouvèrent une foule de combattants afghans et de soldats américains assiégés par les tirs.

— Médivac 91, lança Ranger en guise de présentation.

Et la mauvaise nouvelle, c'est que vous allez devoir attendre un autre hélico.

Par terre, le soldat capturé gémissait, le corps secoué de frissons.

— Bon sang, où tu as appris cette prise ? demanda un soldat américain d'un ton admiratif.

— Le combat à mains nues, c'est la spécialité des unités d'évacuation sanitaire, répondit Nemo en donnant un coup de main à Ross.

Une voix s'éleva soudain.

— On est tous foutus ! baragouina un combattant dans un mélange de pachto et d'anglais.

Il était hébété et à bout de forces. Comme ses camarades, il ne s'était pas lavé depuis des semaines et un collier anti-puces pour chien lui ceignait la taille — dans les postes avancés, les conditions de vie étaient effroyables. Son visage encore poupin trahissait sa jeunesse, mais ses yeux étaient hagards. Il leur relata l'opération militaire d'une voix monocorde qui en disait long sur son traumatisme psychologique. Le pauvre garçon n'avait plus tout à fait sa tête. Quand Ross rencontrait un soldat dans un tel état de choc, il se demandait souvent si l'on pourrait jamais lui rendre son équilibre mental.

— Commençons par examiner les blessés, suggéra Kennedy.

Visiblement, l'infirmière bouillait d'envie de faire quelque chose, n'importe quoi. Le soldat la conduisit vers une rangée de personnes allongées à même le sol. Un adolescent afghan serrant un iPhone psalmodiait ce qui ressemblait à une prière, à côté de lui un homme gémissait en tenant sa jambe en charpie, de nombreux autres gisaient sans connaissance. Kennedy vérifia leurs fonctions vitales et promena un regard égaré autour d'elle.

— J'ai besoin de quelque chose pour écrire.

Ross s'empara d'un marqueur Sharpie dans le kit de l'infirmière.

— Tiens, dit-il en lui désignant la poitrine dénudée de l'adolescent.

Après une brève hésitation, la jeune femme se mit à écrire à même la peau du jeune garçon. Dehors, des tirs d'arme à feu claquèrent sur le sol. Au bout de vingt minutes à peine, laps de temps qui leur parut interminable, une autre équipe Médivac arriva, fit descendre un infirmier au moyen du câble d'hélitreuillage, puis l'hélico repartit en quête d'un endroit où se poser. A l'intérieur de la cahute, le tri des malades continuait, chacun apportant son aide aux soignants.

Ross passa devant deux soldats visiblement morts. Il n'éprouvait rien. Il ne s'autorisait aucune émotion. Les cauchemars le rattraperaient plus tard.

Le nouvel infirmier lui indiqua une autre victime :

— Voyons si on peut stopper l'hémorragie. Applique-lui un tampon.

Ross déchira une manche de sa veste pour étancher le flot de sang qui s'échappait de la blessure. Ce n'est qu'après avoir fortement appliqué le morceau de tissu sur la plaie, qu'il s'aperçut que le bras en question appartenait à un vieillard, lui-même soutenu par un jeune garçon qui chantonnait doucement à son oreille. Cette manifestation de tendresse semblait réconforter le blessé.

Pour Ross, ce fut le déclic. Il lui fallait se réapproprier la partie de son cerveau encore capable d'éprouver une émotion. L'attitude de ce garçon caressant la joue du vieil homme résonnait en lui comme un manque. *La famille.* C'était ça qui donnait un sens à la vie. Quand il ne restait plus rien, la famille était la seule chose qui comptait vraiment, la seule chose qui vous maintenait debout. Hormis son grand-père, Ross avait des lacunes dans ce domaine. Il ne supportait plus cette impression d'insensibilité et de vide intérieur.

Les tirs d'insurgés diminuèrent. Deux hélicos supplémentaires apparurent dans le ciel avec des civières, et foncèrent à terrain découvert rejoindre les autres. Profitant de l'accalmie, tout le monde se jeta dans l'action. Les blessés furent chargés sur les civières, traînés dans des ponchos ou portés avec effort. Ceux qui pouvaient marcher se ruèrent vers les appareils, provoquant une cohue générale. Le premier hélico s'arracha du sol avec peine, alourdi par son chargement, puis se mit à tanguer comme une nacelle de manège.

Ross avait grimpé le dernier à bord du second appareil, en prenant appui sur une traverse. La fusillade reprit ; les balles ricochaient sur les flancs de l'hélico avec un bruit métallique. Le vol se déroula dans un maelström de poussière, de fumée et de bruit, mais enfin, il distingua sur les lèvres d'un des soldats les mots magiques que tout le monde attendait, espérait, appelait de ses prières : *Médivac en approche.*

Ils atteignirent l'héliport avec les dernières gouttes de carburant et le personnel au sol prit le relais. Ross trouva un soignant pour lui donner de la Bétadine et deux ou trois pansements. Puis il sortit dans l'enceinte de la base. Le soleil tapait sur son bras nu, du côté où il avait arraché sa manche. Il était encore tout étourdi par l'impression d'avoir vu l'enfer et d'en être revenu.

Il était à peine midi.

Réputée pour sa rapidité et son efficacité, son unité Médivac avait sauvé un grand nombre de vies. Vingt-cinq minutes entre le champ de bataille et le service de traumatologie, c'était la norme, un exploit dont il se souviendrait un jour avec fierté, mais maintenant, il était temps de passer à autre chose. Tourner la page, il n'attendait que ça !

Les gars se pressaient autour de la tente abritant le mess. Deux autres équipages s'apprêtaient à refaire une sortie aérienne. Nemo enfournait dans sa bouche une part de pizza pliée en deux qu'il s'était procurée sous la tente Pizza Hut.

— Hé, Leroy, c'est Noël en avance, pour toi ! Tu as reçu ton ordre de démobilisation, il paraît ?

Ross opina. Un sentiment indéfini — pas vraiment du soulagement — monta en lui. C'était bien réel. Il allait enfin rentrer à la maison.

— Qu'est-ce que tu vas faire une fois au pays ?

« Recommencer à zéro, » pensa Ross. Mais du bon pied, cette fois.

— Oh, j'ai de grands projets, affirma-t-il.

— Tu parles ! gloussa Nemo en se dirigeant vers les douches. Comme nous tous !

Ross méditait les paroles de son ami. Quand on vit dans de telles conditions, on ne peut pas se projeter dans l'avenir. La seule priorité, c'est de ne pas mourir dans le quart d'heure qui suit. Désormais, il allait lui falloir réviser tous ses schémas de pensée, et c'était un véritable défi psychologique qui l'attendait.

Il aperçut Florence Kennedy. Accroupie à l'ombre, elle sirotait sa gourde en pleurant sans bruit.

— Hé, Kennedy, désolé de t'avoir crié dessus après le crash.

Elle leva sur lui des yeux rougis de larmes.

— Sans vous, j'y laissais la peau, aujourd'hui.

— Ç'aurait été dommage, roulée comme tu es.

— Gaffe à ce que vous dites, chef. Avec votre grande gueule, vous risquez de vous foutre dans un sacré merdier !

Elle sourit à travers ses larmes.

— J'ai une dette envers vous.

— Je n'ai fait que mon boulot, ma petite dame.

— Il paraît que vous rentrez chez vous ?

— Tout juste !

Elle tira de sa poche une carte sur laquelle elle griffonna une adresse électronique.

— On pourrait rester en contact.

— Peut-être.

Ça ne marchait pas comme ça, mais en tant que nouvelle recrue, elle ne pouvait pas le savoir.

Il retourna la carte du côté imprimé.

— Tyrone Kennedy. Procureur de l'Etat du New Jersey, lut-il à voix haute. Je vais avoir des ennuis, c'est ça ?

— Non. Mais si jamais vous avez des problèmes dans le New Jersey, passez donc un coup de fil à mon père. Il a le bras long.

— Et pourtant, tu es ici, lui fit-il remarquer en désignant d'un geste ample l'enceinte poussiéreuse du camp de base.

Peut-être ressemblait-elle à l'homme qu'il avait été — sans but précis, tenaillé par le besoin de faire quelque chose qui ait du sens.

Elle haussa les épaules.

— Je disais ça comme ça, chef. Si jamais je peux vous rendre service, n'importe où, n'importe quand, n'hésitez pas, appelez mon père.

Elle revissa le bouchon de sa gourde et se dirigea vers le mess. Ce n'était plus la même personne. La jeune recrue qu'il avait rencontrée quelques heures plus tôt s'était évanouie dans la vallée du Korengal.

Il fourra la carte dans sa poche. Sa main tremblait… Etonnant, car hormis quelques bleus et égratignures, il n'était pas blessé. Et pourtant, tout lui faisait mal. Ses terminaisons nerveuses s'étaient remises à fonctionner. Au bout de vingt-trois mois passés à s'endurcir contre toutes les sortes de souffrances, il retrouvait une certaine sensibilité.

1

Comté d'Ulster, Etat de New York

Pour un vieil homme proche de la fin, George Bellamy respirait la gaieté, songeait Claire en conduisant. A la radio passait une émission particulièrement inepte, « Potes & Folk », une heure d'élucubrations à bâtons rompus que George trouvait désopilante. Il avait un rire bien particulier, communicatif, qui semblait émaner de son plexus solaire et irradier vers l'extérieur. C'était d'abord une douce vibration qui allait crescendo, jusqu'à devenir l'expression sonore d'une joie sans mélange. L'émission de radio n'était pas seule responsable de la gaieté de George. Il venait d'apprendre que son petit-fils rentrait au pays après une période de service en Afghanistan, et cette nouvelle ajoutait à sa bonne humeur. Le vieil homme s'attendait à des retrouvailles imminentes.

Et le plus tôt serait le mieux, estimait Claire, dans leur intérêt à tous les deux.

— J'ai vraiment hâte de revoir Ross, dit George. C'est mon petit-fils. Il vient d'être démobilisé ; normalement, il doit faire route vers les Etats-Unis.

— Je suis sûre qu'il viendra vous voir directement,

affirma-t-elle, feignant d'oublier qu'il lui avait déjà dit la même chose une heure auparavant.

Avec la vitesse, le feuillage printanier se fondait en une traînée de couleurs — le vert tendre des premières feuilles, les trompettes jaunes des jonquilles, les somptueux roses et pourpres des fleurs des champs en bord de route.

George songeait-il que c'était là son dernier printemps ? Quand ses patients ruminaient ce genre d'idées noires — la finalité de toute chose —, leur tristesse lui était parfois presque insupportable. Mais pour l'instant, le visage de George ne reflétait ni angoisse ni souffrance. Ils se connaissaient depuis peu, mais déjà elle pressentait qu'il allait être un de ses patients les plus agréables.

Vêtu d'un polo de golf et d'un pantalon au pli élégant, il ressemblait à n'importe quel gentleman fortuné, délaissant la grande ville pour aller passer quelques semaines de villégiature à la campagne. A présent qu'il avait cessé tout traitement, ses cheveux repoussaient ; ils étaient d'un blanc neigeux, brillant. Pour le moment, il avait très bonne mine.

Dans son métier d'infirmière particulière, spécialisée dans les soins palliatifs pour patients en phase terminale, elle rencontrait toutes sortes de personnes — ainsi que leur famille. Car même si le patient polarisait toute son attention, il était toujours entouré d'une cohorte de parents. Jusqu'ici, elle n'avait pas vu un seul membre de la famille de George : ses fils vivaient très loin d'ici. Elle était en tête à tête avec lui.

Le vieil homme paraissait tendu vers un but bien précis et animé d'une ferme résolution. Jusqu'à présent, il affirmait ne pas souffrir.

Elle désigna le carnet qu'il tenait ouvert sur ses genoux et dont les pages étaient couvertes d'une écriture à l'ancienne, en pattes de mouche.

— Vous avez beaucoup travaillé, dites-moi.

— J'ai dressé une liste de choses à faire. C'est une bonne idée, d'après vous ?

— Excellente, George. Nous avons tous une liste de choses à faire, mais souvent nous nous contentons de la garder là-dedans, répondit-elle en se tapotant la tempe de l'index.

— Oh, moi, ces derniers temps, je ne peux plus me fier à ma tête.

C'était une référence indirecte à la maladie qui le rongeait implacablement — un glioblastome multiforme, un type de cancer incurable.

— C'est pourquoi j'ai pris l'habitude de tout noter.

Il feuilleta les pages du carnet.

— La liste est longue, ajouta-t-il, presque sur un ton d'excuse. Nous ne pourrons peut-être pas en venir à bout.

— A l'impossible nul n'est tenu. Mais on fera le maximum, je vous y aiderai. Je suis là pour ça.

Elle balaya l'horizon du regard, peu habituée aux autoroutes de campagne. Pour elle qui ne connaissait que le marasme urbain du New Jersey et l'effervescence polluée de suie de Manhattan, la moyenne montagne du comté d'Ulster, avec ses collines boisées et ses crêtes rocheuses, lui faisait l'effet d'un paysage extraterrestre.

— Ce n'est pas plus mal d'avoir trop de choses à faire, lui fit-elle remarquer. Comme ça, vous ne risquez pas de vous ennuyer.

George eut un petit rire.

— En ce cas, nous sommes partis pour un été bien rempli !

— Nous sommes partis pour l'été que vous souhaiterez.

Il soupira en parcourant les pages.

— Dommage qu'il m'ait fallu apprendre que j'allais mourir pour penser à tout ça…

— Nous allons tous mourir.

— Ah, c'est bien ma chance ! Qu'est-ce que j'ai fait pour écoper d'une garde-malade au naturel aussi enjoué ?

— Une personne enjouée vous aurait tapé sur les nerfs, j'en mettrais ma main à couper.

Claire avait un don infaillible pour cerner d'emblée la personnalité des gens. Pour elle, c'était une question de survie. Jadis, elle s'était méprise sur quelqu'un, erreur qui l'avait forcée à remanier sa vie du tout au tout.

George Bellamy semblait être un homme sage et cultivé. Néanmoins, il émanait de lui une certaine solitude, et il était en quête de… de quelque chose. Quoi, elle l'ignorait encore. En réalité, elle ne savait presque rien de lui. Ancien correspondant de presse à l'étranger, il avait joui d'une certaine notoriété avant de prendre sa retraite. La majeure partie de sa vie active s'était passée à Paris et, sinon, il avait sillonné le globe. Pourtant, arrivé au terme de son existence, il avait éprouvé le désir de se rendre dans un endroit bien différent des grandes capitales du monde.

Il y a autant de fins de vie que de parcours de vie — certaines sont empreintes de calme, d'autres de théâtralité et de faste tapageur, d'autres encore sont marquées par un sentiment d'achèvement, mais trop nombreuses, hélas, sont celles dominées par les regrets. Les regrets… ce poison qui tue à petit feu tout ce qui apporte du bonheur à quelqu'un. Claire s'étonnait toujours de voir comment une existence brillante et heureuse pouvait être anéantie par quelques regrets. Restait à espérer que la quête de George le mènerait à l'acceptation.

Les gens peu au fait des soins palliatifs semblaient croire que les mourants détenaient les réponses aux grandes questions, qu'ils étaient supérieurs en sagesse, en spiritualité ou à tout le moins que leur réflexion était plus profonde que celle des vivants. Or, c'était un mythe, avait-elle appris au cours de sa pratique. Les patients en phase terminale étaient de toutes sortes : il y avait des sages et des imbéciles, des esprits logiques et d'autres simplets, certains étaient remplis de joie, de désespoir ou encore d'effroi… En fait, les mourants ressemblaient beaucoup aux vivants. Simplement, ils avaient une espérance de vie plus courte. Et des épreuves physiques à affronter.

La campagne gagnait en charme bucolique au fur et à mesure qu'ils s'acheminaient vers le nord-ouest, en direction du site préservé des Catskills, vaste parc naturel de forêts et de collines sillonnées de rivières.

Ils approchaient enfin de leur destination finale, signalée par un panneau de bois sans prétention : « Bienvenue à Avalon, petite ville au grand cœur ».

Les mains de Claire se crispèrent sur le volant de façon quasi imperceptible. Elle n'avait jamais vécu dans une petite ville. A l'idée de faire partie — même temporairement — d'une communauté unie de gens qui se connaissaient tous, elle se sentait vulnérable et exposée. Non qu'elle fût paranoïaque… enfin, si, paranoïaque, elle l'était. Mais elle avait ses raisons.

Elle ne se sentait à l'abri nulle part. Même avant que ses ennuis ne commencent, les premières années avec sa mère avaient été empreintes d'imprévisibilité et d'insécurité. Adolescente, sa mère avait fugué de chez ses parents. Ce n'était pas une mauvaise fille mais, droguée jusqu'à la moelle, elle avait été abattue alors qu'elle achetait sa dose à un dealer, dans South Orange Avenue, à Newark, laissant derrière elle une petite fille de dix ans.

Le placement en famille d'accueil avait transformé la vie de Claire. Ce n'était certes pas fréquent, mais dans son cas, c'était l'absolue vérité. Son assistante sociale, Sherri

Burke, avait veillé à ce qu'elle soit placée dans les meilleures conditions possibles. Pour sa première expérience de la vie de famille, elle s'était imprégnée des principes inculqués par ces gens aimants. Elle avait appris que l'individu fait partie d'une réalité qui le dépasse.

Pour apprécier les bienfaits de la famille, il lui suffisait d'observer autour d'elle. L'amour était partout : dans le regard d'une femme quand son mari rentrait le soir, dans la main d'une mère sur le front fiévreux de son enfant, dans les rires de sœurs partageant une plaisanterie ou dans l'attitude protectrice d'un frère surveillant ses cadets. Une famille était un filet de protection tendu pour amortir la chute. Un bouclier invisible destiné à atténuer les coups.

Claire se prenait même à rêver d'une vie meilleure — un mari, une famille. Des enfants. Une vie pleine de toutes ces choses qui rendaient les gens heureux et les enveloppaient de réconfort dans les moments de tristesse, de souffrance ou de peur.

Toi aussi, tu y as droit, c'était la devise de l'organisme de placement — promesse qui se réalisait sous réserve d'un fonctionnement adéquat du système.

Puis, à l'âge de dix-sept ans, sa vie avait basculé. Elle avait été témoin d'un crime qui l'avait forcée à se cacher — à se cacher d'une personne en qui elle avait toute confiance. Après un tel coup du sort, qui ne serait pas devenu paranoïaque ?

Ce genre de petite ville pouvait s'avérer dangereuse, surtout pour une personne fuyant un lourd passé : tous les lecteurs de Stephen King le savent.

Eh bien, si le pire devait se produire, elle disparaîtrait une fois de plus ! Elle était très douée pour ça.

Les programmes de protection des témoins décrits au cinéma n'étaient que pure fiction, elle l'avait appris à ses dépens. Le FBI ne s'intéressait pas aux simples meurtres, aussi ne bénéficiait-elle pas du WITSEC, le programme fédéral de protection des témoins. C'était bien dommage, car le programme fédéral, largement subventionné et administré avec compétence par les *marshals* américains, pouvait s'enorgueillir d'une efficacité sans faille dans la protection des témoins confiés à sa charge.

Mais au niveau des Etats et des régions, c'était une autre histoire. Les contribuables n'appréciaient guère que leur argent passe dans le financement de tels programmes. En effet, la majorité des informateurs et des témoins étaient eux-mêmes des criminels échangeant des renseignements contre l'immunité. Rares étaient les parfaits innocents, comme elle à l'époque. Souvent, la protection se résumait à offrir au témoin un aller simple en car et quelques semaines d'hébergement dans un motel. Après, il se retrouvait seul. Et pour un témoin comme Claire, menacée par un danger si grand qu'elle ne pouvait même pas se fier à la police, la chance était parfois l'unique alliée sur laquelle on puisse compter.

Elle ne gardait qu'un souvenir très flou des familles au sein desquelles elle avait fait de brefs séjours — il aurait pu s'agir d'événements arrivés à quelqu'un d'autre. A cette époque, elle croyait encore qu'elle fonderait un jour une famille, mais à présent, ce rêve était devenu inaccessible. Bien sûr, elle pouvait tomber amoureuse, se marier et même avoir des enfants. Mais à quoi bon ? Pourquoi se doterait-elle de choses et de gens à aimer, si c'était pour les exposer à la menace d'être retrouvée ? Alors, voilà où elle en était, piégée dans une existence qui la faisait graviter en marge de la famille des autres. Elle s'efforçait de s'en satisfaire et y parvenait de temps en temps. Mais d'autres fois, elle se sentait à la dérive, comme une feuille au fil de l'eau.

Elle avisa la distance indiquée par le GPS.

— On y est presque, annonça-t-elle à George.

— Parfait ! Le voyage est bien plus court que dans mes souvenirs d'enfance. Mais il est vrai qu'à l'époque, tout le monde prenait le train.

Sur la raison qui l'avait poussé à passer ses derniers jours dans cet endroit précis, George était resté très vague. Il ne lui avait pas non plus expliqué pourquoi il effectuait seul ce voyage. Mais il lui révélerait certainement tout cela en temps voulu.

Les gens qui se savaient condamnés incluaient fréquemment une sorte de pèlerinage dans les derniers mois de leur vie, souvent dans un lieu auquel ils étaient intimement liés. Parfois, c'était là qu'avait commencé leur histoire ou que s'était produit un tournant majeur dans leur existence. Il arrivait aussi qu'ils soient en quête de réconfort et de sécurité, bien que ce fût parfois l'inverse : c'était alors un endroit où ils avaient encore une affaire à régler. Savoir ce que représentait cette bourgade endormie pour George Bellamy…

La route suivait les méandres d'un cours d'eau murmurant à l'ombre de ses berges arborées. « Schuyler River » ,indiquait un panneau. L'ancienne orthographe flamande s'harmonisait avec le pittoresque du pont couvert, visible au loin.

— Çà alors, je n'en reviens pas ! s'exclama Claire. Un pont couvert ! Je n'en avais jamais vu, sauf en photo.

— Je l'ai toujours connu, dit George en se penchant légèrement en avant.

Claire étudia sa structure, simple et nostalgique comme un vieux refrain, avec son toit rouge vif en bardage de bois. Elle accéléra, soudain intriguée par la petite ville qui semblait représenter tant de choses pour son patient.

Cet endroit allait peut-être s'avérer agréable. Elle pourrait même se sentir vraiment en sécurité, pour une fois.

A peine cette pensée lui avait-elle traversé l'esprit qu'elle fut agressée dans le rétroviseur par les éclairs bleus et blancs d'un gyrophare. Une fraction de seconde plus tard, le hurlement menaçant d'une sirène retentissait.

Son sang se glaça. Elle sentit un picotement au bout des doigts et la couleur se retira de son visage. Le cauchemar recommençait. Frappée de plein fouet par son ancienne terreur, elle lutta contre l'envie folle d'écraser l'accélérateur et de s'enfuir sur les chapeaux de roue à bord de l'encombrant fourgon.

Mais George avait dû lire dans ses pensées — ou interpréter correctement son langage corporel.

— Une course-poursuite, dit-il en détachant nettement les syllabes. Ce genre d'émotion ne figure pas sur ma liste et je n'ai nul besoin de ça pour mourir en paix.

— Pas de problème, je me range tout de suite. Tenez, vous voyez ? Je me range.

Sa voix tremblait. Pourvu que George ne s'en aperçoive pas…

— Votre voix tremble.

— C'est d'être contrôlée par la police qui me rend nerveuse.

Bel euphémisme ! Elle éprouvait une sensation d'étranglement, un poids lui écrasait la poitrine et son cœur battait à tout rompre. Une attaque de panique — c'était le terme clinique correspondant à son état —, mais vis-à-vis de George, elle préféra s'en tenir à l'expression profane :

— Ça me fait flipper.

Elle se gara sur le bas-côté gravillonné et mit le fourgon au point mort.

— C'est ce que je vois, commenta George.

Il sortit calmement de sa poche une pince à billets en or, frappée de ses initiales. Elle retenait une liasse proprement pliée. Claire en oublia momentanément son angoisse:

— Qu'est-ce que vous faites ?

— Je suppose qu'il veut qu'on lui graisse la patte. C'est une pratique répandue dans les pays du tiers monde.

— Mais nous ne sommes pas dans un pays du tiers monde. Ça n'y ressemble peut-être pas, mais nous sommes encore dans l'Etat de New York !

Le véhicule de patrouille, noir et luisant comme un bonbon gélifié, continuait à lancer des éclairs, signalant à tous les passants qu'un criminel était sur le point d'être appréhendé.

— Rempochez ça ! ordonna-t-elle à George.

Il obéit en haussant les épaules.

— Je peux toujours appeler mon avocat…

— C'est un peu prématuré, selon moi.

Elle scrutait la voiture de police dans le rétroviseur.

— Pourquoi met-il tant de temps ?

— Il — ou elle — consulte les immatriculations de véhicules pour savoir si le nôtre fait l'objet d'un avis de recherche.

— Et pourquoi notre véhicule ferait-il l'objet d'un avis de recherche ?

Le fourgon avait été loué au nom de George, et Claire enregistrée comme conductrice autorisée.

Pourtant, un détail dans l'expression du vieil homme raviva sa nervosité. Délaissant le rétroviseur, elle se tourna vers son passager.

— George…, commença-t-elle d'un ton menaçant.

— Ecoutons d'abord ce que l'officier a à nous dire. Ensuite, vous pourrez me tomber dessus.

Le policier approchait. Même vu dans le rétroviseur

extérieur, il déclenchait chez Claire une terreur singulière. Son uniforme impeccable, ses lunettes de soleil aux verres miroir, sa mâchoire carrée, rasée de près, ses bottes luisantes, tout en lui la faisait se raidir d'angoisse.

— Permis de conduire et carte grise.

Ce n'était pas un ordre aboyé, plutôt une injonction énoncée avec calme.

Claire lui tendit son permis de conduire ; elle ne sentait plus le bout de ses doigts. Son permis était en règle, il n'y manquait rien — ni le filigrane réfléchissant ni son souhait concernant le don d'organe, indiqué au dos —, mais elle retint son souffle pendant que le policier examinait le document avec attention. Il portait un badge : Rayburn Tolley, brigade d'Avalon. George lui passa la chemise contenant les papiers de location du fourgon. Elle les tendit au policier et se mordit l'intérieur de la lèvre inférieure.

Elle n'aurait jamais dû venir ici ! C'était une erreur.

— Il y a un problème ? demanda-t-elle à l'officier Tolley, consternée par la nervosité qui transparaissait dans sa voix.

Le temps avait passé, elle s'était retrouvée face à bien des policiers, mais ils lui inspiraient toujours la même épouvante. Parfois, même un agent municipal chargé de surveiller la sortie des écoles suffisait à déclencher sa peur.

L'homme fixa sa main tremblante d'un regard appuyé.

— C'est à vous de me le dire.

— Je suis nerveuse, c'est vrai.

Au fil des années, elle avait appris à dire la vérité chaque fois que c'était possible. Cela rendait les mensonges plus faciles à insérer.

— Vous allez me prendre pour une cinglée, mais je panique dès que je suis contrôlée par la police.

— Vous rouliez à une vitesse excessive, madame.

— Vraiment ? Oh, désolée, officier, je ne m'en suis pas rendu compte.

— Où alliez-vous ?

— Au Camp Kioga, au bord du lac des Saules, répondit George. Et si elle roulait trop vite, c'est ma faute. Je suis impatient, et en plus je la distrais.

L'officier Tolley se pencha légèrement pour apercevoir le siège passager.

— Et vous, monsieur, vous êtes… ?

— Quelqu'un qui commence à se sentir harcelé par la force policière ! s'indigna George.

Il semblait animé d'une juste colère.

— Vous ne seriez pas George Bellamy, par hasard ?

— Parfaitement, c'est moi ! Mais comment se fait-il que…

Le policier reporta son regard sur Claire.

— En ce cas, madame, je dois vous demander de sortir du véhicule. Gardez les mains devant vous de façon que je puisse les voir.

Claire sentit son cœur s'arrêter de battre. Elle redoutait ce moment depuis le jour où elle avait pris conscience d'être une femme traquée.

C'était le début de la fin.

Son esprit calculait à toute allure, mais elle se mouvait comme un automate aux membres de bois. Que faire ? Obtempérer ? Prendre la fuite ?

— Sapristi ! s'exclama George. J'aimerais bien savoir en quoi nous vous intéressons à ce point !

— George, cet homme ne fait que son travail, intervint-elle, dans l'espoir d'amadouer le policier.

Elle lui fit signe de se tenir tranquille et le vieil homme obéit. Puis, les jambes flageolantes, elle s'agrippa à la poignée de la portière et descendit gauchement du fourgon.

Mais Tolley ne semblait pas s'être formalisé de la question de George.

— Notre poste a reçu un appel vous concernant, vous et Mlle…

Il consulta le permis de conduire, toujours fixé à son bloc-notes.

— … Mlle Turner. L'appel émanait d'un membre de votre famille, monsieur.

Il jeta un coup d'œil au listing de la taille d'un ticket de caisse.

— D'une certaine Alice Bellamy.

Claire se tourna vers George, le regard interrogateur.

— Alice… C'est une de mes belles-filles, dit-il, presque d'un ton d'excuse.

— Monsieur, votre famille est extrêmement inquiète à votre sujet, déclara le policier.

Son regard se fixa sur Claire. Elle ne distinguait pas les yeux de l'homme derrière ses verres miroir, mais elle y voyait son propre reflet, en double exemplaire, déformé par la forme convexe. Cheveux bruns, mi-longs. Grands yeux marron. Un visage banal, ordinaire, passe-partout, du moins l'espérait-elle… C'était toujours l'objectif. Se fondre dans la foule. Etre oubliable. *Oubliée.*

Elle s'obligea à garder la tête haute, comme si tout allait bien, et demanda d'un air dégagé :

— Et alors, c'est un crime, chez vous ? D'avoir une famille inquiète ?

— L'affaire est plus grave que ça, madame.

L'officier Tolley posa la main sur le baudrier contenant son arme de service. Il avait détaché la lanière de sécurité.

— La famille de M. Bellamy a de graves soupçons sur vous.

Claire déglutit péniblement. Les Bellamy étaient richissimes. La belle-fille de George avait peut-être ordonné qu'on mène une enquête approfondie sur elle ? Et ces recherches avaient peut-être dévoilé une irrégularité, quelque chose qui clochait, dans son passé.

— Quel genre de soupçons ? demanda-t-elle, la bouche sèche, paralysée par la peur.

— Oh, laissez-moi deviner ! intervint George dans un éclat de rire. Ma famille croit que j'ai été enlevé.

2

KAIA (aéroport international de Kaboul, Afghanistan)

— Elle a fait quoi ? cria Ross dans le téléphone portable qu'il avait emprunté.

— Désolée, la communication passe très mal, dit sa cousine Ivy.

Elle lui téléphonait de sa maison de Santa Barbara où, du fait du décalage horaire, il était onze heures et demie plus tôt.

— Elle a enlevé grand-père.

Ross fit jouer ses épaules. Elles lui parurent étrangement légères. Durant deux ans, il s'était coltiné neuf kilos de combinaison blindée, de casque en Kevlar et de gilet pare-balles. Maintenant qu'il rentrait chez lui, ce poids s'était envolé. Il avait rendu sa combinaison, dont il s'était débarrassé comme d'une peau désormais inutile.

— Tu m'as très bien entendue. D'après ma mère, grand-père a engagé une espèce d'aide de vie vaguement qualifiée qu'il a trouvée dans les petites annonces sur internet, et elle l'a kidnappé ! Elle l'a emmené jusqu'à un petit patelin du comté d'Ulster, un coin perdu dans les montagnes.

— C'est du délire, répliqua-t-il. Du pur délire.

A moins que… ? En Afghanistan, les enlèvements étaient légion. Et l'issue en était rarement heureuse.

— Que veux-tu que je te dise ? reprit Ivy, presque en s'excusant. Ma mère est complètement hystérique, elle me fait la grande scène du II.

En grandissant, Ross et Ivy, qui étaient cousins germains, s'étaient rapprochés du fait de leur point commun : tous deux étaient affligés d'une mère spécialiste du psychodrame au quotidien. De quelques années plus jeune que Ross, Ivy vivait à Santa Barbara, où elle s'adonnait à la sculpture d'avant-garde, quand elle ne lui envoyait pas de longs courriels angoissés par-delà les mers.

— Tu es bien sûre que tante Alice ne dramatise pas la situation ? Elle n'aurait pas tout inventé, par hasard ?

— Tu connais ma mère, avec elle on peut s'attendre à tout — son imagination ne connaît pas de limites. En plus, elle est persuadée que grand-père perd la boule. Tout le monde sait qu'une tumeur au cerveau peut pousser les gens à agir bizarrement. Quand peux-tu être à New York ? On a vraiment besoin de toi, Ross. Grand-père a besoin de toi. Tu es le seul qu'il écoute. Et d'ailleurs, où es-tu au juste ?

Ross promena un regard circulaire sur l'aéroport étranger bondé de soldats en tenue de camouflage couleur sable. Ils échangeaient des anecdotes entre eux : souvenirs de fusillades, d'attentats suicides, d'embuscades en bord de route… Son transport jusqu'ici avait été sa dernière manœuvre militaire sur le terrain. Il se rappelait avoir pensé : « Je vous en prie, faites que rien ne m'arrive maintenant ! » Il ne voulait pas être le héros malgré lui d'un de ces articles déprimants qu'on lisait dans les feuilles de chou locales : *Le dernier jour de sa mission, il trouve la mort dans une attaque de convoi…*

Il se représenta Ivy dans son atelier bohème, perché sur

le promontoire rocheux surplombant Hendry's Beach. Un album de Cream passait en fond sonore. Elle devait être en train de faire du café dans sa cafetière à piston française, l'œil rivé sur les surfeurs pagayant vers le beach-break en vue de leur séance de glisse matinale.

— Je suis en route, répondit-il.

Les soldats qui rentraient attendaient dans le KAIA depuis des heures. Le temps s'écoulait au rythme d'un glacier. A l'origine, leur vol était censé décoller à 14 heures, mais il avait été retardé à 21 h 45. On leur avait ordonné de retourner sous la tente des départs, où ils avaient été soumis au confinement obligatoire, à savoir rester assis dans une chaleur étouffante, totalement désœuvrés, dans l'attente du moment d'embarquer. Enfin, il avait été 21 h 45 et, depuis, rien. Mais le retard n'avait surpris personne. La voix de sa cousine le ramena sur terre.

— Ross ? Combien de temps te faudra-t-il encore avant de rentrer ?

— Je m'y emploie, figure-toi.

En ce moment, il aurait tout aussi bien pu être sur une autre planète, tant il se sentait loin de tout.

— Qu'est-ce qu'il a, grand-père, au juste ?

— Ecoute, voilà ce que je sais. Il était en traitement à la clinique Mayo. Et c'est là, je crois, qu'on lui a annoncé…

Un sanglot l'interrompit.

— On lui a annoncé le pire diagnostic qui soit.

— Ivy…

Elle le coupa :

— La tumeur est inopérable. Cette fois, même ma mère ne pourrait pas en rajouter dans le tragique. Il va mourir, Ross.

Les paroles de sa cousine lui firent l'effet d'un coup de poing à l'estomac. Pendant quelques secondes, il resta le souffle court, la vue brouillée. Il devait y avoir une erreur. Un mois plus tôt, il avait reçu le communiqué habituel de son grand-père. Ce dernier écrivait dans un style curieusement daté, même dans ses courriels, commençant chacun de ses messages par l'en-tête et le titre de rigueur. En effet, il avait bien mentionné son passage à la clinique Mayo — « Rien de grave » — et Ross n'avait pas su lire entre les lignes. Ou plutôt, il avait préféré ne pas s'y aventurer. Pourtant, on ne va pas à la clinique Mayo pour soigner un bobo, il le savait très bien ! Mais il avait refusé d'envisager… bonté divine… un pronostic fatal.

Grand-père concluait toujours ses lettres par : *Reste calme et continue.*

A elle seule, cette formule résumait bien sa façon d'envisager la vie et, apparemment, la mort.

— Il a fini par en parler à papa, continuait Ivy d'une voix brisée par l'émotion. Il refuse de poursuivre le traitement plus longtemps.

— Il a peur ? Il souffre ? Comment est-il ?

— Oh, tu le connais. C'est… Grand-père. Il a prétendu devoir se rendre dans un patelin des Catskills pour y revoir son frère. Personnellement, je ne savais pas qu'il en avait un. Tu étais au courant, toi ?

— Hein, quoi ? Grand-père a un *frère* ?

Des craquements de mauvais augure vinrent parasiter la communication, l'empêchant d'entendre la première partie de la réponse d'Ivy.

— … de toute façon, quand ma mère a appris ce qu'il comptait faire, elle a… euh… pété les plombs.

Gêné par la connexion désastreuse et le vacarme qui régnait dans l'aéroport, il tâcha de saisir les renseignements que continuait de lui fournir sa cousine. Grand-père avait appelé ses trois fils — Trevor, Gérard et Louis — et leur avait calmement assené le diagnostic des médecins. Puis, comme pour enfoncer le clou, il leur avait annoncé son intention de quitter son luxueux appartement au dernier étage d'un immeuble de Manhattan pour se rendre au nord de l'Etat de New York, dans le trou perdu où vivait son frère, un certain Charles Bellamy. De même qu'Ivy et lui, la plupart des membres de la famille ignoraient l'existence de ce frère perdu de vue. Comment se pouvait-il que grand-père ait un frère sans que personne ne le sache ? Etait-ce un pauvre type qu'on cachait au fond d'un asile, comme dans *Rainman* ? Ou s'agissait-il d'une pure invention, échafaudée par un esprit déclinant ?

— Et tu me dis qu'il est parti pour le nord de l'Etat en compagnie d'une pseudo-garde-malade qui s'appelle… comment, déjà ?

— Claire Turner. Cette femme prétend être une espèce d'infirmière ou d'aide de vie à domicile. Ma mère — et la tienne, à tous les coups — pense qu'elle en veut à son argent.

Rien de bien étonnant, songea Ross. L'argent venait au premier rang des préoccupations de sa mère et de tante Alice. Elles avaient beau n'être des Bellamy que par alliance, elles affirmaient aimer George comme un père. Et c'était peut-être vrai, mais si tante Alice s'était mise dans tous ses états, c'était sûrement plus par crainte de devoir partager l'héritage que par chagrin de perdre son beau-père. Et nul doute que sa propre mère réagissait selon le même principe.

— Et donc, elles ont appelé la police pour l'arrêter, conclut Ivy.

— La police ?

Ross passa la main dans ses cheveux ras. Conscient d'avoir une fois de plus élevé la voix, il se détourna.

— Elles ont appelé la police ?

Bon sang… Apparemment, sa mère et sa tante étaient

parvenues à convaincre les autorités locales que grand-père était tombé entre les griffes d'une inconnue malintentionnée.

— Elles ne savaient pas quoi faire… Ecoute, Ross, je me fais du souci pour grand-père. J'ai peur. Je ne veux pas qu'il souffre. Je ne veux pas qu'il meure. Je t'en prie, Ross, rentre à la maison. S'il te plaît…

Il tenta de la rassurer :

— Ecoute, j'ai demandé une démobilisation urgente.

Sauf que, jusqu'ici, la procédure de retour ne l'avait pas placé parmi les premiers partants…

Ivy avait l'air de croire que son retour au pays allait entraîner la guérison miraculeuse de leur grand-père. Mais Ross, lui, savait qu'on ne pouvait se fier aux miracles.

— Quand viens-tu à New York ? s'enquit-il.

Mais déjà, il parlait dans le vide : la communication avait été coupée. Il referma le portable et le rendit à Manny Shiraz, un adjudant-chef qu'il connaissait bien et qui lui avait prêté son téléphone quand le sien avait rendu l'âme.

— Des problèmes chez toi ? demanda Manny.

En zone de guerre, c'était le genre de question qui revenait sans cesse entre les gars.

Ross hocha la tête.

— Si seulement je pouvais rentrer au bercail et découvrir que tout va bien !

— Bienvenue au club, chef !

Le foyer idyllique qui les attendait au pays tenait généralement du mythe, et pourtant les soldats massés dans la salle d'attente étaient tout excités à l'idée de rentrer chez eux. Certains — hommes et femmes confondus — n'avaient pas vu leur famille depuis un an, pour d'autres, cela faisait encore plus. Entre-temps, il y avait eu des naissances, des premiers pas, des mariages brisés, des vacances, des décès de proches, des fêtes d'anniversaire. Tout le monde était impatient de reprendre le cours normal de sa vie.

Ross aussi partageait cette impatience — sauf qu'il n'avait pas vraiment de vie à retrouver au pays. Pas de femme ni d'enfants comptant les heures avant son retour. Seulement sa mère, Winifred, femme frivole, égocentrique, et… son grand-père.

Son grand-père était devenu un phare pour lui depuis ce jour de 1994 où un officier d'assistance aux familles des victimes avait frappé à la porte. Ce dernier était venu en personne leur annoncer, à sa mère et lui, que Pierce Bellamy avait été tué au cours de l'opération Tempête du désert.

Basé à Paris, son grand-père était rentré à New York en Concorde — l'avion était toujours en activité, à l'époque. Il avait pris un supersonique pour être plus vite auprès de son petit-fils. Il l'avait pris dans ses bras, et tous deux avaient pleuré. Ce jour-là, grand-père lui avait fait une promesse : *Je serai toujours là pour toi.*

Ils s'étaient cramponnés l'un à l'autre comme des rescapés d'un tsunami. La mère de Ross s'était quasiment noyée dans un tourbillon de désespoir hystérique qui avait culminé dans une frénésie de flirts. Elle s'était remise de son deuil avec promptitude et détermination, scellant sa nouvelle vie par un remariage et l'adoption de ses deux beaux-enfants, Donnie et Denise. Ross, lui, avait été envoyé dans un pensionnat en Suisse, au motif qu'il avait du mal à « accepter » son nouveau beau-père et ses adorables frère et sœur adoptifs. Là-bas, l'Ecole américaine proposait à ses élèves un programme pédagogique exhaustif ainsi qu'une chambre en internat. Sa mère s'était convaincue que la vénérable institution était à même de donner à son fils une éducation plus convenable que celle dont il aurait pu bénéficier chez lui.

Le chagrin de Ross avait été immense, atroce, lui ôtant même sa lucidité. Parfois, il avait envie de demander à sa mère : « Dans quel monde dit-on à un enfant qui vient de perdre son père : “Allez, hop, en pension ! Ça te fera du bien !” » ?

Cela dit, l’intuition de sa mère n’était peut-être pas si mauvaise. Certains élèves de l’Ecole américaine y trouvaient une formidable source d’épanouissement — c’était un pensionnat aussi magique que Poudlard. A l’époque, il l’ignorait, mais ces longues séparations et ces périodes de solitude l’avaient peut-être préparé à partir en mission.

Etre envoyé de l’autre côté de l’océan après avoir perdu son père aurait pu le rendre fou de désespoir, mais dans son malheur, il avait trouvé un ange gardien : grand-père. En ce temps-là, celui-ci était en poste à Paris et, presque tous les week-ends, il venait le voir dans sa pension de Lugano — c’était sa bouée de sauvetage, sa réserve de compassion. Grand-père ne s’en rendait sûrement pas compte, mais il l’avait empêché de sombrer.

Il ferma les yeux et se représenta son grand-père : une stature impressionnante couronnée d’une épaisse masse de cheveux blancs. Pourtant, il ne lui avait jamais paru âgé.

La veille de son départ pour l’Afghanistan, il lui avait fait une promesse : « Je reviendrai. »

Mais grand-père n’avait pas eu la réaction escomptée. Il avait détourné les yeux.

— C’est ce que m’avait dit ton père.

C’était très négatif, comme remarque, surtout de sa part, mais Ross ne s’y était pas trompé. Il savait que ses paroles lui étaient dictées par la peur qu’il ne rentre pas.

Il se mit à faire les cent pas, exaspéré par cette attente interminable. Attendre, dans l’armée, c’était un mode de vie. Il le savait en s’enrôlant, mais il ne s’y était jamais habitué.

Quand il avait annoncé son intention de servir son pays, il n'ignorait pas que le coup serait rude pour son grand-père, que sa décision allait lui faire revivre de plein fouet la mort de son fils et raviver son chagrin indélébile. Mais en fin de compte, il s'était senti obligé de partir, comme pour achever l'itinéraire interrompu de son père.

Il était parvenu à l'âge adulte dans la peau d'un garçon immature, dénué de véritables aspirations. Tout lui arrivait sur un plateau d'argent — les diplômes, les filles, les amis. Trop facilement peut-être. Après la fac, il avait erré sans but, incapable de trouver sa place. Il avait obtenu un brevet de pilote. Fait de nombreuses conquêtes féminines. Pour finir, il s'était rendu compte que la meilleure solution, c'était de s'engager dans une voie qui avait du sens. A vingt-huit ans, il avait franchi le seuil d'un bureau de recrutement de l'armée. Son âge avait causé une certaine surprise, mais on ne lui avait pas fait de difficultés : il détenait divers brevets de pilote et parlait trois langues étrangères. L'armée lui avait offert la vie qu'il n'avait pas su trouver tout seul. Piloter un hélico était la chose la plus ardue au monde, et c'est pour cette raison qu'il adorait ça. Mais honnêtement, on ne pouvait pas dire que cette expérience l'avait rapproché de son père.

Finalement, une première vague de soldats fut acheminée vers l'avion, mais il se passa encore une heure avant que le bus ne revienne chercher les autres. Ross monta à bord de l'appareil sans éprouver la moindre jubilation ; sur le tarmac s'entassaient des palettes chargées de cantines noires et de sacs de paquetage qui restaient à embarquer. L'opération prit encore une heure.

Un capitaine de corvette de la marine américaine grimpa dans l'avion et s'installa en face de lui. Elle lui adressa un bref sourire, puis sortit un magazine de mode sur papier glacé, rempli de conseils de maquillage. Ross tenta de se concentrer sur son numéro de *Rolling Stone*, en vain. Son esprit continuait à vagabonder.

Au bout d'une heure de vol, le capitaine de corvette se pencha pour scruter l'extérieur.

— Ça y est, nous avons quitté l'Afghanistan.

Il faisait trop sombre pour voir le sol, mais le hublot offrait une vue imprenable de la Grande Ourse. Grand-père lui avait appris à reconnaître les étoiles. A six ou sept ans, il l'avait emmené faire du bateau sur le détroit de Long Island. Rien que tous les deux, à bord d'un cat-boat profilé. Ross venait d'obtenir son badge « Flèche de lumière » chez les louveteaux, et grand-père avait voulu fêter l'événement. Ils s'étaient offert un festin de friands au homard, de cornets de frites et de milk-shakes au soda végétal, achetés à une baraque très fréquentée. Puis ils avaient canoté toute la soirée, presque jusqu'à la nuit noire.

Pointant le doigt vers la traînée scintillante de la Voie lactée, il avait alors demandé :

— C'est là, le paradis ?

Et grand-père lui avait serré les doigts en déclarant :

— Le paradis, c'est ici, fiston. Avec toi.

L'avion fit escale sur la base aérienne de Manas, au Kirghizistan, où l'air était frais et embaumait la verdure. Durant les trois heures d'attente pour récupérer les bagages, il essaya tour à tour d'appeler son grand-père, Ivy et sa mère, sans succès. De guerre lasse, il se dirigea vers le mess, histoire de trouver quelque chose à manger. On avait beau être en pleine nuit, il y avait la cohue dans le réfectoire. Pour tromper l'attente, Ross étudia consciencieusement la déontologie de l'armée et les affiches vantant les circuits touristiques, les parcours de golf et les services de balnéothérapie, toutes activités de bien-être et de détente qui lui parurent aussi exotiques qu'un brandy français. Avant de s'enrôler, ce luxe au quotidien faisait partie intégrante de sa vie, grâce à grand-père. Aujourd'hui, il rentrait au pays, endurci par les choses qu'il avait vues et accomplies. Mais au moins avait-il tenu la promesse faite à son grand-père.

« Je t'en prie, grand-père, tiens le coup, songea-t-il. Je t'en prie, fais comme les soldats blessés qu'on requinque et qui repartent au combat. »

A l'escale suivante de Bakou, en Géorgie, il fut saisi par l'envie impérieuse de s'enfuir à toutes jambes et de voyager comme n'importe quel civil, mais il réprima sa pulsion et rongea son frein dans l'attente du vol qui le ferait atterrir à l'aéroport Shannon, en Irlande. Il ne pouvait pas se défiler, pas maintenant.

Pas maintenant que grand-père s'était mis à agir en dépit du bon sens, qu'il avait abandonné son traitement et pris la poudre d'escampette, tout ça pour retrouver un frère inconnu au bataillon.

Durant sa mission, Ross avait appris à sauver des vies — mais à les sauver d'éclats d'obus et d'amputations traumatisantes, pas de tumeurs au cerveau. Une image restait gravée dans son esprit, un souvenir de sa dernière sortie. Il n'arrêtait pas de penser au vieillard blessé et à ce jeune garçon, piégés dans cette cahute, cramponnés l'un à l'autre. Ils avaient été dépouillés de tout, mais ils irradiaient le calme. Il n'avait jamais su ce qui était advenu des deux villageois afghans ; dans l'armée, le suivi des blessés est rare.

Mais il regrettait de ne pas avoir pris de leurs nouvelles.

3

— Eh bien, dit George en rattachant sa ceinture. Quelle aventure !

Claire se réengagea sur la route en s'efforçant de recouvrer son calme.

— Personnellement, lâcha-t-elle, je me passerais volontiers de ce genre de péripéties.

Elle conduisait lentement, avec une prudence excessive, comme si tous les regards étaient braqués sur elle.

George ne semblait pas avoir été perturbé par l'épisode avec le policier. Il avait poliment fait remarquer à celui-ci que dans un pays libre comme le leur, une belle-fille pouvait s'inquiéter pour son beau-père sans faire de lui un hors-la-loi.

L'officier Tolley les avait minutieusement interrogés, mais au grand soulagement de Claire, la plupart de ses questions s'adressaient à George. Et par ses reparties pleines de bon sens, ce dernier avait obtenu gain de cause.

— Jeune homme, avait-il déclaré, bien que l'idée d'être l'otage d'une femme séduisante ne soit pas pour me déplaire, je suis ici de mon plein gré.

Claire avait produit son diplôme d'infirmière et son autorisation d'exercer en s'efforçant d'apparaître terne et sympathique — une femme ordinaire, en somme. Elle avait eu tout le temps de s'entraîner…

Ses efforts avaient sans doute été payants, car, en fin de compte, le policier n'avait trouvé aucune raison de les retenir plus longtemps. Il les avait laissés partir en leur lançant : « Bonne journée ! »

Elle aperçut une station-service.

— Ça va toujours ? demanda-t-elle à George. Vous voulez qu'on s'arrête ?

— Non, merci. On y est presque, non ?

Elle lui indiqua le gadget qui trônait sur la console.

— D'après le GPS, il reste encore 19 kilomètres.

— Quand j'étais jeune, nous prenions le train de Grand Central jusqu'à Avalon. Là, nous montions à bord d'un vieux bus tout déglingué qui nous conduisait au Camp Kioga.

Il s'interrompit.

— Pardon…

— De quoi ?

— De vous infliger mes souvenirs d'enfance. Je risque de vous soûler, vous savez.

— Ne vous excusez pas. Notre histoire commence toujours quelque part.

— Bien vu. Mais pour le reste du monde, la mienne n'a rien de bien intéressant.

— Détrompez-vous, George. Chaque vie est intéressante, chacune à sa façon.

— C'est gentil à vous de dire ça, et je suis certain que la vôtre ne fait pas exception à la règle. J'ai hâte de mieux vous connaître.

Claire ne répondit pas. Elle gardait les yeux fixés sur la route — une petite route de campagne sinueuse et peu fréquentée menant à Avalon, ce hameau en bord de lac.

Quelle facette d'elle-même allait-elle montrer à cet aimable vieux monsieur, condamné par la maladie ? La brillante étudiante de l'école d'infirmières ? La femme célibataire qui ne s'encombrait d'aucune possession et enchaînait les déménagements ? Saurait-il la percer à jour et voir la femme déracinée qui se cachait sous le fragile vernis d'une vie inventée ? De temps en temps, certains de ses patients sentaient que quelque chose « clochait » chez elle.

D'où sa décision de se spécialiser dans les soins palliatifs destinés aux malades en fin de vie. Une raison macabre, mais au moins ne se leurrait-elle pas sur ses motivations.

— Oh, je n'ai rien de bien intéressant, je vous assure, dit-elle à George.

— Ça, je n'en crois pas un mot. Prenez votre métier, par exemple. C'est un choix fascinant de la part d'une jeune femme. Comment en êtes-vous venue à travailler dans cette spécialité ?

Elle avait une réponse toute prête.

— J'ai toujours aimé m'occuper des autres.

— Mais des mourants, Claire ? Ça doit être rudement déprimant, parfois, non ?

— C'est peut-être pour ça que je choisis uniquement mes patients parmi les vieux saligauds pleins aux as, répliqua-t-elle, pince-sans-rire.

— Ah ! Celle-là, je l'ai bien cherchée ! N'empêche, je reste intrigué. Vous êtes jeune, jolie, intelligente… Je me pose des questions, voyez-vous…

Mais Claire ne voulait pas qu'il se pose des questions sur elle. Elle était très secrète, non par choix, mais par nécessité. Dans son cas, c'était une question de vie ou de mort. Son existence était faite de mensonges qui ne reposaient sur rien et de secrets qu'elle ne pourrait jamais partager. Chez elle, les seuls détails authentiques résidaient dans le vernis superficiel, un peu comme le personnage qu'on se compose pour aller à un cocktail — façon de parler, d'ailleurs, car on ne l'invitait jamais à un cocktail. Sa véritable personnalité restait enfouie au plus profond d'elle-même, et cela valait sans doute mieux. Qui se serait soucié de ses interminables nuits d'insomnie, quand le sentiment aigu de sa solitude la réduisait à l'état d'enveloppe vide ? Qui aurait voulu savoir qu'elle était si affamée de caresses que parfois sa chair s'embrasait de désir ? Qui aurait compris son envie de changer de peau et de tout plaquer ?

A une certaine époque, vivre sous un faux nom lui avait permis de rester en vie. C'est plus tard qu'elle s'était rendu compte du prix à payer pour son salut. Un prix simple mais exorbitant : elle avait dû renoncer à tout, même à son identité.

— Ecoutez, George, concentrons-nous plutôt sur vous.

— Je n'ai jamais pu résister à une créature auréolée de mystère, plaisanta-t-il. Seriez-vous une femme fatale ? Bah, je verrai bien… De toute façon, au point où j'en suis…

L'humour avait du bon, même dans ce genre de circonstances.

— Vous avez mieux à faire que de traquer mes petits secrets, George. Du reste, je préférerais que vous me parliez de votre vie. C'est vous, le héros de cet été.

— Et vous ne trouvez pas ça démoralisant ? Rester auprès d'un vieil homme en attendant qu'il meure ?

Elle éluda la question :

— Plus sérieusement, vous avez tout intérêt à faire de cet été l'été de votre vie et non celui de votre mort.

— D'après ma famille, vous ne me convenez pas.

— C'est sûrement pour ça que votre belle-fille nous a signalés à la police. Oui, en effet, peut-être que je ne vous conviens pas. Nous verrons bien.

— Jusqu'ici, nous nous entendons à merveille.

Il marqua une pause.

— Vous ne trouvez pas ?

— Vous venez de m'engager. Nous nous connaissons depuis trois jours à peine.

— Oui, mais ces trois jours ont été intenses. Y compris ce long trajet depuis New York. On peut deviner beaucoup de choses en roulant avec quelqu'un. Le courant passe, entre vous et moi.

Il laissa de nouveau s'écouler quelques secondes.

— Vous ne dites rien. Vous n'êtes pas d'accord ?

Claire avait un principe : dire la vérité à ses patients chaque fois que c'était possible. Les autres compartiments de sa vie comportaient bien assez de mensonges… Son métier restait une enclave de sincérité.

— Ma foi…, hasarda-t-elle, presque sur un ton d'excuse, nous avons chanté tout à l'heure, à Poughkeepsie…

— Tout le monde chante en voiture, répliqua-t-il. C'est typiquement américain.

— Bon, d'accord. Mettons que je n'ai rien dit.

— Je chante si mal que ça ?

— Vous chantez très mal, George.

— Zut !

Il feuilleta quelques pages de son carnet.

— Vous vouliez que je sois franche…

— Oh, que vous n'aimiez pas ma façon de chanter, ça m'est bien égal ! Mais vous m'obligez à reconsidérer une entrée de ma liste. Ah, la voilà ! Je voulais interpréter une chanson pour ma famille.

— Rien ne vous en empêche.

— Hein, qu'est-ce que vous dites de mon idée ? Histoire qu'ils ne soient pas tristes de me voir partir.

— Avec un petit accompagnement, vous vous en sortirez très bien.

— Alors, vous êtes partante ?

— Pas question, je ne sais pas chanter. Mais je trouverai quelqu'un pour vous aider.

— Je vous le rappellerai, Claire.

Facile, songea-t-elle. Il n'y avait qu'à trouver un bar à karaoké, faire venir sa famille, et le tour serait joué. Enfin… ça ne serait peut-être pas si simple.

Elle reprit :

— Au vu de notre petit entretien avec ce charmant officier de police, vos proches ne me portent pas dans leur cœur.

Personnellement, elle n'en avait cure. Sa seule préoccupation, c'était son patient. Néanmoins, tout se passait mieux quand la famille approuvait les dispositions prises par le malade, les proches ayant le don de tout compliquer. Elle se disait parfois que l'absence de famille était un bienfait déguisé. En tout cas, c'était une complication qui ne la concernait pas.

Une famille… Elle en rêvait souvent, comme un diabétique au dernier degré peut rêver de manger un gâteau nappé de caramel. Evidemment, elle n'en aurait jamais, mais on pouvait toujours fantasmer. Il lui arrivait d'assister discrètement à des réunions familiales — des remises de diplômes, des mariages en plein air, voire des obsèques à l'occasion — juste pour voir l'effet que ça faisait, d'avoir une famille. Dans les journaux, elle était fascinée par la rubrique nécrologique ; son regard était toujours attiré par la longue liste de parents que le défunt laissait derrière lui. Manie qui, à la réflexion, était assez pathétique, mais plutôt inoffensive.

Mais George poursuivait :

— Ils vous ont jugée à l'emporte-pièce, et d'ailleurs, ils ne vous ont pas encore rencontrée.

— Ma foi, vous vous êtes organisé en très peu de temps.

— Bien obligé, sinon ils m'auraient mis des bâtons dans

les roues. Ils auraient dit que nous étions incompatibles, vous et moi, que nous étions bien trop différents.

— Sottises ! Vous êtes de sang bleu et moi un col bleu — nous avons au moins la couleur en commun.

— Exactement !

— Et puis nous sommes tous égaux devant la vie, ajouta-t-elle.

— Hum… disons que moi, je suis plus proche de la ligne d'arrivée.

— Nous n'étions pas censés garder une attitude positive ?

— Désolé.

— Tout va bien se passer, George, je vous le promets.

— Sauf que pour l'un de nous, ça va mal finir.

— Alors, ne pensons pas à la fin.

C'était un phénomène bien connu. Les personnes confrontées à un diagnostic dévastateur passaient par diverses étapes cliniques et psychologiques : le choc, la colère, le déni, etc. Dans sa profession, c'était le b-a ba. Mais en pratique, chaque patient avait sa façon à lui d'exprimer ces différents stades.

Pour se protéger du désespoir, certains se réfugiaient dans le déni ou affichaient une attitude désinvolte vis-à-vis de la mort. C'était le cas de George. Il semblait à l'aise dans ce registre-là et elle appréciait son côté caustique. Bien sûr, il recourait à l'humour et au sarcasme pour tenir à distance les sombres réalités — l'appréhension, l'incertitude, la peur, les regrets, le désespoir. Réalités qui se concrétiseraient ou non le moment venu, mais c'était son devoir à elle de le soutenir dans toutes les épreuves.

Tous ses patients précédents résidaient à New York, une métropole où l'on pouvait être un visage anonyme dans la foule. C'était la première fois qu'elle s'aventurait dans un tel endroit. Un patelin hors du temps, qui ressemblait plus à une illustration de livre d'images qu'à un lieu véritable. Elle avait l'impression d'entrer dans un parc à thème dominé par les arbres et les splendides sites sauvages, parsemé de maisons peintes et de fermes pittoresques.

Ils dépassèrent un autre panneau de bienvenue, celui-ci marqué d'un blason héraldique aux motifs inventés.

— Avalon, annonça-t-elle. Je me demande si la ville tient son nom de la légende du roi Arthur.

A l'adolescence, elle avait développé une obsession maladive pour le sujet, fuyant dans les livres un monde fait d'effroi et d'incertitude. Une de ses mères d'accueil, professeur de littérature anglaise, lui avait appris à vivre un récit avec intensité, à s'inspirer de son enseignement.

— Oui, acquiesça George. C'était sans doute l'idée de ses fondateurs. C'est à Avalon qu'Arthur s'est retiré pour mourir.

— Pas tout à fait. C'est l'île où a été forgée Excalibur, et où Arthur a été conduit pour se remettre de ses blessures, après sa dernière bataille.

— Ah, mais s'en est-il remis ?

Elle lui lança un coup d'œil.

— Pas encore.

A son arrivée dans un endroit inconnu, son premier soin était d'effectuer une reconnaissance des lieux. Planifier son itinéraire de fuite était devenu un réflexe chez elle. Depuis son adolescence, le monde était devenu un environnement dangereux, et Avalon ne faisait pas exception à la règle. Pour la plupart des gens, une bourgade de ce genre représentait l'idéal américain, avec ses façades immaculées et son décor bucolique. Des avenues bordées d'arbres menaient à un charmant centre-ville où les habitants s'adonnaient au lèche-vitrines en flânant le long de trottoirs bien entretenus.

Mais pour Claire, ce joli village était aussi menaçant

qu'un rebord de falaise. Un faux pas et tout était fini. Nul doute que se cacher ici serait plus difficile qu'ailleurs, surtout après y avoir été accueillie par la police…

Elle prit note mentalement de l'emplacement de la gare et de la place principale, entourée de boutiques et de restaurants alléchants, à l'ombre d'auvents à rayures garnis de festons. Au milieu d'un vaste parc se dressait un noble édifice de pierre : la bibliothèque municipale d'Avalon. Au loin, on distinguait le lac lui-même, aussi lisse et serein qu'une carte postale.

L'après-midi tirait à sa fin et l'inclinaison des rayons du soleil allongeait les ombres, dorant la scène d'une profonde nostalgie. D'anciennes bâtisses en pierre, certaines ornées de façades sculptées, portaient la date de leur fondation — 1890, 1909, 1913. Un panneau d'informations municipales annonçait que le match d'ouverture des Frelons — l'équipe de base-ball — serait précédé par un barbecue.

— Vous aimez le base-ball ? s'enquit-elle.

— Je suis un fan inconditionnel. Parmi mes meilleurs souvenirs figurent les matchs que j'allais voir au Yankee Stadium en compagnie de mon père et de mon frère. En 1950, j'y ai vu les Yankees devenir champions du monde en battant les Phillies. Durant ce match, Yogi Berra a frappé un coup de circuit inoubliable.

Ses yeux brillèrent de mélancolie.

— Une année, nous avons vu Harry Truman effectuer le premier lancer de la saison. Il lançait indifféremment des deux mains, si je me souviens bien. Moi-même j'ai souvent rêvé de lancer la balle, mais l'occasion ne s'est jamais présentée.

— Ajoutez donc ça à votre liste, George. On ne sait jamais.

Ils passèrent devant une banque, l'église du Christ, deux

boutiques de vêtements, un magasin d'articles de sport, une librairie — Les Livres de Camelot — et les Pétales de Zouzou, une autre boutique. Plus loin, une grande banderole proclamait l'inauguration d'un tout nouveau magasin : Les Mariés de Yolanda. Certains étages des immeubles abritaient des locaux professionnels : un cabinet de pédiatre, de dentiste, d'avocat, un établissement de pompes funèbres.

« Tous les commerces sont regroupés au même endroit, songea Claire. On peut vivre et mourir sans sortir d'ici. »

Passer toute sa vie au même endroit… Cette idée, pour elle, était inconcevable.

Elle freina à un passage piéton ; un gamin brun traversa en faisant passer sa balle de base-ball d'une main à l'autre. Au coin de la rue, une femme blonde sortait du cabinet d'un médecin. Elle était enceinte. En fait, les habitants de la petite ville ressemblaient aux habitants de partout — ils étaient jeunes, vieux, seuls, accompagnés, de taille et d'allure diverses. Les gens tendaient à être les mêmes quel que soit l'endroit où on l'appelait, pensa-t-elle. Ils vivaient, s'aimaient, se disputaient, riaient, pleuraient et, bon an mal an, cela finissait par bâtir toute une existence. A cet égard, les habitants d'Avalon ne différaient pas des autres. Simplement, ils faisaient tout cela dans un cadre plus agréable.

— Eh bien, George ? Votre impression ?

— C'est assez incroyable. La ville a très peu changé depuis ma dernière visite. Je me demandais si je la reconnaîtrais.

Ses mains se crispèrent sur le carnet qu'il tenait sur ses genoux.

— Je crois que j'aimerais mourir à Avalon. Oui, c'est ici que je veux que ça se passe.

Claire ne releva pas sa déclaration.

— A quand remonte votre dernier passage ici ?

— C'était le 24 août 1955, répondit-il sans hésiter, et j'en suis parti par le train de 16 h 40. Je n'aurais jamais cru que cinquante-cinq ans s'écouleraient avant que j'y retourne…

Cinquante-cinq ans…, réfléchit Claire. Qu'est-ce qui avait pu le pousser à revenir au bout de tant d'années ?

— Vous voulez bien vous arrêter ici ? demanda George. Je dois faire une étape à cette boulangerie. Elle existait déjà à l'époque.

Claire gara le fourgon sur un large emplacement réservé aux handicapés. Dans ses bons jours, George était tout à fait capable de marcher, et c'était apparemment le cas aujourd'hui. Cependant, ils se trouvaient dans un nouvel environnement et elle ne voulait pas tenter le diable.

Boulangerie-Salon de thé Sky River.

Fondée en 1952, d'après l'enseigne peinte à la main. Par cette belle journée de printemps, des tables occupaient çà et là le trottoir donnant sur la place. A l'ombre des parasols, des groupes de clients sirotaient des boissons glacées et se régalaient de gourmandises raffinées.

Elle contourna le fourgon pour faire descendre George. Quand on veut aider un patient, il faut s'adapter à lui, elle l'avait appris d'expérience. *Respect et dignité*, c'était sa devise.

Elle tenait un fauteuil roulant à sa disposition, mais George opta pour sa canne, un objet sans prétention au bout caoutchouté. Une fois sorti du véhicule, il prit quelques instants pour regarder alentour. Son masque un tantinet bravache glissa légèrement, révélant un visage adouci par l'incertitude.

— George ?

— Comment… comment suis-je ? Convenable ?

Claire sentit son cœur fondre mais ne sourit pas. Tout le monde avait ses angoisses.

— Je me disais justement que vous étiez beau comme

un astre. En fait, je trouve assez agréable de vous dire la vérité au lieu de devoir jouer la comédie.

— Vous feriez ça ? Vous prétendriez que j'ai bonne mine même si c'était faux ?

— Tout est une question de point de vue. J'ai affirmé à certaines personnes qu'elles avaient une mine superbe alors qu'elles avaient une tête de déterré.

— Ne me dites pas qu'elles n'y voyaient que du feu ?

— Les gens ne voient que ce qu'ils ont envie de voir. Mais en ce qui vous concerne, je n'ai pas à mentir. Vous avez fière allure. Et cette casquette vous donne une touche très élégante. Qui vous a appris à composer vos tenues ?

— Mon père, Parkhurst Bellamy. Il était très à cheval sur la manière dont un gentleman doit s'habiller, quelle que soit l'occasion — même pour faire un saut à la boulangerie. Avec mon frère, il nous a emmenés à Londres pour acheter nos premiers costumes à façon, chez Henry Poole, dans Savile Row. D'ailleurs, c'est encore là que je me fournis.

— « A façon ? »

— Faits sur mesure et cousus main.

Il jeta un bref regard à son reflet dans la vitrine.

— Je vous demande une faveur, Claire. Si jamais j'atteins ce stade, ne me mentez pas, dites-moi franchement que j'ai une tête de déterré.

— Marché conclu.

Elle marqua une hésitation.

— Vous vous attendez donc à voir une de vos connaissances dans la boulangerie ?

Il lui adressa un sourire contrit.

— Après tout ce temps ? C'est peu probable. D'un autre côté, il est bon de se tenir prêt à tout, même au plus inattendu.

Il redressa les épaules et serra le pommeau de sa canne.

— Nous entrons ?

Et, en galant homme, il lui tint la porte de l'établissement.

En entrant, Claire crut défaillir, assaillie par les effluves de pain frais, de pâtisseries au beurre, de cookies, de tartes aux fruits et d'une spécialité maison du nom de *kolache* — un petit pain brioché garni de confiture ou de fromage doux.

Une chanson des Indigo Girls s'échappait de deux petits haut-parleurs. La décoration de la boulangerie était éclectique et branchée — murs jaune vif et carrelage à damier noir et blanc. Une pendule en forme de chat roulait des yeux et rythmait le temps de sa queue en balancier ; plus loin, une ardoise proposait un menu écrit à la main. Derrière le comptoir, on avait accroché un billet de un dollar encadré, ainsi que diverses autorisations et licences, tandis que le mur de côté s'ornait pêle-mêle de photos d'art et d'un grand nombre de coupures de journaux, y compris un article jauni annonçant l'ouverture en grande pompe de la boulangerie, presque soixante ans plus tôt.

Dans ce cadre, George paraissait quelqu'un d'autre : doux et pensif, il semblait débarrassé de l'impatience dont il avait fait montre pendant le trajet. Une petite file de clients se pressait au comptoir principal. George attendit son tour, puis commanda royalement : un *kolache,* un pavé au sucre d'érable et un cappuccino, mais aussi un carton de bialys et une tartelette aux framboises.

Claire, elle, se contenta d'un thé glacé — édulcoré à la stévia.

Ils s'installèrent à une table latérale, sous une grande affiche touristique représentant une vue du lac. Un serveur au tablier saupoudré de farine — Zach, d'après son badge — apporta leur commande. Le jeune homme se distinguait par des cheveux si blonds qu'on les aurait dits blancs. Pourtant, c'était leur teinte naturelle, et l'effet produit ne devait rien à une quelconque décoloration. Claire avait assez souvent changé de couleur de cheveux pour ne pas s'y tromper.

— Bon appétit, dit-il après les avoir servis.

George pointa un doigt accusateur sur le verre de thé glacé.

— Vous n'avez rien commandé, Claire. Comment faites-vous pour ne pas avoir envie de goûter à ce qu'on sert ici ? Ne serait-ce qu'une de ces pâtisseries ?

— Croyez-moi, George, *tout me fait envie*. Mais je ne peux pas. Je… hum, j'ai eu un vrai problème de poids, à une époque. Je dois faire très attention à ce que je mange.

— Vous faites preuve d'une abnégation remarquable.

L'abnégation…

Sa vie, songea-t-elle, se résumait en grande partie à cela, mais ce qu'elle ne pouvait pas dire à George, c'est que son régime n'était pas qu'une simple question de vanité. C'était une question de survie. Adolescente, elle avait trouvé soutien et réconfort dans la nourriture, ce qui lui avait valu le rôle de la fille obèse, ignorée par les garçons. Le vilain petit canard du lycée : grosse, insultée par les autres élèves et placée en famille d'accueil.

Puis son monde s'était écroulé et il lui avait fallu opérer une transformation radicale de son apparence — son salut en dépendait. Non contente de changer de coupe et de couleur de cheveux, elle avait modifié sa façon de s'habiller, de s'exprimer et de se comporter, mais l'amincissement de sa silhouette avait été l'élément capital du personnage qu'elle s'était composé. A l'époque, sa jeunesse, ajoutée au stress d'être en fuite, lui avait permis d'éliminer rapidement son surpoids, mais garder la ligne restait pour elle un combat de tous les jours. Les kilos avaient une façon si insidieuse de s'accumuler… Cela commençait toujours par une pâtisserie toute simple, à l'air faussement innocent, comme celle que George lui tendait à présent.

Mais une motivation suprême l'empêchait de craquer : la volonté de rester en vie.

— Non, merci, George, mais allez-y, faites-vous plaisir.

— Et votre plaisir à vous, que diable ?

— Il me suffit de vous voir déguster un *kolache*, affirma-t-elle.

Il haussa les épaules.

— Vous me tuez. Oups ! Je ne suis pas censé dire ce genre de choses, n'est-ce pas ?

— Vous pouvez dire tout ce que vous voulez, George. Vous pouvez *faire* tout ce qui vous chante. C'est votre été qui se prépare.

— J'aime votre mentalité. C'est l'état d'esprit qui aurait dû régir toute mon existence.

Il prit une généreuse bouchée de sa viennoiserie et la savoura lentement, le visage adouci par une expression d'extase muette. Il rouvrit les yeux et s'aperçut qu'elle le dévisageait.

— Eh bien, annonça-t-il, j'ai une bonne et une mauvaise nouvelle. La mauvaise, c'est que je n'irai pas au paradis. La bonne, c'est que j'y suis déjà.

— D'après le GPS, le camp de vacances n'est qu'à 16 kilomètres d'ici. Je ferai en sorte de vous approvisionner régulièrement en pâtisseries de ce genre, proposa Claire.

— Franchement, c'est un délice. Vous êtes sûre de ne pas vouloir vous laisser tenter ?

— Certaine. Mais je suis bien contente de savoir qu'on sert tous les jours des *kolaches* au paradis. Soyez gentil d'en déguster un en pensant à moi.

Tout en sirotant son thé, elle passa en revue les autres clients. Encore une de ses manies de paranoïaque, s'assurer que personne ne l'épiait et recenser les issues de secours — la porte à double battant derrière le comptoir et l'entrée principale qui donnait sur la rue. En l'absence de signes alarmants, elle contempla le grand poster artistique qui ornait le mur.

— C'est une très belle vue du lac des Saules.

— Oui, en effet, acquiesça George.

Le cliché rendait à merveille l'ambiance sereine du lac et la qualité de lumière qui baignait ses rives frangées de forêts. Claire avisa un nom griffonné à l'endroit où le photographe avait signé et numéroté l'épreuve.

— Daisy Bellamy. Une parente à vous, George ?

— Possible.

Un infime sourire crispa sa bouche et il changea délibérément de sujet.

— Quelle sensation étrange, dit-il, alternant des bouchées de pâtisserie avec des gorgées de son cappuccino au lait entier. J'ai passé des dizaines d'années à surveiller mon cholestérol, et en fin de compte, je ne vais pas mourir d'une maladie du cœur.

Il goûta son pavé au sirop d'érable.

— Si j'avais su…

C'était un raisonnement circulaire, mais Claire s'abstint de le lui faire remarquer. Il n'en restait pas moins que s'il avait si longtemps joui d'une bonne santé, c'était entre autres grâce à de saines habitudes alimentaires.

— Je pourrais même me mettre à fumer.

Il se tamponna la bouche avec une serviette.

— Ce ne sont pas les cigares ou les cigarettes qui vont me tuer. Je pourrais m'adonner au tabac, libre de toute culpabilité.

— Pourquoi pas, si ça vous rend heureux ?

— Je m'y emploie.

— A quoi ?

— A me rendre heureux. Toute ma vie, je me suis dit qu'un jour, je serais heureux.

— Et ce jour-là est arrivé.

— C'est dur..., murmura-t-il.

— D'être heureux ? Ne m'en parlez pas !

Elle lui prit le bras et le conduisit vers la porte avant qu'il ait pu la questionner.

— Venez, George. Allons vous acheter des cigares.

Ils quittèrent la petite ville et prirent la route du lac, en direction du nord. En cette fin d'après-midi, la lumière dorée s'intensifiait d'une palette d'ambre, d'orange et de rose vif. Claire roulait en silence, bouleversée par la splendeur de l'horizon. Goûtant pour la première fois au luxe de la nature, elle éprouvait de façon aiguë la magnificence du paysage, submergée par une émotion inattendue.

« Me voici, pensait-elle. Me voici, j'arrive. »

— Cette forêt est devenue très touffue, commenta George. Avant, elle était toujours éclaircie par les coupes. C'est bien qu'on ait replanté des arbres, la forêt a retrouvé un aspect normal.

Claire sentait croître l'excitation du vieil homme au fur et à mesure qu'ils approchaient du Camp Kioga, leur destination finale — le camp où il avait passé les étés de son adolescence. Au passage, il lui désignait d'un doigt impatient les repères jalonnant la route : montagnes, formations rocheuses, points de vue, une cascade surmontée d'un pont suspendu.

En abordant les derniers kilomètres, ils s'enfoncèrent encore plus avant dans la forêt, là où le feuillage était si dense que, pour la première fois, Claire se détendit, gagnée à tort ou à raison par un sentiment de sécurité. Enfin, la résidence de vacances apparut avec son pavillon et ses dépendances, nichée dans le luxuriant écrin de verdure bordant l'extrémité septentrionale du lac.

Selon la brochure qu'elle avait rapidement parcourue, le village venait d'être rénové par ses nouveaux gérants — un jeune couple, Olivia et Connor Davis. Pourtant, l'endroit conservait un cachet historique grâce à ses bâtiments de bois et de pierre, ses enseignes artisanales, son parc naturel et ses pontons en planches autour desquels dansaient les cat-boats et les canoës amarrés. Le site internet, qu'elle avait consulté la nuit précédente, expliquait que le Camp Kioga avait connu son apogée durant la période des Grands Camps, au milieu du XXe siècle, à l'époque où les familles fuyaient la canicule estivale de New York.

La beauté de ce lieu, son histoire profondément ancrée dans le temps déclenchèrent en elle une frustration intense vis-à-vis de tout ce qui lui était désormais inaccessible — les personnes connaissant sa véritable identité, par exemple, et qu'elle ne pouvait plus fréquenter. Quel bonheur ce serait de pouvoir cesser de fuir !

Le gravier crissa sous les pneus du fourgon lorsqu'ils s'engagèrent sur l'allée circulaire menant au pavillon d'accueil. Au-dessus du terre-plein central flottaient trois drapeaux : celui des Etats-Unis, celui de New York et, moins haut, un autre qu'elle ne reconnut pas.

— C'est l'emblème du Camp Kioga, lui expliqua George. Je suis content qu'on ne l'ait pas modifié.

Le drapeau représentait un tipi assez kitsch près du lac, sur fond de collines bleues.

Claire se gara près de l'entrée en rondins et sortit du véhicule. Il n'y avait personne dans les environs. La saison débutait et, un après-midi de semaine, l'endroit était presque désert.

Au bout de quelques minutes, un adolescent en salopette,

qui jardinait dans le terre-plein central, vint vers eux en ôtant ses gants de toile.

— Bienvenue au Camp Kioga, lança-t-il tandis que Claire ouvrait la portière du côté de George. Je m'appelle Max. Monsieur, je peux vous aider ?

George déclina son offre :

— Non, merci, jeune homme, mais peut-être aurons-nous besoin de vous pour porter les bagages, une fois finies les formalités d'accueil.

— Ça marche ! répliqua Max.

Ce dernier jeta un regard plus appuyé à George et s'attarda un instant à le détailler. Puis il leur tint la porte pour leur permettre d'entrer.

Claire sentit George se raidir lorsqu'ils pénétrèrent dans le magnifique pavillon de style Adirondack, construit en rondins et galets de rivière. Il y régnait une vague odeur de feu de bois émanant d'un âtre si vaste qu'une personne pouvait s'y tenir.

La partie réception, décorée de meubles rustiques et d'art premier, semblait hors du temps ; Claire n'avait jamais vu un tel lieu, sauf en rêve. Les teintes sourdes, associées à la lumière qui filtrait des fenêtres ombragées de mica et des abat-jour colorés, créaient une ambiance subtile. Sur le côté, une pièce abritait ce qui semblait être une bibliothèque bien fournie, et un escalier descendait vers une salle de jeux.

Au-delà de la réception s'étendait une élégante salle à manger ainsi qu'un bar plongé dans l'obscurité. On était en train de préparer les tables pour le dîner avec des nappes et des serviettes en lin d'un blanc immaculé. Tout un mur disparaissait derrière des bouteilles de vin. A l'opposé de la salle, une série de portes-fenêtres permettaient d'accéder à un vaste débarcadère donnant sur le lac.

Claire vit la main de George se crisper sur le pommeau de sa canne.

— Vous allez bien ?

— On ne peut mieux.

Renée, une femme agréablement efficace, s'occupa d'enregistrer leur arrivée, puis leur donna quelques repères pour s'orienter dans la centaine d'acres qui composait le domaine. Chaque hébergement du camp possédait un nom et un caractère bien à lui : le Pavillon d'hiver, le Cottage de printemps, le Chalet Saratoga, la Maison-longue, etc. D'après la carte illustrée du camp, Claire et George partageraient un bungalow tout confort comprenant deux chambres, le Refuge d'été. Quand elle avait effectué la réservation, elle avait exigé un logement qui soit aménagé pour une personne en fauteuil roulant ; or, la résidence en question s'avérait être le cottage le plus sophistiqué du site. Il disposait de son propre ponton et de son propre hangar à bateaux, et, selon la formule du prospectus, c'était « le lieu idéal pour le rêve et l'évasion ».

Claire resta le souffle coupé en découvrant le tarif journalier de la location, mais George tendit sans sourciller sa carte de crédit à l'employée.

Celle-ci l'inséra dans le sabot et marqua une hésitation avant de la lui rendre.

— Bellamy… C'est aussi le nom des propriétaires du camp. Des parents à vous ?

— C'est possible, répondit George sans fournir d'autre explication.

— Dans ce cas, vous avez peut-être droit à la remise réservée aux amis et à la famille.

— Merci, mais ça ne sera pas nécessaire. Veuillez m'excuser.

George traversa la salle à manger déserte et sortit sur le débarcadère.

Claire le rejoignit quelques minutes plus tard, en silence. Baigné par les derniers rayons du soleil, George admirait le lac, appuyé à la rambarde. La surface de l'eau était calme, à peine troublée par d'imperceptibles rides laissées dans leur sillage par un couple d'oiseaux aquatiques. La lumière oblique frappait le lac d'un ruban de couleur vive. Au loin, on distinguait une petite île agrémentée d'un quai et d'un belvédère, qui se découpait en noir d'encre sur le ciel de plus en plus sombre.

En observant George, elle comprit qu'il ne voyait pas ce paysage féerique. Il contemplait l'horizon, mais son regard était tourné vers l'intérieur de lui-même, abîmé dans les souvenirs de toute une vie.

Au bout d'un moment, il poussa un soupir :

— Ai-je obéi à un caprice de vieillard ridicule en revenant sur les lieux de ma jeunesse envolée ?

— Oui, sans doute.

Elle lui offrit son bras.

— Mais que cela ne vous empêche pas d'apprécier votre séjour. Cet endroit est d'une telle beauté, George… C'est un privilège d'être ici.

Claire n'avait jamais vu un tel cadre. Elle en avait lu des descriptions dans des romans, entr'aperçu dans des films, peut-être.

— Ce lieu est idyllique, conclut-elle.

— Après tout, s'il m'est donné de choisir un endroit où faire mes adieux à ce monde, autant que ce soit celui-ci.

Claire fronça les sourcils.

— Ah, non, vous n'allez pas me faire Henry Fonda dans *La Maison du Lac*. Allons plutôt nous installer.

Le jeune Max les escorta jusqu'au Refuge d'été, à bord

d'une voiturette de golf qu'il conduisait avec un plaisir évident. Ils traversèrent les différentes parties du camp et George retrouva son animation, leur désignant au passage les endroits qui lui étaient familiers.

— Avant, il y avait des cibles de tir à l'arc, ici. Et vous voyez cette cascade ? On s'y asseyait autour d'un feu de camp pour se raconter des histoires de fantômes — un couple qui s'était donné la mort en sautant du pont suspendu qui la surplombe. Je n'ai jamais su s'il y avait une once de vérité dans toute cette histoire. Oh, et là… C'est là que j'ai appris à jouer au tennis, sur ces courts mêmes ! Et sans me vanter, je tenais la dragée haute à tous mes adversaires. La première année, du moins. Quand mon frère et moi nous alignions au double messieurs, nous étions pratiquement imbattables.

Max se gara devant la résidence en bordure du lac et les aida à transporter leurs bagages à l'intérieur. George le remercia par un pourboire si élevé qu'il déclencha les protestations du jeune garçon.

— Oh, monsieur ! C'est inutile…

— Un pourboire n'est jamais inutile, répliqua George. Votre aide a été la bienvenue.

Claire croisa le regard de Max et haussa les épaules.

Le cottage était féerique, bien plus grand que la plupart des maisons où elle avait habité. L'ameublement était trompeusement simple, mais suprêmement confortable. L'endroit possédait une élégance rustique qui ne semblait ni fabriquée ni factice. L'intérieur était vaste et lumineux ; quant à la chambre de George, elle était agrémentée d'un bow-window avec banquette.

— Vous voulez vous reposer ? lui demanda-t-elle.

— Me reposer ? Non, je ne me repose que trop.

— Et si vous vous asseyiez un peu, le temps que je vous aide à défaire vos valises ?

Elle-même n'avait pas emporté grand-chose. Elle voyageait léger, toujours prête à disparaître en un clin d'œil. Tout était prévu en cas d'urgence — un sac rempli du nécessaire de base : des ciseaux de coiffeur, une coloration et un portefeuille garni d'une pièce d'identité, d'argent liquide et de cartes de crédit. Une nouvelle histoire, une nouvelle vie. S'il advenait quoi que ce soit, elle n'avait qu'à sortir le sac de sa cachette et s'évanouir dans la nature.

Pour l'heure, le sac était dissimulé sous un boîtier de compteur électrique, non loin du parking du camp. Restait à espérer qu'elle n'aurait pas à s'en servir… Elle allait se plaire ici, c'était une évidence. Elle consulta son téléphone portable : un appel en absence d'un « numéro masqué », autrement dit de Mel Reno. Mentalement, elle prit note de le rappeler.

Avec soin et efficacité, George avait plié dans ses valises une coûteuse garde-robe de chez Brooks Brothers, Ted Lapidus, Henry Poole et Paul & Sharks. Il avait également emporté une serviette remplie de papiers et de documents ainsi qu'un carton de livres et de photographies.

— Des photos de famille et de vieux journaux intimes, ce genre de choses, expliqua-t-il. Nous pourrons les consulter plus tard. Au salon, je suppose, j'aurai plaisir à retrouver mes souvenirs.

Claire se retint de lui demander s'il préférait avoir sa famille en photo plutôt qu'en chair et en os — à moins, bien sûr, qu'on ne lui ait pas donné le choix. Mais elle devait se garder de tout jugement.

— A notre arrivée, l'employée de l'accueil vous a demandé si vous étiez apparenté aux Bellamy qui possèdent ce camp. Vous souhaitez m'en dire davantage ?

George s'assit dans un fauteuil bas et trop rembourré, orienté de telle sorte qu'on puisse profiter de la vue.

— J'aurais beaucoup à dire à ce sujet. Mais en temps voulu.

— Comme vous voulez.

Elle passa dans le bureau et y prit un volume relié de cuir, frappé des mots « Guide du camp ».

— Il n'y a pas le téléphone dans la maison, c'est ce qu'il est dit là-dedans.

— J'ai un portable, répliqua George. Je n'aime pas m'en servir, mais à la rigueur, ça fera l'affaire.

Claire, pour sa part, préférait se garder des téléphones portables. Elle en possédait un, par nécessité, un téléphone à carte qu'elle avait payé en liquide. Les cartes aussi, elle les payait en liquide. Elle s'était obligée à laisser le moins de traces possible de son passage.

— Il n'y a pas non plus internet, reprit-elle, sauf dans le pavillon principal.

— Oh, ce machin assommant… Je ne m'en sers presque jamais.

Claire, elle, avait recours à internet pour son côté pratique, quand elle ne pouvait faire autrement.

— Moi, c'est pareil. Il y a de meilleures façons de passer le temps que de surfer sur internet. Admirer une vue telle que celle-ci, par exemple.

Elle désigna le coucher de soleil que l'on apercevait par la fenêtre.

— Que diriez-vous d'aller vous asseoir quelques instants sous la véranda ?

— Excellente idée.

Le cottage possédait une véranda à garde-fou agrémentée de fauteuils en osier blancs, d'une balancelle et d'un curieux berceau suspendu par des chaînes. Elle aida

George à s'installer dans la balancelle et il se laissa aller contre le dossier, le regard fixé sur les eaux calmes. Il sortit les cigares qu'ils avaient achetés ensemble et en alluma un. Presque aussitôt, il se mit à agiter la main devant son visage, pris d'une violente quinte de toux.

— George !

Claire lui confisqua le cigare dont elle écrasa le bout incandescent.

— George, ça va ?

— Mieux, maintenant. Voilà au moins une chose que je ne regretterai pas.

Il secoua la tête et but une gorgée d'eau.

— Dommage, ça faisait tellement chic de fumer, dans le temps…

— Eh bien, je suis ravie que vous n'ayez pas cédé à cette mode.

Il ramassa son journal intime et le feuilleta.

— Ma liste est longue. C'est irréaliste, d'après vous ?

— Il n'y a pas de règles dans ce domaine.

George hocha la tête.

— En tout cas, nous avons déjà accompli un de mes souhaits.

— Ah oui ? Lequel ?

Il raya fermement l'entrée n° 17 avant de lui tendre son carnet d'un geste solennel.

Claire considéra l'entrée en question avec perplexité : « Revoir l'endroit où je suis tombé amoureux pour la première fois. »

— C'est ce que vous avez fait ? s'enquit-elle en lui rendant son journal intime.

— Aujourd'hui même.

— Vous voulez parler du camp de vacances ?

— Non, avant, avoua-t-il, un peu embarrassé.

Elle retraça en pensée le déroulement de leur voyage.

— Non, je ne vois pas… Ah, mais si ! Vous voulez dire… ?

George opina derechef.

— La boulangerie Sky River.

Il soupira, contempla l'entrée encore quelques instants, une vague lueur dans le regard.

— Vous avez faim, George ? Voulez-vous que nous allions dîner au pavillon ?

— Non, je suis un peu fatigué, à vrai dire. J'aime autant me reposer ici un moment.

— Bien sûr. Je vais chercher vos médicaments.

Les stéroïdes et autres traitements palliatifs jugulaient les symptômes, mais leurs effets n'étaient que temporaires. Le côté positif, c'est qu'ils permettaient à George de jouir d'une qualité de vie correcte au lieu d'endurer jour après jour des souffrances interminables dans le cadre d'un traitement lourd, pénible, et finalement voué à l'échec.

Quand elle tomba sur la boîte de Viagra, elle s'efforça de rester impassible, mais devant la réaction de George, elle comprit que son visage l'avait trahie. Pas le moins du monde gêné, il ponctua avec son sens pratique :

— Au cas où j'aurais de la chance. C'est ridicule, comme espoir ?

— C'est quand on ne croit plus à sa chance qu'il n'y a plus d'espoir, répliqua-t-elle, le visage radieux.

Il la remercia de sa remarque par un éclat de rire.

— Ah, Claire… Quelque chose me dit que nous allons très bien nous entendre, vous et moi.

Elle lui apporta une couverture en laine de couleur vive ainsi que quelques oreillers pour le caler. Confortablement installé, il fixa un point de son carnet d'un regard sombre. En haut de la page, il avait écrit « Charles ».

— C'est votre frère, n'est-ce pas ?

George acquiesça de la tête.

— C'est pour lui que je suis ici.

— Je parie qu'il va être fou de joie de vous revoir.

— Ça, je n'en suis pas si sûr…

— Pas si sûr… Qu'entendez-vous par là ?

— Voilà cinquante-cinq ans que Charles et moi ne nous sommes pas parlé.

4

Claire s'éveilla dans le silence. Cette absence de coups de Klaxon, de grincement de freins hydrauliques, d'apostrophes et de sifflets que lançaient ouvriers et autres marchands de rue, pourrait-elle s'y habituer un jour ? Mais ce vide était empli de chants d'oiseaux, de bourdonnements d'insectes et d'une douce brise qui faisait frémir les feuillages et la surface de l'eau. Par la fenêtre à moustiquaire pénétraient des senteurs enivrantes — des parfums de fleurs et d'herbe mêlés à la fraîche odeur du lac…

Mue par l'attrait irrésistible du dehors, elle alla à la fenêtre de sa petite chambre mansardée et fut submergée par l'envie impérieuse de prendre part à cette nature. C'était du reste l'heure idéale pour un footing de bon matin. Par-dessus un soutien-gorge de sport, elle enfila à la hâte un short en Nylon et un T-shirt, des socquettes cheville, ses chaussures de course préférées, et descendit sur la pointe des pieds. Une fois en bas, elle prit soin de glisser le récepteur de son moniteur de surveillance dans une de ses poches et but un grand verre d'eau. Puis, elle sortit du cottage et se dirigea vers la piste, optant pour l'itinéraire de huit kilomètres signalé comme étant la Boucle du lac.

A New York, elle aurait allumé son iPod pour couvrir le brouhaha de la vie urbaine, mais ici, dans cet environnement sauvage, elle accueillit avec joie les bruits de la nature et le contact de l'air frais sur sa peau. Un sourire aux lèvres, elle entama son jogging matinal. Evidemment, elle portait à la ceinture son indispensable bombe lacrymogène, mais c'était plus par habitude que par crainte de faire une mauvaise rencontre sur la piste longeant le lac.

La beauté du cadre était presque irréelle, comme si elle avait franchi les portes d'un monde onirique.

Elle tenta de faire le vide dans sa tête. C'était épuisant de toujours tout prévoir, de planifier la prochaine étape, d'anticiper la catastrophe. Elle chassa la tension qui assiégeait son esprit en permanence, et se laissa aller sans réserve au bonheur de profiter des pistes boisées du camp de vacances. Un couple la dépassa à petites foulées, la saluant de la tête. Seul l'occupant d'un kayak ridait la surface du lac de ses coups de pagaie.

Des oiseaux voletaient dans les arbres et, de temps en temps, elle apercevait une biche ou un lapin. Le soleil faisait miroiter les eaux du lac où les saules du rivage plongeaient gracieusement l'extrémité de leurs branches. Que le monde était beau… Trop beau, songea-t-elle avec un pincement d'envie familier. Si seulement elle avait eu quelqu'un avec qui partager ce moment privilégié… Mais le fait était là : elle n'avait personne dans sa vie. Cette prise de conscience était parfois vertigineuse.

Avec le temps, elle avait appris à supporter la solitude qu'elle s'infligeait. D'ailleurs, avait-elle le choix ?

Le rythme de ses pieds sur le revêtement de la piste alternait avec la cadence de sa respiration. Elle tenta de s'imaginer absorbant la beauté de cette journée par tous ses pores, la retenant en elle par un moyen quelconque. Peut-être était-ce la magie de cet endroit ? Même après en être parti, on l'emportait avec soi. Peut-être était-ce pour ça que George l'avait gardé à la mémoire pendant un demi-siècle.

Voilà cinquante-cinq ans que nous ne nous sommes pas parlé.

Le temps d'une vie, en somme. George et son frère avaient laissé filer le temps d'une vie… La veille au soir, elle lui avait proposé de l'appeler — Charles Bellamy figurait en toutes lettres dans l'annuaire du coin. Mais George avait regimbé.

— Quand Ross sera là, avait-il répondu d'un air fatigué.

Ross. Son petit-fils préféré. Bon sang, pourvu que ce type soit déjà en route ! Et à ce propos, où était donc le reste de la famille de George ? A l'en croire, ses fils et belles-filles s'attendaient à le voir rentrer à New York au bout de quelques jours…

Il n'était pas dans son assiette, ce matin. Il était resté à proximité de la maison et ne s'était pas aventuré plus loin que la véranda et le ponton, afin de profiter des premiers rayons du soleil. Il n'avait pas reparlé d'appeler son frère Charles, et elle s'était bien gardée d'évoquer le sujet. Pour le moment, George n'était pas assez solide pour affronter le bouleversement psychologique que lui causeraient des retrouvailles avec ce frère perdu de vue depuis si longtemps.

Aujourd'hui, elle laisserait les heures s'écouler au rythme qui convenait à son patient. Dans la bibliothèque éclectique, elle avait lu tout ce qui se rapportait au Camp Kioga en essayant de combler les lacunes par ses propres moyens. Un album-souvenir en plusieurs volumes regroupait des photos d'événements et de gens en lien avec la résidence de vacances. Au départ, ce n'était qu'une vaste parcelle agricole située à l'extrémité nord du lac, et dont la propriété avait été transférée à la famille Gordon en règlement d'une dette. Le camp à proprement parler avait été fondé dans les années 1920 par Angus Gordon. Quant à « Kioga », il s'agissait, selon ce même Angus Gordon, d'un terme mohawk signifiant « tranquillité », mais pour autant qu'on sût, c'était une invention de toutes pièces.

Le camp de vacances avait ensuite été géré par le fils d'Angus, puis transmis à sa petite-fille et au mari de celle-ci. Claire avait eu un choc en lisant le nom des propriétaires actuels : Jane et Charles Bellamy.

Le Camp Kioga contenait toute une histoire qu'elle ne pouvait qu'imaginer, pensait-elle, rêveuse, en explorant les pistes qui serpentaient à travers le domaine. Connaîtrait-elle un jour le motif de la brouille entre George et Charles ? Seul un frère possédait l'expérience intime d'une enfance et d'un parcours communs. Et pourtant, quelque chose avait créé une faille irrémédiable dans le lien qui unissait les deux frères. Quelque chose qui avait provoqué le départ de George et l'avait empêché de revenir durant cinquante-cinq ans.

Absorbée par ses pensées, elle ne remarqua pas que quelqu'un, surgi d'un chemin de traverse, approchait dans son dos. A la dernière seconde, elle repéra une ombre — large carrure masculine, casquette de base-ball, bras tendu — et réagit au quart de tour, avec toute la force et la détermination apprises en cours d'autodéfense. Elle se retourna dans un mouvement fluide et son pied droit partit dans l'aine de son agresseur tandis que la base de sa paume gauche s'écrasait sous sa mâchoire, comme pour lui décoller la tête. En moins d'une seconde, l'homme fut à terre, plié en deux de douleur. Claire prit ses jambes à son cou, galvanisée par l'adrénaline, sa bombe lacrymogène à la main.

En courant à fond, elle pourrait atteindre en cinq minutes l'endroit où était caché son sac. Quant à George Bellamy, il ne saurait jamais ce qu'elle était devenue.

Cette pensée la mit mal à l'aise. Restait à espérer que

le vieil homme retrouverait son frère et que sa famille ne le ramènerait pas de force à New York pour lui imposer un traitement violent.

Mais cette préoccupation n'était pas de taille à l'arrêter.

Le cri de son assaillant en revanche, si.

— Tancredi ! appela-t-il, la voix rauque de douleur.

A ce mot — un patronyme rarement prononcé —, elle se figea. Ce nom la ramenait brutalement à tout ce qu'elle avait laissé derrière elle, y compris la personne qu'elle avait été avant de disparaître.

Elle s'autorisa à jeter un bref regard par-dessus son épaule.

Son agresseur, à quatre pattes, s'efforçait péniblement de se relever. Parfait. Dans cette posture, il serait impossible à l'homme de sortir une arme.

La casquette de base-ball avait glissé de son crâne, révélant une tignasse de cheveux poivre et sel.

Oh, bon sang ! *Mel.* C'était Melvin Reno, la seule personne au monde à connaître son secret.

Aussitôt, elle courut dans sa direction. Arrivée près de lui, elle se laissa tomber à genoux :

— Tu es dingue ou quoi ? Tu n'aurais jamais dû t'approcher dans mon dos, espèce de gros bêta ! J'aurais pu t'amocher définitivement.

A travers ses larmes de douleur, il la fusilla du regard :

— C'est peut-être fait !

Sous l'effet du choc, son teint avait viré au gris.

— Assieds-toi, dit Claire. Remonte les genoux à 45 degrés et mets la tête entre les jambes.

Il obéit en gémissant.

— Respire par le nez. Et expire par la bouche.

— Je te parie que tu m'as bousillé le pif !

— Tu respires correctement ?

— Un vrai bonheur…

— Alors, tu n'as sans doute rien de cassé.

— C'est l'avantage d'être infirmière, je suppose, ironisa-t-il d'une voix étouffée. Tu peux casser la figure à un mec et le remettre d'aplomb dans la foulée.

— Je n'ai fait qu'appliquer la formation qu'on m'a donnée. Que *tu* m'as donnée, soit dit en passant. Cogner, courir, et ensuite poser des questions sans jamais croire les réponses, ce n'est pas ce que tu dis toujours ?

Il acquiesça sans relever la tête.

— Tu as très mal ? La douleur s'estompe ?

— Ça dépend, marmonna-t-il. Qu'est-ce qui se passe si je dis non ?

— Il faudra peut-être que tu te fasses examiner. A l'échographie, on pourra déterminer si tu as une fracture du testicule.

— Une fracture ? *Une fracture ?*

— Auquel cas, on devra t'opérer. Oh, Mel, je suis désolée, vraiment !

— Si c'est comme ça, je sens que la douleur s'éloigne.

Elle tiqua en observant ses efforts pour retrouver son souffle. Mel était la seule personne capable de faire le rapprochement entre la calme et studieuse Clarissa Tancredi du passé et l'actuelle Claire Turner.

Et elle venait de lui décocher un coup de pied dans les valseuses…

Elle s'excusa encore :

— Pardon, Mel.

— Je ne veux pas de ta compassion. Si la cible avait été quelqu'un d'autre que moi, j'aurais été fier que tu maîtrises la technique.

Enfin, il leva la tête et elle put examiner son visage : des traits émoussés, de bons yeux, un charme rugueux, vestige sans doute d'une beauté plus affinée dans sa jeunesse.

Le visage d'un homme honnête, abordable et digne de confiance. La vie de Claire Turner telle qu'on la lui avait fabriquée n'avait rien d'enviable, mais Mel Reno était sans conteste un don du ciel.

Il se remit debout avec lenteur, clopina jusqu'au bord de l'eau et s'assit par terre.

— Enfin, bref, merci pour ton chaleureux accueil.

— Mais aussi qu'est-ce qu'il t'a pris ? répliqua-t-elle, agacée. Qu'est-ce que tu faisais ici ? Tout va bien ?

— Laisse-moi souffler une minute.

Il enserra ses genoux ramenés à la poitrine.

Claire le dévisagea. Dieu merci, il reprenait déjà une couleur et une respiration normales.

Il inspira profondément et se détendit un peu.

— Je t'ai téléphoné, hier. Pourquoi tu ne m'as pas rappelé ?

— J'étais occupée, Mel. Excuse-moi.

Il fronça les sourcils.

— Ça ne te ressemble pas.

— Pourtant, tu aurais pu t'épargner de traverser tout l'Etat pour me retrouver.

Elle le tenait toujours au courant de ses déplacements. Sinon, il s'inquiétait.

— Bah, j'avais comme qui dirait envie de voir l'endroit. Dis donc, c'est sacrément beau, par ici !

— Quand je me suis réveillée ce matin, je me suis dit que j'avais atterri dans un…

Elle marqua une pause. Mel allait la croire folle si elle mentionnait l'univers enchanté que le camp lui avait évoqué.

— … un lieu hors du commun.

Au loin, très loin, un hydravion amerrissait, rasant la surface du lac comme une libellule.

— Vu d'où je viens, commenta Mel, j'ai tendance à oublier qu'il existe au monde des coins comme celui-ci.

Ancien *marshal* fédéral au passé mouvementé, il vivait seul à Newark, dans un quartier délabré mais tranquille. Bénéficiaire d'une pension d'invalidité, il consacrait sa vie à veiller sur des gens comme elle — des témoins qui se cachaient ou fuyaient un danger trop grand pour être affronté seul. Du temps où il était encore en activité, Mel était spécialisé dans l'attribution de nouvelles identités et dans la fabrication de vrais faux papiers. Aussi, quand elle s'était tournée vers lui, en désespoir de cause, il lui avait fourni une couverture complète. Celle-ci comprenait un nouveau nom, emprunté à une personne décédée, une nouvelle histoire et des documents en règle. Car tous ses papiers étaient officiels : acte de naissance, permis de conduire et carte de sécurité sociale. Grâce à Mel, elle avait connu une seconde naissance et bénéficié d'une nouvelle vie.

Elle le connaissait depuis des années, mais sans vraiment le connaître, lui. Mel faisait preuve d'un engagement total vis-à-vis des personnes piégées dans les limbes de l'anonymat forcé. Leur situation devait le révolter. Un jour, elle lui avait demandé pourquoi il prenait la peine d'aider des gens comme elle. Il lui avait répondu qu'il avait été chargé de protéger une famille de témoins, et qu'ils avaient tous été tués.

Après ça, elle ne lui avait plus posé de questions. Elle ne voulait pas en savoir plus. Si elle devenait trop proche de lui, elle l'entraînerait dans le collimateur du monstre qui l'obligeait à se cacher.

— Tu résides au camp ? s'enquit-elle.

— Tu parles ! Tu sais combien ça coûte, une nuit ici ? Il secoua la tête.

— Non, j'ai pris un passe pour la journée.

— Alors où es-tu descendu ?

— Il y a un terrain de camping pas loin d'ici, un truc

qui dépend du ministère pour la protection de la nature. Woodland Valley, ça s'appelle.

Claire fronça les sourcils.

— Tu campes ?

— Parfaitement, je campe.

— Quoi, tu veux dire, sous une tente, dans un sac de couchage ?

— Oui, c'est ça.

Elle tâcha de l'imaginer sous une tente en pleine nature.

— Et, hum… tu t'en sors ?

— Je n'ai pas fait tout ce chemin pour qu'on se fiche de moi, maugréa-t-il.

Claire perçut une note d'appréhension dans sa voix.

— Qu'est-ce qu'il y a ?

— J'ai une nouvelle à t'annoncer, mais je te préviens, ça ne va pas te plaire.

Elle s'arma de courage.

— Vas-y, dis-moi.

— Les Jordan ont déposé un dossier d'agrément pour recommencer à accueillir des enfants.

En dépit de la chaleur, elle sentit un froid glacial lui couper le souffle. Sa gorge devint sèche et elle dut déglutir plusieurs fois avant de pouvoir parler.

— Bon sang ! Deux meurtres et un troisième enfant disparu, le tout alors qu'ils étaient sous leur responsabilité, ça ne suffit pas à plomber leur dossier ? Les services sociaux n'accepteront jamais de les agréer, c'est impossible !

Mel restait silencieux. Trop silencieux, trop longtemps.

— C'est impossible, hein ?

Il fixa l'eau du regard.

— J'ai parlé à cinq ou six personnes des services sociaux.

— Et alors ?

— Apparemment, ils m'ont pris pour un cinglé.

— C'était risqué de ta part, Mel, de montrer du doigt Vance Jordan. C'est à moi de le dénoncer, pas à toi.

En prononçant ces mots, Claire sut que sa décision était prise. Cela faisait longtemps qu'elle envisageait de mettre un terme à l'exil qu'elle s'imposait, et sa venue dans un endroit tel qu'ici n'avait fait qu'affermir sa détermination.

— Il est temps, Mel. Il est grand temps. Je ne peux plus continuer comme ça. J'en ai assez de vivre dans l'attente.

— Claire... Clarissa. Il a bien trop d'amis tout au long de la chaîne de commandement, et ceux qui ne sont pas ses amis ont peur de lui. Tu n'arriveras à rien en t'exposant maintenant.

Evidemment, il y avait de fortes chances pour que Mel ait raison, mais l'idée que Jordan accueille chez lui un autre enfant placé lui soulevait le cœur.

— Je vais trouver une solution, dit-elle. Toute seule.

— Tu veux que je te rappelle quels sont les risques que tu...

— C'est pour ça que je veux que tu restes en dehors de tout ça. Ecoute, Mel, je le fais pour moi, d'accord ? Je ne peux plus fuir.

A une époque, elle avait accepté cette vie dans l'ombre, mais ce n'était plus possible. Elle n'y arrivait plus, voilà tout. Au lieu d'être plus facile, se cacher devenait au contraire de plus en plus éprouvant. Elle était en train de mourir à petit feu, rongée par le manque et la frustration. Sa mère aussi avait été seule au monde, et cela expliquait sûrement qu'elle ait vécu de façon si téméraire et qu'elle soit morte si jeune.

Parfois, Claire apprenait que des témoins protégés s'étaient fait tuer en voulant vivre au grand jour. L'opinion publique les jugeait stupides, mais elle, non. Elle comprenait qu'on ne puisse rester perpétuellement dans l'anonymat.

— Je ne te laisserai pas faire, rétorqua Mel sèchement.

Pour l'instant, tu te contentes d'attendre, O.K. ? Moi, je vais réfléchir à l'étape suivante.

Elle feignit d'acquiescer d'un hochement de tête. Puis ils se séparèrent, tel un couple illégitime. C'était ainsi que se déroulait chacune de leurs rencontres. Il valait mieux qu'on ne les voie pas ensemble. Mel était furieux qu'elle ait insisté pour prendre des risques dans l'affaire Jordan, mais il aurait dû savoir qu'elle n'accepterait jamais de rester les bras croisés pendant que Vance Jordan recommencerait à accueillir des enfants chez lui. Une période de quatre-vingt-dix jours précédait l'accord ou le refus d'agrément à une famille postulante. Quatre-vingt-dix jours pour trouver un moyen de révéler ce qu'elle savait — et parvenir à ce qu'on la croie.

Cette perspective l'excitait autant qu'elle l'effrayait. Mel lui avait toujours affirmé que ses chances de succès étaient faibles par rapport à l'énorme risque qu'elle prenait en s'exposant. Mais elle ne pouvait s'empêcher de penser au tour que prendrait sa vie si Vance Jordan était arrêté.

L'accompagnement des malades en fin de vie lui avait beaucoup appris sur l'importance de la façon dont on passait son temps ici-bas. La fuite en avant, ce n'était pas une vie, juste une manière de tenir au jour le jour.

L'esprit de George vagabondait. Ces accès de rêverie le prenaient durant la torpeur floue entre sommeil et réveil. C'était un privilège de sa maladie. Parfois, ils lui offraient un voyage en tapis volant dans le temps et l'espace, et son périple fini, il se retrouvait avec surprise ici et maintenant. Ici — dans cet endroit paradisiaque, si beau que c'en était presque douloureux à contempler. Et maintenant — dans la dernière partie de sa vie, qui n'avait pas toujours été rose. Jamais terne non plus, cependant.

Quand il ne serait plus là, les gens diraient sans doute qu'il s'était courageusement battu contre le cancer ou une autre ineptie de ce genre. Alors qu'en réalité, il n'était absolument pas courageux — il était liquéfié de trouille. Et qui diable ne l'aurait pas été, à sa place ? Personne ne savait ce qui l'attendait dans le vaste infini.

Il n'empêche. La mort faisait partie des grandes réalités inéluctables. Il s'employait de toutes ses forces à accepter son sort, mais certaines choses le retenaient du côté de la vie ici-bas, comme un dernier cordon d'amarrage empêche une montgolfière de prendre son essor. Autrement dit, s'il voulait s'envoler librement, avec une énergie illimitée, il allait devoir trouver lui-même un moyen de se détacher de cette Terre.

D'où ce séjour à Avalon, pour se purger d'un passé qui l'avait toujours hanté. Pourtant, maintenant qu'il y était, il renâclait devant la tâche. Quand Ross serait là, il parlerait à Claire. Ensuite, il rendrait visite à son frère.

Claire… Cette jeune femme était une véritable bénédiction. Quel mal il s'était donné pour trouver la personne qui convienne ! Pas seulement à lui, mais à Ross. Car Ross faisait partie de ces points d'ancrage qui le retenaient encore.

Que pensait Claire du Camp Kioga et de l'aperçu qu'il lui avait donné de son passé ? Claire… Une jeune femme bien calme, à qui il était facile de parler. Elle était douée pour recevoir les confidences, à moins que cela ne fasse partie de sa formation. Une fois qu'elle connaîtrait le reste de l'histoire, il n'y aurait ni jugement ni désapprobation à craindre de sa part. Mais franchement, au stade où il en était de sa vie — à la toute fin —, peu lui importait.

Quelle valeur prend la vérité quand on est en train de

mourir ? Cette question le taraudait depuis quelque temps. Il en discuterait peut-être avec Claire. Claire… Une jeune femme bien calme, à qui il était facile de parler. Il fronça les sourcils, frustré de voir ses pensées tourner en boucle.

Claire Turner. *Turner.* Pourquoi était-elle si réservée, si difficile à percer ? Restait à espérer qu'elle se dégèlerait avec Ross… Ross et Claire… Il avait un bon pressentiment. Ces deux-là pouvaient vivre une belle histoire, à condition qu'ils s'en accordent la possibilité, évidemment.

Ross lui causait du souci. Il revenait de la guerre, et devait avoir été témoin d'horreurs inimaginables. Ross aurait besoin de réapprendre que le monde n'était pas si sombre, et Claire jouerait peut-être un rôle clé dans ce processus. En tout cas, il fallait l'espérer.

Plus tard, une fois levé, il se sentit assez bien. Il se rasa, passa un polo de golf propre sur un pantalon chino et coiffa son couvre-chef favori, la casquette sport qui couvrait parfaitement ses cheveux trop courts. D'un pas lent, aidé de sa canne, il descendit le sentier qui longeait le bord du lac. L'air était d'une telle douceur qu'il en eut presque le souffle coupé. Un chagrin atroce le submergea. Comment pouvait-on quitter tout cela ?

— Bonjour, dit une voix derrière lui.

Surpris, il se tourna. Une femme était assise sur un banc, au bord du chemin. Elle avait les cheveux blancs, portait une robe violette et était pieds nus dans ses baskets. Sa simple vue le fit sourire.

— Je vous demande pardon, madame. Je ne vous avais pas vue. J'étais trop occupé à admirer le lac.

— Comme je vous comprends ! Voulez-vous vous asseoir ?

— Merci. Belle matinée, n'est-ce pas ? Vous êtes ici en vacances ?

— Oui, ma petite-nièce et son mari m'ont persuadée

de venir. Je leur ai confié par hasard que jeune fille, puis jeune femme, j'avais passé l'été au Camp Kioga, et ils ont tenu à tout prix à ce que j'y retourne. Or, il s'avère que la nouvelle direction offre une remise de 50 % aux anciens habitués du camp.

Elle lui adressa un sourire charmant.

— J'adore les remises. C'est ce que j'apprécie le plus dans mon statut de senior.

George émit un petit rire, de plus en plus conquis.

— Vous m'en direz tant ! Nous avons donc un point commun. Moi aussi, je suis un ancien habitué. J'y venais, il y a bien longtemps.

Maintenant, sa curiosité était carrément éveillée. Cette femme avait de beaux yeux marron et un air un peu espiègle. Il jeta un regard à sa main gauche. Pas d'alliance.

Sans doute avait-il manqué de discrétion car elle lui sourit bien en face.

— Je ne me suis jamais mariée. J'imagine que cela fait de moi une vieille fille professionnelle.

— Pour ma part, je suis veuf. Et je n'ai jamais beaucoup aimé ce terme de « vieille fille ». Il évoque trop la solitude et l'absence de séduction, or ni l'un ni l'autre ne peuvent s'appliquer à vous.

— Je vous remercie. Et pour votre gouverne, sachez que je ne me sens pas du tout vieille ; cette étiquette ne me convient donc pas non plus.

— Alors, il ne me reste plus qu'à deviner votre nom.

— Millie. Millicent Darrow.

Ce nom lui disait quelque chose… Un souvenir s'imposa à lui.

— Millie Darrow. Bien sûr, j'aurais dû te reconnaître ! Nous étions en fac ensemble. Tu étais à Vassar avec ta sœur, Béatrice.

— Mais oui, c'est exact. J'ai eu mon diplôme en 1956.

Elle se pencha pour le mieux le regarder.

— George ? George Bellamy !

— Millie, quel plaisir de te revoir !

Elle ôta son chapeau et s'éventa avec.

— Eh bien, voilà qui est extraordinaire ! Quelle surprise ! Un véritable cadeau du ciel !

Chère Millie, elle n'imaginait pas à quel point. Cela faisait des mois qu'il n'avait pas rencontré quelqu'un qui ignore sa maladie. C'était bien agréable. Et quelle chance que sa casquette couvre le duvet qui avait repoussé sur son crâne !

— Tu as une mine splendide, Millie.

— Toi aussi. Et ton frère Charles, comment se porte-t-il ?

La situation étant trop compliquée à expliquer, il se borna à répondre :

— Très bien, je te remercie.

— Je t'ai toujours trouvé particulièrement beau.

— Menteuse ! dit-il en riant.

Millie remit son chapeau.

— C'est la vérité, George Bellamy.

— Et moi, je t'ai toujours trouvée particulièrement gentille.

— Combien de temps restes-tu ?

— Le plus longtemps possible, répondit-il, le cœur serré malgré lui. Le plus longtemps possible.

5

Normalement, Ross aurait dû bénéficier d'un rapatriement plus rapide, puisque sa démobilisation avait été accélérée sur demande. Malgré cela, son retour avait pris une éternité. Après un débriefing à Fort Shelby, en Alabama, on l'avait enfin renvoyé chez lui et, à présent, il se sentait déplacé dans l'avion commercial qui le ramenait à Newark, déconnecté du monde civil après tous ces mois de service militaire. Bon nombre de soldats se trouvaient à bord. Depuis le décollage, ils n'avaient pas cessé de bavarder à tort et à travers, survoltés par la perspective de réintégrer la vie civile.

Ross était assis dans une rangée au niveau d'une sortie de secours, entre deux autres soldats — une fille qui n'avait pas encore soufflé sa vingt et unième bougie, et un type d'une trentaine d'années qui n'avait pas arrêté une seconde de boire et de parler. Ses deux principales préoccupations étaient le goût de la bière et sa copine, Rhonda.

— Je ne sais pas pourquoi je suis aussi excité, avoua-t-il. On a échangé un tas de Skype et d'e-mails, donc ce n'est pas comme si on était restés sans contact, non… Mais c'est le fait de la revoir, je crois. Rien ne vaut le face-à-face avec la personne, hein ?

— Tout à fait, répondit la jeune fille. Et d'ailleurs, ça

me fait bien plaisir. C'est vrai, quoi, la technologie ne peut quand même pas tout remplacer !

Ross feuilletait un vieux numéro du *Star-Ledger* du New Jersey. Meurtres perpétrés par des gangs, comptes rendus sportifs, informations locales… Son œil fut attiré par un titre concernant le bureau du procureur. Il parcourut l'article qui portait sur la corruption parmi les policiers de l'Etat. L'un des procureurs mentionnés n'était autre que Tyrone Kennedy, le père de Florence, la dernière personne avec qui il avait sympathisé en Afghanistan.

— Et vous, chef ? lui demanda le soldat. Vous avez une famille qui vous attend au pays ? Une femme et des enfants ?

Ross fit non de la tête avec un léger sourire.

— Pas encore.

— Intéressant, comme réponse, remarqua la jeune fille. C'est donc quelque chose que vous comptez mettre à l'ordre du jour ?

Ross se mit à rire.

— Je n'y avais jamais pensé comme ça, mais oui. Peut-être. Quand on passe autant de temps en zone de guerre, on prend conscience que… ça aide à tenir le coup.

— C'est parfois la seule chose, approuva-t-elle. La seule chose qui vous sauve.

Cette fille avait raison. Le lien familial était une force puissante, invisible, qui alimentait la volonté de survivre. Il avait vu des soldats blessés tenir la mort en échec par leur seule détermination. Il arrivait qu'un visage aimé possède un pouvoir de guérison plus grand que toute une équipe de chirurgiens.

L'amateur de bière renchérit :

— C'est bien vrai. Le seul point positif de la guerre, c'est qu'on apprécie la vie à sa juste valeur. Parce qu'il n'y a rien d'aussi pourri que de bivouaquer dans le désert en plein hiver.

— Ça, tu n'en sais rien ! lança un autre soldat en se retournant sur son siège. Tu ne connais pas ma femme !

— Ça y est, maintenant j'ai peur, répliqua Ross.

Il plaisantait, de même que le soldat. Jusqu'ici, il avait accompli le parcours de tout Bellamy qui se respecte. Il avait fait de bonnes études, appris un métier utile et servi son pays. Le reste viendrait tout seul, sans doute ; il n'aurait pas à le chercher particulièrement.

Ross aimait les femmes. Il sortait beaucoup. Mais il n'avait pas encore rencontré celle qui lui aurait donné envie de se marier et d'avoir des enfants. Sa dernière liaison s'était achevée juste avant qu'il ne s'enrôle, d'une façon lamentable. Elle s'était lentement désagrégée, sans explosion de sentiments, mais minée par quelque chose d'encore plus dévastateur, peut-être : la déception. Peu à peu, il s'était rendu compte de l'erreur monumentale qu'il avait commise en se persuadant qu'il était amoureux alors qu'il n'en était rien.

« Par expérience, lui avait dit grand-père, je peux t'affirmer que l'amour arrive toujours quand on l'attend le moins. Parfois, ça tombe mal. Alors, ce qu'il faut, c'est rester prêt à toute éventualité, tout le temps. »

C'est ce qu'il avait essayé de faire. Avant de partir à l'étranger, il était sorti avec beaucoup de filles. Il avait pris du bon temps. Il s'était éclaté au lit, parfois jusqu'à éprouver une brève émotion qu'il confondait avec l'amour. Mais ça ne durait jamais. Sans quelqu'un avec qui tout partager, l'avenir n'était qu'une interminable succession de jours.

Lui, il voulait plus que cela. Il avait besoin d'autre chose. Cette soudaine lucidité lui était venue lors de la dernière mission d'évacuation. Il s'était juré alors de se bâtir une vie pleine de sens, au lieu d'attendre que la vie vienne à lui.

L'avion atterrit à Newark. Les civils sortirent précipitamment leur téléphone portable et les soldats bondirent de leur siège en empoignant leur barda avant l'ultime bousculade vers la passerelle. Derrière le check-point de l'aéroport, une foule de familles attendait. Il y avait là des femmes accompagnées d'enfants agrippés à elles, des épouses brandissant des pancartes manuscrites, des parents, des frères et des sœurs. Derrière les bouquets de fleurs et de ballons de baudruche, leurs visages rayonnaient. Deux chiens avaient réussi à entrer en douce dans l'aéroport.

Les soldats de retour furent accueillis par un déferlement d'affection. Pris d'assaut par leurs proches éperdus de bonheur, nombre d'entre eux disparaissaient littéralement sous les embrassades. Les larmes coulaient sur les visages, des rires fusaient, les flashes d'appareils photo crépitaient de partout. Spontanément, les personnes qui assistaient à la scène se mirent à applaudir.

Ross contourna la foule ivre de joie, tenant d'un bras son sac de paquetage en équilibre sur l'épaule. La vue de ses camarades accueillis par un tel débordement d'amour suffisait à le remplir de satisfaction. Ces soldats l'avaient bien mérité. Après avoir combattu, saigné, pleuré, ils avaient enfin gagné le droit de rentrer dans leur famille.

Bien sûr, tous n'étaient pas promis à un bonheur sans nuages, il aurait fallu être naïf pour le croire. Assurément, ils devraient affronter des épreuves, des déceptions et des revers, comme tout le monde. Mais pas maintenant. Pas aujourd'hui.

Laissant derrière lui la grande fête des retrouvailles, il chercha dans la foule le visage de sa mère, s'efforçant de ne pas laisser transparaître trop d'impatience ni d'amertume.

Mais quand même ! Cela faisait un sacré moment qu'il était parti, assez longtemps pour commencer à songer à elle avec tendresse et se remémorer le bon temps.

En retrait de toute cette agitation, un petit groupe attendait sous un panneau portant l'inscription « Bienvenue à tous les soldats ». C'était apparemment une association de citoyens se proposant de fournir un accueil chaleureux à tout soldat rentrant au pays, en particulier à ceux qui, pour une raison ou une autre, n'étaient attendus par personne à l'aéroport.

Pensaient-ils vraiment qu'un militaire viendrait les trouver ? Ils auraient tout aussi bien pu brandir des pancartes « Comité d'accueil pour pauvres types » !

Mais, à sa grande surprise, un gaillard baraqué aux barrettes de sergent s'approcha du petit groupe. Timidement d'abord, son air gêné détonnant avec sa carrure de costaud. Repéré par un membre de l'association, il fut immédiatement entouré de démonstrations de sympathie. Après cela, plusieurs soldats s'approchèrent, certains presque furtivement, mais très vite ravis de pouvoir serrer une main et d'échanger quelques paroles amicales.

« Nécessité fait loi, je suppose… », songea Ross en continuant son chemin parmi tous ces inconnus. Après tout, la notion de famille recouvrait des sens différents selon les personnes.

Quoique, pour d'autres, rectifia-t-il mentalement en apercevant une pancarte à son nom, ça ne veuille pas dire grand-chose.

« R. Bellamy », lut-il sur l'écriteau brandi par un inconnu en uniforme, gants blancs et casquette rayée. Il arborait un badge Royal Limo Service.

Génial. Sa mère avait loué les services d'un chauffeur pour venir le récupérer à l'aéroport. Son cœur se serra, mais il se fustigea aussitôt. « A quoi t'attendais-tu d'autre, imbécile ? »

— C'est moi, dit-il au chauffeur de limousine en le gratifiant d'une brève poignée de main. Ross Bellamy.

— Bienvenue à New York, monsieur, répondit l'homme avec un léger accent. Je m'appelle Pinto. Puis-je vous débarrasser de votre sac ?

— Oui, merci.

Ross lui tendit son sac de paquetage.

— L'aire des bagages est par ici, indiqua Pinto. Votre vol s'est bien passé ?

— Très bien, oui.

— Et d'où arrivez-vous comme ça ?

— D'Afghanistan, de la partie orientale du pays, via Mobile, Alabama.

Pinto émit un petit sifflement.

— D'accord, vous étiez en zone de guerre.

Le chauffeur posa le sac de paquetage et lui serra la main.

— Content que tu sois rentré, mon ami.

— Oui, moi aussi…

Bêtement, cette poignée de main lui causa un plaisir exagéré.

Le véhicule était en fait un modèle de ville, constata-t-il avec soulagement. Tant mieux, une limousine démesurément longue aurait pu paraître ostentatoire. Il se glissa à l'intérieur. Le revêtement des sièges en cuir peau de pêche émit un soupir sous son poids. Il attacha sa ceinture. A l'évidence, sa mère avait exigé un véhicule équipé de toutes les options VIP. Il y avait tout un assortiment de services : des boissons et de la glace, des amuse-bouches, des pastilles de menthe, un téléphone à l'usage du client.

Il le décrocha et composa le numéro de sa mère.

— Résidence de Mme Talmadge, répondit son assistante.

— Ross à l'appareil. Pourrais-je parler à ma mère ?

— Veuillez patienter un instant, je vous prie.

— Ross, mon chéri ! s'écria sa mère avec des trémolos de ravissement dans la voix. Où es-tu ?

— Dans la voiture qui me ramène de l'aéroport.

— Elle te convient, j'espère ? J'ai demandé à l'agence qu'on t'envoie la meilleure limousine.

— Oh, tout à fait, elle est géniale.

— Tu n'imagines pas le soulagement que j'éprouve à te savoir rentré ! J'ai failli devenir folle d'inquiétude.

Evidemment. Sachant son fils au front, la réaction de sa mère n'avait rien d'étonnant. Pour une mère, il était naturel, et même normal, d'être inquiète.

— Merci, répondit-il, touché.

— Enfin, à quoi pense-t-il ? enchaîna-t-elle précipitamment. Je n'ai pas fermé l'œil depuis qu'il nous a annoncé son intention de partir dans les Catskills retrouver son frère qu'il n'a pas revu depuis une éternité.

— Ah, d'accord… Grand-père. C'est lui qui t'inquiète.

— Parce qu'il ne t'inquiète pas, peut-être ?

— Si, si, bien sûr. Ecoute, ça circule assez bien sur la route. Je devrais arriver bientôt. On pourrait en reparler à ce moment-là ?

— Oui, certainement. Pour le dîner, je demanderai un menu composé de tous tes plats préférés !

— Oh, super, merci.

Elle hésita.

— Ross…

— Oui ?

— Rafraîchis-moi la mémoire. Quels sont tes plats préférés, déjà ?

Là, il éclata de rire. C'était la seule chose à faire. Et lui qui croyait à une sincère démonstration de tendresse de sa part ! A une touchante attention !

— Oh, ne t'en fais pas, répliqua-t-il. Du moment que ça n'est pas servi dans un plateau compartimenté en métal, ça m'ira très bien.

Il poursuivit sa traversée de Manhattan dans un silence divin, confortablement calé contre l'appuie-tête. Dans le fond, il avait de la chance d'avoir une telle mère. Sans rire. Il tirait autant d'enseignements de son mauvais exemple que les enfants dotés d'une bonne mère.

Winifred Lamprey Bellamy Talmadge était une créature de sa propre invention. Issue d'un milieu trop humble à son goût, elle s'était créé de toutes pièces un nouveau personnage.

Peu de gens savaient qu'elle avait grandi dans un quartier minable de Flatbush, dans un appartement aux cloisons fines comme du papier, au-dessus du mont-de-piété que tenaient ses parents. Très tôt, elle avait appris à souffrir de ses origines modestes, et cette honte, avait-elle expliqué à son fils intrigué, était devenue le moteur de son ambition suprême : s'élever au-dessus de sa condition. Elle avait étudié les manières de la haute société. Elle s'était entraînée à acquérir l'accent ultrasophistiqué que seule confère une éducation en pensionnat : elle s'exprimait d'une voix légèrement nasale, avec une diction irréprochable. Elle avait observé la façon de s'habiller, de manger et de se comporter des gens riches. Elle avait totalement gommé sa véritable personnalité.

Puis elle avait enterré le passé, insistant pour qu'on l'appelle « Winifred » au lieu de « Wanda ». Elle se délectait de romans situés dans les sphères d'une élite raffinée. Au lycée, elle s'était fixé comme objectif d'intégrer l'université de Vassar — pas pour l'enseignement qu'on y dispensait, mais en raison de sa traditionnelle affiliation sociale avec

Yale. Son but étant d'épouser un homme issu de la prestigieuse université, Vassar se posait en passage obligé. Avec toute la volonté et l'acharnement d'une boursière méritante, elle avait constitué son dossier de candidature, sachant qu'elle devrait travailler deux fois plus que les filles privilégiées issues d'établissements privés. Et elle avait réussi, décrochant du même coup plusieurs bourses lucratives. Quelle détermination ! s'étaient émerveillés ses professeurs. Quelle discipline ! Nul doute que son parcours serait extraordinaire.

Et d'une certaine manière, il l'avait été. Il fallait lui rendre justice. Ce n'était pas rien de s'élever par la seule force de sa volonté pour passer, en une génération, de Flatbush à la Cinquième Avenue !

Si Ross connaissait tous ces détails sur sa mère, c'était parce que son grand-père les lui avait racontés. Pas par indiscrétion ni par méchanceté, mais pour essayer de donner, à un gamin bouleversé par le deuil, un peu de recul par rapport à sa mère, qui lui avait presque tourné le dos après la mort de son père. Ross ne comprenait pas qu'on puisse fuir son passé et détestait la véritable personnalité de sa mère. Mais il avait appris à composer avec la paranoïa de celle-ci et son égocentrisme ; de toute façon, son grand-père avait fait en sorte que tout cela ne lui pose plus de problème.

La limousine filait vers New York. Par la vitre, Ross voyait le paysage défiler — aux abords de la ville, les immeubles et les rangées de maisons de bois, identiques et contiguës, à l'architecture vieillotte, puis la zone industrielle avec ses bâtiments de brique et de métal semblables à des boîtes, et enfin le tunnel menant à Manhattan, vibrant et embouteillé, chargé d'énergie et de mauvaises odeurs. Le quartier où habitait sa mère, au nord-ouest, formait une calme oasis de résidences dont les portails en fer forgé ouvraient sur des jardins tarabiscotés.

Malgré l'argent de son veuvage, sa mère s'arrangeait encore pour vivre au-dessus de ses moyens. A la mort du père de Ross, grand-père l'avait maintenue en bonne place dans son testament, jugeant qu'en tant que veuve de son fils aîné et mère de son premier petit-fils, elle avait droit à une part d'héritage.

Laissée veuve par son premier mari et divorcée du second, Winifred s'était retrouvée bien désœuvrée, n'ayant jamais exercé de métier de sa vie. Elle qui promettait tant, d'après ses professeurs, elle qui avait obtenu au mérite une bourse et cette fameuse place à Vassar n'avait jamais fait carrière — et pour cause. Toutes ses qualités avaient été mises au service d'un seul et unique objectif : faire un beau mariage.

Et dans ce domaine, elle avait réussi son coup. Les Bellamy étaient riches et influents, c'était une famille dont on pouvait retracer les origines, des gens qui ne descendaient pas des bâtards rebelles débarqués du Mayflower, mais d'aristocrates distingués restés en Angleterre, et qui de là avaient conquis le monde. En épousant Pierce Bellamy, Winifred avait eu l'impression d'attraper le pompon au manège.

Sauf qu'il y avait un hic. Un problème dont personne ne lui avait jamais parlé, Pierce pas plus que les autres, au demeurant. Et le hic, c'était que certaines choses ne s'apprennent pas dans les livres. La meilleure éducation du monde n'enseigne pas à se marier pour les bonnes raisons, ni même à reconnaître ces bonnes raisons. Les meilleures écoles n'enseignent pas le bonheur ni le moyen de le préserver, encore moins la façon de *faire* le bonheur d'autrui.

Enfin, on ne changerait pas sa mère... Ross décida de se réjouir simplement d'être de retour chez lui. Il accueillerait avec gratitude chaque nouvelle journée qui ne lui apporterait pas son lot de missiles sol-air, de blessures à la poitrine, d'évacuations dans les flammes ou de vies brisées par la guerre. Et il ferait tout ce qui était en son pouvoir pour convaincre grand-père de lutter contre la maladie au lieu de renoncer à se battre.

Il composa son numéro et, comme il s'y attendait, tomba sur un message enregistré. Qu'à cela ne tienne, grand-père possédait également un téléphone portable. Ross tenta sa chance avec cet autre numéro et fut dirigé tout droit sur une boîte vocale. L'appareil était sûrement éteint ou sa batterie déchargée. Grand-père ne s'était jamais habitué à avoir un portable…

Ce soir, grand-père, songea Ross. *Je te retrouverai ce soir.* Et au diable sa mère, avec ses plats préférés dont elle ne se souvenait même pas ! Il emprunterait son cabriolet et roulerait jusqu'à ce camp en pleine nature, ce camp pour lequel son grand-père mourant était parti en compagnie d'une inconnue.

De nouveau, il décrocha le téléphone. Il n'avait que peu d'amis à New York. Ayant fait ses études à l'étranger, puis servi dans l'armée, il ne s'était jamais vraiment fixé quelque part. Mais à présent, il était prêt. Plus que prêt.

Il essaya d'appeler Natalie Sweet, qu'il fréquentait depuis la classe de troisième et qui habitait New York. Natalie, sa fidèle amie… Après grand-père, c'était la personne dont il était le plus proche. Il tomba sur sa boîte vocale et laissa un message. Il fit de même avec sa cousine Ivy, secrètement soulagé qu'elle ne réponde pas — elle fondait en larmes chaque fois qu'ils évoquaient grand-père.

La limousine s'arrêta devant une belle bâtisse en grès. Sa maison, en théorie. Mais en pratique, il avait tellement été ballotté de droite à gauche après la mort de son père qu'il ne savait plus trop où était sa maison. Etait-ce la villégiature familiale, à Long Island ? La résidence d'oncle Trevor, au sud de la Californie ? L'appartement de grand-père à Paris ? Rien ne le rattachait à cet endroit précis du nord de Manhattan, aucun lien sentimental : ailleurs comme ici, c'était la présence de grand-père qui déterminait son point d'ancrage.

Cappy, le concierge, le salua avec chaleur. Sa mère aussi, il fallait être juste. Dès qu'il avait passé le seuil, Salomé lui avait indiqué que « Madame » était dans le salon.

Elle le serra contre elle de toutes ses forces, dans une étreinte crispée. Lorsqu'elle s'écarta, il vit ses yeux embués de larmes.

— Tu m'as manqué, mon fils.

Svelte et élancée, sa mère entretenait sa silhouette irréprochable par une fréquentation régulière des salons de beauté et des Spa. Ses cheveux brillants semblaient vernis et son maquillage était impeccable, malgré les larmes. A sa façon inadéquate, elle l'aimait vraiment.

— Je suis si soulagée que tu sois rentré sain et sauf ! ajouta-t-elle.

— Merci.

Ross alla s'asseoir près d'une fenêtre donnant sur un parc tiré au cordeau où s'entrecroisaient des allées.

— Tiens, je t'ai rapporté un petit quelque chose.

Il lui tendit un pot de forme plate portant une étiquette de couleur vive. C'était du caviar de la Compagnie caspienne de pêche d'Azerbaïdjan.

— Une petite sélection dans le rayon souvenirs.

— Je te remercie, Ross. Tu sais que j'adore le caviar.

— Oui... Bon, maintenant, dis-moi tout sur grand-père. Qu'est-ce qui se passe ?

Sa mère lui répéta les mots qui l'avaient fait accourir du bout du monde : *glioblastome multiforme*. Stade 4 — autrement dit progression rapide. Grand-père refusait le traitement.

— Pour soi-disant profiter au maximum du temps qu'il lui reste, expliqua-t-elle d'une voix où perçait l'indignation. Et après ça, que fait-il ? Il engage une espèce de fille qui n'en a visiblement que pour son argent, et il part à la recherche d'une branche perdue de la famille. Si tu veux mon avis, tout cela est d'une absurdité sans nom !

Sa mère faisait-elle allusion à la maladie de grand-père ou à sa réaction ? A son désir de renouer avec son frère ou au fait qu'il y avait d'autres Bellamy dans le monde ?

— Tu étais au courant, pour le frère de grand-père ? lui demanda-t-il. Et papa, il savait ?

Sa mère balaya la question de la main.

— Pierce connaissait l'existence de ce frère, oui. Ce n'était pas un secret — un état de fait, rien de plus. George avait un frère mais les deux hommes avaient coupé les ponts. Ils ne se voyaient plus et ne se parlaient plus.

— Et tu trouvais ça normal ?

— Ce n'est pas à moi d'en juger. Pas plus qu'à toi. J'ai toujours pensé qu'ils avaient suivi des chemins séparés. Il y a encore quelques années, ton grand-père vivait à l'étranger, jusqu'à ce qu'il prenne sa retraite. Quant à ses fils, ils sont à… Bah ! Même moi, je finis par ne plus m'y retrouver. On perd facilement la trace des gens, tu sais.

— Oncle Gérard vit au Cap, oncle Louis à Tokyo et oncle Trevor à Los Angeles. Pas besoin d'être un génie pour rester en contact avec la famille ! Non, il doit s'être passé quelque chose.

— Il se conduit comme un vieux fou, voilà ce qui se passe, décréta sa mère. Ensuite, doit-on attribuer son absence de jugeote au cancer ou à la sénilité, je l'ignore. Mais j'espère qu'il t'écoutera, Ross. Tu es le seul à pouvoir le raisonner. Partir pour un endroit bizarre en compagnie d'une femme bizarre, alors qu'il devrait être ici, parmi nous ! Il a agi sous l'effet de la panique, c'est certain.

Elle persistait dans sa théorie, la voix crispée. Ross éprouva soudain une bouffée de pitié pour sa mère. D'accord, elle était égocentrique. Mais dans la famille, il était peut-être le seul avec grand-père à comprendre que sa mère était terrifiée par la perspective d'un nouveau deuil, et ce n'était pas qu'une question d'argent.

Chaque année, à la date anniversaire de la mort de Pierce, elle se rendait au cimetière des anciens combattants de Famingdale, à Long Island. Là, au milieu de ces interminables rangées de tombes, elle versait des larmes silencieuses en accrochant une couronne à la stèle sans ornements que rien ne distinguait des autres, hormis le nom qui y était gravé. Chaque année, elle était accompagnée dans ce rituel par son beau-père, qui faisait le voyage depuis Paris ou l'endroit vers lequel l'envoyait son métier de correspondant.

— Faire cela à sa famille ! C'est une lubie de vieux fou égoïste, répétait sa mère.

— Eh bien, tu n'as qu'à le lui dire, ça le fera revenir ventre à terre.

— Voyons, Ross, jamais je ne lui dirai une telle chose !

— Tu sais, on peut parfois deviner l'opinion d'une personne sans qu'elle l'ait exprimée verbalement...

Il marqua une pause. Puis quelque chose l'incita à poser une question à sa mère.

— Maman, as-tu jamais su qui était grand-père ? Est-ce que tu l'as aimé, est-ce que tu as apprécié la façon dont il s'est occupé de nous après la mort de papa ?

— Ne sois pas bête ! Ton père et lui étaient inséparables.

Elle éclata en sanglots.

— Bien sûr que je l'aimais ! Enfin, pour qui me prends-tu ?

Ross posa sa main sur son épaule, conscient d'être témoin d'une des rares occasions où sa mère entrouvrait son cœur fermé à double tour. Elle lui tapota la main et s'éloigna de lui. Ils ne s'étaient jamais sentis à l'aise en compagnie l'un de l'autre. Trop nerveux pour rester assis, Ross se leva.

— Je vais aller là-bas retrouver grand-père. En partant tout de suite, je peux éviter l'heure de pointe.

— Mais tu viens à peine d'arriver !

— Eh bien, tu n'as qu'à venir avec moi.

— Oh, mais je ne peux pas ! se récria-t-elle. J'ai bien trop de choses à faire !

Ross s'abstint de tout commentaire mais lui octroya une petite concession :

— Je peux rester dîner. Mais ensuite, il faudra que j'emprunte ta voiture.

— Dieu merci, j'ai réussi à t'attraper au vol ! s'exclama Natalie Sweet en sortant du taxi qui l'avait déposée devant le garage où était garé le cabriolet. Ta mère m'a dit qu'en me dépêchant, j'arriverais à te voir.

Ross posa les clés de voiture et ouvrit les bras. Natalie se jeta à son cou et ils restèrent un long moment enlacés. Ross respirait ses cheveux à la douce odeur de chewing-gum. Natalie était sa meilleure amie, et ce depuis l'adolescence. Ils s'étaient connus en Suisse, au pensionnat de Lugano. A l'époque, ils étaient aussi maigres et angoissés l'un que l'autre, incroyablement doués pour le ski et loin, très loin de leurs familles.

Il la souleva de terre.

— Je suis content qu'on ait pu se voir avant que je parte.

— Bienvenue à la maison, soldat, dit-elle.

Ross s'en trouva réconforté comme par un vieux tube entendu à la radio.

— Merci.

Il la reposa.

— Tu as une mine superbe, Nat. Le travail d'écriture te va bien.

Elle se mit à rire.

— C'est gagner ma vie qui me va bien. Regarde-moi un peu, tu as vu comme je suis grasse et délurée ? ironisa-t-elle en prenant une pose provocatrice, les mains sur les hanches.

— Tu es magnifique.

Natalie avait toujours été jolie, aux yeux de Ross, en tout cas. Elle n'avait rien d'une beauté classique ; tout son attrait résidait dans son côté sain et naturel, et l'on avait envie de mordre ses joues comme une miche de pain frais.

— Alors, s'enquit-il, ça se passe bien, au journal ?

— Je te raconterai tout dans la voiture, répliqua-t-elle avant de sourire devant son air perplexe. Tu as tout compris, soldat, je viens avec toi.

— Je ne me souviens pas de t'avoir invitée ?

Elle désigna un nécessaire de voyage avachi posé sur le trottoir.

— En effet, tu n'as rien fait de tel. Mais tu vas avoir besoin de moi et nous le savons tous les deux. Nous sommes toujours liés par l'esprit de Vulcain, pas vrai ?

Au collège, ils étaient secrètement fans de *Star Trek : la nouvelle génération*, une série complètement dingue qui passait sur la RAI en version doublée. A ce jour, Ross savait encore dire « santé et prospérité » en italien.

— Ecoute, Natalie, c'est vraiment très sympa de ta part, mais je vais y aller seul. Ça n'a rien d'un voyage d'agrément, tu sais.

Elle lui donna une bourrade dans le bras.

— Comment faut-il que je t'explique ? Je préfère passer des heures pénibles avec toi que de m'éclater avec quelqu'un d'autre. Alors, on ferait mieux de se mettre en route, si tu ne veux pas qu'on se retrouve coincés dans les embouteillages.

— Je ne veux pas que tu viennes.

— Ross, pourquoi gâcher un temps précieux dans une bataille que tu es sûr de perdre ?

— Et zut ! Tu es vraiment une enquiquineuse de première, tu sais ?

Quelques minutes plus tard, ils se retrouvèrent dans une longue file de voitures, pris dans la circulation dense mais fluide. A chaque pâté de maisons qu'ils dépassaient, tous aussi délabrés, ils laissaient New York derrière eux.

— Merci de m'avoir permis de t'accompagner, dit Natalie. C'est du délire, ce bolide !

Ross ne discutait jamais des goûts de sa mère en matière de voitures. Le cabriolet se conduisait tout seul, un véritable petit bijou de mécanique et de technologie.

— Tu ne m'as pas laissé le choix, lui rappela-t-il.

— J'ai toujours adoré George, tu le sais bien. Je veux agir au mieux pour lui, compte tenu des circonstances.

— C'est pour ça que je dois le voir : pour me faire une idée de la situation exacte dans laquelle il se trouve. Je ne peux pas ajouter foi aux propos de ma mère. A l'en croire, il souffre de démence, son jugement est altéré et il serait la proie d'une espèce d'infirmière diabolique.

Natalie lui tapota affectueusement le bras par-dessus la console.

— Je suis heureuse que tu sois de retour, Ross. Et je veux savoir comment c'était, là-bas. Quand tu te sentiras prêt à en parler, évidemment.

— Eh bien, je n'en suis pas encore là.

Le traumatisme de la guerre était encore trop récent

pour pouvoir en discuter. Pour l'instant, il refusait même d'y penser. Malgré cela, au bout d'un certain temps, il éprouverait le besoin de parler de sa mission à l'étranger, de décrire tout ce qu'il avait vu et accompli.

Mais pas maintenant. Tout était encore si frais dans son esprit… Il y avait quelques heures à peine, il faisait partie de l'armée. C'était un sentiment étrange, très étrange… Quelques jours plus tôt, il était mêlé à des combats de vie et de mort ; les écorchures de sa dernière mission n'avaient pas eu le temps de cicatriser. Il avait l'impression d'avoir été arraché d'un monde et déposé dans un autre. C'était un soulagement, bien sûr, mais l'adaptation n'allait pas de soi.

La route était longue jusqu'au nord de l'Etat, même si, par endroits, elle offrait un certain charme. Ross songeait à son problème le plus immédiat. A la naissance, il avait hérité d'une famille compliquée, ravagée par le deuil — et de toute évidence, il ne savait pas tout. Pas étonnant que grand-père leur ait faussé compagnie. Peut-être était-il parti à la recherche d'une branche de la famille moins perturbée.

Natalie le tira de ses réflexions.

— Enfin, quand tu seras prêt, je le serai aussi.

— Je préfère que tu me parles de toi, Nat. Alors, tu me dis que ça se passe bien dans ton travail ?

— Merveilleusement bien. J'évolue dans le journalisme sportif comme un poisson dans l'eau. L'année dernière, je me suis taillé un franc succès dans le *New York Times Magazine* avec un article consacré à un jeune lanceur de base-ball, une future star. Mon blog reçoit des milliers de visites et je travaille à l'écriture d'un livre. Ah, j'oubliais : tu ne le sais sans doute pas, mais c'est notre vingtième anniversaire.

Elle lui serra le bras. Sensation… étrange. Dans son unité, on ne se touchait pas.

— Sans blague ? dit-il en remontant le bras sur le volant. Je n'ai jamais tenu le compte des années. Tu veux dire qu'il y a vingt ans qu'on s'est rencontrés ?

— Tout juste ! Et on s'est détestés au premier regard, tu te rappelles ? Tu n'arrêtais pas de te moquer de mon appareil.

— Bien sûr, tu te fichais tout le temps de ma coupe de cheveux !

— C'est un miracle qu'on ait pu se supporter cinq minutes, et encore plus vingt ans !

A l'époque, un professeur les avait obligés à travailler ensemble sur un exposé. Ils étaient issus de deux milieux radicalement opposés, mais leur aversion réciproque ne s'expliquait pas par la différence sociale. Ross était ravagé, anéanti par la mort de son père. Il venait d'une famille qui *avait* de l'argent plutôt qu'elle n'en *gagnait*. La nuance était de taille.

Natalie, elle, était boursière. Ses parents missionnaires œuvraient dans une principauté d'Afrique de l'Est au régime politique instable, régulièrement victime de coups d'Etat militaires.

Pourtant, à force de querelles et de taquineries, ils étaient parvenus à tisser une véritable amitié. Une même souffrance les unissait : tous deux étaient des adolescents rejetés. Lui par sa mère, qui ne supportait pas l'idée de l'éduquer seule, et Natalie par ses parents, accaparés par des idéaux humanitaires qui ne laissaient pas de place à leur fille.

Convaincus d'être appelés à servir un dessein plus élevé, le révérend Sweet et sa femme ne se satisfaisaient pas de n'être que les parents d'une enfant douée mais pleine de gaucherie.

— Tu es donc officiellement mon plus vieil ami, déclara Natalie.

— Je peux en dire autant de toi. Ça ne nous rajeunit pas, dis-moi ! Quand est-ce qu'on se marie ?

— Pourquoi pas… jamais ? Jamais, ça te va comme date ?

C'était une plaisanterie récurrente entre eux. Après avoir connu les affres des premiers flirts au lycée, ils s'étaient mutuellement consolés en intégrant la fac, Natalie en section journalisme, et lui en section aéronautique. Une nuit, enhardis par trop de bières au whisky, ils avaient perdu leur virginité ensemble, expérience malheureuse restée sans suite. Ils avaient immédiatement compris qu'ils ne pourraient jamais être amants. Malgré leur bonne volonté réciproque, la délicate alchimie de leur amitié ne s'était pas muée en passion amoureuse.

— Ça ne me suffit pas, avait décrété Natalie à l'époque. Et à toi non plus, d'ailleurs. On se force, et on ne devrait pas. Quand on connaîtra vraiment l'amour, ça viendra naturellement.

Pour la taquiner, il l'avait accusée de nourrir en secret l'ambition de devenir psychanalyste. Mais il était d'accord avec elle.

Natalie, elle, attribuait tous ses déboires sentimentaux aux attentes irréalistes qu'il lui avait soi-disant mises en tête. A une époque, elle avait eu une relation sérieuse avec un musicien. Mais comme avec tous les autres, la belle histoire s'était soldée par un échec.

Chaque fois qu'elle rompait avec un homme, Ross prétendait qu'elle se gardait pour lui.

Continuant le jeu, il se récria, faussement accablé :

— Jamais ? Là, tu me tues ! Combien de refus vais-je encore devoir endurer ?

— De ma part ? J'en ai un stock inépuisable, mon gars. Et d'ailleurs, qu'est-ce qui te presse ? La plupart des types que je connais prennent leurs jambes à leur cou dès qu'on leur parle de mariage. A t'entendre, on croirait que tu as hâte de te caser.

— Mais ce n'est pas une impression, c'est la vérité. Surtout après ce que j'ai vu là-bas. J'en ai assez d'être seul, Nat. J'ai envie d'être le mari de quelqu'un, voire le père de quelqu'un.

— C'est parce que tu as perdu ton propre père très jeune, dit-elle avec douceur.

— Vous avez sûrement raison, docteur Sweet. Mes plus beaux souvenirs remontent à mon enfance, avec mon père.

— Et maintenant, tu veux retrouver ce bonheur en devenant père à ton tour.

Elle tripota les touches de l'autoradio et s'arrêta sur une chanson douce d'Ingrid Michaelson.

— Pardon de briser tes illusions, mais je doute que ça marche comme ça. Je le regrette, crois-moi, car tu le mérites, Ross. Tu mérites de trouver une femme qui illuminera les cinquante prochaines années de ta vie, et d'avoir un tas de gamins qui te feront faire du mauvais sang.

— N'oublie pas la maison entourée d'une barrière blanche. Et le chien. Je n'ai jamais eu de chien.

— Ça y est, maintenant, tu deviens gourmand !

Elle recommença à trafiquer l'autoradio et, cette fois, son choix se porta sur un morceau de rock braillard qu'il ne connaissait pas. Natalie enfonça le clou :

— Il serait temps, d'ailleurs !

— Qu'est-ce que ça veut dire ? s'enquit-il en baissant le volume.

— Tu t'occupes toujours des autres, Ross. Il est temps que tu aies envie de faire quelque chose pour toi.

— En ce moment, tout ce que je veux, c'est aider mon grand-père. Pour comprendre ce qui lui arrive.

Et il lui résuma ce qu'il savait de l'état du vieil homme.

Natalie versa quelques larmes et sortit rageusement un Kleenex de son sac.

— Bon sang, c'est moche ! C'est trop moche ! Oh, Ross, je suis tellement navrée !

— Merci.

— Et il serait parti avec une espèce d'infirmière particulière ?

— Apparemment, oui.

— Dis donc, ça fait un peu olé olé…

— Dans son intérêt, j'espère que ça l'est.

— Tu es vraiment un type incroyable ! Et le reste de ta famille ? Pourquoi est-ce toi qui pars sur les traces du vieux bonhomme ?

Parce que c'est grand-père. Parce que je ne supporte pas l'idée de le perdre.

— De l'avis unanime, je suis le seul à pouvoir lui faire entendre raison. Tout le monde s'attend qu'il rentre à New York dès que je lui aurai fait la leçon.

— Et s'il ne rentre pas ?

— Alors, il y a des chances pour que le patelin en question s'enrichisse d'un Bellamy supplémentaire. Je n'arrive pas à croire que grand-père ne m'ait jamais parlé de son frère !

Tandis qu'il bouclait ses bagages à la hâte, sa mère lui avait révélé le peu qu'elle savait de la situation. Charles Bellamy avait quatre ans de moins que grand-père. Les deux frères avaient fait leurs études à Yale. Puis, l'année où grand-père avait obtenu son diplôme, leurs chemins s'étaient séparés et ils s'étaient perdus de vue.

— Comment Charles a-t-il atterri à Avalon ?

— D'après ma mère, il a épousé une fille du coin. Ils tenaient de façon saisonnière une sorte de camp ou de village de vacances — une entreprise familiale, du côté de la belle-famille. A New York, Charles travaillait dans le juridique. Aujourd'hui, il est retraité et vit avec sa femme à Avalon. C'est à peu près tout ce que je sais.

Ils entrèrent dans le comté d'Ulster et prirent vers l'ouest en direction du parc naturel des Catskills. A l'approche de leur destination, Ross se retrancha peu à peu dans un silence angoissé. A la vérité, il avait peur pour son grand-père. Il fallait qu'il y ait une raison grave pour que les deux frères soient en froid depuis si longtemps. Et si cette raison était toujours d'actualité, le vieil homme allait peut-être au-devant d'un immense chagrin.

6

Pour Claire, s'occuper d'un nouveau patient, c'était un peu comme entamer une nouvelle relation amoureuse, en moins équitable, bien sûr. Et peut-être la gratification était-elle moindre, également. Mais, comme au seuil d'un premier rendez-vous, toutes ses pensées étaient tournées vers George. Elle cherchait à savoir qui il était, essayait de cerner les nuances de son cœur. Etrangement, elle avait un faible pour lui — pas sur un plan amoureux, mais sentimental. Et son affection augmentait à mesure qu'elle le connaissait mieux. Elle commençait à reconnaître les signes qui le caractérisaient. Elle sentait monter en lui l'agitation, le malaise ou la satisfaction.

La journée avait été tranquille ; George avait pris peu de nourriture et de repos, mais il l'avait quand même invitée à dîner au pavillon principal. Peu après 19 heures, elle alla voir s'il allait bien. Il paraissait dormir. La tentation était grande de ne pas le déranger, mais il tenait absolument à son projet pour la soirée. Pour rien au monde il n'aurait voulu manquer le service du repas. Ce soir, il était bien décidé à dîner de façon stylée.

Claire lui toucha l'épaule.

— George… George, réveillez-vous. Il est l'heure de se préparer pour aller manger.

Le visage du vieil homme reflétait douceur et bienveillance, comme si elle le tirait d'un rêve agréable. Il poussa un soupir et battit lentement des paupières : elle le voyait peu à peu retrouver ses repères. La baie vitrée encadrant le lac. La table de chevet où s'alignaient les boîtes de médicaments. La sonnette qui, d'une simple pression de sa part, la ferait accourir sur-le-champ.

— Vous voulez toujours aller dîner là-bas ? Sinon, je peux vous apporter un plateau…

— Non. J'en ai assez de me conduire en invalide. Tout ce soleil et ce bon air me revigorent.

Claire hocha la tête.

— Il est 19 h 15. Nous avons réservé une table pour 20 heures.

— Je serai prêt, d'ici là.

Dans le classeur en cuir repoussé qui se trouvait dans la chambre de Claire, on demandait aux hôtes de revêtir une tenue de soirée pour assister aux repas servis au pavillon principal. Partout ailleurs dans le domaine, on pouvait se restaurer de façon informelle, mais la salle à manger Starlight était réservée aux soirées dansantes.

Quelle tenue était la plus appropriée pour elle ? se demanda Claire. Jamais son expérience ne l'avait conduite dans un tel cadre. Cet élégant village de vacances lui ouvrait les portes d'un tout nouveau monde. Depuis sa sortie de l'école d'infirmières et la fin de sa spécialisation, elle s'était occupée d'un certain nombre de patients, mais aucun ne ressemblait à George Bellamy.

Finalement, elle choisit de se glisser dans un fourreau de jersey beige mat, chaussa des escarpins à talons mi-hauts et s'autorisa un soupçon de maquillage. Un peigne en écaille de tortue retenait sa chevelure balayée sur le côté. Rien de bien glamour. Elle était… passe-partout, et c'était justement l'effet escompté. Contrairement à certaines personnes qui toute leur vie s'escriment à se démarquer de la norme, elle recherchait l'ordinaire. Les gens se rappelaient les extrêmes. Claire voulait être la femme dont personne ne se souvient — l'employée de l'agence d'assurances qui vous aide à remplir une demande d'indemnisation. Le chauffeur de taxi. Le prof de maths, pas celui d'arts plastiques. Le second, pas le chef cuisinier. Elle regarda avec nostalgie son reflet dans le miroir et se prit à rêver. Quand elle était enfant, ballottée entre une mère fantasque et toute une collection de foyers d'accueil, un conte la touchait plus que les autres : *Cendrillon*. Quelle petite fille ne rêve pas de connaître une métamorphose spectaculaire ? C'est une métaphore, bien sûr, une récompense. Par sa bonté, Cendrillon parvenait à transcender sa mauvaise fortune ainsi que la méchanceté de son entourage. Toutes les filles souhaitent ainsi passer de la misère à la richesse. Pas de la misère à la médiocrité.

Pour une fois, Claire avait envie de porter une robe qui ferait se tourner toutes les têtes, susciterait l'admiration et peut-être même quelques murmures discrets : *Qui est cette fille ?*

Mais la belle histoire resterait au stade du fantasme. Il lui fallait se fondre dans la masse, et non se faire remarquer. Et elle était passée maître dans cet art. Elle observa son image dans la glace : une fille tout à fait ordinaire, ni grande ni petite, ni grosse ni maigre, ni belle ni laide. Ordinaire. Dût-elle traverser une salle pleine de monde, personne ne se souviendrait d'elle au moment de la décrire.

George Bellamy, lui, n'avait pas ce problème : il pouvait se faire beau à loisir. A son entrée dans le salon, elle ne put retenir une exclamation de surprise :

— Oh, George ! Vous êtes à tomber !

Il tourna lentement sur lui-même, les mains écartées, un sourire aux lèvres.

— Mais je me sens à tomber. Ou peut-être près de tomber, rectifia-t-il après réflexion.

— Non, non, à tomber. Formulons ça autrement : avec beaucoup, beaucoup de chance, Richard Gere peut espérer être un jour comme vous à votre âge.

— Eh bien, ma foi… Une star de cinéma ? Voilà ce que j'appelle un compliment.

— Quel costume magnifique ! Il vient de chez ce tailleur dont vous m'avez parlé ? Henry Poole ?

— En effet. Vous avez l'œil, dites-moi.

— Il tombe parfaitement.

C'était la vérité, jusqu'à la cassure précise de l'ourlet du pantalon. Dans la lumière de fin de journée, les chaussures en cuir noir de George brillaient d'un reflet lustré. Les plis de sa chemise étaient marqués à la perfection, comme si elle avait été repassée par un valet invisible. De la veste dépassaient exactement deux centimètres de manche, laissant voir des boutons de manchettes au motif stylisé de poisson.

— Un cadeau de mon père, précisa George en surprenant son regard admiratif. Il nous a offert les mêmes, à mon frère et moi. Je dois d'ailleurs réfléchir à ce que je vais en faire. J'ai six petits-fils.

— Tant que ça ?

— Nous autres Bellamy sommes une espèce prolifique.

Elle le mena jusqu'à la voiturette de golf qu'ils avaient louée pour leurs déplacements dans le camp.

— Monsieur, votre carrosse est avancé. Vous voulez conduire ?

— Certainement.

Se sentant suffisamment alerte, il choisit de laisser sa canne.

Ils arrivèrent au pavillon principal à 20 heures précises. George lui offrit son bras et, ensemble, ils firent leur entrée. Dans la lumière du soir, la salle à manger était magnifique. Le soleil couchant nimbait toute la scène d'or rose en se reflétant sur la surface vernissée du lac. Les tables éclairées aux chandelles étincelaient de porcelaine de marque, d'argenterie et de verres à pied en cristal. Au piano — un Steinway noir laqué — une jeune femme élancée jouait avec aisance. Deux musiciens l'accompagnaient, l'un à la trompette bouchée, l'autre aux percussions. Ils interprétaient un air démodé inconnu de Claire.

La foule des convives se composait essentiellement de couples ou de petits groupes. Quelques familles étaient aussi attablées avec des adolescents maussades et des enfants se trémoussant sur leur chaise. Mais, à première vue, il s'agissait surtout de couples en escapade romantique. Elle n'avait guère d'expérience en la matière, mais elle avait lu beaucoup de romans.

Si elle cherchait à passer inaperçue, on ne pouvait en dire autant de George. Elle n'était pas la seule à admirer son costume à façon, ses cheveux neigeux, son port de tête droit et son allure parfaitement étudiée. On se retournait sur son passage ; les voix se faisaient murmures.

Et inévitablement, l'attention se porta ensuite sur elle. Claire sentait une dizaine de paires d'yeux qui la fixaient. Les gens s'interrogeaient sans aucun doute sur le couple qu'elle formait avec ce gentleman âgé d'une élégance folle. Etait-elle sa fille ou sa très jeune femme ? A moins qu'il ne fût son vieux protecteur…

Elle s'efforça de faire abstraction des regards et des spéculations, décourageant d'un geste le photographe du camp qui circulait entre les tables en proposant ses services aux convives.

Elle ne se laissait jamais photographier. La dernière fois, c'était en classe de première, et le cliché en question figurait quelque part dans un annuaire de lycée. On y voyait « Clarissa Tancredi » coincée entre ChiChi Tambliss et Ginny Thompkins. La fille sur la photo avait les joues rondes, un appareil à bagues, de longs cheveux bruns et un regard plein d'espoir, du moins était-ce l'effet voulu, en dépit de toutes les épreuves qu'elle avait traversées. Quelques semaines après la traditionnelle photo d'école, cette fille avait cessé d'exister. Les longs cheveux avaient été coupés court et teints en noir. L'appareil enlevé à l'aide d'une pince à bec dans les toilettes pour dames de Jersey Turnpike, l'autoroute à péage. Et cette expression d'espoir s'était envolée à jamais.

Le maître d'hôtel les installa à une table voisine des portes-fenêtres, près du débarcadère — mobilier quatre étoiles dans un restaurant quatre étoiles, songea Claire.

— Je suis sûre que c'est leur meilleure table. Qu'est-ce qui nous vaut ce traitement royal ?

— Votre beauté renversante, sans doute, répliqua George.

Voyant qu'elle ne croyait pas un mot de son compliment, il lui adressa un clin d'œil.

— A moins que ce ne soit le faramineux pourboire que j'ai glissé au maître d'hôtel.

Claire leva son verre d'eau à son intention.

— A vous, monsieur George Bellamy, homme de mystère d'envergure internationale ! Merci de m'avoir prise dans vos bagages.

— Oh, ne me remerciez pas encore. Passer l'été dans un cottage rustique n'est pas du goût de tout le monde. J'espère que vous n'allez pas vous dessécher d'ennui.

— J'en doute fortement, George.

Il lançait des regards tout autour de la salle à manger.

— Vous cherchez quelqu'un ?

— Je suis tombé sur une vieille amie de fac, expliqua-t-il. Je pensais qu'elle dînerait peut-être ici, ce soir.

— Quelle chance pour vous ! S'agit-il d'une coïncidence ou bien…

— D'une totale coïncidence. J'avais complètement oublié Millie jusqu'à ce matin.

— J'espère pouvoir faire sa connaissance.

Elle considéra George avec une profonde tendresse. Visiblement, cette rencontre avait fait plaisir au vieil homme, au point que c'en était touchant. Vouloir se lier avec d'autres personnes était un comportement si humain ! Même la mort imminente n'émoussait pas ce désir.

Elle étudia le menu, partagée entre perplexité et ravissement.

— Je ne comprends pas un traître mot de ce qui est écrit. Et je suis même incapable de le prononcer.

— Voulez-vous que je commande pour nous deux ?

— Oui, s'il vous plaît. Mais rappelez-vous que je surveille ma ligne.

— Je n'ai pas oublié. Comment le pourrais-je ? Vous êtes la première personne de l'histoire à avoir refusé une pâtisserie de la boulangerie Sky River.

Le serveur arriva et George passa commande — une salade à base de quelque chose appelé « frisée », garnie de fleurs fraîches. L'entrée se composait d'une truite de la région accompagnée de poireaux sauvages et de chanterelles sautées. Il commanda aussi du vin, un bourgogne blanc importé de France.

Claire aurait tant aimé boire plus d'une ou deux gorgées de ce vin… Mais elle ne pouvait pas se le permettre, pas plus que de se gaver de tous les plats à la carte. Elle devait garder le contrôle de ses facultés en toutes circonstances. Boire de l'alcool au risque d'être pompette était trop dangereux.

Toutes ces restrictions ne l'empêchaient pas de profiter de ce magnifique restaurant au cadre enchanteur. Ce séjour ici avec George — quelle que soit sa durée — lui offrait l'occasion de vivre une autre vie, même de manière fugace. C'était donc ainsi que certaines personnes passaient leur temps : elles conversaient dans le calme, souriaient à leur conjoint ou à leur amant par-dessus une table admirablement disposée. Quelle merveille… Elle s'efforça de chasser tout sentiment d'envie.

George se cala contre son dossier et détailla les lieux avec une expression perplexe.

— C'est ce que vous espériez ? lui demanda Claire.

— En grande partie, oui. J'espérais que cela n'aurait pas trop changé, que je pourrais le reconnaître, et c'est le cas. On a toujours la même vue sur le lac. En revanche, il me semble que la scène se trouvait à l'angle opposé.

— Il y avait déjà un orchestre, à l'époque ?

— Tous les soirs ! Et aussi des spectacles. Pas seulement des crooners, toutes sortes d'artistes. Des magiciens, des cascadeurs, des comiques, il y avait de tout. Et beaucoup d'entre eux étaient excellents. Dans la région, les sites de vacances avaient accès à toutes sortes de talents, c'était l'avantage d'être si proche de New York.

— Vous aviez un artiste préféré ?

— Bien sûr ! C'était un magicien du nom de Marvel qui, deux fois par soirée, sciait la tête de son assistante. Je me souviens de l'avoir revue sous le débarcadère, en train de fumer une cigarette : j'étais sidéré. Un soir, j'ai applaudi Henny Youngman sur cette même scène. Vous avez entendu parler d'Henny Youngman ?

— Non, désolée.

— C'était un comédien, très connu dans ma jeunesse. Les Everly Brothers se sont produits ici. Et les Andrews Sisters — c'étaient des habituées du circuit.

Avec ces anecdotes d'un temps révolu, George la transportait dans un autre lieu, une autre époque. Jadis, toute une frange de familles fortunées de New York se retirait l'été au nord de l'Etat, dans cette région de lacs, et les Bellamy obéissaient eux aussi à cette tradition.

Claire avait du mal à imaginer ce genre de vie. Les traditions, elle ne connaissait pas. Son enfance n'avait été qu'une suite d'acrobaties périlleuses et, à la fin du spectacle, elle avait accompli son dernier numéro avant de disparaître définitivement de la scène.

Quelques couples dansaient sur la douce musique du piano. En les regardant, quelque chose remua en elle, dans un secret repli de son cœur — une sorte de tristesse, un sentiment de futilité. La seule idée de tomber amoureuse était impossible à envisager. Elle ne pouvait pas. C'était trop risqué. Elle ne pourrait jamais connaître de relation durable avec quelqu'un. L'homme qui partagerait son intimité courrait les mêmes dangers qu'elle. Ou, pire, on se servirait de lui comme moyen de pression sur elle.

Mais cela ne l'empêchait pas de rêver… Quand elle voyait des gens comme ces couples sur la piste de danse, unis par un amour palpable, elle rêvait de l'effet que cela devait procurer, et ne pouvait se retenir de les envier. Puis son ancien cauchemar la rattrapait : devoir fuir pour sauver sa vie, disparaître… Non, on ne pouvait souhaiter cela à personne. Convaincre les services sociaux de rayer Vance Jordan de leurs tablettes allait l'exposer à un risque insensé. Nul besoin de mêler quelqu'un d'autre au gâchis qu'était sa vie.

S'occuper avec compétence et compassion de patients

en phase terminale était une vocation que peu de gens comprenaient, et pourtant cette spécialité lui convenait parfaitement. Elle s'attachait profondément aux patients confiés à ses soins, et leur décès lui brisait le cœur. Mais le cœur, avait-elle découvert, est un organe solide et résistant, capable de se réparer tout seul.

George allait lui inspirer une immense affection, elle le savait déjà. Il était si fringant dans son élégant costume, fier mais inquiet devant l'épreuve qui l'attendait, un peu comme une jeune mariée nerveuse au soir de ses noces. Claire espérait qu'il trouverait la paix, la lucidité, et, au bout du compte, l'acceptation.

Ils commandèrent le dessert. George prit une crème brûlée accompagnée de framboises ; elle se contenta des framboises. Il demanda ensuite deux petits verres d'un vin de glace issu d'un domaine à l'ouest de New York, et elle s'autorisa à en boire une gorgée. C'était un vin doux à la saveur intense, élaboré à partir de raisins cueillis gelés. Jamais elle n'avait fait l'expérience d'un breuvage aussi profond et complexe en bouche.

— C'est un véritable nectar, dit-elle en fermant brièvement les yeux.

Quand elle les rouvrit, elle vit que George la regardait avec un sourire indulgent.

— Qu'y a-t-il ?

— Vous êtes décidément une jeune femme exquise. Ross va vous adorer.

Encore ce Ross… Le petit-fils.

— Je suis ici pour vous, George, vous le savez.

Le menton dans la main, elle observa les couples qui évoluaient sur la piste de dance.

George finit son verre de vin de glace.

— Vous vous ennuyez déjà avec moi, je le vois bien.

— C'est absurde ! répliqua-t-elle. Je commence à peine à vous connaître.

— C'est sur ma liste, vous savez.

— Qu'est-ce qui est sur votre liste ?

— Danser. Je n'ai jamais appris à danser.

Claire se tourna vers lui.

— Cela me surprend. Vous ressemblez au genre d'homme qui sait danser. Je pensais que cela faisait partie des règles de savoir-vivre en société, comme de commander du vin ou réussir un nœud papillon.

— Vous avez raison, et en général, c'est tout à fait ça. En fait, on donnait des cours de danse ici même, au Camp Kioga, mais je m'arrangeais pour ne pas y aller. Vous comprenez…

— C'étaient de vieilles barbes.

George pouffa.

— Oui, il y avait de ça, au début. Mais aujourd'hui, je regrette de ne pas avoir appris à danser, parce que j'aimerais savoir l'effet que ça fait, d'évoluer sur la piste dans un endroit aussi beau.

— Alors ça, c'est dans mes cordes. Il se trouve que je suis une danseuse tout à fait honorable.

De temps en temps, elle allait en discothèque, ce qui lui donnait l'illusion d'avoir des amis ou même un petit ami. Cela faisait partie des excentricités qui lui permettaient de préserver sa santé mentale. Avec le temps, elle avait appris un bon nombre de danses et appréciait tout particulièrement certains standards rétro.

George se réjouit :

— Excellente nouvelle ! Quand commençons-nous ?

Claire posa sa serviette.

— Le mieux, c'est de battre le fer tant qu'il est chaud.

George eut l'air momentanément déconcerté. Puis son expression se fit résolue.

— Vous avez raison.

Il se leva et, s'avançant de son côté de la table, lui offrit sa main droite d'un geste solennel.

— Mademoiselle, m'accordez-vous cette danse ?

— Avec grand plaisir, répondit-elle en prenant sa main. Mais j'ai peine à croire que vous débutez. Vous vous êtes planté devant moi comme si vous aviez fait ça toute votre vie.

— « Planté », oui, c'est le mot qui convient. Dans ma jeunesse, j'ai regardé des tas de films de Fred Astaire, mais je ne suis jamais arrivé à inviter une fille.

— Nous allons changer ça, affirma-t-elle.

Le petit ensemble jouait « *Stardust Memories* », une mélodie qui se prêtait à un simple pas carré.

— Le côté agréable de la danse, c'est qu'il n'y a que deux choses à savoir faire : tenir sa partenaire et conduire. Ne vous préoccupez pas des pieds et des jambes. Ça viendra après.

— Je l'espère bien !

— Fiez-vous à moi. Vous devez me faire confiance.

— Très bien, dites-moi ce que je dois faire. Je suis tout ouïe.

— Tout d'abord, faites abstraction des gens dans la salle. Faites comme si nous n'étions que tous les deux. Nous ne sommes pas si intéressants que ça, je vous assure.

— Compris.

— A présent, levez votre main. Comme ça, oui.

Elle glissa sa main dans la sienne.

— Votre autre main doit rester au niveau de ma taille. Oui, voilà. Vous vous en sortez très bien.

— Mais je n'ai encore rien fait, protesta George.

— Vous êtes poli et sûr de vous, comme doit l'être un vrai gentleman. Et puis vous sentez très bon.

— C'est très aimable à vous.

— Je suis sincère, George. Vous sentez divinement bon. Et maintenant, conduire. Rien de très technique, vous allez voir. C'est fondé sur le bon sens et sur la considération pour votre partenaire.

George s'avéra naturellement à l'aise pour conduire. Ensuite, elle lui montra les pas élémentaires. Il ne tarda pas à les maîtriser et fit preuve d'un sens très développé du rythme. L'expression concentrée de son visage céda peu à peu la place au ravissement et, bientôt, il se mit à rire tout haut, s'attirant des sourires de la part des autres danseurs.

— Ma parole, George, vous êtes doué ! commenta Claire, bien que gênée par l'attention dont ils étaient la cible.

Ils continuèrent à danser. Lorsqu'elle lui montra comment exécuter quelques mouvements, l'hilarité de George augmenta.

— Je ne pense pas que nous remporterons des trophées, dit-il en s'esclaffant, mais je m'amuse ! Si j'avais su, je m'y serais mis avant le mariage de mes fils !

Claire se décida à formuler la question qui la tracassait depuis leur arrivée :

— Où sont-ils, George ? Où se trouve votre famille, en ce moment ?

— La question, ce n'est pas ça. Ce serait plutôt : *pourquoi* ne sont-ils pas là ?

— Oui, en effet, je suppose que c'est la seule question qui se pose. Et vous n'êtes pas tenu de me répondre, si vous n'en avez pas envie.

— Ils croient que je suis venu ici par caprice.

— Et pourquoi ne viennent-ils pas vous chercher ?

— Parce qu'ils sont persuadés que je serai de retour à New York avant qu'ils aient fini de boucler leurs bagages.

Ainsi, les soupçons de Claire s'avéraient exacts. Dans ce

genre de circonstances, la plupart des proches s'enferraient dans le déni aussi longtemps que possible.

— Ne transformez pas cette situation en rapport de forces, George. Personne ne sort gagnant de ce genre de combat.

— N'ayez pas d'inquiétude. J'ai longuement réfléchi à ce voyage afin d'être sûr de l'accomplir pour de bonnes raisons, et non par simple entêtement.

Pour Claire, les mécanismes internes d'une famille étaient source d'une fascination sans cesse renouvelée. Peut-être parce qu'elle-même était orpheline. Elle était curieuse de savoir comment les gens s'aimaient, se disputaient, se tournaient le dos, puis se réconciliaient. Ce qui l'intriguait, c'étaient toutes les façons qu'avaient les gens d'apprendre à pardonner, à grandir et à renforcer leurs liens. Il y avait une telle richesse dans leurs efforts, et tant de grâce, que ceux-ci les mènent au succès ou à l'échec.

George s'habillait de façon si étudiée, il était si craintif et si gentil à la fois… Elle repensa à la façon dont il avait soigneusement commandé les plats et le vin. Il avait pris plaisir à la voir se régaler du dîner.

« Si vous étiez mon grand-père, songea-t-elle, rien ni personne ne pourrait me tenir éloignée de vous. »

A la nuit tombée, Ross et Natalie arrivèrent à Avalon. C'était une petite bourgade de fenêtres éclairées et de rues ponctuées de réverbères à gaz, nichée à proximité du Lac des Saules. Ross n'était pas très familier des innombrables villes et villages qui bordent les lacs au nord de l'Etat de New York, mais Natalie prétendait avoir déjà été à Avalon.

— Plusieurs fois, même, affirma-t-elle en repliant la carte routière.

— Tu es déjà venue ici ? Première nouvelle.

— Mes parents se sont installés à Albany à leur retour d'Afrique. Avalon était un de mes arrêts de train préférés sur la ligne nord.

Elle lui indiqua l'auberge du Pommier, une ancienne demeure au perron éclairé, signalée par un panneau vantant ses menus gastronomiques.

— Tiens, c'est ici qu'un homme m'a demandée en mariage, il y a une dizaine d'années.

— C'est ça, je vais te croire…

— Je ne plaisante pas. C'était le soir de Noël. J'étais mortifiée.

— Quoi, mortifiée que ce ne soit pas moi ?

— Ah-ah, très drôle !

— Tu ne me l'avais jamais dit, en tout cas.

— Mais je ne te dis pas tout. Et franchement, j'ai connu des moments plus… agréables. Eddie était adorable, mais nous étions trop jeunes. Eddie… Je me demande ce qu'il est devenu.

— Rien, répliqua Ross. Sa vie s'est achevée à la seconde où tu as refusé de l'épouser.

Natalie se mit à rire.

— Je suis vraiment contente que tu sois de retour. Je ne sais pas comment j'ai tenu sans toi.

— Tu m'envoyais des blagues par courrier électronique. Plusieurs fois par jour.

— Eh bien, je suis contente que tu sois de nouveau là, pour pouvoir me payer ta tête bien en face.

Ils s'arrêtèrent à une station-service pour demander le chemin du Camp Kioga.

— Heureusement que je suis venue avec toi, souffla Natalie.

Elle clignait des yeux pour essayer de distinguer quelque

chose dans la sombre nature sauvage qui avait succédé aux lumières d'Avalon.

— Oui, enchaîna-t-elle, c'est une très bonne chose. Il fait noir comme dans un four, ici. Et puis, l'endroit est désert. J'ai l'impression d'être dans un de ces films d'horreur pour ados.

— Sauf que nous ne sommes pas des ados et qu'il n'y a rien d'horrible ici.

— Parle pour toi !

Elle frissonna.

— Ross, si on s'arrêtait pour remonter la capote ?

— L'air est encore chaud. Non, laissons-la baissée.

— Ça doit grouiller de bestioles visqueuses aux mœurs nocturnes, par ici.

— Eh bien, j'essaierai de ne pas trop en écraser. Et espérons que rien de visqueux ne te tombera sur la tête.

— Ross, je te préviens, si jamais…

— Cesse de faire l'enfant.

La route du lac s'orienta vers le nord. Ils passèrent devant quelques fermes et habitations, puis… plus rien. Enfin, au beau milieu de nulle part, ils aperçurent un panneau : *Camp Kioga, site historique. A 3 km, tout droit.* Le revêtement de la route se changea en gravier et Ross ralentit. Les phares du cabriolet éclairaient le tunnel de verdure formé par l'épaisse forêt environnante. L'ombre d'un hibou fondit sur eux ; de temps en temps, des yeux vigilants brillaient dans le sous-bois.

— Bon, là ça devient carrément angoissant, décréta Natalie en montant le son.

La radio diffusait une chanson pleine d'entrain sur les amours malheureuses, ce qui allégea un peu l'atmosphère.

— Froussarde, va ! lança Ross. Ah, enfin, nous y sommes !

L'entrée vieillotte se composait de deux larges troncs

reliés par une arche. « Camp Kioga », pouvait-on y lire en lettres de fer forgé assez tarabiscotées.

— Brrr… même l'enseigne me fait flipper, lâcha Natalie.

Le reste de l'allée était éclairé par des bornes lumineuses menant à un grand pavillon en bordure du lac.

— Ah, tout de suite, c'est mieux, déclara-t-elle en découvrant les baies illuminées avec un soulagement évident. C'est même plus joli que ce que promettait le prospectus.

A l'intérieur, on distinguait des tables éclairées aux chandelles, des serveurs en habit noir et des couples en train de danser. Illustration d'une élégance rustique et désuète, ce genre d'endroit invitait à la nostalgie. Ou, si l'on était plus âgé, à la recherche de souvenirs lointains, pensa Ross.

Ils entrèrent dans un grand hall et restèrent plantés là un petit moment à regarder autour d'eux.

Des poutres de bois écorcé s'élevaient au-dessus du salon et du bureau d'accueil. Il émanait du pavillon une atmosphère hors du temps ; c'était le genre d'endroit où séjournaient d'autres familles, moins dysfonctionnelles que la sienne, deux ou trois générations en arrière. A l'époque de grand-père, peut-être.

Au bureau d'accueil, une femme au visage sérieux attendait, l'air interrogateur. Contiguë au hall se trouvait une salle à manger, animée par un orchestre et des couples qui dansaient.

— Il est peut-être là, hasarda Ross.

Natalie suivit la direction de son regard et lui toucha le bras.

— Vas-y. Pendant ce temps, je vais chercher un endroit où passer la nuit.

Ross la laissa à l'accueil et franchit le seuil de la salle à manger. Il se faisait tard et l'assistance était clairsemée. Il balaya des yeux la foule des convives, des couples pour la plupart. Dans un coin, un petit orchestre installé sur une estrade interprétait un ancien tube — « *Stardust Memories* » — et plusieurs couples dansaient au rythme de la mélodie languide. Ross projeta son regard au-delà des danseurs — grand-père ne savait pas danser, c'était connu dans la famille. Puis lui parvint un son qu'il n'avait pas entendu depuis bien longtemps : le rire retentissant de son grand-père.

De nouveau, il promena le regard sur la foule des danseurs, et se focalisa sur l'homme de haute taille qui dansait avec une brune élancée.

Ross se figea, la poitrine serrée d'émotion.

Grand-père était en train de danser. Il portait un costume sur mesure avec une chemise blanche amidonnée et une mince cravate. Ses cheveux ras et neigeux accrochaient les lumières du lustre rustique. Un petit sourire aux lèvres, il semblait agréablement concentré.

Sous le choc, mille pensées traversèrent l'esprit de Ross. Il ne s'attendait pas à cette vision. Il se dirigea à grands pas vers le couple évoluant sur la piste de danse, mû par l'envie physique d'arracher cette femme étrange des bras de son grand-père. Et si sa mère et sa tante avaient vu juste, après tout ? Cette inconnue était peut-être une intrigante, s'immisçant sans vergogne dans la vie de grand-père. Mais il préférait réfréner sa colère, du moins pour le moment.

— Grand-père, murmura-t-il.

Le vieil homme s'arrêta de danser, s'écarta de sa partenaire et se retourna. L'espace d'une seconde, il sembla confus, désorienté. Ross sentit son rythme cardiaque s'affoler. Mais très vite, un sourire radieux illumina le visage de son grand-père. Dans la lumière flatteuse de l'éclairage tamisé, il avait l'air jeune, en pleine forme et tout à fait ravi.

— Mon garçon, dit-il en tendant les bras vers lui. Mon garçon. Je savais que tu viendrais.

La jeune femme s'écarta. George étreignit Ross de toutes ses forces, au beau milieu de la piste de danse. Des dizaines de paires d'yeux étaient braqués sur eux, mais Ross s'en moquait. Il était de retour. Le soulagement de grand-père était palpable et il savait qu'à cet instant, il pensait à son fils parti à la guerre et qui, lui, n'était jamais revenu.

Le retour d'un soldat est censé être un événement joyeux. Cependant, pour Ross, la joie de ce moment était atténuée par une certaine tristesse. Dans les bras de son grand-père, il redevenait ce jeune garçon endeuillé et craintif. Etonnant comme ces sensations étaient promptes à revenir. A croire qu'elles attendaient patiemment leur heure, jamais tout à fait disparues, prêtes à refaire surface.

— Mon garçon, répéta grand-père. Mon très cher petit... Quel bonheur que tu sois de nouveau parmi nous !

— Merci, dit Ross.

Il aurait voulu serrer son grand-père dans ses bras et ne plus jamais relâcher son étreinte.

— On peut aller s'asseoir ?

— Bien sûr ! Je suis si heureux que tu sois venu, fiston. Je ne savais pas quand tu arriverais.

— Je suis venu aussi vite que j'ai pu. Ma mère m'a dit que tu avais engagé une infirmière bidon, une espèce de traînée qui veut t'escroquer de tout ton argent.

Grand-père fit un pas de côté. Ross ne se doutait pas que la femme en question était restée à proximité et qu'elle n'avait pas perdu une miette de sa dernière remarque.

— Fiston, je te présente Claire Turner, dit grand-père.

— La traînée, précisa charitablement celle-ci.

Ross accusa le coup.

— Super, lâcha-t-il.

— Mademoiselle Turner, permettez-moi de vous présenter mon petit-fils, Ross Bellamy.

— Enchantée, répondit la jeune femme.

Ross se fendit d'un hochement de tête à peine poli, conscient de la fixer d'un regard glacial. Il allait dire deux mots à cette femme, et ce dans les plus brefs délais. Cependant, il émanait d'elle quelque chose de déconcertant. Ou plutôt, non, c'était lui qui éprouvait une étrange impression à la regarder. Une petite voix intérieure le mit en garde : *Cette femme va être source de problèmes.* De prime abord, elle ne ressemblait pas à une intrigante. Elle ne portait pas de bijoux, et pour autant qu'il pût en juger, peu ou pas de maquillage. Son opulente chevelure brune était coiffée en arrière, révélant un visage indéniablement ravissant. Bien que passe-partout, sa robe ne pouvait masquer l'évidence : cette fille avait une silhouette de sirène.

— Je vous demande pardon, dit-il, mais j'aimerais parler avec mon grand-père.

— Bien sûr, répliqua « l'infirmière ». Pourquoi n'iriez-vous pas au bar ? C'est un endroit tranquille. Je m'occupe de tout régler ici.

« Tout régler, tu parles ! » songea Ross avec amertume en la regardant s'éloigner. Non contente d'être fascinante à regarder, cette femme était dotée d'une voix apaisante et de manières qui avaient probablement conquis grand-père d'emblée. Pour sa part, elle ne lui inspirait que du mépris, mais un mépris teinté peu à peu de curiosité, et ce bien malgré lui.

Natalie vint saluer George et fondit en larmes en l'embrassant.

— Ça ne va pas l'aider, remarqua Ross.

— C'est que je ne sais pas quoi dire. Je suis navrée

que vous soyez malade, monsieur Bellamy, et je me sens tellement démunie.

— Vous m'avez fait beaucoup de bien en venant me voir avec Ross, affirma George.

— Je suis désolée, murmura-t-elle de nouveau, et elle tendit une clé à Ross.

— Tiens, le numéro du chalet est sur l'étiquette. J'y vais.

— Charmante créature, commenta George tandis qu'elle s'éloignait. A une époque, je me suis demandé si vous vous marieriez un jour, tous les deux.

Il sourit devant l'expression de Ross.

— C'est l'un des rares avantages d'être en phase terminale. Je peux parler franchement sans me faire remettre en place.

— Nat et moi… notre relation n'a rien à voir avec ça.

— Je sais. Tu as un bel avenir devant toi, mon garçon. Mais pas avec elle.

Le bar était calme, agrémenté de bergères à oreilles et de tables basses. George commanda deux brandys et constata avec plaisir que c'était du Rémy Martin, servi comme il se doit dans des verres ballons en cristal.

Ils étaient installés devant la flambée qui illuminait l'âtre en galets de rivière. La table qui les séparait supportait un jeu d'échecs dont les pièces étaient déjà alignées pour la bataille. George se carra dans son fauteuil et leva son verre.

— A mon petit-fils, héros de la guerre.

— Et à mon grand-père, qui exagère toujours tout.

— Tu es revenu sain et sauf. A mes yeux, cela fait de toi un héros.

Ross garda le silence. Il avait accompli ce que son père n'avait pu faire. Il était rentré au pays indemne.

— Là-bas, dit-il, chaque fois que j'avais des problèmes, je pensais à toi. Et je me disais que je n'avais d'autre choix que de rentrer en un seul morceau.

— Et je te suis profondément reconnaissant de l'avoir fait. J'espère que tu comptes t'attarder un peu dans les parages, parce que… enfin, tu sais bien.

Il but une gorgée de son brandy les yeux fermés, pour mieux le savourer.

— Comment prends-tu la chose ?

— Je suis complètement paniqué, avoua Ross.

— Oui, moi aussi, j'ai eu cette réaction au début. C'est une chose de prendre de l'âge en sachant qu'on ne vivra pas éternellement, mais c'en est une autre d'apprendre la date de la fin.

Ross avait toujours su que la perte de son grand-père serait terrible pour lui. Mais cette perspective semblait distante : c'était un événement qui surviendrait un jour, dans un futur nébuleux et indéfini, qui le prendrait par surprise comme une attaque de sniper.

Et au lieu de ça, sa mort était programmée pour cet été.

C'était atroce. De tout son être, il refusait ce pronostic implacable.

Grand-père se pencha et avança un pion sur l'échiquier. C'était son ouverture préférée, la défense française.

— Et donc, ce mal dont tu souffres…

Ross parlait tout bas, mais il perçut lui-même l'intensité de sa voix.

Comme si sa main agissait de façon indépendante, il répondit au déplacement du pion par sa propre manœuvre d'ouverture. Il avait toujours joué aux échecs avec grand-père, de manière quasi compulsive.

— Oh, nous pouvons attendre demain matin pour en détailler l'évolution. Je te promets de ne pas mourir cette nuit.

George avança un autre pion et dévisagea son petit-fils, les yeux brillants.

— Mon Dieu, comme tu m'as manqué ! L'inquiétude ne m'a pas lâché une seconde.

— Je le regrette. C'était une mission dangereuse mais je suis content d'avoir servi mon pays. Je sais que tu étais opposé à mon départ, mais il fallait que je le fasse.

— Et rien ne saurait me rendre plus fier. Tu es de retour, et pour moi, c'est tout ce qui compte.

Le centre de l'échiquier était maintenant encombré de tout un déploiement de pions. Le fou de la reine noire était cerné, inutile.

Pour le moment, Ross se moquait éperdument de l'avenir.

— Ecoute, grand-père. Je me fiche de connaître l'avancement exact de ta maladie. Je veux savoir ce qui se passe, nom d'un chien ! Où sont-ils tous ? Oncle Louis, Gérard et Trevor ? Pourquoi ne sont-ils pas ici, auprès de toi ?

— Eh bien, comme tu le sais, les deux premiers vivent à l'étranger, mais ils seront à New York bientôt. Trevor et Alice sont arrivés de Los Angeles quand j'ai achevé mon traitement à la clinique Mayo. Ils séjournent à l'appartement, précisa-t-il, faisant référence à sa résidence de Manhattan. Je les ai invités à me rejoindre au Camp Kioga, mais ils ont décliné. Ils croient tous à un caprice. Ils espèrent que tu vas me ramener à la raison et à New York par la même occasion.

— Ah oui ? Et comment suis-je censé faire ?

— Ça, je n'en sais rien, d'autant que j'ai bien l'intention de rester ici.

George se radoucit et son visage se fit songeur.

— J'ai dû faire un choix, Ross. J'ai vécu pleinement. J'ai eu mon lot de joies et de souffrances. Si je suis venu ici, c'est pour affronter mon plus grand regret : toutes ces années d'éloignement avec mon frère Charles. Un traitement intensif me « donnerait » peut-être quelques mois de plus à vivre, mais chacune de mes journées serait prise par les rendez-vous, les examens ainsi que par des protocoles douloureux. C'est pourquoi j'ai choisi de venir ici et d'inviter toute ma famille à passer une journée semblable à celle que je viens de vivre aujourd'hui. Je me suis installé dans la balancelle, sous la véranda, j'ai fait les mots croisés du *New York Times* et j'ai prié pour que tu te dépêches d'arriver.

Il sourit à son petit-fils et Ross eut envie de pleurer.

— Et te voilà. Je suis certain que les autres ne vont pas tarder à nous rejoindre.

— Mais pourquoi ici ? Et qu'est-ce que c'est que cette histoire de frère ?

— A présent que mes jours sont comptés, j'ai plus de lucidité vis-à-vis de certaines choses et, entre autres, je ressens le besoin de renouer avec mon frère. Les événements du passé… tout ça ne doit plus compter aujourd'hui. Mes priorités ne sont plus les mêmes. Mon compte en banque ? Quelle importance ! Et je me fiche pas mal de manquer le dernier épisode de *Grey's anatomy* ou de sortir avec des chaussettes dépareillées. L'essentiel pour moi, maintenant, c'est de faire la paix avec le passé et de partager mon amour avec mes proches.

Ross était perplexe : avec quel épisode de son passé grand-père souhaitait-il se réconcilier ? Qu'est-ce qui pouvait être assez puissant pour diviser deux frères toute une vie ? Quoi que ce fût, il espérait qu'ils pourraient surmonter leurs griefs rapidement. Le temps d'endurer d'embarrassantes retrouvailles avec ce fameux frère. Ensuite, il ramènerait grand-père à New York et trouverait un médecin — non, toute une équipe de médecins — capable de vaincre cette maladie.

D'un signe de tête, il désigna la salle à manger.

— Et pourquoi cette fille ?

George fixa l'échiquier, les sourcils froncés.

— Elle correspond exactement à la personne qu'il nous faut.

Ross ne releva pas le « nous ».

— Mais, franchement, grand-père, une petite annonce sur internet… ?

— On m'a dit qu'on trouvait tout sur internet. Apparemment, c'est le cas. J'ai simplement fait la liste des critères que je souhaitais et Godfrey a mis le tout sur la ligne.

George prit un des pions de Ross avec son fou.

— Sur la ligne ? répéta ce dernier.

— Enfin, tu sais bien, sur internet.

Ross réprima un sourire.

— « En ligne », tu veux dire.

— Oui, c'est ça. En quelques heures, une foule de candidates se sont proposées pour passer un entretien avec moi. Godfrey a effectué un premier écrémage. C'était très décourageant, je peux te le dire. Rien à voir avec ces sites de rencontres qu'on nous vante dans les publicités. J'aurais voulu que tu voies certaines postulantes !

Il pouffa.

— Tu savais qu'il existe une sorte de tatouage qu'on appelle un « tatoo pouf » ?

— Grand-père…

— Ne t'inquiète pas. Claire n'a aucun tatouage, en tout cas, pas à ma connaissance. Bref, j'avais presque renoncé à trouver quelqu'un quand j'ai rencontré Claire. J'ai tout de suite su que c'était elle. Une intuition.

— Mouais, et ces fameux critères… tu as vérifié ses références ? Ses diplômes ?

— Bien entendu. Je devais m'assurer qu'elle correspondait exactement à la personne que je recherchais. Je suis certain que tu finiras par l'apprécier, toi aussi. De prime abord, elle a l'air un peu ordinaire, mais tu t'apercevras vite qu'il n'en est rien. Elle possède une sorte de beauté discrète. Je ne pense pas qu'elle veuille mettre son physique en avant, comme la plupart des femmes.

— Ecoute, pour ne rien te cacher, je me fiche complètement de cette fille, en dehors de son lien avec toi. Sois franc avec moi, grand-père. Pourquoi t'es-tu décidé pour elle ?

George sortit un petit carnet.

— Eh bien, voyons… J'ai commencé par fixer une liste de critères. Age : entre vingt-cinq et trente-cinq ans. Sexe féminin, évidemment. Quelqu'un de positif, qui ait le goût de l'aventure. Hétérosexuelle. Devant aimer les enfants de tous âges. Ouverte aux voyages. Pas de bagage émotionnel. Des compétences d'infirmière seraient un plus.

— Je ne te suis pas. Ça ne ressemble pas du tout à une offre d'emploi pour une infirmière !

— Comment ça ?

— Quand on spécifie l'âge, le sexe et la situation de famille, on se rapproche plus d'une petite annonce pour faire des rencontres.

— J'avais certaines exigences. Ces critères en faisaient partie. Je n'ai rien contre les homosexuels, tu le sais. Mais pour ce poste, il me fallait une femme.

Ross s'empara de la liste et lut :

— « Des compétences d'infirmière seraient un plus. » *Un plus ?* Comme si c'était en option, quoi ?

— C'est secondaire par rapport au reste. Je ne veux pas entrer dans les détails, mais vu l'évolution de ma maladie, je n'aurai pas besoin de soins bien compliqués.

— Ça, tu l'ignores.

— Et tu sais, elle est célibataire.

Ross le dévisagea, incrédule.

— J'ai bien entendu ?

— Parfaitement.

— Mais… bon sang, en quoi est-ce que ça me regarde ?

— Ça te concerne de très près, au contraire. Bon, ça ne va pas te plaire, mais il faut quand même que je te le dise. Tu es tout ce que j'ai, fiston, mais moi, je ne te suffis pas, comme famille.

Il leva la main pour couper court aux objections qu'il anticipait.

— Je te connais, Ross. Tu as un cœur d'or, comme ton père. Tu es fait pour la vie de famille. Et ce n'est pas une faiblesse, c'est un cadeau. Et te présenter Claire… c'est mon cadeau à moi.

— Mais je n'ai pas besoin de… Grand-père, c'est bien la dernière femme avec qui j'aurais envie de sortir !

— Pourquoi ? Elle est charmante. Intelligente, la voix douce…

— Non mais, c'est dingue ! Je suis ici pour toi, d'accord ? J'aimerais que tu t'en souviennes.

— Comme tu veux. Mais je tiens absolument à ce que vous vous entendiez bien, Claire et toi. Il est hors de question qu'elle s'en aille, alors tu ferais mieux de faire un effort.

Ross resta silencieux quelques minutes. Il lui fallait bien ça pour digérer les paroles de son grand-père. Ce n'était pas tous les jours qu'il rencontrait quelqu'un qui lise en lui avec autant de clairvoyance. Grand-père avait toujours eu cette faculté, se rappela-t-il. Son cœur n'avait pas de secrets pour lui. Voilà pourquoi ils étaient si proches, pourquoi il lui vouait une telle confiance. Mais ça…

— Voyons si j'ai bien compris. Tu as engagé cette Claire parce que tu pensais qu'elle me plairait.

— Oui, reconnut son grand-père.

— Tu as perdu la tête ?

— Ma foi, c'est possible. Cette maladie est imprévisible, c'est bien connu.

Il contempla l'échiquier.

— Cela dit, je te bats encore aux échecs.

— Eh bien, tu ferais mieux de la renvoyer, parce que ton stratagème ne va pas marcher.

— Détrompe-toi. J'ai vu comment tu la regardais. Elle t'intrigue.

— Ça te surprend ? Mais tu l'as vue, bon sang ? Bien sûr qu'elle m'intrigue !

— Parfait. Et la bonne nouvelle, c'est qu'elle va s'éprendre follement de toi.

— Elle te l'a dit ?

— Non, évidemment. Vous venez à peine de vous rencontrer.

— Alors comment le sais-tu ?

— Bonne question. Elle cache bien ses sentiments. C'est une femme complexe. Ce sont celles que tu préfères. Allons, bon ! Te revoilà perplexe.

Le vieil homme poussa un soupir et joignit les mains comme pour une prière.

— Nous avons à discuter de tas de choses, tous les deux.

— Tout à fait d'accord.

— J'espère que nous aurons le temps d'avoir de longues conversations, cet été.

— Oh, moi, j'ai tout mon temps, affirma Ross. C'est fou ce qui m'arrive… Je suis passé d'une période où mon unité d'évacuation sanitaire m'occupait chaque seconde à l'oisiveté la plus totale.

— C'est faux, tu essaies de déchiffrer les lubies d'un vieux toqué au cerveau malade.

— Ce n'est pas drôle.

— Ce n'était pas mon intention.

George eut un sourire songeur.

— Tu es superbe, Ross. L'armée te va bien, de même qu'elle allait à ton père. Tu lui ressembles tellement que j'en ai presque oublié à qui je parlais. Je te remercie encore d'être venu.

— Je suis ici pour toi, grand-père. Tu peux me demander n'importe quoi.

— Ah, comme ces paroles sont douces à mon oreille… C'est précisément ce que j'espérais t'entendre dire.

Il avança un pion. La reine de Ross se retrouva en fâcheuse posture.

— A toi de jouer, fiston.

Ross sacrifia sa reine, comme son adversaire avait sans doute prévu qu'il le fasse. Puis il se cacha derrière le verre ballon et but une gorgée de brandy. Il mentait effrontément à son grand-père, bien sûr. Il était venu pour le ramener à New York et le convaincre de reprendre le traitement. Il termina son brandy et reposa le verre vide.

Grand-père tendit la main pour l'imiter mais il manqua la table. Sous le choc, le verre se brisa en mille éclats de cristal.

— Cécité intermittente, murmura Claire à Ross Bellamy.

Ils avaient ramené George à la maison du lac et l'avaient aidé à se mettre au lit.

Debout sous la véranda en compagnie de Ross, elle s'efforçait de garder un masque très professionnel, mais ce n'était pas facile. Cet homme semblait tout droit sorti de ses fantasmes les plus fous : grand, musclé, des traits burinés, un regard émouvant. *Des fossettes.*

— C'est sûrement pour ça qu'il a fait tomber son verre. La désorientation et le manque de coordination sont des symptômes fréquents de sa maladie, je le crains.

Mais pour le moment, les yeux rivés sur le lac des Saules baigné de clair de lune, c'était elle qui se sentait désorientée, et Ross Bellamy en était la cause. Elle s'attendait à tout sauf à… lui. Certes, George l'avait pour ainsi dire « préparée psychologiquement. » Son petit-fils, lui avait-il expliqué, était militaire, aussi grand que lui, et avait hérité des yeux bleus des Bellamy. Description qui n'avait pas pourtant suffi à atténuer le choc. Même sans son uniforme, cet homme était une sorte de superhéros en chair et en os. Il l'avait prise au dépourvu, tout à l'heure, quand il s'était approché de George sur la piste de danse — et pour elle, c'était toujours synonyme de danger.

D'accord, elle ne s'attendait pas à le voir là — pas ce soir en tout cas —, mais ce n'était pas cela le plus grave. Son désarroi venait plutôt de sa propre réaction. Elle s'était aussitôt sentie violemment attirée par Ross, un vrai coup de foudre. Oh, ce n'était pas le premier homme à lui faire cet effet ! Elle avait beau vivre une vie d'emprunt, elle n'était pas pour autant immunisée contre l'attirance sexuelle. Mais cette fois, la sensation revêtait une intensité inédite. Manifestement, il nourrissait rancœur et méfiance envers elle, mais c'était sans importance. Même le fait qu'il soit venu accompagné de sa petite amie ne l'atteignait pas. A l'instant où il l'avait transpercée de son regard glacial, incrédule et méprisant, elle avait été envoûtée.

Elle se força à revenir au problème qui l'occupait présentement.

— Il n'y a rien à faire, à part garder l'œil sur lui et l'aider dans ses déplacements.

Sous l'éclairage de la véranda, elle voyait le visage de Ross crispé par l'anxiété. Elle réfréna l'envie de prendre sa main ; il n'éprouverait aucun réconfort à son contact. Toutefois, elle compatissait en silence. Ce verre brisé représentait sans doute pour lui la première preuve concrète de la maladie de son grand-père. Ce n'était plus quelque chose de fictif, mais une réalité inéluctable, un ennemi qu'il ne pouvait combattre.

— C'est votre opinion professionnelle ? s'enquit-il. Ou personnelle ?

— Professionnelle. J'ai moi-même passé des heures à me familiariser avec son cas.

— « Son cas »... Oui, j'imagine que pour vous, il n'est rien d'autre qu'un cas.

— Non, c'est un homme qui a besoin de moi. De vous, et de tous ceux qui l'aiment. George est en droit de parvenir à un sentiment de paix et d'achèvement. Et aussi horrible que cela puisse être, il tirera aussi des bienfaits inattendus de sa situation. Tout le monde n'a pas la chance d'avoir du temps devant soi — du temps à perdre ou à rentabiliser à sa guise. Pour certaines personnes, tout s'arrête brutalement, en quelques secondes.

Elle s'interrompit, craignant de s'être trop dévoilée par cette affirmation.

Ross la dévisageait.

— Ce qu'il lui faut, c'est une équipe médicale, nom d'un chien ! Moi, je crois aux chirurgiens et aux scalpels ! C'est comme ça qu'on sauve des vies.

— Sur un champ de bataille, oui.

— Il vous a parlé de moi ?

— Il m'a dit que vous étiez pilote dans une unité d'évacuation sanitaire de l'armée.

Ross se détendit soudain.

Claire l'observait. Que de tension accumulée il y avait en lui... Il devait réprimer beaucoup de choses. Rien d'extraordinaire à cela, mais ce n'était pas bon pour George. Ross ne pouvait pas être totalement présent pour son grand-père s'il refoulait ses véritables sentiments. Certaines émotions doivent être exprimées.

Elle essaya de le faire parler :

— Je n'ose imaginer ce que vous avez dû vivre.

— Ça vaut mieux pour vous. C'est une expérience que je ne souhaite à personne.

— Vous avez sauvé des vies. Et chacune de ces vies était reliée à un nombre incalculable d'autres. Votre grand-père est extrêmement fier de vous, Ross, et à juste titre. La valeur de votre action vous apporte une certaine paix, j'espère ?

Il haussa les épaules.

— Vous savez, les gars comme moi ne tiennent pas de comptes. Nous ignorons combien de gens nous avons sauvés ou combien nous en avons perdus. Aucun membre de mon unité n'a jamais su — ni voulu savoir — ce que sont devenus nos blessés après leur évacuation.

— Vous n'aviez pas de suivi des victimes ? Vous ne vous posiez jamais de questions sur une personne en particulier ?

— Il y a bien eu quelques soldats qui ont trouvé le moyen de me contacter, admit Ross. J'ai reçu deux ou trois mails de remerciement.

Il joignit l'extrémité de ses doigts, le regard perdu dans ses souvenirs.

— Je fais partie de ceux qui ont eu de la chance, vous savez… Deux ans au front, et je n'ai jamais dû tuer personne. J'effectuais des sorties aériennes et je ramenais des gars à la base. C'était un boulot d'enfer, conclut-il, laconique.

Claire complétait mentalement tout ce que Ross passait sous silence. Mais, malgré ses efforts pour l'imaginer aux commandes de son hélicoptère, survolant l'orage de feu d'un champ de bataille, elle ne visualisait qu'une scène de film de guerre. Peut-être en raison de son physique de star, dont ni la colère ni le chagrin ne pouvaient voiler l'aura.

— Quant aux gens que je sauvais, reprit-il, évidemment que je me posais des questions ! Je m'en posais sur chacun d'eux. Et puis j'en restais là. On devient dingue, à trop vouloir savoir ce qui se passe par la suite.

— Votre grand-père parle de vous comme d'un héros…

— J'étais peut-être tout simplement accro à l'adrénaline.

— Vous avez toujours voulu être pilote ?

Il secoua la tête.

— Je n'ai jamais vraiment su ce que je voulais faire de ma vie. Pendant longtemps, je me suis conduit comme un petit con.

Claire avait presque envie de le croire, ne serait-ce que pour se libérer du magnétisme qu'il exerçait sur elle.

— Votre grand-père ne m'a pas parlé de cette période de votre vie.

— Non, ça ne m'étonne pas. Je passais mon temps à faire la bringue entre la fac et deux ou trois petits boulots qui ne me passionnaient pas. Je me suis enrôlé un peu sur un coup de tête, et en fin de compte, c'est dans l'armée que j'ai trouvé ma voie.

Il se frotta la mâchoire d'un air las.

— Mais la guerre m'a usé. Deux ans de déploiement sur le terrain… A mon retour aux Etats-Unis, je pensais continuer à travailler dans le sauvetage aérien, mais en tant que civil. A présent, tous mes projets sont en suspens.

— Ce doit être très dur pour vous de rentrer dans de telles conditions.

Ross parcourut la véranda sur toute sa longueur et s'arrêta à un mètre d'elle.

— Ecoutez, je n'ai vraiment pas envie d'entendre une espèce d'infirmière New Age me débiter des platitudes. Je vais vous dire ce qui est dur. Rentrer de la guerre pour apprendre que mon grand-père est mourant, ça c'est dur.

Découvrir qu'il a renoncé à se soigner, ça aussi c'est dur. Ah ! j'oubliais : s'apercevoir qu'il va finir dans un endroit bizarre, entouré d'inconnus… ça, c'est sacrément dur !

Il s'agrippait rageusement à la rambarde de la véranda, le corps contracté d'angoisse. Claire ne pouvait pas se confier à lui, et pourtant elle ne connaissait que trop les pénibles séquelles d'un traumatisme, pour les avoir vécues dans sa chair et dans son esprit. Du jour au lendemain, elle était passée du statut de lycéenne à celui de fugitive. Rien de comparable au fait de revenir sain et sauf de la guerre, mais le stress qui continuait de hanter l'esprit de Ross résonnait douloureusement en elle.

Il la sondait d'un regard pénétrant ; elle en venait presque à souhaiter qu'il reconnût la fille solitaire qui se cachait sous son masque d'indifférence.

Si seulement le mépris évident qu'il éprouvait pour elle pouvait la rebuter ! Mais il n'en était rien car elle savait ce que recouvrait sa colère : c'était un bouclier face à la terreur de perdre un être cher.

Elle tenta d'endiguer son agressivité :

— J'ai beaucoup de peine pour vous, Ross… Excusez-moi, j'aurais dû commencer par là. Sincèrement, je suis navrée. Qu'un tel drame accable quelqu'un d'aussi adorable que George, c'est injuste.

— Eh bien, nous sommes au moins d'accord sur un point !

Il détourna la tête et contempla le lac. Dans l'obscurité, on aurait dit une vaste étendue d'encre sur laquelle la lune projetait le disque argenté de son reflet mouvant.

— Bon sang, c'est sacrément calme, ici ! Un peu comme pendant les opérations de nuit, sauf que personne ne nous tire dessus.

Claire tenta de l'imaginer en uniforme. D'habitude, elle

avait un problème avec les hommes en uniforme, mais bizarrement, elle se sentait à l'aise avec Ross Bellamy.

— Les opérations de nuit, qu'est-ce que c'est ?

— Des exercices obligatoires. On apprend à tout faire dans le noir. Il n'y a pas pire situation, à la guerre.

— Parce qu'il en existe de meilleures ?

— Oui, on appelle ça l'ennui. Dans mon métier, il n'y a que deux modes de fonctionnement : l'ennui ou l'adrénaline à haute dose. Et pas grand-chose entre les deux.

Claire s'interrogeait avec compassion : quels souvenirs Ross portait-il en lui ?

— Cette période d'adaptation doit être rude pour vous, hasarda-t-elle. Si jamais vous éprouvez le besoin d'en parler à quelqu'un…

— Quoi, parce que vous êtes psy en plus ? Décidément, ma bonne dame, vous êtes un hôpital à vous toute seule !

— Je voulais simplement vous dire que Middletown abrite un centre d'aide aux vétérans.

— Ah, excusez-moi… J'ai cru que vous me proposiez vos services. Non, pour l'instant, ça va. Pendant ma démobilisation, on nous a donné des infos sur le syndrome de stress post-traumatique. Je ne veux surtout pas m'effondrer alors que je suis censé m'occuper de mon grand-père.

— Dans ce cas, nous sommes d'accord sur deux choses.

— Non, rétorqua-t-il, parce que moi, je suis venu pour l'aider à guérir, tandis que vous, vous le laissez s'enfoncer dans la maladie, seul au beau milieu de nulle part, sans que ça ait l'air de vous déranger outre mesure.

— Je ne le « laisse » rien faire du tout. Votre grand-père est ici par choix, et on ne peut ni améliorer ni stopper l'évolution de sa maladie.

— Vous prétendez pourtant être infirmière ! C'est votre boulot d'aider les gens, non ?

— Je *suis* infirmière, et en effet, les soins sont la base de mon travail.

— Alors expliquez-moi ce que vient faire votre numéro de danse là-dedans ? Ça fait partie du traitement de mon grand-père de valser dans les restaurants ? Bon sang, mais à quoi jouez-vous ?

— Je m'occupe de mon patient, c'est tout. George m'a confié qu'il avait toujours voulu savoir danser.

Les épaules de Ross s'affaissèrent imperceptiblement.

— Mon grand-père est tout pour moi, vous avez dû vous en rendre compte. C'est l'homme le plus merveilleux que je connaisse. Et maintenant, avec cette maladie…

Sa voix se brisa sur une note de colère.

— Nous devons tout mettre en œuvre pour arrêter l'évolution de cette tumeur, Claire. Je vous en prie.

C'était la première fois qu'il l'appelait par son prénom, remarqua-t-elle, signe chez lui d'un léger changement d'attitude. Le chagrin de Ross la bouleversait ; nul doute qu'une fois seule, elle laisserait libre cours à ses larmes.

— On ne peut pas l'arrêter, murmura-t-elle. Le meilleur moyen de venir en aide à votre grand-père, c'est d'embellir au maximum ses derniers jours, aussi longtemps que cela vous sera possible.

Ross secoua la tête, désemparé.

— C'est comme s'il avait renoncé à vivre. Et le pire, c'est qu'il est venu ici pour voir un type qui ne lui a pas adressé la parole depuis cinquante ou soixante ans ! Cette histoire va lui briser le cœur, et ça non plus, il ne le mérite pas.

Malgré l'obscurité, Claire voyait les larmes briller dans ses yeux.

— S'il vous plaît, Ross, écoutez-moi. Ce genre de chose n'est jamais facile à dire, mais essayez de comprendre. C'est sa vie, et ses choix lui appartiennent. Alors, vous pouvez soit le soutenir dans sa décision en lui souhaitant bonne chance, soit lui reprocher la façon dont il veut passer les jours qu'il lui reste à vivre en critiquant ses choix.

— Autrement dit, conclut Ross, exaspéré, si l'envie lui prend de se jeter dans le lac avec une pierre au cou, nous devons le laisser faire par respect pour sa volonté ?

— Voyons, ne soyez pas ridicule !

— Ridicule, moi ? Parce que je veux que mon grand-père trouve un traitement qui le guérisse de sa maladie ? Allez, Claire… Aidez-moi à sortir de cette impasse.

— Vous aider, *vous* ?

— Oui, je dois le convaincre de rentrer à New York. Il y a sûrement d'autres médecins à consulter, d'autres protocoles à explorer !

Elle avait de la peine pour lui. Si seulement la réalité avait été autre, elle aurait pu l'approuver dans son attitude ! Hélas, elle devait lui ôter toute illusion.

— Vous ne pensez pas qu'il se soignerait, s'il existait une possibilité d'issue acceptable au mal qui le ronge ? Il n'y en a pas, un point c'est tout. Pardon d'être aussi brutale, mais il n'y en a pas.

Ross accusa le coup sans renoncer pour autant :

— Ecoutez, Claire, tout ce que je vous demande, c'est qu'il reste ouvert à toute éventualité. Ou, pour l'amour du ciel, qu'il écoute la voix de la raison ! Qu'il cherche un traitement à sa maladie, au lieu de baisser les bras et de se retirer dans un trou perdu, comme un animal blessé qui se terre pour mourir.

Claire croisa les doigts pour s'empêcher de lui toucher le bras ou de lui effleurer la main.

— George est venu ici avec la bénédiction de son médecin. Il vous l'a dit ?

— Alors, il lui faut un autre médecin.

— Il travaillait en collaboration avec toute une équipe. Ces médecins-là accepteront volontiers de réexaminer le cas de votre grand-père avec vous. Mais tous vous diront qu'à leur grand regret une ablation chirurgicale n'est pas envisageable. La chimio et les rayons ne constituent que des mesures palliatives, et leurs effets secondaires sont si lourds qu'ils anéantiraient la qualité de vie dont jouit actuellement votre grand-père, même si elle n'est pas parfaite. Les médecins de George vous diront que dans son cas, toutes les solutions chirurgicales ou médicamenteuses ont été épuisées. Vous n'en trouverez pas un pour prétendre que l'acharnement médical est toujours préférable à la mort. Je suis employée par votre grand-père, et il a fait son choix. Cette décision ne peut pas être la vôtre, Ross. Ce doit être la sienne. Pouvez-vous respecter cela ? S'il vous plaît ?

Ross ne répondit pas, mais son silence était chargé de colère.

— Vous n'êtes pas obligé de me trouver sympathique, poursuivit Claire, luttant pour maintenir les barrières entre eux. Si vous ne m'aimez pas, tant pis. Mais plus vite vous arriverez à admettre le souhait de votre grand-père, mieux ce sera pour lui.

— Très bien, lâcha Ross. J'ai pigé.

Il retomba dans un mutisme qui, cette fois, se prolongea. Claire attendait, attentive au bruissement des animaux nocturnes dans les taillis, au clapotis des vagues sur le rivage. Enfin, Ross sortit de son silence :

— Est-ce qu'il a déjà pris contact avec son fameux frère ?

Son fameux frère... Manifestement, Ross n'appréciait guère ce projet de retrouvailles. Que savait-il au juste de toute cette histoire ?

— Pas encore, répondit-elle. En fait, je crois qu'il vous attendait.

Un poisson sauta à la surface du lac et, sur la berge, quelque chose se glissa dans l'eau. Ross continuait de fixer l'horizon. Au bout d'un moment, il lança :

— Bon, je vais me coucher. S'il a besoin de quoi que ce soit, venez me chercher.

Il tourna les talons et traversa à grands pas l'enceinte du camp, en direction d'un chalet au toit pentu en forme de A.

Debout sous la véranda, Claire scrutait le clair de lune, en proie à un chaos d'émotions confuses. Ross présentait des sautes d'humeur fréquentes et imprévisibles, phénomène assez répandu chez les anciens soldats. Jamais elle n'aurait cru être attirée par un homme comme lui… Tout cela était parfaitement absurde. Il rentrait à peine du front, c'était le petit-fils de son patient, et il était venu accompagné d'une certaine Natalie — sa petite amie ?

Non, elle ne tenterait rien pour assouvir le désir fou qui faisait battre son cœur. Quant à Ross, il allait être accaparé par cette histoire de famille qui s'annonçait pleine d'embûches.

C'était si compliqué, une famille, songea-t-elle en entendant la porte du chalet s'ouvrir et se refermer. Les gens se faisaient tellement de mal entre eux ! Même quand ils essayaient d'agir au mieux, par amour, ils se faisaient du mal. Entre parents, on s'évertuait à se réunir, et tout ça pour quoi ? Pour se disputer, pleurer, s'affronter. Faire partie d'une famille, c'était l'assurance de querelles et de chagrins.

Alors pourquoi désirait-elle tant en avoir une ?

7

Ross fut réveillé par le chant des oiseaux et le soleil qui entrait à flots par la fenêtre. Il resta un moment parfaitement immobile, le temps de retrouver ses repères, savourant le miracle d'une matinée idéale. En Afghanistan, il avait fini par s'habituer à être tiré du sommeil par le bruit des explosions, des sirènes et des appels radio. Le ronron des générateurs, le sifflement précédant la chute d'une bombe de fabrication soviétique, le claquement des coups de fusil — un bruit sec comme un bouchon de champagne qui saute.

Hier soir, Claire Turner avait mentionné un centre d'aide aux vétérans, non loin d'ici. Pour l'instant, ce n'était pas nécessaire. Il lui fallait simplement la douceur de ce matin calme au bord du lac. Il se concentra intensément sur l'instant présent — une astuce apprise sur le terrain pour préserver sa santé mentale.

Le lit du chalet était suprêmement confortable, avec ses draps blancs et bien repassés, sa couette épaisse mais d'une texture aérienne. Il faisait face à une fenêtre dont les voilages de couleur pâle ondulaient au gré de la brise légère, encadrant une vue qu'il n'avait fait qu'entr'apercevoir au clair de lune, à son arrivée.

Le lac des Saules méritait amplement le titre que lui conférait le panneau de bienvenue : « Le joyau des Catskills ». Le soleil levant se reflétait à sa surface, transformant l'étendue d'eau en nappe d'or jaune martelé. Le lac était bordé par toutes sortes d'arbres, avec une prédominance de saules. Les accords emblématiques du « *Matin* » de Grieg résonnèrent dans sa tête, vite rejoints par une réalité bien plus prosaïque. Quelque part ailleurs, le rappeur Jay-Z psalmodiait « *Big Pimpin'* » à la radio — Natalie était debout.

Il lui pardonna son choix musical car elle avait déjà fait le café. L'arôme imprégnait tout le chalet. Il enfila un jean délavé, souvenir de sa vie civile qu'il retrouva avec plaisir, et se rendit dans la minuscule cuisine du chalet.

Natalie était en T-shirt et baskets. Elle buvait tranquillement un café en contemplant le paysage par la fenêtre. Elle tourna la tête vers lui et son regard s'attarda sur sa poitrine nue.

— Mazette, chef Bellamy ! L'armée vous va bien.

— Tu veux dire que je ne suis plus le gamin maigrichon dont tu te moquais ?

— Absolument.

C'était plus l'ennui que la vanité qui l'avait conduit à passer des heures sous la tente de musculation. Entre deux missions de sauvetage, le pic d'adrénaline retombait et il n'y avait plus rien à faire. Pour être franc, il avait aussi succombé à l'élément de compétition qui existait entre les hommes. Le sport faisait partie des maigres distractions offertes par les avant-postes les plus éloignés où il avait passé ces deux dernières années.

Il se servit du café — noir, corsé, avec de la vraie crème dedans. C'était bon comme dans un rêve.

— Vous avez veillé sacrément tard, hier soir, ton grand-père et toi, observa Natalie. Il va bien ? Enfin, pour le moment, je veux dire.

Fin du rêve, songea Ross en posant sa tasse de café.

— Apparemment, il souffre parfois de troubles de la vision et peut-être aussi de la coordination. Mais ça ne l'a pas empêché de me mettre une raclée aux échecs.

— Tu en penses ce que tu veux, mais pour ma part, je ne lui ai pas trouvé l'air malade. Et cette infirmière, alors ? Est-ce qu'elle… Ça se passe comment ? Je te dirais que pour moi, elle n'a rien d'une ravisseuse de grands-papas.

— Il a l'air de bien l'aimer. Nous verrons.

Claire Turner. Elle restait une énigme pour lui, aussi préférait-il se taire à son sujet.

— Merci d'avoir loué ce chalet, Nat. Dans ma précipitation, il ne m'est même pas venu à l'idée de réserver un hébergement avant de partir.

— Pas de problème, ce ne sont pas les disponibilités qui manquent. La saison commence à peine.

On leur avait attribué un chalet au toit pentu jusqu'au sol, en forme de A, pris dans une rangée de chalets identiques, face au lac. Au mur, un document encadré résumait brièvement l'histoire de ce groupe d'habitations. A l'origine, on y logeait des travailleurs saisonniers, du temps où la région était encore essentiellement agricole, un désert de poussière. Plus tard, quand le Camp Kioga s'était monté, les chalets avaient hébergé des employés du camp et des artistes de passage.

Natalie l'avait trouvé parfait, avec ses couvertures en laine Baie d'Hudson, rayées de couleurs vives, ses gravures d'époque et son ameublement rétro. Le rez-de-chaussée comportait un lit surélevé faisant face au lac, et une robuste échelle de meunier permettait d'accéder à une chambrette confortable, aménagée sous la pointe du toit. Ils avaient joué la mansarde à pile ou face, et c'est Natalie qui avait gagné.

— Je vais aller courir, annonça-t-elle. Après, il faudra que tu me déposes en ville. Je dois prendre le train de midi.

— Tu pars déjà ?

— J'ai un vrai boulot de grande personne, je te signale.

— Tu vas manquer le plus drôle. Parallèlement à la branche familiale de mon grand-père, il y a, semble-t-il, un mystérieux frère cadet.

— Sans vouloir t'offenser, Ross, j'ai suffisamment de complications dans ma propre famille. Je n'ai pas besoin des tiennes.

Il sortit du chalet avec elle. La caresse de l'air frais était agréable sur la peau. Il inspira profondément et passa un bras autour des épaules de Natalie.

— Merci de m'avoir accompagné jusqu'ici.

— Les amis, ça sert à ça.

Elle se tourna vers lui avec une fougue surprenante et se dressa sur la pointe des pieds pour lui chuchoter à l'oreille :

— Je regrette tellement ce qui se passe !

Ross l'étreignit de toutes ses forces en la soulevant légèrement de terre. Elle était à la fois robuste et féminine dans ses bras, mais comme toujours, ses sentiments demeuraient purement platoniques ; Natalie était comme une sœur pour lui. Une sœur des plus loyale.

— Miss Sweet, vous êtes une fille exceptionnelle.

— N'est-ce pas ? Je reviendrai te faire une petite visite.

Elle se libéra de son étreinte et Ross s'aperçut qu'elle pleurait.

— Ces larmes ne sont pas pour toi, s'empressa-t-elle de préciser.

— Je sais.

Il inspira avec peine.

— Je sais pour qui elles sont.

Il aperçut Claire Turner sur le ponton du cottage de grand-père, en train de les observer. Elle lui adressa un petit signe de la main, puis rentra aussitôt. Que se passait-il dans sa tête ? Il se posait beaucoup de questions à son sujet.

— Elle croit qu'on est ensemble, dit-il à Natalie.

Celle-ci lui donna une bourrade affectueuse dans le bras.

— Tu peux toujours rêver, chef !

— Dis, rends-moi donc un petit service.

— Tout ce que tu veux.

— Quand tu seras à New York, vois ce que tu peux trouver sur une certaine Claire Turner, infirmière de son état.

— Tu crois qu'elle veut détourner la fortune de ton grand-père ?

— Je ne sais pas quoi penser d'elle.

Leur conversation de la veille lui avait au moins appris une chose : il était loin d'avoir cerné la personnalité de la jeune femme. Fait troublant, il avait éprouvé en sondant son regard un sentiment étrange, mais bien réel. L'impression que tous deux partageaient une expérience intime.

— Très bien, je coifferai ma casquette de journaliste d'investigation et je verrai si je peux glaner quelques infos à son sujet.

Là-dessus, Natalie partit faire son jogging matinal.

Ross se doucha rapidement avant d'aller voir son grand-père. L'air était empreint d'une odeur aquatique et une brise légère caressait ses cheveux mouillés, contraste bienvenu par rapport aux grains de sable et aux puces qui étaient encore son lot récemment. Après un passage en zone de guerre, on prenait conscience de la valeur de certaines choses, l'eau chaude à volonté, par exemple, ou un climat tempéré.

L'habitation que louait grand-père pour l'été était bien plus d'un simple chalet. C'était une véritable maison, avec ponton et véranda meublée, avec accès pour fauteuil roulant. La véranda était agrémentée de suspensions fleuries et de deux mangeoires à colibris. Ross frappa à la porte moustiquaire.

— Grand-père ! Tu es debout ?

— Bonjour, répondit celui-ci. Quelle journée splendide, n'est-ce pas ?

Assis dans le coin à petit déjeuner inondé de soleil, son grand-père était déjà tout habillé, le *New York Times* ouvert devant lui.

Ross fut saisi d'une émotion soudaine. Grand-père lisant son journal du matin, c'était une vision familière, banale, mais à présent, tout était chargé d'importance. *Je ne veux pas que tu meures, grand-père. Je veux que tu vives pour toujours.*

Le vieil homme le considérait d'un air placide. Déconcerté, Ross eut, l'espace d'une seconde, la pénible impression d'avoir exprimé sa pensée à voix haute.

— Viens t'asseoir près de moi, dit grand-père. Je finissais de lire mon journal. Et regarde ce que j'ai là : mon vieux kit de montage de mouches. Tu t'en souviens ?

Comment aurait-il pu l'oublier ? Cette boîte était un véritable coffre au trésor, entre le fil, les bobines, les briquets, les minuscules pinces, les ciseaux, les porte-bobines et grips de toutes sortes — des poils de cervidé aux plumes de faisan mouchetées. La seule vue de cette boîte ramenait à sa mémoire un flot de souvenirs lointains : les gros doigts de grand-père, aidant les siens à coucher les fibres en arrière et à passer le fil dans l'hameçon pour effectuer le nœud final. Le montage de mouches était un art complexe et intime, une activité propice aux confidences.

Grand-père lui parlait de tout, en ce temps-là. Enfin, de tout, peut-être pas..., songeait Ross à présent. Grand-père avait oublié de mentionner un petit détail — l'existence de son frère cadet.

Il allait aborder le sujet quand Claire Turner entra dans la pièce.

— Bonjour, dit-elle d'une voix neutre et mélodieuse.

La voix d'une infirmière professionnelle, terre à terre et pourtant résolument aimable. Ross n'aurait su dire ce qu'elle avait en tête, ni si elle avait tiqué en le voyant embrasser Natalie tout à l'heure. Bien sûr, cela ne la regardait en rien, et elle pouvait bien en tirer les conclusions qu'elle voulait, mais il était curieux, c'est tout.

Certes, c'était plus que de la curiosité de sa part. Cette fille était une énigme, avec son bermuda, son polo blanc sans fantaisie, ses cheveux tirés en arrière et sa montre comme unique bijou. Elle lui rappelait un peu les femmes soldats qui tentaient de gommer leur féminité en dissimulant leurs sentiments et leurs pensées derrière un masque de neutralité. Ironiquement, plus la jeune infirmière essayait de cacher son physique, plus sa beauté ressortait avec force. Mais Claire ne faisait pas la guerre, alors pourquoi était-elle si réservée ? Quel combat menait-elle ?

— Un peu de café ? proposa-t-elle.

Il secoua la tête.

— Non, merci, je viens d'en boire un. J'étais juste passé voir mon grand-père, histoire de savoir quels étaient ses projets pour la journée.

Claire saisit le message.

— Très bien, je vais vous laisser, alors.

Elle tendit à George un petit gobelet en papier contenant des comprimés qu'il avala d'un trait avec une gorgée de jus d'orange.

— Puis-je faire autre chose pour vous, George ?

— Pas pour le moment, merci.

— Alors je sors. Vous n'aurez qu'à me biper si vous avez besoin de moi.

Elle se glissa à l'extérieur et fut happée par le soleil tandis qu'elle traversait la véranda en direction du ponton.

Grand-père indiqua un petit boîtier.

— J'appelle ça mon doudou électronique. J'appuie sur ce bouton et Claire accourt sur-le-champ. Ou vice versa — elle peut aussi m'appeler de son côté. Je regrette de ne pas avoir eu un gadget de ce genre dans ma jeunesse. Ça nous aurait facilité les rendez-vous ! On appuie sur un bouton, et hop ! Une belle fille apparaît.

— Très pratique, en effet, commenta Ross en suivant des yeux la silhouette de Claire qui se découpait dans le soleil du matin.

Etait-elle belle ? Après les deux ans qu'il venait de passer, toutes les femmes trouvaient grâce à ses yeux ! Il éluda la question.

— Ecoute, grand-père, il faut que je dépose Natalie à la gare dans peu de temps. A mon retour, nous parlerons. D'accord ?

— Bien sûr. Il n'y a rien que je préfère au monde à nos conversations.

— Ce n'est pas sa petite amie, dit George.

— Je vous demande pardon ?

Claire comprit qu'il l'avait surprise à la fenêtre, en train d'observer Ross qui chargeait les affaires de Natalie dans le coffre de sa voiture de sport.

— Natalie Sweet, insista-t-il. Ce n'est pas sa petite amie.

— La petite amie de qui ?

— Vous le savez très bien.

Elle les regarda partir ensemble et se tourna vers lui.

— Pourquoi me dites-vous ça ?

— D'après vous, mademoiselle Turner ?

— George ! Vous n'essayez tout de même pas de nous rapprocher ?

— Je ne pense qu'à ça.

— Eh bien, laissez-moi vous dire que vous perdez votre temps.

— Allons, Claire, donnez-lui une chance…

— Une chance ? Mais Ross n'a aucune envie de tenter la sienne avec moi, je vous assure !

Elle réprima un pincement au cœur. Sa solitude était parfois insupportable, surtout quand elle croisait la route d'un homme tel que Ross Bellamy. Il représentait son idéal masculin : tendre, aimant, indiscutablement beau, le genre d'homme qu'elle s'imaginait entouré de parents et d'amis. Sauf qu'il n'était pas pour elle.

George persistait :

— Faites-moi plaisir, s'il vous plaît. La perspective d'assister à la naissance d'une idylle me permet de rêver à une belle histoire d'amour, au lieu de me lamenter sur mon triste sort. Je veux que mon petit-fils rencontre une femme exceptionnelle…

— Je suis sûre que ça lui arrivera un jour, se hâta-t-elle de répondre.

— C'est peut-être déjà fait. Ross est l'homme le plus adorable que je connaisse, Claire, et je souhaite pour lui qu'il ait la vie qu'il mérite.

— Vous ne pouvez pas faire le bonheur de votre petit-fils malgré lui, George.

— Non, mais je peux lui présenter quelqu'un comme vous.

Claire préféra changer de sujet :

— En ce moment, je relis pour la énième fois un vieux classique. *Gatsby le magnifique*.

— Vous aimez ?

— C'est un de mes livres de chevet. J'aime son romantisme, sa tragédie. Son côté impossible.

George hocha la tête.

— Fitzgerald… J'ai toujours voulu lire ses autres œuvres, mais je n'ai jamais pu. Si seulement je ne lisais pas si lentement ! A ce propos, je regrette que certains de mes auteurs préférés n'aient pas la plume plus rapide. A mon grand regret, je ne lirai sans doute jamais le prochain Ken Follett.

Il se leva en s'agrippant aux accoudoirs du fauteuil.

— Claire, aidez-moi à trier ce carton. Je veux installer quelques photos de famille dans la maison, puisque je compte y rester un petit moment.

Le carton, découvrit-elle, contenait un résumé de la vie du vieil homme. George lui montra un cliché en noir et blanc, daté des années 40, et représentant sa famille.

— Cette photo a été prise ici, au Camp Kioga.

Même en monochrome, l'endroit semblait sorti d'un rêve. Les parents et leurs deux enfants posaient sur un ponton, non loin d'un Chris-Craft de bois à la coque profilée.

— J'ai environ treize ans sur ce cliché, et Charles dix.

— Quelle belle famille vous formez ! J'espère que vous étiez aussi heureux que vous le paraissez sur la photo.

— Oui, je crois que nous l'étions, la plupart du temps.

La mère de George affichait une allure impeccable, dans sa robe à taille de guêpe et ses sandales à talons hauts qui, étrangement, ne semblaient pas déplacés sur ce ponton. Le père, lui, se tenait légèrement en retrait derrière elle, dans une posture très droite.

— Mon père avait perdu son bras droit lors de la première attaque aérienne contre l'Allemagne, expliqua George. En 1942. Il était cadre dans l'armée de l'air. Normalement, il aurait dû rester cantonné dans un poste de commandement, loin du théâtre des opérations, mais vu la pénurie de soldats, il a rejoint une unité de bombardiers.

George considéra la photo en silence.

— Cela n'aurait pas dû arriver.

— Personne ne devrait jamais perdre un membre, souligna Claire.

— On lui a remis la Purple Heart, la plus haute distinction de l'armée de l'air, et plus tard la médaille d'honneur.

— Vous deviez être fier de lui.

— Oh, je ne l'ai jamais vraiment connu.

Claire perçut une note de regret dans sa voix.

— Ne m'avez-vous pas dit qu'il vous emmenait voir les matchs des Yankees avec votre frère ? Je suis sûre que vous savez des tas de choses sur lui.

— A certains égards, oui. Je pourrais vous expliquer comment il a réussi à remonter son arbre généalogique jusqu'à la conquête normande, et vous raconter que les premiers Bellamy ont débarqué au Nouveau Monde pour le compte du roi Jacques. Je pourrais vous dire qu'il a fait ses études à Yale, et qu'il a épousé une riche héritière dont la fortune était encore supérieure à la sienne. Mais je n'ai jamais su qui il était vraiment.

— Eh bien, au moins, vous savez maintenant ce que vos enfants et petits-enfants attendent de vous.

George se carra dans son fauteuil, ôta ses lunettes et entreprit de les polir.

— Imaginez que je leur montre mon véritable visage et qu'ils me rejettent ?

— Oh, George ! Vous n'avez pas à vous rendre aimable aux yeux de votre famille. Votre devoir, c'est d'être vous-même.

— Même si je suis un vieux grincheux à la mentalité pourrie ?

— Oui. Sauf que vous n'êtes ni grincheux ni pourri.

— Juste vieux, quoi.

Il eut un petit rire et sortit du carton deux écrins. Le

premier contenait quelques pièces de monnaie ternies, ainsi qu'une boucle d'oreille ancienne en forme de pâquerette. George la contempla un instant avant de passer à l'autre écrin. Il était du bleu caractéristique de chez Tiffany. George l'ouvrit et lui fit admirer un diamant solitaire.

— Oh, c'est la plus jolie bague que j'aie jamais vue ! s'exclama Claire. Elle appartenait à votre femme ?

— Non. Je n'ai jamais eu l'occasion de la donner à celle à qui elle était destinée. Je l'ai achetée en 1956.

Il lui tendit un certificat gemmologique relié de cuir. Le diamant était signé et numéroté, sa couleur et sa pureté certifiées.

— J'espère qu'il est assuré…, fit-elle remarquer.

George fixa longuement le bijou posé sur son coussinet de couleur crème.

— Cette bague n'a jamais été portée, précisa-t-il avant de remettre l'écrin en compagnie du premier.

Claire brûlait d'en savoir plus, mais elle ne voulait pas le harceler de questions. Elle prit une autre photo encadrée et la débarrassa du papier de soie qui l'enveloppait.

— Et qui sont ces gens ?

— Celle-ci a été prise au mariage de mon plus jeune fils. Je l'ai emportée parce que nous étions tous très heureux, ce jour-là.

C'était une photo pleine de joie : tout le monde était sur son trente et un, les invités souriaient, certains même riaient aux éclats. Claire concentra son regard sur un Ross jeune et dégingandé dont le large sourire s'encadrait déjà de fossettes irrésistibles. Elle aurait bien aimé le connaître à cette époque…

— C'est la Côte d'Azur, en arrière-plan, expliqua George. Louis et Lola se sont mariés au Cap d'Antibes. Ah, quelle belle journée ce fut !

— Il va falloir que vous me disiez qui est qui. Votre femme est vraiment ravissante, sur cette photo. Quand est-elle décédée ?

— Il y a dix ans.

Il se tut avant de reprendre :

— Elle a eu un… accident.

Claire ne s'attendait pas à ça.

— Je suis navrée, George.

Il contemplait la femme svelte et élégante qui souriait sur la photo.

— La route était traître, et Jacqueline se trouvait sur une grosse moto. Pilotée par son amant italien — je vous en avais déjà parlé ?

— Euh… non.

— La moto est sortie de la route, emportant ma femme et son amant.

— Je suis vraiment désolée, George

— Oh, à vrai dire, nous étions en pourparlers pour divorcer. Au lieu de quoi, je me suis retrouvé veuf. Je ne peux pas dire que je me sois réjoui de cet accident, mais je mentirais si je n'admettais pas qu'ils m'ont épargné beaucoup de tracas, Fabio et elle.

— Fabio… Il s'appelait Fabio ?

George hocha la tête tristement.

— Essayez donc d'expliquer ça à vos enfants ! Et si je puis me permettre, Claire, j'apprécie vraiment l'expression de votre visage.

— Pardon. C'est que… c'est une sacrée histoire.

— Oh, j'en ai bien d'autres ! De toutes sortes : gaies, tragiques, cocasses ou tout simplement ineptes. La vie est longue, Claire. Tout peut arriver si l'on reste ouvert aux hasards de l'existence. Voyez-vous, je ne peux pas me résoudre à regretter mon mariage. Jacqueline était la mère de mes enfants, et jamais je ne dirai du mal d'elle.

Claire saisit la perche qui lui était tendue pour changer de sujet :

— Et vos enfants — vous avez trois fils, je crois ?

— J'en avais quatre. L'un d'eux est mort.

Elle lui effleura la main. La peau du vieil homme était sèche, agréablement fraîche.

— Vous n'êtes pas forcé d'en parler si c'est trop pénible.

— Pierce est toujours avec moi, répliqua-t-il. Pourtant, perdre un enfant fait partie de ces atrocités de la vie dont le cœur ne se remet pas. C'est, en fait, la seule chose qui m'apporte une sorte de paix perverse à l'approche de ma fin. Ne plus avoir à affronter chaque jour ce sentiment de perte et de chagrin, c'est un réconfort pour moi.

— J'aimerais que vous me parliez de lui, un de ces jours.

— Avec plaisir. Mais Ross serait encore mieux placé que moi pour le faire.

Claire eut un coup au cœur.

— Pierce était le père de Ross.

George sortit une photo et la posa à côté des autres.

— Il a été tué au front, durant l'opération Tempête du désert.

Claire n'avait que de vagues souvenirs de ce conflit. Elle était à l'école primaire, à l'époque, et cette guerre lui paraissait aussi éloignée qu'un lancement de navette spatiale. En voyant l'homme sur la photo et le sourire terriblement familier qu'il arborait, ces événements prenaient soudain une réalité pour elle.

— Je suis affreusement désolée, George.

— Pierce était le meilleur de mes fils. Je sais que c'est mal d'établir des comparaisons entre ses enfants, mais c'est la vérité. Pierce était le meilleur. Et à bien des égards, Ross lui ressemble.

Claire sentit les larmes lui brûler la gorge.

— Il a eu de la chance de vous avoir, alors.

— J'espère que c'est ce qu'il pense aussi.

George sortit un dernier cadre, représentant tout un groupe, celui-ci.

— J'ai une douzaine de petits-enfants en tout. Ross est l'aîné, et le plus jeune, Micah, a douze ans. Dans un certain sens, je crains que ma mort n'affecte surtout ces deux-là, pour différentes raisons. Mais j'imagine que vous comprendrez mieux ce que je veux dire quand vous aurez fait plus ample connaissance avec Ross.

« C'est vous, mon patient, pas Ross », pensa Claire. Mais, gardant sa remarque pour elle, elle enchaîna :

— Maintenant qu'il est ici, vous allez pouvoir contacter votre frère.

George détourna le regard.

— Supposez qu'il refuse de me voir ?

— Eh bien, au moins, vous aurez essayé. Et franchement, un tel scénario me paraît très improbable.

Elle désigna la plus ancienne photo, celle qui représentait George en compagnie de son frère et de leurs parents.

— A la base, il y a de l'amour entre vous deux, du moins c'est l'impression que j'en ai.

— Oh, de l'amour il y en avait, c'est certain…

George se tourna vers le lac, les yeux brillant de souvenirs.

— Mais cela ne nous empêchait pas de nous quereller comme chien et chat.

8

New York, en route pour le Camp Kioga
Avalon, Comté d'Ulster
Eté 1944

— Maman, George veut pas me prêter *Superman* !

La voix de Charles Bellamy, dix ans, s'élevait du siège côté fenêtre dans la chaleur du vieux train.

— Il le garde rien que pour lui !

— C'est pas vrai.

George serra la bande dessinée sur son cœur, l'air maussade.

— Oh si !

— Oh non !

Le plainte de Charles se fit plus véhémente.

— Donne-le-moi, gémit-il.

— T'aimes même pas Superman, marmonna George.

— Oh si !

— Oh non.

— Oh…

— George Parkhurst Bellamy ! Laisse ton frère lire cette bande dessinée.

— Mais…

— George !

Quand sa mère prenait ce ton, ça ne plaisantait plus.

Avec une mauvaise grâce ostensible, il plaqua brutalement l'album de *Superman* contre la poitrine de son frère.

— Tiens, espèce de bébé ! Et ce n'est pas la peine de me demander de te lire les mots compliqués.

Charles lui tira la langue, qu'il rentra précipitamment quand leur mère se retourna pour voir ce qu'ils fabriquaient. Elle les exhortait constamment à se conduire de façon exemplaire parce que leur père se battait à l'étranger.

George ne voyait pourtant pas comment cela pouvait être d'une aide quelconque à père, puisqu'il était parti. Il pouvait bien être sage comme une image, même quand Charles était infernal, ça n'allait pas le ramener. Pas cet été.

Peut-être même jamais.

Mère disait qu'il servait dans le corps diplomatique, pour le compte de l'OSS, ce qui n'était pas aussi dangereux qu'être soldat. Père avait été soldat au tout début de la guerre, même qu'il avait perdu un bras au combat. Après ça, il aurait pu rentrer dans sa famille, mais son devoir, avait-il déclaré, était de servir sa patrie, et si cela impliquait d'être dans la diplomatie, il y entrerait. Inutile d'avoir deux bras pour être diplomate. Il fallait parler plusieurs langues, s'y connaître en vins et savoir adapter les cadeaux aux circonstances.

Néanmoins, appartenir au corps diplomatique n'était pas sans risque. Les enfants, pour la plupart, ne regardaient pas les actualités avant la séance de cinéma du samedi soir, mais George, lui, les suivait avec attention. Il y avait eu un terrible bombardement nazi à Tunis, en Afrique du Nord. Il savait que son père avait travaillé en Tunisie ; par chance il ne s'était pas trouvé sur le lieu de l'explosion où plusieurs personnes avaient été déchiquetées.

D'habitude, on ne disait pas à mère où se trouvait père, par mesure de sécurité. Il faisait des choses top secrètes. Et puis, de toute façon, les adultes se contentaient toujours de dire « à l'étranger » sans autre précision, comme si pour les enfants c'était là une explication suffisante. Mais à treize ans, on est à mi-chemin entre l'enfance et l'âge adulte, et George aurait bien aimé qu'on lui en dise davantage. Il était comme Clark Kent. Il voulait connaître toute l'histoire.

La plupart des enfants, y compris son petit frère, professaient leur adoration pour Superman. Il avait même surpris Charles en train de sauter des passages entiers du tout dernier album de son héros pour atteindre plus vite certaines pages.

— Je cherche les endroits où il y a de l'aventure, avait expliqué Charles avec un sourire béat.

George, lui, était différent. Alors que tous les enfants idolâtraient Superman et feuilletaient les albums à la recherche des cases où apparaissait le justicier masqué en action, il préférait s'attarder sur les passages qui lui plaisaient le plus : les pages montrant Clark Kent en quête d'un article ou dans la salle de rédaction du *Daily Planet*. De son point de vue, Clark Kent était cent fois plus fascinant que Superman. On savait toujours ce qui allait arriver quand Superman entrait en scène. Tandis qu'avec Clark, les choses était plus incertaines.

Pour George, c'était ça, l'aventure. Un type comme tout le monde qui déniche la vérité. C'était quand même plus intéressant qu'un extraterrestre fondant du ciel la cape au vent ! On savait bien que ce n'était pas crédible, comme histoire. Tandis que Clark sur la piste d'un scoop… Ça, c'était quelque chose qui pouvait se passer en vrai.

George aimait consigner les faits par écrit. Il notait tout, des grands événements tels que le Jour J, qui s'était déroulé deux semaines auparavant, aux menus détails de sa vie quotidienne, comme le sachet de caramels mous faits maison qu'il avait achetés à un vendeur dans la gare de Grand Central. Depuis qu'on lui avait enlevé les amygdales au printemps, il éprouvait le besoin de s'adoucir la gorge avec des caramels ou des pastilles de marrube blanc. Le vendeur en question était un jeune garçon famélique vêtu de haillons, environ de l'âge de Charles. La vue de ce petit nécessiteux l'avait empli de culpabilité. « Maman ! avait-il crié. Il vend des bonbons ! J'en veux ! »

— Donne-moi ça, George Bellamy.

Sa mère s'empara des bonbons sans les toucher, en tenant par un coin leur emballage déchiré de papier paraffiné.

Il protesta :

— Mais je ne les ai pas volés, je les ai payés avec mon argent ! A Grand Central il y avait un garçon qui…

— Tu as acheté des bonbons à un mendiant des rues ?

Sa mère s'empressa de jeter les caramels par la fenêtre, puis se vaporisa les mains d'eau de rose dont elle gardait toujours un spray dans son sac en tapisserie.

— Enfin, George, à quoi penses-tu ? C'est bon pour attraper des maladies !

— Oh là là, il essayait juste de gagner quelques sous…

— Ne t'occupe pas de ça. Je te croyais assez raisonnable pour savoir qu'on ne doit pas accepter de nourriture de la part d'un inconnu.

Rétrospectivement, sa mère frissonna et reporta son attention sur la rotogravure qu'elle était en train de lire.

Charles s'agitait sur son siège ; il faisait semblant de lire la bande dessinée en frappant le repose-pieds du talon de ses Buster Browns. Parfois, George en avait par-dessus la tête d'avoir un petit frère toujours pendu à ses basques. Surtout un gamin comme Charles qui se prenait pour son égal. Il avait quatre ans de moins que lui, mais ça ne l'empêchait pas de vouloir l'imiter en tout.

La mine sombre, George décida d'écrire son journal. Il était sûr que Clark tenait lui aussi un journal à son âge. On ne devenait pas un as du journalisme du jour au lendemain. Il fallait pratiquer pendant des années, et George voulait prendre l'avantage dès le départ.

C'était un véritable défi d'écrire dans ce train cahoteux, sur la tablette fixée sous la fenêtre. Sa calligraphie tremblotait au gré des trépidations du compartiment mais il s'obstinait dans son entreprise.

« En route pour le Camp Kioga, Avalon, comté d'Ulster, Etat de New York, Etats-Unis d'Amérique, la Terre, » écrivit-il. Il se sentait très adulte car sa mère l'avait autorisé à se servir de son bon stylo plume, celui qu'on lui avait remis comme récompense en tant que lauréat du concours d'orthographe de son collège.

Il possédait une petite fiole de Spillproof Skrip — « la bouteille d'encre qui ne se renverse pas » —, de la couleur idéale : bleu paon. Clark Kent utilisait sûrement lui aussi de l'encre bleu paon.

George s'adonnait à sa tâche avec une concentration sans faille. Il rédigeait un excellent article sur les vendeurs de rue de New York, en accordant un soin tout particulier à la ponctuation. Sa prose était d'une telle qualité qu'elle aurait pu paraître dans le *New York Times*. Tout le monde savait que le *New York Times* ne publiait que « les nouvelles qui méritent d'être imprimées ». C'était sa devise.

George décida de créer sa propre devise de journal. Pour cela, il lui fallait un slogan. Il écrivit :

« Toutes les nouvelles qui méritent d'être imprimées. »

Mais peut-être valait-il mieux réfléchir à quelque chose de plus personnel :

« Toutes les informations de la presse, en permanence. »

Non, ça n'allait pas. Pourquoi pas, plutôt :

« Si c'est de l'info, c'est dans nos pages. »

— Qu'est-ce que tu fais ? demanda Charles.

— C'est pas tes oignons.

— Fais voir.

Charles voulut s'emparer du cahier. Sa main heurta la bouteille d'encre réputée ultra-stable, et la fiole se renversa. Par malheur, « la bouteille qui ne se renverse pas » n'était pas incassable. Le goulot se brisa et l'encre se répandit sur l'article de George, oblitérant deux pages de labeur acharné.

— Oh… oh…, fit Charles.

— Espèce de crétin ! s'écria George. Je devrais t'arracher la tête !

— Essaie un peu et tu vas voir ! C'était un… un accident, espèce de brute !

Le visage de Charles vira à l'écarlate et son menton se mit à trembler.

Mais George n'avait que dédain pour l'émotivité de son petit frère.

— Occupe-toi de tes affaires. Dégage, bébé.

— Ouais, c'est ça, je m'en vais ! déclara Charles. Et je m'en fiche si je te revois plus jamais. Plus jamais jamais jamais !

Mais le plan de Charles s'avéra impossible à mettre à exécution : le bungalow où ils allaient passer l'été exigeait que les deux frères partagent une chambre à lits superposés. Ils se disputèrent pour savoir qui prendrait la couchette du haut. Ils se disputèrent pour garder la lampe allumée ou éteinte à l'heure du coucher. Ils se chamaillaient pour tout, jusqu'à ce que leur mère les menaçât de les envoyer à l'Ecole réformée.

Ni l'un ni l'autre ne savaient exactement à quoi s'en tenir sur cette fameuse Ecole réformée. Mais ça n'avait pas l'air bien du tout, et cette perspective avait le don d'interrompre leurs disputes pendant plusieurs minutes d'affilée.

Finalement, la magie du Camp Kioga eut raison de leurs querelles. Les mères jouaient au bridge, fumaient des cigarettes et, tout en parlant de la guerre, se dessinaient mutuellement des coutures de bas sur les mollets. Les enfants, eux, partaient en expédition dans la forêt. Ils escaladaient des montagnes afin de trouver l'origine d'une source ou sautaient tour à tour du grand plongeoir dans le lac limpide et froid. Le soir, il y avait des spectacles, parfois un numéro de New York, ou bien Mme Gordon, l'épouse du propriétaire, faisait elle-même chanter la salle en chœur.

Les enfants veillaient tard dans la nuit ; massés autour d'un feu de camp, ils se racontaient des histoires de fantômes. Les préférées de George étaient celles qui faisaient le plus peur parce qu'elles faisaient pleurer son petit frère.

Les repas étaient servis à la bonne franquette dans une grande salle à manger qu'abritait le pavillon principal. Ce pavillon tout de bois comprenait aussi une loggia et un débarcadère surplombant le lac, une bibliothèque, une salle de musique et une salle de billard. La nourriture était succulente car, dans cette région du monde, les mesures de rationnement n'avaient que peu d'incidence. A l'intérieur du camp même, il y avait un potager victorien, une laiterie et un poulailler. Produire sa propre nourriture était considéré comme une attitude patriotique. Chaque jour, les tables étaient chargées de grands saladiers de purée de pommes de terre préparée avec du beurre et de la crème, et de tourtes aux fruits cueillis sur les arbres du domaine.

Au Camp Kioga, les signes extérieurs de la guerre n'étaient guère perceptibles. George et Charles avaient confusément compris qu'ils appartenaient à l'élite de la nation. Ils faisaient partie des « princes de la société », comme l'affirmait un journaliste du *Washington Post* qui séjournait au Camp Kioga afin d'écrire un article sur « La guerre au pays ».

Peut-être s'acquittait-il de sa tâche dans le but de profiter du bon air au sein d'une résidence de vacances huppée, mais George, lui, n'en avait cure. Il était plus intéressé par le journaliste, M. McClatchy, que par le sujet de son article. M. McClatchy prenait des notes et posait des questions. Il était vieux, plutôt rondouillard, et portait des lunettes à verres épais. Il n'avait rien d'un Clark Kent mais, de toute évidence, il aimait son travail.

« Le journalisme, déclarait-il, braque les projecteurs sur les endroits les plus obscurs du monde. »

— Mais de quoi parle votre article ? lui demanda George. Des princes de la société ? Qui ça intéresse ?

— Les gens qui achètent des pages de publicité dans mon journal, voilà qui ça intéresse. Ils veulent entendre parler de gens qui ne leur ressemblent pas, qui vivent différemment d'eux.

— Et ça braque les projecteurs sur quelque chose, ça ?

— On ne sait jamais. Parfois non. Mais parfois, tu t'appelles John Steinbeck.

George avait lu *Les Raisins de la colère* en cachette, une œuvre considérée comme choquante et scandaleuse. Il l'avait dévorée page après page, complètement fasciné. Et la fin ne l'avait pas scandalisé, cette fin qui avait pourtant valu au livre d'être mis à l'index, à cause d'une dame qui empêchait un type de mourir de faim en le nourrissant avec son propre lait. George, au contraire, trouvait ce geste plein de beauté et d'héroïsme, bien que ce fût un peu bizarre, comme le reste du roman. Mais ce n'était pas ce genre de chose qu'il aspirait à écrire.

— M. Steinbeck est un auteur de fiction, fit-il remarquer au journaliste.

— Il est correspondant de guerre désormais, pour le *New York Herald Tribune*.

— Moi, je tiens un journal.

— C'est une bonne habitude, affirma M. McClatchy. Ça t'apprend à organiser tes idées. Veille seulement à ce qu'il ne tombe pas entre de mauvaises mains.

— Oui, monsieur.

George se conduisait comme le prince qu'il était censé être. Il était le meilleur en sport, remportant toutes les courses, prenant la tête d'expéditions, et se délectait de l'admiration des autres enfants. Tout lui venait naturellement, depuis toujours. En hiver, les Bellamy passaient plusieurs semaines à Killington, une station de ski du Vermont. C'est là qu'il avait décidé de rejoindre la 10e Division d'élite de montagne de l'armée américaine. Il avait été ranger à ski, comme une sorte de superhéros — sauf que c'était pour de vrai.

Quel serait son superpouvoir, cet été ? Sa capacité à voir de loin, peut-être, songeait-il un jour qu'ils revenaient d'une corvée de bois au sommet de la colline du Guet. Il mit sa main en visière et contempla la région, s'imaginant qu'il pouvait voir par-delà le lac immense et la chaîne de montagnes, par-delà l'océan Atlantique, jusqu'à l'endroit tenu secret où se trouvait son père.

— C'est qui ces gens ? demanda Charles.

Son petit frère s'était arrêté pour lui désigner une clairière nettement plus proche. Apparemment, il s'agissait d'une famille installée dans le jardin d'une maison rectangulaire à bardage de bois. On fêtait quelque chose.

— Allons voir, décida George. Dis, Warren, tu viens ?

Ils étaient devenus amis avec Warren Byrne, un garçon originaire de Larchmont, et qui faisait l'important parce qu'à l'en croire, il venait au camp chaque été depuis la nuit des temps.

— Attention, on est derrière les lignes ennemies, souffla George, qui fit signe à Charles et à Warren de se coucher pour s'adonner à leur jeu préféré.

Ils étaient devenus très doués pour se faufiler sans bruit dans la forêt.

En approchant, ils entendirent le son gai et crachotant d'un gramophone Victrola, ainsi que des rires et des conversations. Sur une banderole accrochée à la véranda on pouvait lire : « Au revoir, Stuart. Nous t'aimons ».

— C'est la maison des Gordon, expliqua Warren Byrne. C'est à eux qu'appartient le camp et ce sont eux qui le dirigent.

George n'avait jamais pensé aux Gordon en tant que famille. Pour lui, c'étaient des employés qui servaient à la salle à manger, et qui veillaient à ce que les draps soient changés, les poubelles sorties, les chalets nettoyés, balayés et les pelouses tondues. Mais là, retirés dans un coin oublié du domaine, ils menaient une vie à part entière.

Stuart, apparemment, était soldat.

— C'est un marine, affirma-t-il aux autres. Ça se voit à son uniforme. Et il porte une tenue kaki, alors je vous parie qu'il va s'embarquer pour l'étranger. Les marines appellent ce genre de calot un béret de chatte, ajouta-t-il, provoquant des ricanements chez les deux plus jeunes.

— Stuart est mon grand frère, dit une voix derrière eux.

George se figea, glacé d'horreur. On les avait surpris derrière les lignes ennemies. Que faire ? Battre en retraite ? Se battre pour leur liberté ? Capituler sur-le-champ ?

Warren Byrne détala tel un couard.

Charles le saisit par la manche.

— Hé, c'est rien qu'une fille bizarre, dit-il en désignant l'intruse.

— Je ne suis pas une fille bizarre, répliqua celle-ci. J'ai un nom. Je m'appelle Jane. Jane Gordon. Et Stuart est mon grand frère. Et puis d'abord, qu'est-ce que vous faites là à nous espionner ?

— On faisait juste qu'explorer, répondit George d'un air maussade.

Il ignorait la cause de sa mauvaise humeur. Peut-être parce qu'ils avaient été surpris, ou peut-être parce qu'ils avaient été surpris par une idiote de fille. C'était une rouquine, aussi grande que Charles, peut-être même un peu plus, avec de grandes dents et une tignasse frisée. Son bras maigre était passé dans l'anse d'un panier en fil de fer. Elle portait une salopette en jean délavée dont le bas était retroussé au-dessus de ses genoux couronnés. Ses tibias étaient couverts de bleus et elle allait pieds nus.

— Stuart part pour l'océan spécifique, déclara-t-elle avec hauteur.

— Pour l'océan Pacifique, tu veux dire.

— Je sais ce que je dis.

Elle renifla.

— Il va se battre en Nouvelle-Guinée. Vous savez, le pays des pintades. Et je dois y aller. C'est pas parce que c'est la fête que je peux remettre mes corvées à plus tard.

— Quel genre de corvées ? s'enquit Charles.

— Venez, dit Jane. Je vais vous montrer.

Sans vérifier s'ils la suivaient, elle s'engagea résolument dans un sentier ; ses pieds sales soulevaient de petits nuages de poussière.

Charles lui emboîta le pas hardiment, mais George hésitait. Finalement, la curiosité fut la plus forte et il ferma la marche. Ils débouchèrent dans une clairière occupée par un grand potager, dont les rangées étaient séparées par de longues planches de bois. Non loin se dressait un poulailler fermé des quatre côtés par du grillage à poule, ainsi que sur le dessus.

— Je dois ramasser les œufs, expliqua Jane. Deux fois par jour, qu'il vente, qu'il pleuve ou qu'il neige. C'est mon travail.

— Ça a l'air rigolo, commenta Charles.

— Eh ben, ça ne l'est pas.

Elle se tenait devant une porte à loquet.

— On voit bien que tu n'y connais rien.

— Pourquoi c'est pas rigolo ?

— A cause de lui, surtout. Ce sale coq…

Elle leur désigna un volatile aux yeux comme des perles luisantes et arborant une queue empanachée de couleurs vives.

— Il est méchant. Méchant comme la gale.

— Mais qu'est-ce que vient faire un coq ici, de toute façon ? s'étonna George. Il ne pond quand même pas des œufs !

Jane renifla de mépris :

— Hé, d'où tu sors, toi ? Un coq dans un poulailler, ça sert à protéger les poules des prédateurs. En plus, il faut un coq pour renouveler l'élevage. On ne peut pas avoir de poussins sans coq ! Bref, le coq donne des coups de bec parce qu'il croit que les humains veulent faire du mal à ses poules.

Elle leva les yeux au ciel, consternée par la bêtise du volatile.

— C'est stupide, dit George.

— On parle de volaille, répliqua Jane. C'est pas censé être intelligent.

— Ce coq n'a pas l'air dangereux. Après tout, ce n'est qu'un oiseau.

— Un oiseau à bec pointu, rétorqua la fillette.

Elle posa la main sur le loquet, s'armant visiblement de courage. Dès cet instant, George se prit de sympathie pour elle.

— Tu veux qu'on t'aide ?

— Non, si jamais le coq vous blesse, je vais me faire passer un savon.

Jane se glissa à l'intérieur par la porte entrebâillée et se dirigea vers les cages à poules.

— Bouh ! cria-t-elle au coq en le giflant mollement. T'occupe pas de moi !

Le coq baissa la tête et se précipita sur elle à une vitesse inouïe, son bec pointu lancé comme un couteau. La petite fille le repoussa à coups de panier.

George attendait devant la porte, tenaillé par l'indécision.

Charles, lui, ne fit ni une ni deux et se jeta dans l'action, au mépris des protestations de son frère et de celles de Jane. Il chassa le coq en agitant les bras et en poussant des cris d'orfraie. Pendant ce temps, Jane plongeait vivement la main dans chaque nid pour en retirer les œufs. Deux minutes plus tard, ils ressortirent de l'enclos sains et saufs, le panier en fil de fer plein à ras bord.

Charles était rouge d'excitation.

— Dis donc, c'était quelque chose ! lança-t-il en poursuivant le coq le long de l'enclos grillagé. C'était vraiment quelque chose !

Jane battait des cils comme une princesse de théâtre.

— C'est la première fois depuis longtemps que je ne me suis pas fait attaquer.

— Je te propose un marché, dit Charles. Je viendrai t'aider tous les jours.

La fillette accepta avec un grand sourire :

— C'est drôlement sympa de ta part.

Ce petit échange entre eux deux mit George bizarrement mal à l'aise.

— Tu ne peux pas tout laisser tomber pour venir ici faire un travail de fermier !

Il considéra le contenu du panier d'un regard mauvais.

— D'abord, ces œufs ne sont pas bons. Ils sont sales.

Jane s'insurgea :

— N'importe quoi ! Ce sont des œufs de ferme. Il n'y en a pas de plus frais !

— Ils ont de la paille collée à la coquille et aussi de la… du…

Il cherchait une façon polie d'exprimer ce qu'il voyait.

— De la fiente, dit Jane d'un ton terre à terre. Ça veut tout simplement dire qu'ils viennent d'être pondus.

Charles gloussa.

— C'est dégoûtant ! répéta George en regardant les œufs avec répugnance.

— Qu'est-ce que tu as mangé ce matin au petit déjeuner ? demanda Jane.

— Une omelette au fromage.

— Ah ! Elle était faite avec les œufs ramassés hier, les mêmes que ceux-là. Et je parie qu'elle était délicieuse.

La fillette reprit le sentier.

— Venez ! Vous pouvez m'aider à les laver dans le torrent.

Elle prononçait « tarrent », mais George comprit qu'elle voulait dire « torrent ».

Elle y entra sans hésitation et s'accroupit pour immerger le panier en fil de fer dans l'eau profonde qui filait à vive allure.

— Je vais t'aider, dit Charles avec son empressement coutumier.

Et il sauta sur un galet de rivière.

— C'est bon, je m'en…

Elle n'eut pas le temps de finir sa phrase. Charles manqua le galet et tomba dans le torrent. Il se mit à cracher et à battre des bras pour lutter contre le courant.

George se demandait ce qu'il fallait faire. Devait-il plonger à la rescousse de son frère ou…

— Je te tiens !

Jane avait empoigné Charles par le col et le tirait vers elle. Ce dernier glissa, tomba de nouveau, et Jane retourna dans le torrent avec un grand « plouf », veillant à tenir son panier hors de l'eau sans renverser les œufs. Ils ressortirent en riant et remontèrent sur la rive, les chaussures gorgées d'eau, les vêtements plaqués sur le corps et les cheveux pendants.

— On a cassé deux œufs, dit Jane.

— Désolé.

— C'est bon, tu savais pas.

Ils étaient trempés comme des rats et souriaient comme deux nigauds.

— Je dois rentrer, dit Jane en se tordant les cheveux. C'est le dernier jour de mon frère.

Ils la raccompagnèrent jusqu'à la lisière du domaine. Le soleil de l'après-midi cognait fort — une chance, d'après Jane, car la chaleur sécherait ses vêtements et ses cheveux.

— A un de ces jours, lança-t-elle.

Charles et George la suivirent des yeux durant quelques minutes. Elle entra dans le jardin par un portail et posa son panier par terre. Puis elle se précipita vers Stuart, un grand jeune homme tout dégingandé au sourire immense, arborant la coupe réglementaire.

Il souleva sa petite sœur et la fit tournoyer dans ses bras. La tête en arrière, elle riait à gorge déployée en lui enserrant la taille de ses jambes. Toute la famille se massa autour d'eux pour les regarder avec des sourires pleins de tendresse.

— Hé ! s'écria Stuart. Mais tu es toute mouillée ! Tu sens le torrent. Et le soleil ! Tu vas me manquer, mon petit rayon de soleil.

C'était ce genre de chose que M. McClatchy aurait dû couvrir pour son journal, pensait George. Une famille comme celle-là, une famille sans belle maison ni possessions de prix. Ils étaient tout les uns pour les autres, unis par un amour qui sautait même aux yeux d'un étranger.

Sans doute McClatchy rétorquerait-il qu'un article sur une famille ordinaire ne faisait pas vendre. Même si ce genre d'histoire avait fait la gloire de John Steinbeck.

— Père me manque, dit Charles tandis qu'ils retournaient à pied au camp.

George entoura les frêles épaules de son petit frère.

De retour au cottage, celui-ci se lança avec volubilité dans le récit passionné de leur aventure. Comme le redoutait George, ces péripéties ne furent pas du tout du goût de leur mère. Elle gronda Charles pour avoir mouillé ses chaussures et déclara :

— Vous êtes ici pour jouer avec les autres résidents. Pas avec les enfants des employés.

— Ça compte ? s'enquit Charles.

— Bien sûr, ça compte.

— Pourquoi ?

— Parce que les autres résidents sont comme vous. C'est cette sorte de gens que tu côtoieras toute ta vie.

— Et si j'ai pas envie de côtoyer des gens comme moi ? demanda Charles.

George ricana.

— Maintenant, tu comprends l'effet que ça me fait de devoir te supporter.

— Toi-même, andouille ! riposta Charles.

9

Au cœur de la nature sauvage, les enfants établissaient leurs propres règles. Ils jouaient à interpréter des mythes, des légendes, des contes de fées… tout ce que George avait griffonné dans son cahier le soir précédent.

Jane, qui était un peu plus âgée que Charles et un peu plus jeune que George, s'avérait une recrue de choix pour les deux frères. Elle se proclamait princesse de sang royal et revendiquait la possession de tout ce qui l'entourait. Charles se complaisait dans son habituelle obsession pour Superman. George leur avait raconté l'histoire des trois mousquetaires — Athos, Portos et Aramis — et la façon dont ils combattaient en trio inséparable, se protégeant mutuellement de tout mal. Il leur avait appris à dire « un pour tous et tous pour un » en français. Les trois mousquetaires devinrent leur jeu préféré.

Malgré la désapprobation de leur mère, les trois enfants se lièrent d'amitié. Les Gordon n'approuvaient pas davantage ce rapprochement. Eux aussi pensaient qu'hôtes et résidents ne devaient pas frayer ensemble, mais Mme Gordon était généralement trop occupée par la gestion du camp pour faire appliquer beaucoup de règles.

Leur expédition favorite consistait à grimper au sommet de la colline du Guet. De là-haut, on voyait tout le lac des

Saules, et même la petite ville, sur le rivage opposé, à seize kilomètres. On apercevait la route incurvée enserrant le périmètre de l'immense lac. De ce point de vue, le Camp Kioga ressemblait à une maquette de fort miniature datant de l'époque coloniale. L'île aux Epicéas, l'atoll boisé qui trônait au milieu du lac, se dressait comme une île enchantée d'un vert mystique.

Depuis quelques semaines, George souffrait de maux de tête, mais il n'en avait pas parlé à sa mère, de crainte d'être confiné au chalet. Ce jour-là, la douleur lui vrillait le cerveau, comme la pointe d'un couteau. Passant outre, il grimpa sur un affleurement rocheux et s'assit, les genoux ramenés à la poitrine, observant au loin la progression sur la route d'une voiture à la carrosserie d'un noir brillant. Depuis les mesures de rationnement d'essence, on ne voyait plus guère de voitures, dans la région, à peine un engin agricole ou un bus, à l'occasion, et le plus souvent, un cheval attelé à un boghei.

Même les gens riches laissaient leur voiture au garage en signe de patriotisme.

— Qu'est-ce que tu regardes ? demanda Jane en s'asseyant à côté de lui.

Il pointa l'index en direction de la route.

— Cette voiture, là.

Le véhicule continuait d'approcher, tout luisant de son importance. Il était aussi noir qu'un corbillard et laissait une traînée de poussière sur son passage.

Ils le suivirent des yeux quelques minutes. Le soleil commençait à incliner ses rayons et la chaleur était si intense qu'elle semblait vibrer d'une pulsation propre. Les criquets chantaient dans l'herbe haute et la brise transportait l'odeur de verdure de l'été. Des abeilles butinaient les fleurs sauvages qui tapissaient la colline. Près de lui, Jane était aussi immobile qu'une statue. Elle aussi avait une odeur — celle du savon parfumé au pin fait maison par sa mère. L'espace de quelques secondes, il se fit un silence si parfait que George arrivait à entendre la respiration de Jane. Un rythme lent et régulier.

Puis elle poussa une exclamation étouffée, le faisant sursauter au point qu'il faillit tomber de l'affleurement rocheux.

— La voiture s'engage sur la route du camp !

Elle bondit sur ses pieds. George lança un ordre bref à Charles — *Allons-y !* — et, pour une fois, son cadet ne discuta pas et n'exigea pas d'explication.

Tous les trois dévalèrent la colline à toutes jambes. George s'interdisait de réfléchir ou de spéculer. Un journaliste ne juge pas et n'avance aucun pronostic avant de connaître les faits. Il refusait d'imaginer ce qu'il ferait si la voiture apportait des nouvelles de son père.

Mais la voiture dépassa le camp sans s'arrêter.

C'est alors qu'il comprit. Jane aussi avait compris, il l'entendait hoqueter de sanglots.

Lorsqu'ils arrivèrent chez les Gordon, le véhicule officiel à la carrosserie lustrée était déjà là. Ils étaient trop loin pour saisir ce qu'il se disait. Mais, finalement, c'était sans importance, car ils voyaient la scène se dérouler sous leurs yeux : un officier en uniforme d'apparat, la casquette coincée cérémonieusement sous le coude. Raide comme la justice. Son autre bras jaillissant pour un salut mécanique.

La mère de Jane, sortant dans le jardin, le tablier encore autour de la taille.

L'échange fut bref. Mme Gordon s'écroula sur elle-même. On aurait dit que ses os s'étaient subitement liquéfiés, que ses forces ne la soutenaient plus. L'officier s'avança gauchement pour l'aider à se relever.

Jane se tourna vers Charles et George, le regard déjà hanté d'une certitude intolérable.

— Je dois y aller.

Elle s'exprimait avec une dignité singulière qui lui donnait l'air plus âgé. Plus sage. Comme si la petite fille qui avait escaladé la colline n'était pas la même que celle qui en était redescendue.

— Je dois y aller, répéta-t-elle. Ma mère a besoin de moi.

La nouvelle se répandit lentement dans tout le Camp Kioga. Stuart Gordon était mort. Parti se battre dans le Pacifique, il avait été tué, à l'âge de dix-huit ans, « dans l'accomplissement de son devoir au service de sa patrie », selon le télégramme remis en main propre à ses parents.

George était obsédé par le souvenir de Stuart faisant tournoyer une Jane hilare en l'appelant son « rayon de soleil ». Il imaginait les scénarios similaires qui se déroulaient dans tout le pays. Les familles interrompues au milieu du repas, en pleine nuit, au cœur de leur vie, pour apprendre qu'un être chéri, plein de force et de jeunesse, avait été fauché par la guerre.

Charles se mit à faire des cauchemars. Il se débattait en gémissant sur sa couchette et se réveillait en appelant son père.

On disait que Mme Gordon souffrait d'un chagrin inconsolable et qu'elle allait séjourner à New Haven, chez des parents, pour changer de décor. La tragédie d'avoir perdu son fils l'empêchait d'envisager l'avenir sans lui.

Jane essayait de lui expliquer :

— Tout ici lui rappelle Stuart. J'ai entendu ma tante Tilly dire que ça provoquait chez elle un désordre nerveux.

Elle frotta son talon nu sur le sol poussiéreux.

— Ça veut dire « dingue » en langage codé.

George accordait encore plus d'intérêt aux comptes

rendus de la guerre qui paraissaient dans la presse. C'est à ce moment-là qu'il prit conscience de sa vocation et du devoir qui lui incombait. Il devait écrire pour les journaux et les magazines, comme M. McClatchy. Il fallait que quelqu'un décrive la réalité au monde. Il fallait que quelqu'un raconte le drame humain qui se jouait derrière les chiffres du nombre des victimes. En sensibilisant davantage les gens au coût réel de la guerre, on trouverait peut-être le moyen d'y mettre un terme.

Jane allait partir avec sa mère. Son père restait pour assurer le bon fonctionnement du Camp Kioga, mais Mme Gordon ne supportait plus cet endroit où l'assaillaient constamment les souvenirs de son fils disparu. Jane était venue dire au revoir aux frères Bellamy, mais aussi leur signaler qu'ils avaient encore le temps de faire une dernière expédition en forêt, jusqu'à leur lieu de prédilection, tout en haut de la colline du Guet.

George ne se sentait pas dans son assiette, il était revêche. Une fois de plus il souffrait de ce fameux mal de tête, celui que rien n'atténuait, pas même la poudre contre la migraine que lui administrait sa mère. En même temps, il se sentait tout endormi, mais la journée était trop belle : pas question de rester enfermé.

Il ne savait trop comment se comporter avec Jane. Il devinait toutefois qu'il aurait dû la traiter différemment parce qu'elle *était* différente. Elle paraissait plus sérieuse, un peu plus calme peut-être — un changement notable chez la fillette d'habitude si volubile et si animée.

La randonnée jusqu'au sommet de la colline du Guet le fatigua tout particulièrement. Il n'avait jamais eu aussi chaud et ruisselait de transpiration. Campés tout les trois en haut de la colline, ils contemplaient le paysage en contrebas, tels les dieux des mythes et légendes.

Quelque chose clochait dans la vue de George. Le paysage tout entier était flou comme une aquarelle — le lac se fondait dans les bois. Le ciel dans le long ruban de la route. Tout tournait comme sur un manège. Les voix des autres lui parvenaient avec un son creux, comme des échos résonnant à l'autre bout d'un tuyau.

— Ma mère ne veut plus s'occuper du camp, disait Jane. Elle a dit à mon père que ça lui faisait trop de peine. Mais papa et moi, on adore le Camp Kioga. Il a été fondé par mon grand-père, et je veux qu'il m'appartienne un jour. Mon but, c'est de tout faire pour qu'il soit à moi.

Elle s'exprimait d'un ton catégorique, comme dans ces mélodrames qu'on jouait le soir, au pavillon principal.

George sentait qu'il aurait dû louer sa loyauté et la grandeur de son engagement. Mais les mots tourbillonnaient dans sa tête. Il dut émettre un son bizarre, car les deux autres se tournèrent pour le dévisager. Leurs visages se dilataient et rétrécissaient comme dans un miroir de fête foraine. Leurs voix aussi étaient drôles, comme le Victrola quand il avait besoin d'un tour de manivelle.

Il voulait féliciter Jane pour sa force et son courage, lui dire qu'il l'admirait, mais autre chose sortit de sa bouche. Il tomba à genoux, pris de vomissements incoercibles.

Il lui restait juste assez de lucidité pour se sentir humilié.

Il perdit la notion du temps et oublia l'endroit où il était. Jane cria quelque chose et Charles dégringola la colline à toute vitesse. Puis Jane s'accroupit près de lui et tenta de le faire boire de l'eau au goulot de sa gourde plate et ronde. Le liquide avait un goût de rouille, il ne pouvait pas avaler. A peine pouvait-il ouvrir la bouche. Il ne voyait que des petits points lumineux. Il sentait l'eau dégouliner de sa bouche, entendait Jane qui pleurait. Il voulait lui dire que ça allait, mais ç'aurait été mentir. Il se sentait horriblement mal et avait aussi peur qu'elle.

Il s'écoula une éternité. Toute une vie. Il dormait peut-être. Ou alors il était mort. Non, il dormait parce qu'il eut conscience d'une ombre qui tombait sur Jane, d'une éclipse la plongeant dans l'obscurité, l'avalant tout entière.

Au secours… Il ne pouvait articuler ces mots, mais il les pensait. Il avait besoin de Superman, pas de Clark Kent.

De gigantesques silhouettes d'inconnus l'entourèrent. Quelqu'un le prit dans ses bras. Peut-être Superman, venu l'emmener en lieu sûr.

Mais il n'était pas en sécurité. Les choses se fondaient entre elles, les choses se désagrégeaient. Il n'éprouvait que des sensations floues, il lui était impossible de distinguer le réel de ce qui se passait dans sa tête. Il sentit qu'on écartait Jane brutalement, qu'on l'emmenait au loin, qu'on la tenait à distance, elle devenait de plus en plus petite… elle disparaissait. Même Charles fut écarté, séparé de lui, et lui aussi disparut. On lui interdisait de s'approcher.

De vagues impressions flottaient dans son esprit, et il s'efforçait de faire le tri entre les images réelles et les visions cauchemardesques. Il lui sembla voir arriver des hommes en tenues vulcanisées. Ils condamnaient tout : la salle à manger, les chalets, les salles de sport, la salle de billard, tout.

Des affiches officielles émanant du ministère de la Santé étaient placardées sur tous les murs : *Quarantaine décrétée par le Bureau de la santé du comté d'Ulster.*

George était enveloppé dans des couvertures, il y en avait des couches et des couches, bien qu'il eût la tête en feu.

On le plongea dans un tub en zinc rempli d'eau glacée.

Il voyait des lumières blanches. Des ampoules nues le

fixaient du plafond comme les yeux d'un monstre. Son corps exsangue et décharné ne lui appartenait plus.

Trop faible pour crier. Mais son âme, elle, appelait à l'aide. Son cœur appelait à l'aide. Personne ne l'entendait. Il y avait des bruits dans sa tête, des sons et des voix. Etait-ce pour de vrai ? Etait-ce une bande dessinée ?

Tout autour de lui, une lumière blanche. Des draps blancs dans une chambre d'hôpital, des stores blancs à la fenêtre, un long couloir blanc, sans fin.

Son père. Sourcils froncés d'inquiétude, le bas du visage caché par un masque chirurgical, la manche nouée sur son épaule droite, là où avant il avait un bras. Pourquoi ? Pourquoi ? Que faisait père ici ?

Des voix dans le couloir rempli de violents échos. « Extrêmement contagieux… Généralement transmis par le biais d'aliments contaminés… »

Ils parlaient tous comme s'il n'entendait pas. Peut-être n'entendait-il pas. C'était peut-être seulement la bande dessinée qui défilait dans sa tête. Mais ces voix… Ces voix, il les connaissait. Mère, qui pleurait — de longs sanglots de désespoir. Père, qui toussait. Non, il ne toussait pas. Lui aussi sanglotait. C'était la première fois qu'il entendait son père pleurer.

Et le médecin n'avait pas encore prononcé le mot tant redouté, le diagnostic définitif. C'était comme si père et mère le savaient déjà. Un hurlement jaillit de la gorge de sa mère comme la plainte déchirante d'un animal blessé.

George ordonna aux cloches qui tintinnabulaient à ses oreilles d'arrêter de faire du bruit pour qu'il puisse entendre. Il se concentra de toutes ses forces sur ce que disait le médecin. C'était ce que faisait tout bon journaliste. Il écoutait. Il se concentrait. Rien ne lui échappait.

— Je crains fort que…

Le médecin — il s'appelait Bancroft — se racla la gorge et reprit :

— Monsieur et madame Bellamy, je suis vraiment désolé. J'ai bien peur de devoir vous annoncer une très mauvaise nouvelle.

Il y eut un silence, empli des sanglots de ses parents qui pleuraient toujours.

— C'est la polio.

10

Ross et Claire attendaient sous la véranda que George se réveille de sa sieste.

— Votre grand-père a rédigé une liste. Vous étiez au courant ?

Elle venait d'aller chercher le courrier au pavillon principal. George, qui avait des amis aux quatre coins du monde, avait déjà reçu deux ou trois lettres et cartes postales. Aujourd'hui, le soleil et la brise clémente incitaient tendrement les lilas à éclore et les fleurs sauvages à déployer leurs pétales. George avait passé l'essentiel de la journée à dormir, et Ross, apparemment, avait téléphoné à divers membres de la famille.

Adossée aux coussins de la balancelle, Claire se laissait bercer par le cliquetis des chaînes. Ross était assis non loin, dans un fauteuil d'osier. Malgré ce cadre propice à la sérénité, il semblait tendu et agité.

— Quel genre de liste ? demanda-t-il.

— Une sorte de… On pourrait appeler ça la liste des choses qu'il aimerait accomplir durant le temps qui lui reste à vivre.

Les épaules de Ross se raidirent. Son chagrin faisait peine à voir. Il était encore bien loin d'avoir accepté la situation. Si seulement elle avait pu le réconforter d'une caresse ou d'un mot de consolation… mais sans doute ne voudrait-il rien qui vienne d'elle. Pas encore. Peut-être jamais.

— Je vois… Retrouver ce frère perdu de vue, par exemple, dit-il.

— En effet, ça figure sur sa liste.

— Aujourd'hui ?

— Voyons d'abord dans quel état il sera à son réveil.

Quand George, levant un coin du voile de son passé, avait évoqué avec elle les étés de sa jeunesse, Claire s'était aussitôt imaginé les deux frères explorant ensemble le Camp Kioga. En ce temps-là, ils étaient loin de se douter qu'un jour, ils seraient ennemis. Elle se représentait George et Charles, jouant aux trois mousquetaires avec cette petite fille, Jane Gordon, lancés à fond dans leur monde imaginaire.

Il avait fallu qu'elle se retienne pour ne pas traiter George d'imbécile. Un homme qui ne contacte pas son frère pendant cinquante ans relève de la psychiatrie. Mais non… Elle ne pouvait pas se permettre de projeter ses propres problèmes sur un patient.

Et donc, elle avait prêté l'oreille aux récits de son enfance. L'écoute représentait une part non négligeable de son travail. Explorer les événements du passé, renouer avec sa famille… toutes ces démarches contribuaient à procurer aux gens un sentiment de paix. Restait à espérer qu'il en serait de même pour George.

Comme dans un conte de fées qui tourne mal, les nuages avaient assombri le ciel de cet été doré, entre le deuil cruel qui avait frappé les Gordon et la polio diagnostiquée chez George.

Sur la polio, les connaissances de Claire se résumaient à des données assez succinctes, le sujet n'ayant été que brièvement abordé en travaux pratiques, lors de sa dernière année d'études. Jamais elle n'avait été amenée à voir de cas aigu de la maladie, pas plus, d'ailleurs, que les médecins et les infirmières qu'elle côtoyait. La polio, on le sait, laisse des séquelles, d'où la fatigue articulaire et musculaire de George — désormais le lien entre les deux lui apparaissait clairement. L'atrophie du muscle à la base de son pouce droit figurait aussi au tableau des symptômes, et pourtant elle n'avait fait le rapprochement qu'après.

— Votre grand-père vous a dit qu'il avait survécu à la polio ?

Ross tourna la tête. Le soleil barrait son visage.

— Grand-père a eu la polio ?

— Ah, vous l'ignoriez…

Claire se troubla, prise de culpabilité.

— Je vous prie de m'excuser, alors. Je pensais qu'il vous en avait peut-être parlé.

— Bon sang ! *La polio.* Eh bien, j'étais loin de me douter d'une chose pareille !

— Je me suis documentée sur le SPP — le syndrome post-polio. Plus tard, cela entraîne des douleurs articulaires et musculaires.

— Il souffre ? A quel point ?

— Je lui pose la question tous les jours. Il me répond que c'est supportable.

— La polio…, répéta Ross. Il ne me l'a jamais dit.

— Vous devriez lui en parler. Il était déjà porteur du virus à son arrivée ici, en 1944. C'est un merveilleux conteur, comme vous le savez sans doute, et de nos jours, les récits de survivants de la polio sont extrêmement rares.

— Mais s'il a vaincu la polio, pourquoi refuse-t-il aujourd'hui de se battre ? Il y a soixante ans, la médecine l'a bien sauvé…

— C'est un miracle qui l'a sauvé, Ross, un sacré miracle. A l'époque, il n'y avait aucun remède contre la polio. Ça n'a pas changé, d'ailleurs : de nos jours encore on ne dispose que d'un vaccin.

— Alors, si je comprends bien, on devrait rester là les bras croisés, parmi les arbres et les petits oiseaux, à attendre la venue d'un miracle ? C'est ça ?

— Nous devons nous conformer à la volonté de George.

Ross lui faisait de la peine ; ses yeux bleus débordaient de non-dits. Séjourner ici, dans ce lieu magnifique, était certes agréable, mais pour George et Ross, chaque moment passé ensemble était empreint d'une saveur douce-amère, gâché par le spectre de la maladie.

Le travail de deuil faisait partie intégrante de son métier d'infirmière et, au cours de sa pratique, elle avait été témoin de tout un éventail de réactions — depuis l'hystérie affichée jusqu'à l'acceptation stoïque, en passant par toutes leurs manifestations intermédiaires. Sans oublier les personnes qui tentaient de conjurer la mort. Les proches se tordaient les mains, offraient des prières, se remémoraient leurs souvenirs, confectionnaient des gâteaux, versaient des larmes et se réconfortaient les uns les autres. Ils s'affrontaient, aussi. Là encore, on lui avait donné à voir tous les stades allant de la simple chamaillerie à la fureur noire. Les plus antipathiques étaient les vautours qui, sous couvert d'affliction, n'attendaient en réalité qu'une chose : réclamer leur part d'héritage.

De toute évidence, Ross n'avait pas encore digéré le choc brutal de la réalité ; cela se voyait jusque dans sa façon de serrer et de desserrer nerveusement les poings.

— Merde ! lâcha-t-il, les yeux fixés sur un colibri qui visitait prestement les calices des fleurs suspendues sous la véranda.

— La reprise du traitement n'est pas sur sa liste.

Ross perdit son calme :

— Mais bon sang, à quoi ça sert une liste ? C'est une idée à vous ? Qui êtes-vous ? Une espèce de mauvais génie, alimentant les fantasmes d'un vieil homme ?

Claire réfréna toute velléité de colère. Elle n'avait rien à se reprocher, et la colère de Ross ne la visait pas personnellement.

— Dans la vie, nous avons tous des objectifs, qu'ils soient ou non écrits noir sur blanc. Au fond de nous-mêmes, nous désirons tous laisser une trace de notre passage sur Terre, vous ne croyez pas ?

— Foutaises !

Elle parvenait déjà à décrypter les humeurs de Ross. Peut-être était-ce une des raisons de son attirance pour lui. Il était — ou semblait être — d'une franchise totale et laissait ses sentiments affleurer à la surface. Qu'il se méfie d'elle, elle le comprenait, et avait décidé de ne pas lutter. A quoi bon, puisqu'elle ne pourrait jamais être tout à fait honnête avec lui. Parfois, le besoin de confier son secret enflait douloureusement dans sa poitrine, au point d'en devenir intolérable. Elle aurait donné n'importe quoi pour que quelqu'un connaisse sa véritable personnalité. Pas la fille terrorisée prise en charge par Mel Reno, mais la personne qu'elle était vraiment. Compter aux yeux de quelqu'un, enfin…

Elle s'éclaircit la voix.

— Donc, vous voulez bien aider votre grand-père à renouer avec son frère ?

— Imaginez que je vous dise non.

— Dans ce cas, vous ne seriez pas la personne dont il m'a parlé avec tant de fierté. Pourtant, reprit-elle simplement, moi, je crois que vous êtes cet homme-là.

Elle lui tendit un bout de papier.

— Tenez, ce sont les coordonnées dc Charles Bellamy.

Ross s'empara de la note et la fourra dans sa poche.

— George vous en sera tellement reconnaissant, Ross.

Nerveux et indécis, il passait et repassait la main dans ses cheveux ras. Claire l'observait. Comment serait-il quand ses cheveux auraient repoussé ? Sans doute ne le saurait-elle jamais. Ses amours étaient toujours plus courtes qu'une coupe de cheveux réglementaire. C'était pitoyable, vraiment.

— Lui et son satané frangin ! maugréa Ross. Alors, ils passent toute une vie sans s'adresser la parole, et maintenant, il faut qu'on leur organise des retrouvailles bidons !

Claire repensa aux confidences de George à propos de ce lointain été passé au Camp Kioga.

— Non, je ne crois pas qu'elles seront bidons.

— Admettons, mais comment se fait-il qu'il n'arrive pas à comprendre ? S'il voulait profiter de son frère, c'était de son vivant qu'il fallait le faire, pas maintenant, au seuil de la mort ! A l'époque où une relation nourrie, intime et fraternelle aurait pu lui apporter du réconfort, au lieu de le déprimer.

— Rien ne permet de penser que George soit déprimé. Et puis, encore une fois, c'est ce qu'il souhaite. Vous savez, au stade où en est votre grand-père, on cesse de se préoccuper de la raison et des convenances pour privilégier ses envies.

Ross demeura quelques instants silencieux avant de demander :

— Bon, qu'y a-t-il d'autre sur cette liste ?

— De tout. Cela va des mises au point avec certains membres de sa famille — et pas seulement avec son frère — aux gestes plus anodins, comme lire tel ou tel roman ou faire un parcours de golf. Ah, et il s'est aussi programmé quelques émotions fortes.

Malgré lui, Ross se fendit d'un petit sourire.

— Quel genre d'émotions fortes ?

— En fait, grâce à vos compétences de pilote, vous pourriez l'aider à réaliser le défi qui lui tient le plus à cœur.

— Quoi, il veut faire un tour en hélico ? En effet, ça peut s'arranger.

— Non, pas faire un tour. Sauter d'un hélicoptère. Ou d'un avion, plutôt. Enfin, vous savez bien, en parachute.

Ross la fixa d'un air mauvais.

— En parachute… Vous vous fichez de moi ou quoi ?

— Tu me connais, intervint George en les rejoignant sous la véranda. Jamais je ne plaisanterais avec ce genre de chose.

Claire arrêta la balancelle du pied.

— George… Je ne vous ai pas entendu vous lever.

Elle le détailla brièvement, d'un œil professionnel. L'air tout revigoré par sa sieste, il se déplaçait avec aisance et, derrière les lunettes, ses yeux brillaient d'un éclat vif.

— Je suis ravi de vous trouver en pleine discussion au sujet de ma liste.

— Entre autres choses, rectifia Ross. Dis-moi, je ne savais pas que tu étais un rescapé de la polio. Pourquoi ne m'en as-tu jamais parlé ?

— Oh, c'est de l'histoire ancienne ! Ça ne compte plus. Savais-tu que les plus grands progrès accomplis dans la rééducation des malades de la polio sont à mettre au crédit d'une infirmière ?

— Sœur Elizabeth Kenny, précisa Claire. Elle a démontré que les patients bénéficiant d'un programme de rééducation fonctionnelle présentaient davantage de chances de guérison que ceux qu'on maintenait immobilisés. C'est ce qui vous a sauvé ?

George opina.

— Oui, mais en dernier ressort. Au début, j'étais dans un poumon d'acier.

Le cœur de Claire se serra. Elle se souvenait de ces vieilles photos en noir et blanc qui montraient des enfants emprisonnés dans des carcans, des rangées et des rangées d'enfants hospitalisés dans des services à part. Comme ils devaient se sentir piégés, impuissants !

— Mon frère Charles me faisait la lecture, poursuivit George d'une voix calme. Les sujets qui présentent des symptômes aigus de la maladie ne sont pas contagieux ; on l'autorisait donc à me voir. Et puis, la plupart des gens peuvent être exposés au virus de la polio sans jamais développer la maladie. Charles faisait sans doute partie de ceux-là. On le laissait entrer dans le service et il me lisait des romans.

Son regard se perdit dans de lointains souvenirs.

— Quand on est confiné dans un poumon d'acier, on ne vit que pour les moments d'évasion. L'évasion… C'est ce que me procuraient les livres. Et Charles en particulier. Malgré son jeune âge, c'était un lecteur tout à fait remarquable. Il distrayait le service tout entier. Il me lisait *Le Livre de la jungle*, *Peter Pan*, la série policière des frères Hardy…

Claire jeta un regard en direction de Ross. Visiblement, il commençait à se faire à l'idée de prendre contact avec Charles Bellamy.

— Les livres étaient pour moi de merveilleux compagnons, conclut George, mais s'estimer heureux de son sort à l'intérieur d'un poumon d'acier, ce n'est pas facile.

Bouleversée, Claire croisa le regard de Ross. Il paraissait abasourdi de découvrir ce pan inconnu de la vie de son grand-père. A l'école d'infirmières, elle avait suivi des cours d'épidémiologie. C'était une chose de lire les données concernant les épidémies de poliomyélite, d'étudier les statistiques, les schémas de contagion, l'évolution de la maladie et la course au vaccin. Mais jusqu'à sa rencontre avec George, jamais elle n'avait côtoyé de victime de ce fléau.

— J'aurais dû me rendre compte de la chance que j'avais, ajouta-t-il. Dans bien des cas, un diagnostic de polio revenait à une condamnation à mort.

— Je suis bien contente que vous en ayez réchappé, George.

Le vieil homme adressa un clin d'œil à Ross.

— Et mon petit-fils pense comme vous, Claire, j'en suis certain ! Oh, pendant des années j'ai eu honte de ma patte folle ! J'ai perdu beaucoup trop de temps à ruminer tout ce dont m'avait privé la maladie. Mais j'étais jeune, à l'époque, comment aurais-je pu ne pas me sentir lésé par rapport aux autres ? Alors, j'ai renoncé à toute sorte de sport et d'activité physique.

— Je ne m'étais pas aperçue que cette jambe vous gênait encore, s'étonna Claire. Vous savez, ça se voit bien moins que ce que vous croyez.

— Oh, au stade où j'en suis, je ne me soucie plus de ce que les gens pensent de moi ! D'ailleurs, depuis que j'ai cessé de m'inquiéter de l'opinion des autres, ma vie est devenue d'une merveilleuse simplicité. Je n'ai que trop tardé à le faire. Et vous verrez, je dirai la même chose pour le parachutisme, j'en suis sûr…

— Ah oui, à ce propos, intervint Ross. Je me demande si c'est bien prudent de sauter d'un avion.

— C'est ce qui m'a si longtemps retenu d'essayer, figure-toi !

— Allons, grand-père… Tu es sérieux ?

— Comme un pape. Bon, ce n'est pas très original, je l'admets. Tout le monde dit vouloir sauter en parachute avant de mourir. Mais le rêve de voler est commun à tous les hommes, je suppose. On a tous envie de connaître cette sensation de liberté.

— Oh, c'est très surfait, crois-moi.

— Tu mens.

— O.K., j'avoue. En fait, c'est génial, reconnut Ross avec l'ombre d'un sourire. Mais seulement si tu suis une préparation et un entraînement intensifs.

— Je n'ai pas le temps, répliqua George, très terre à terre.

— Et si je t'emmenais voler ? On ferait un ou deux loopings…

— Non. Je veux sauter en parachute, un point c'est tout. Je veux connaître cette impression de liberté. Cette chute qui n'en finit pas. Que crains-tu, Ross ? Que je me blesse ? Que je me tue ?

George se carra dans son fauteuil et croisa les mains derrière la tête.

— Considère donc les choses sous cet angle : si jamais je me tue en parachute, tu n'auras plus à te préoccuper du reste de ma liste.

— Cette liste, c'est n'importe quoi !

Ross se tourna vers Claire d'un air accusateur.

— C'est une idée à vous, j'en jurerais.

George soupira :

— Et moi qui espérais que vous vous entendriez bien, tous les deux ! Vous vous connaissez à peine que déjà vous vous chamaillez comme des jeunes mariés.

Claire piqua un fard.

— Votre petit-fils se fait beaucoup de souci pour vous, George. Il veut que vous rentriez à New York pour reprendre le traitement.

Ross parut surpris par son intervention ; de toute évidence, il la considérait jusque-là comme une ennemie.

— C'est la vérité, grand-père. Je veux que tu te battes contre cette saloperie.

— Evidemment, mon garçon, et c'est bien normal. Tu es un battant. Tu l'as toujours été.

— De fait, il vous reste toujours cette possibilité, souligna Claire.

— Vous savez ce que j'en pense.

Elle hocha la tête. Croisa les bras devant elle.

— Mais à tout moment, vous pouvez changer d'avis. Personne ne vous posera de questions. Ce n'est pas une compétition ni un test quelconque. On accédera sur-le-champ à votre souhait.

— Inutile. Je ne reviendrai pas sur ma décision.

George s'assit près de Ross.

— S'il existait une chance, si infime soit-elle, de pouvoir rester auprès de toi, crois-tu que je ne la saisirais pas ? lui demanda-t-il avec douceur.

Claire dut détourner le regard pour ne pas voir les yeux de Ross.

George, par bonheur, parvint à sourire.

— Emmène-moi sauter en parachute, Ross. Je me suis toujours demandé l'effet que ça faisait.

— Mais…

— Je sais que c'est dangereux, fiston. Mais je m'en fiche. Si je meurs en sautant, je ne me priverai que de quelques semaines de vie, pas vrai ? De quelques mois, dans le meilleur des cas. Pardon d'être aussi brutal, mais c'est ce que je pense.

— Et moi, je suis censé t'aider à faire ça ? conclut Ross, incrédule.

— Nous pensions que vous pourriez organiser le saut, oui, dit Claire.

George renchérit :

— Tu as un brevet de saut en tandem. Nous pourrions sauter ensemble !

— Attends, si je comprends bien, tu veux sauter d'un avion, attaché à moi par des sangles ?

— C'est exactement ça. Ce serait pour moi un immense honneur.

Le visage de Ross se contracta. Il jeta un regard noir en direction de Claire.

— Je vais y réfléchir. Et peut-être passer quelques coups de fil.

Claire savait qu'il le ferait. Il affichait une expression réticente mais volontaire.

— En parlant de votre liste..., dit-elle. Tenez, George, c'était au courrier, ce matin.

Elle lui tendit un colis envoyé en express.

George retourna le paquet afin de lire l'adresse de l'expéditeur.

— Editions Penguin, constata-t-il.

Ses yeux brillèrent de joie.

— Dites-moi, jeune dame, serait-ce ce que je soupçonne ?

— Pourquoi ne l'ouvrez-vous pas pour voir ?

D'une main un peu tremblante, George ouvrit le colis et en fit glisser un livre cartonné, à la reliure très ordinaire, barré de l'étiquette « Exemplaire de prépublication — ne peut être vendu ». La date de parution mondiale était annoncée pour le 28 septembre.

— *La Chute des géants*, de Ken Follett ! Mais, Claire, c'est un spécimen top secret ! Le roman le plus attendu depuis cette espèce d'engouement pour les vampires. Comment diable avez-vous fait pour vous en procurer un exemplaire ?

— J'ai des relations...

Claire ne restait presque jamais en contact avec les familles de ses anciens patients, mais dans ce cas précis, elle avait fait une exception à la règle. Récemment, elle s'était occupée de la mère d'un stagiaire dans l'édition. En témoignage de sa profonde reconnaissance, ce dernier avait promis de lui faire parvenir n'importe quel livre publié par sa maison, à quelque stade de production que ce soit. Par amitié pour George, Claire avait mis son offre à profit.

— Je vais me régaler ! Encore merci, Claire.

Il se tourna vers son petit-fils.

— Claire est une femme extrêmement attentionnée.

— Mmm...

Visiblement, Ross n'était pas d'humeur à entendre louer ce trait précis de son caractère...

— Bon, revenons encore un peu à ta liste, grand-père.

Celui-ci tapota sa poche de poitrine.

— Si je suis venu ici, c'est principalement pour faire amende honorable auprès de mon frère, à condition, bien sûr, que ce soit de l'ordre du possible. J'ai besoin de savoir si après cinquante-cinq ans de silence, il subsiste une trace d'affection entre nous.

— Avec tout le respect que je te dois, intervint Ross, pourquoi ne l'as-tu pas déjà appelé ?

George sourit.

— J'hésite à bouleverser l'existence des autres, je l'avoue. Ma propre vie, vois-tu..., a déjà été complètement chamboulée par cette saleté de diagnostic. Pour autant, ça ne me donne pas le droit de débouler sans crier gare chez des gens qui ne se doutent de rien.

Claire les regardait tous deux avec attention — le grand-père et son petit-fils. Ils avaient un air de famille marqué. Chez Ross, elle retrouvait le jeune homme qu'avait jadis été George. Et chez George, elle voyait l'homme mûr que son petit-fils deviendrait peut-être un jour.

Il lui arrivait de s'interroger sur ses propres origines,

même si elle évitait de s'appesantir sur ce genre de questions sans réponse. Elle n'avait jamais connu ses grands-parents, ni maternels ni paternels. Il existait exactement quatre photos de sa mère, mais elle n'en possédait aucune. Encore aujourd'hui, il aurait été trop risqué de garder sur elle un quelconque souvenir susceptible de la relier à son passé. Le danger était trop grand. C'était Mel qui conservait ces photos — un Polaroïd et trois clichés. Tous les quatre étaient gravés dans sa mémoire mais l'incertitude demeurait, cruelle. Quand elle se regardait dans la glace, ses traits reflétaient-ils le visage de sa mère ? Celle-ci avait-elle jamais décelé chez sa fille un air de ressemblance ?

George tira de sa poche son petit carnet relié de cuir. Sa main tremblait légèrement.

— Quand on m'a annoncé ma maladie, et le temps qui me restait à vivre, j'ai décroché le téléphone. Plusieurs fois, même. Décrocher le téléphone pour passer un appel, c'est un geste tout bête. Mais entre le temps où je m'emparais du combiné et celui où je regardais le numéro de Charles (que j'avais fini par dénicher), je voyais toute ma vie défiler. Oh, je n'ai pas honte de l'avouer : j'ai été lâche. Ce ne sont pas des choses qui peuvent se dire par téléphone, c'est trop important. Je ne voulais pas gâcher mon unique chance. Je souhaitais réussir mon coup, et donc, trouver le meilleur moyen de gérer cette affaire.

— Eh bien, avant de sauter d'un avion, vous pourriez déjà aller voir votre frère, suggéra Claire.

Mais déjà Ross lui lançait un regard noir qui lui fit faire machine arrière.

— Enfin, je disais ça comme ça…

George détendit l'atmosphère avec son grand rire, celui qui enflait progressivement et culminait de façon contagieuse.

— Non, sérieusement, reprit-il. Il me sera peut-être

plus facile de sauter en parachute que d'organiser des retrouvailles avec mon frère.

Son hilarité s'atténua et il déclara d'un ton plus calme :

— Le moment est venu.

Claire sentit un frisson glacé l'envahir. Elle évitait le regard de Ross afin qu'il ne puisse pas lire son inquiétude. Beaucoup de patients avaient une conscience aiguë de l'évolution de leur maladie, et leur urgence à agir émanait parfois d'un savoir intime, caché dans un repli de l'âme invisible à l'imagerie médicale.

— Comment ça, Claire ne dîne pas avec nous ? demanda George à Ross.

Ils se dirigeaient vers le pavillon principal pour y passer la soirée.

— J'ai dit quelque chose qui l'a contrariée ? s'inquiéta le vieil homme.

— Mais non, bien sûr que non…

— Alors, c'est *toi* qui lui as dit quelque chose ?

C'était fort probable, songea Ross, mal à l'aise. Toute la journée, il s'était montré à la limite de l'impolitesse envers Claire. Partagé entre gratitude et rancœur, il ne savait sur quel critère la juger : la compassion qu'elle manifestait à l'égard de son grand-père ou son insistance à respecter son refus de tout traitement.

— Non, elle voulait nous laisser en tête à tête, affirma-t-il, optant pour l'explication la plus simple. En tout cas, c'est ce qu'elle m'a dit.

— Arrête-toi là ! ordonna George. Là, tout de suite.

Ross rangea la voiturette de golf sur le bas-côté de la piste et protesta :

— Je te préviens, grand-père, il est hors de question qu'on retourne la chercher.

Le vieil homme agita une main impatiente et descendit du véhicule. Non loin de là se trouvait un jardin fleuri de couleurs vives, et orné d'un massif de lis entourant une petite stèle de pierre. Elle portait une inscription. « A la mémoire de Stuart Gordon, lut Ross. 1926-1944. »

Maintenant qu'il en savait un peu plus sur l'histoire de sa famille, il commençait à mieux comprendre les liens qui unissaient son grand-père au Camp Kioga. Sur la stèle, on pouvait encore lire : « Ton amour reste gravé dans nos cœurs. Dieu seul sait combien tu nous manques. »

Epitaphe, pensa Ross, qui aurait pu s'appliquer à son propre père, ainsi qu'à tout soldat tombé pour son pays. Grand-père se pencha pour cueillir deux fleurs blanches. Le tout formait une scène d'une étrange beauté — un vieil homme cueillant des fleurs dans la lumière dorée. Le soleil traversait ses cheveux d'un blanc presque translucide, l'auréolant d'une lueur singulière. L'espace d'un instant, Ross eut la vision de son grand-père, plus jeune et plus fringant, à Paris, au jardin des Tuileries, en train de cueillir un œillet devant un panneau « Interdiction de cueillir les fleurs », un sourire aux lèvres.

— Un gentleman n'est jamais tout à fait habillé sans un œillet à sa boutonnière, déclara-t-il en remontant dans la voiturette de golf. On ne sait jamais qui l'on va rencontrer ; aussi, mieux vaut être paré à toute éventualité.

Ross glissa la tige au revers du costume de grand-père. Il s'appliquait à afficher un sourire figé au lieu de s'effondrer en pleurs comme il aurait voulu pouvoir le faire.

Dissimulant son angoisse et son chagrin, il lança d'un ton faussement badin :

— Oh, ça fait des années que tu me dis la même chose, mais jusqu'ici, ça n'a rien donné.

— Et alors ? Ce n'est pas une raison pour laisser tomber.

George voulut fixer la fleur à la boutonnière de son petit-fils, comme à l'époque où celui-ci n'était encore qu'un adolescent brillant mais renfermé. Sa main tremblait et Ross dut la guider.

— Ça va, grand-père ?

— A part cette tumeur au cerveau, très bien.

Sa voix pétillait d'ironie.

— Les tremblements sont un effet secondaire d'un des médicaments que je prends. Ne te fais pas de souci.

« C'est ça, pensa Ross avec amertume. Je ne me fais aucun souci. »

George se carra dans son siège.

— Claire aime bien faire des bouquets. Ce matin, pour le petit déjeuner, elle avait disposé quelques fleurs dans un verre à orangeade. Mon petit doigt me dit que vous allez vous entendre à merveille, tous les deux.

Ross jeta un bref coup d'œil au dispositif d'alarme qui ne quittait jamais son grand-père.

— Grand-père…

— Non, toi écoute-moi. Sans vouloir verser dans le mélo, j'ai quelque chose à te dire et je ne compte pas y aller par quatre chemins.

— Parce que tu prends des gants avec moi, d'habitude ?

— Je veux simplement te parler d'homme à homme. Tu n'es pas fait pour vivre seul, Ross. Tu es fait pour rencontrer une femme exceptionnelle.

— Alors, ne me pousse pas dans les bras d'une inconnue !

— Tu auras tôt fait de reconnaître la femme de ta vie, à condition que tu restes ouvert de cœur et d'esprit. Il se pourrait même que tu tombes amoureux d'elle. Ça ne t'est jamais arrivé, mais à mon avis, ça ne serait pas pour te déplaire.

Ross éclata de rire, la tête rejetée en arrière. C'était bon de rire ! On pouvait encore croire que tout était normal.

— Mais bien sûr, grand-père… Tiens, je me mets de ce pas en quête de la perle rare !

— Je ne plaisante pas.

— Ma foi, j'apprécie ton intention, mais…

— C'est une des choses qui figurent sur ma liste.

Ross, agacé, laissa passer quelques secondes.

— Je commence à en avoir par-dessus la tête de cette liste !

— Et pour moi, elle est essentielle. Je veux être sûr de ne rien laisser d'inachevé derrière moi, si c'est en mon pouvoir.

— Très bien, mais c'est *ta* liste, grand-père. Je n'ai rien à faire dedans !

— J'aimerais te voir heureux en ménage, ainsi que tu le mérites. Cela me procurerait un immense sentiment de paix.

Quel vieux roublard! Grand-père savait être manipulateur à ses heures. Néanmoins, il joua le jeu :

— Je m'y emploierai, ne t'inquiète pas. Mais garde à l'esprit qu'il y a fort peu de chances pour que cette personne — si tant est qu'elle existe — se trouve justement être l'infirmière que tu as engagée par petite annonce.

Ross gara la voiturette près du pavillon et accompagna son grand-père jusqu'à l'entrée. Personnellement, il ne se souciait guère de son avenir. L'essentiel, pour l'instant, c'était de faire entendre raison à grand-père. Et rencontrer le mystérieux Charles pourrait bien servir ses intérêts. En effet, plus vite les deux frères enterreraient la hache de guerre, plus vite il pourrait s'efforcer de ramener grand-père à New York. Une fois là-bas, il le ferait admettre dans un hôpital où on lui fournirait des armes pour se battre. Qui sait ? Charles l'aiderait peut-être à convaincre grand-père de ne pas baisser les bras.

Ross surprit leur reflet dans les portes vitrées de la salle à manger et tiqua en se voyant en tenue civile. Décidément, il ne s'y faisait pas.

Néanmoins, il leva un pouce approbateur en direction de son grand-père.

— Tu avais raison, à propos de la fleur à la boutonnière. Nous sommes superbes.

On les avait conduits à une table avec vue sur le lac. Non loin de là, une dame d'un certain âge était assise en compagnie d'un couple plus jeune. Sitôt qu'elle aperçut grand-père, elle se tapota les cheveux et se redressa sur son siège. Grand-père se leva, lui fit signe de venir et procéda aux présentations :

— Millie, permets-moi de te présenter Ross, mon petit-fils.

Ainsi donc, grand-père s'était déjà fait une amie au camp… Y avait-il anguille sous roche ?

L'élégante dame aux cheveux blancs leur adressa un sourire radieux.

— Félicitations, George, il est aussi beau que toi.

Grand-père rayonnait de fierté. Et de fait, sous ce regard féminin, il semblait se tenir un peu plus droit, avoir retrouvé une certaine assurance. Tandis qu'ils regagnaient leur place, Ross se pencha pour lui murmurer :

— Elle a un petit faible pour toi…

— Et c'est réciproque, je crois. L'amour ne connaît pas les barrières de l'âge, Millie et moi en sommes peut-être la preuve. Tiens, je vais me laisser tenter par le filet, ce soir. Moi qui durant des années ai fui la viande rouge, je m'aperçois maintenant que j'aime vivre dangereusement.

A la table voisine, Mlle Darrow leva son verre de vin dans sa direction.

— Voilà qui mérite bien un toast, conclut George.

Claire passait tranquillement la soirée au cottage quand elle vit Ross revenir seul et à pied. Etonnée, elle se hâta de sortir. De plus en plus étrange… Ross avait troqué son habit de soirée contre un accoutrement de pêcheur à la mouche. Par-dessus le T-shirt et le short kaki, il portait une veste munie d'une multitude de poches et arborait un couvre-chef qui aurait dû paraître comique mais qui, d'une certaine manière, accentuait son côté sexy. Bref, il était complètement craquant.

— Où est George ? s'enquit-elle, vaguement inquiète.

— Au pavillon, en train de danser avec une dame. A propos, il m'a demandé de vous remercier pour les quelques pas que vous lui avez montrés.

— Vous plaisantez ?

— Pas du tout.

On aurait dit qu'il lisait dans ses pensées.

— Et ne vous inquiétez pas, c'est une résidente du camp. Elle a mon numéro ainsi que le vôtre.

Claire était ravie que George passe la soirée en compagnie d'une dame.

— Et donc, il l'a rencontrée ce soir ?

— Non, c'est une ancienne connaissance. Elle s'appelle Millicent Darrow. Apparemment, ils passaient tous les deux leurs vacances ici dans les années 50. Depuis que l'endroit a rouvert comme résidence de vacances, beaucoup d'habitués sont revenus y séjourner.

— Millicent Darrow, répéta Claire. C'est très chic,

comme nom. Votre grand-père et elle doivent avoir une foule de choses à se raconter.

— Il semblerait, oui.

Ross baissa la tête, mais elle eut le temps de surprendre l'éclat d'un de ses trop rares sourires. Il avait un sourire ravageur.

— Grand-père m'a prié de m'éclipser en promettant de nous appeler, vous ou moi, s'il avait besoin de quelque chose. Je n'en sais pas plus.

— Eh bien, je pense que… que je vais l'attendre, alors, conclut-elle, subitement embarrassée.

Ross la dévisagea un moment, ce qui ne fit qu'augmenter sa gêne.

— Vous voulez vous joindre à moi ? J'étais en chemin pour aller pêcher à la mouche, ou du moins essayer.

Claire jeta un coup d'œil au ciel qui s'assombrissait dans le soleil couchant.

— Euh… à cette heure-ci ?

— Entre chien et loup, c'est le meilleur moment, affirma-t-il. Allez, dites oui, je dispose de tout l'attirail nécessaire.

— Vraiment ?

C'était complètement stupide, mais l'idée d'aller pêcher à la mouche exerçait sur elle un attrait irrésistible.

— Mais oui, puisque je vous dis que j'ai tout ce qu'il faut.

Bizarre… il devait avoir choisi un menu particulièrement euphorisant, ce soir, songea-t-elle avec ironie.

Ils longèrent le rivage sur une courte distance. Une fois de plus, la soirée était splendide. Claire avançait en silence, le cœur délicieusement serré par ce décor enchanteur. Jamais elle n'avait connu une telle sérénité, un tel calme — cette sensation de paix absolue qui vous pénétrait l'âme. Dans la lumière du crépuscule, le lac était lisse et comme glacé, sa surface à peine troublée çà et là par la présence d'un insecte ou d'un oiseau aquatique.

Ils arrivèrent à une cascade dégringolant d'une gorge étroite pour former en bas un torrent se déversant dans le lac.

— Par ici, dit Ross en avançant vers les roseaux qui bordaient le courant. Vous avez déjà pêché ?

— Jamais.

Elle sentait sur son visage la fraîche brumisation de la cascade.

— Cette région est vraiment magnifique, soupira-t-elle. C'est le plus bel endroit que je connaisse.

— Oui, je commence à comprendre pourquoi mon grand-père tenait à venir ici. On se sent vraiment au paradis.

Il marqua une pause, confus.

— Bien que mon expression soit des plus mal choisies.

Claire sourit.

— George ne serait pas d'accord là-dessus, j'en suis certaine. D'ailleurs, Millicent Darrow et lui sont peut-être au septième ciel, en ce moment.

— Vous avez raison, mais je préfère ne pas y penser…

— Je faisais allusion à la danse, précisa-t-elle.

— Pas moi. Bon, allons voir si je sais encore m'y prendre.

Elle le suivit jusqu'au bord du ruisseau. Le matériel était réduit au minimum — une canne équipée d'un moulinet, des plombs, une ligne —, et le principe trompeusement simple. Elle l'observa un moment, intriguée par le mouvement de la canne et par la gracieuse danse de la ligne transparente. Ross visait les endroits où l'eau était calme, derrière les saillies de rochers où un poisson se dissimulait peut-être dans l'ombre.

— C'est la première fois que je vois quelqu'un pêcher à la mouche, lui confia-t-elle, fascinée par le glissement aérien du leurre au bout de la ligne. En vrai, je veux dire. Je l'avais déjà vu faire, mais en photo ou au cinéma.

— Laissez-moi deviner… *Et au milieu coule une rivière.*

Claire acquiesça d'un hochement de tête.

— J'adore ce film.

Elle avait toujours été attirée par les livres et les films centrés sur la famille. C'était de là qu'elle tirait quasiment tout son savoir en ce domaine. En particulier, elle avait un faible pour les rediffusions du *Cosby Show*. Dans ses rêves, elle faisait partie d'une famille comme celle-là.

De nouveau, Ross visa la zone dans l'ombre.

— Il y avait de beaux paysages, c'est vrai, mais je ne suis pas trop fan des films qui parlent de la mort et de gens qui meurent.

Il continuait de lancer sa ligne à un rythme gracieux ; la canne et le fil à pêche vibraient mélodieusement dans l'air, cinglant d'un mouvement noir le crépuscule de plus en plus sombre.

— Je n'ai pas beaucoup de chance jusqu'ici. Vous voulez essayer ? proposa-t-il en désignant la canne à pêche.

Claire n'en revenait pas. Ross était bien accommodant tout d'un coup…

— Je pensais que vous ne m'aimiez pas.

— C'est ce que je pensais aussi, répliqua-t-il en atténuant son affirmation d'un sourire. Vos sandales sont imperméables ?

Claire baissa les yeux sur ses chaussures.

— Oui, mais…

— Déplaçons-nous vers là-bas.

Il lui indiquait un haut promontoire rocheux, de l'autre côté des rapides.

— Prenez ma main.

Elle obéit sans discuter, car les galets du fond étaient

traîtres et irréguliers. Mais au bras de Ross, elle ne risquait pas de glisser. Ses muscles étaient durs comme l'acier. L'eau du torrent était délicieuse, elle courait, fraîche et rapide, tourbillonnant autour de ses pieds. Claire comprit qu'elle allait aimer la pêche. A la folie.

C'était loin d'être aussi simple qu'il y paraissait. Ross lui montra comment lancer la ligne d'un mouvement fluide, mais à sa première tentative, la jolie petite mouche artisanale alla se perdre dans les roseaux de la rive opposée.

— Je vais essayer de la retrouver.

— Ne vous en faites pas, Claire. J'en ai d'autres.

— Vous êtes sûr ?

— Bah, tout compte fait, perdre un leurre, ce n'est pas la fin du monde ! Ce matin, j'ai monté des mouches avec grand-père. C'était comme au bon vieux temps. Il est toujours aussi adroit pour faire un nœud. Vous savez, le but principal de la pêche, c'est de laisser tous ses soucis derrière soi.

— Ah bon ? Je croyais que c'était d'attraper un poisson.

— Non, ça c'est secondaire.

Il attacha une autre mouche et lui montra de nouveau comment lancer gracieusement sa ligne.

— Pêcher, c'est renouer avec la nature par le biais d'un art ancestral. Et puis, on passe un bon moment, ce qui ne gâche rien.

— Donnez-moi cette canne. Je refuse de me déclarer vaincue par un hameçon emplumé.

Elle refit une tentative de lancer et, cette fois, la mouche atterrit pratiquement à ses pieds.

— Mais qu'est-ce qui cloche dans ma façon de faire ?

— Regardez, il faut vous reculer… Attendez, je vais vous montrer.

Il se plaça derrière elle, un bras mollement glissé autour de sa taille. Ses mains se refermèrent sur la sienne.

— Prenez de l'élan. Comme ça. N'essayez pas de lancer la ligne trop fort. Laissez la canne faire tout le travail.

Grâce à ses conseils, elle parvint à améliorer son geste. Très vite, quelque chose de vivant tira au bout de la ligne ; la sensation était tout à fait différente de la fois où l'hameçon s'était simplement accroché à une branche.

— Oh, là là ! s'écria-t-elle. Ross, regardez, ça mord !

— Allez-y doucement.

Il s'exprimait avec calme mais sa voix vibrait d'excitation. Avec une délicatesse inattendue, il lui enserra les mains et l'aida à promener la ligne.

— Il faut le taquiner un petit moment et… voilà, ça y est ! Il est ferré.

— C'est vrai ? Oh !

Le poisson se débattait comme un beau diable, il se contorsionnait avec l'énergie du désespoir.

Ross lui montra comment le ramener au moulinet, puis il le sortit de l'eau à l'aide d'une épuisette.

— C'est un beau spécimen, déclara-t-il en lui montrant sa prise.

Elle avait attrapé une truite arc-en-ciel, grasse et luisante, incurvée en forme de U au fond de l'épuisette. D'une main, Ross la souleva avec précaution et retira l'hameçon de sa lèvre.

— Ce genre d'hameçon n'a pas d'ardillons, expliqua-t-il. Du coup, on ne blesse pas le poisson. Vous voulez faire un petit coucou à votre truite ?

Elle la lui prit des mains en s'efforçant de ne pas frémir à son contact lisse et glacé.

— Coucou, truite.

Ross immortalisa l'instant avec son téléphone portable.

Sous l'effet du flash, Claire eut un mouvement de recul — elle n'aimait pas qu'on la prenne en photo.

— Et maintenant ? s'enquit-elle.

— Et maintenant, on la remet à l'eau.

— Ah, tant mieux ! Je n'aurais pas pu la manger, après notre petit face-à-face.

Ross se pencha et immergea délicatement le poisson dans l'eau claire.

— A un de ces jours ! lui lança-t-il en guise d'au revoir.

Puis il se redressa et se tourna vers Claire.

— C'est donc ça, pêcher, commenta-t-elle.

— Oui, c'est ça, pêcher. On attrape le poisson et on le relâche.

Il souriait toujours, mais son regard s'était voilé d'une ombre de tristesse.

— Ross, racontez-moi vos parties de pêche avec George.

— C'était notre truc à nous, vous comprenez ? Même avant la mort de mon père, grand-père et moi étions déjà très complices.

Il accrocha une autre mouche à l'hameçon.

— Alors, Claire, quel est votre avis d'expert ? Cela va-t-il me rendre les choses plus simples ou plus pénibles ?

Claire était désemparée. Que répondre ? Ross décompressait après deux années passées au front, il avait perdu son père très jeune, et maintenant, il allait devoir faire le deuil de son grand-père adoré. Et pour couronner le tout, George s'était mis en tête de… Elle et Ross… Non, c'était de la folie.

— Tenez, Claire, essayez encore une fois.

— Quoi ?

Il lui tendit la canne à pêche.

— Ah, oui ! Volontiers.

Elle était contente de pouvoir s'occuper les mains.

— Chaque famille est différente, Ross, vous vous en doutez. Les personnes qui sont proches l'une de l'autre n'ont pas à se débattre dans des histoires inachevées, parce qu'elles ont consolidé leurs liens tout au long de leur existence. Donc, dans ce sens-là, c'est plus facile. On se concentre sur l'autre au lieu de ressasser ses regrets.

— Et dans l'autre sens ?

Claire trouva un bon rythme et lança la ligne. Cette fois, elle toucha l'eau, mais très loin de l'endroit qu'elle visait.

— Dans l'autre sens, il n'y a rien de pire que de perdre la personne qui vous est la plus chère au monde.

— En effet, acquiesça Ross.

Deux mots à peine, mais qui résumaient toute sa tristesse. Elle enchaîna :

— Votre grand-père m'a raconté dans quelles conditions vous aviez perdu votre père. Je suis navrée. Il doit beaucoup vous manquer.

— Terriblement, oui. Mais c'est dans mon caractère, sans doute. Quand j'aime, c'est de tout mon cœur.

La façon dont il énonça ces paroles la fit frissonner. Pourvu qu'il ne s'aperçoive pas de la fascination qu'il exerçait sur elle… Un père et son fils, songea-t-elle. *Une famille*.

Se détournant de Ross, elle changea de sujet :

— Décidément, je suis nulle pour viser. Dites-moi comment mieux contrôler mon lancer.

— Eh bien, expliqua-t-il en se replaçant derrière elle. Tout est dans la posture. Restez bien détendue.

De nouveau, il lui entoura la taille. Avec une infinie patience et une complicité qu'elle n'aurait pas attendue de sa part, il la guida dans l'enchaînement de ses gestes. Mais ce n'était plus qu'un alibi bien mince, et ils le savaient tous les deux.

La technique de la pêche à la mouche ? Qui s'en souciait !

Claire, elle, s'en moquait éperdument. Seule comptait la présence de Ross qui l'enlaçait, même sous prétexte de lui montrer comment améliorer son lancer. Tout à son plaisir, elle se délectait du contact de son corps pressé contre le sien, de son souffle tiède sur sa nuque, du murmure de sa voix à son oreille. Il avait la peau si douce… Il sentait si bon… Elle luttait de toutes ses forces pour ne pas faire volte-face et l'embrasser sur la bouche. Elle en avait une envie folle, vertigineuse. Ross l'avait-il placée dans cette position par hasard ou était-ce une manœuvre calculée de sa part ?

— C'était une erreur.

Il prononça ces mots d'une voix calme, mais résolue.

Claire s'efforça de se concentrer sur le déplacement de la mouche.

— Ecoutez, je vous assure que je fais de mon mieux.

— Je ne parlais pas de la pêche.

Il baissa la tête et chuchota au creux de son oreille :

— C'était une erreur de vous toucher comme ça.

— Eh bien, nous sommes au moins d'accord sur un point.

« C'est l'histoire de ma vie, pensa Claire. Je ne serai jamais rien d'autre qu'une erreur. »

— Non, ce que je veux dire, c'est que… Oh, et puis, zut ! C'est tellement agréable, bon sang ! Ça faisait longtemps que je n'avais pas tenu une femme dans mes bras, Claire. Vous me faites l'effet d'un rêve.

Elle lâcha la canne à pêche qui tomba sur les galets. Ce n'était plus possible : soit elle se tournait vers lui, soit il la prenait dans ses bras. Une seconde plus tard, elle l'embrassait avec passion.

Comme ça ! Un homme qu'elle connaissait à peine, le petit-fils de son patient ! Mais elle ne pouvait plus s'arrêter. Et il devait sentir qu'elle était en manque de tendresse. Elle n'avait guère d'expérience en matière de baisers, mais celui-ci était une réussite. Mieux qu'une réussite. Une apothéose. Ross était la pièce qui manquait à son puzzle, il correspondait parfaitement à ses désirs. Sa bouche était tiède et douce, son étreinte un havre de paix. Elle sentait chez lui une réelle émotion qui irradiait de ses bras et même de son haleine à mesure qu'il approfondissait son baiser. Peut-être que les soldats récemment démobilisés s'accrochaient tous à la première personne susceptible de leur procurer un peu de tendresse. A moins qu'il ne s'agît d'elle. Quel dommage qu'elle ne puisse pas lui poser la question ! Oui, elle aurait vraiment voulu savoir.

En quelques secondes, il lui avait tout fait oublier. C'était le genre de scène dont elle rêvait dans son lit, durant ses fréquentes nuits d'insomnies où la solitude la taraudait cruellement.

Ce baiser, c'était une douce torture. Mais une torture tout de même, car le temps d'un interlude magique, on lui permettait de goûter à ce bonheur auquel elle aspirait et qui toujours lui serait refusé.

Elle trouva enfin la volonté de reculer d'un pas pour s'extraire de l'étreinte de Ross.

— Hum… bon. Concentrons-nous plutôt sur la pêche à la mouche, suggéra-t-elle d'un ton qui se voulait léger.

Elle ramassa la canne.

— Oui, acquiesça Ross, j'avoue que ça m'était un peu sorti de l'esprit. Mais je refuse de vous présenter mes excuses. J'ai trop aimé ça.

Claire était songeuse. Qu'est-ce qui valait mieux ? Avoir un aperçu de ce qu'elle n'aurait jamais, ou éviter ce genre d'expérience pour ne pas savoir ce qu'elle perdait ? De toute façon, maintenant, c'était trop tard. Elle savait l'effet que ça faisait, et aussi que cet unique baiser viendrait longtemps hanter ses rêves.

— Ross… Nous ne pouvons pas… Nous ne devrions pas faire ça.

— C'est drôle, j'étais en train de me dire que c'était la meilleure chose qui me soit arrivée depuis ma démobilisation. C'était mieux qu'une permission de trois jours ! En vous embrassant… ne serait-ce que quelques secondes, j'ai retrouvé la sensation d'être normal.

— Ross…

— Vous avez un fiancé, un petit ami, c'est ça ?

— Si j'avais un petit ami, je ne vous aurais pas embrassé.

— Bien.

— Qu'est-ce qui est bien ?

— Ma foi… vous êtes libre ?

— Non, déclara-t-elle avec fermeté.

— Pourquoi ?

— C'est… c'est compliqué.

— Pas de problème, résumez-moi ça en termes simples, que je puisse comprendre.

— Ce n'est pas ce que je voulais dire… Ross, je ne peux pas en parler.

— Là, vous m'intriguez pour de bon !

« Vite ! s'exhorta-t-elle mentalement. Invente une histoire ! »

Elle aurait dû prétendre avoir un petit ami, mais Ross Bellamy n'était pas un homme comme les autres. Elle ne voulait pas le blesser et ne pouvait se résoudre à lui mentir. Pourtant, elle ne pouvait pas non plus lui dire la vérité !

Oh, pourquoi, pourquoi avait-elle consenti à ce baiser ? Il ne pouvait rien en sortir de bon — un chagrin d'amour, voilà tout. Ross était comme une gourmandise de la boulangerie Sky River. Pourquoi se laisser tenter par quelque chose qui lui faisait du mal ?

Elle releva la canne d'un coup sec.

— Ross, ça mord de nouveau !

— Ne soyez pas si brusque, sinon vous allez le…
— Oh… Il s'est décroché. J'ai tiré trop fort.
— Ça arrive.
— Le leurre aussi s'est détaché, je crois.
Elle ramena la ligne au moulinet.
— De toute façon, on n'y voit plus, il fait trop sombre.
Ils rassemblèrent le matériel de pêche et regagnèrent la rive en pataugeant. Ross lui prit la main pour l'aider à garder l'équilibre et ne la lâcha plus, même lorsqu'ils reprirent le sentier du cottage. Le camp était ponctué de bornes lumineuses et, comme dans une féerie, des lucioles chatoyantes voletaient un peu partout, filant par-dessus les champs et les jardins. Les voix résonnaient dans le lointain, avec cette qualité de son qui accroît l'impression d'intimité.
— Alors, nos rapports vont devenir gênants à partir de maintenant ? s'enquit Ross.
Décidément, cet homme n'y allait pas par quatre chemins ! Mais elle non plus ne mâchait pas ses mots.
— C'est probable, répliqua-t-elle.

Après avoir dansé, George proposa à Millicent Darrow de la raccompagner à son chalet dans sa voiturette électrique.
— Je préférerais aller chez toi, répliqua-t-elle.
George, surpris, partit d'un éclat de rire.
— Tes désirs sont des ordres.
Ross et Claire n'étaient nulle part. Peut-être étaient-ils partis se balader ensemble, histoire de faire connaissance. Du moins c'est ce qu'il espérait.
— Je te remercie d'avoir enduré ma gaucherie sur la piste, Millie.
— Tu n'es pas si piètre danseur, tu sais. Et puis ton

cottage est le plus confortable de tout le domaine. Le plus grand et le plus retiré.

— A l'époque où nous venions, dans les années 50, c'était le hangar à bateaux. Il a été rénové de façon admirable. Entre donc, je vais te faire visiter.

— Dans un petit moment, peut-être.

Elle souleva ses cheveux pour se rafraîchir la nuque.

— Il fait si chaud, ce soir… Verrais-tu un inconvénient à ce que je trempe mes pieds dans l'eau ?

— Ma chère, tu peux tremper tout ce que tu veux !

Le vin lui faisait dire des sottises. Il lui en fallait si peu à présent…

— Ah…, soupira Millie. Ça fait un bien fou !

Il la rejoignit et retroussa le bas de son pantalon pour s'asseoir auprès d'elle sur le ponton.

— C'est comme au bon vieux temps.

— Mieux encore. Je n'étais pas très délurée, à l'époque. Tu sais, comme ces gamins qui dérobaient de la bière et qui allaient prendre des bains de minuit…

— Je ne peux pas dire que l'idée de dérober de la bière m'enchante, mais un bain de minuit…

— George Bellamy !

— Oh, ne fais pas semblant d'être choquée…

Et, d'un geste audacieux, il tira sur le ruban de sa robe. C'était une de ces tenues amples et légères retenue par un nœud à hauteur de poitrine, mais il hésitait encore, de crainte d'aller à l'encontre de son désir.

— Choquée ? Oh, non… Tu sais, à mon âge, il en faut plus pour m'émouvoir.

Elle se mit à rire, d'un rire libre et argentin qui portait par-dessus l'eau. Puis, elle se leva, abandonnant sa robe qui avait glissé sur le ponton. George l'imita. Ses articulations protestèrent mais il fut prompt à se déshabiller. Enfin, main dans la main, ils plongèrent. L'eau fraîche enveloppa George comme un drap de soie.

Ils barbotèrent une minute. George exultait. Cette sensation d'effervescence, la respiration de Millie, entrecoupée de petites exclamations de plaisir… tout cela le transportait. Et par-dessus tout, il aimait l'idée qu'elle ignore tout de sa maladie.

— Comment te sens-tu ? lui demanda-t-il.

— Merveilleusement bien !

Il trouva sa main dans le noir et l'attira pour lui donner un baiser.

— Mais tu es merveilleuse.

— George…, soupira-t-elle. Dire que je me souviens encore de toi après tout ce temps ! Bonté divine, on peut dire que j'en pinçais pour toi ! Je te voulais désespérément pour mari.

Il pouffa.

— Millie… Tu as toujours été très directe, comme fille.

— Alors je ne tournerai pas autour du pot. Je te veux toujours… mais plus pour mari.

George n'en croyait pas ses oreilles. Sa maladie lui causait parfois des hallucinations. Millie en était-elle une ? Mais non, elle était bien là, douce et fraîche contre sa peau. Il entendait son souffle légèrement saccadé, il sentait sa bouche pressée contre la sienne.

Tels deux adolescents en fuite, ils sortirent de l'eau et ramassèrent leurs vêtements à la hâte. A l'intérieur du cottage, George alla chercher deux peignoirs de bain en épais tissu-éponge. Il prit le temps d'accrocher sur la porte un panneau « Ne pas déranger » et d'avaler un comprimé — au cas où. La chambre principale était équipée d'une cheminée au gaz. Il alluma un feu d'unc scule pression sur un bouton.

— C'est ravissant, George, s'extasia Millie. Tout est ravissant !

Il refusait de penser à un éventuel fiasco ou même à l'avenir. Seul comptait l'instant présent. Evidemment, Millie et lui n'étaient plus ni jeunes, ni forts, ni beaux. Ils avaient un certain âge et manquaient de pratique, mais leur impatience et leur envie étaient là pour compenser le reste. Passée la première surprise, ils s'abandonnèrent avec délice aux jeux de l'amour. George éprouva un plaisir lumineux et, l'espace d'un instant, il eut l'impression de voler.

11

Plutôt que de l'appeler, Ross avait décidé de se présenter directement chez le frère de grand-père. Ce genre d'approche rendrait toute rebuffade plus difficile pour le type en question — Charles. En outre, pourquoi le nier, il était curieux de voir la tête qu'avait son grand-oncle. On venait de lui révéler l'existence d'une branche de sa famille qui lui était totalement inconnue, alors, il ne pouvait qu'être curieux. Plein d'espoir, aussi. Ce fameux frère rendrait peut-être à grand-père l'envie de se battre contre la mort.

De nouveau, il vérifia l'adresse et roula le long des rues bordées d'arbres d'Avalon. Son esprit vagabondait du côté de Claire Turner. Cela lui arrivait de plus en plus souvent. Ce baiser au bord du lac avait été empreint d'une magie inattendue. Certes, l'effet aurait peut-être été le même avec n'importe qui — après tout, c'était la première femme qu'il embrassait depuis son retour à la vie civile. Forcément, cela lui conférait un statut à part. Mais comment expliquer l'attirance irrésistible qu'il éprouvait pour elle ?

Normalement, il n'aurait pas dû la trouver sympathique. Devant grand-père, il avait juré ses grands dieux que jamais il ne tomberait amoureux d'elle. En revanche, comme ce dernier l'avait prévu, elle l'intriguait. Et, pour parler franchement, elle l'excitait. A tort ou à raison, il était loin d'en avoir fini avec elle.

Mais trêve de tout cela ! Ross fit appel à toute sa volonté : il lui fallait rester concentré sur sa tâche. Aujourd'hui, sa mission concernait grand-père.

La veille, après leur séance de pêche à la mouche, il avait fouillé avec Claire les rayons bien garnis de la bibliothèque du camp. En feuilletant de vieux albums rassemblant photographies et coupures de journaux, ils avaient récolté des tas de renseignements sur Charles Bellamy. En 1956, celui-ci s'était marié avec Jane, la fille du propriétaire du Camp Kioga. Le couple avait ensuite partagé son temps entre New York et Avalon, et élevé quatre enfants — deux garçons et deux filles. Depuis peu, Charles et son épouse s'étaient fixés définitivement à Avalon, où ils avaient acheté une maison l'année précédente.

Le quartier était ancien et cossu, composé de demeures agréables sans être ostentatoires. On y voyait des vérandas ornées de suspensions florales et des allées bien ratissées ; la rue était ponctuée de panneaux « Attention, enfants ». De l'extérieur, la maison avait l'air confortable et coquette, et une plaque la signalait comme faisant partie du patrimoine historique de la ville. En dessous du numéro, le nom de la famille qui l'habitait était gravé dans le cuivre : « Bellamy. »

Bien que ce patronyme ne fût pas rare, Ross trouvait assez déconcertant que les inconnus qui vivaient là soient des parents à lui. Il redressa les épaules, s'éclaircit la voix, appuya sur la sonnette… et s'arma de courage en vue du pénible entretien qui l'attendait.

Que n'aurait-il pas donné pour être ailleurs ! Ah, si seulement la situation avait pu être différente…

Que diable allait-il raconter à ce type ? Comment formulait-on ce genre d'annonce ? Qu'est-ce que…

La porte s'ouvrit à toute volée.

— Oui ? Je peux vous aider ?

C'était un adolescent, un lycéen sans doute, blond, les yeux clairs et vêtu d'un T-shirt des Yankees.

Ross hésita. Peut-être s'était-il trompé de maison. Sauf qu'il y avait chez ce gamin quelque chose d'étrangement familier, un air de ressemblance indirecte. Dans une pièce au-delà de l'entrée, d'autres jeunes jouaient au Wii Golf sur une télévision à écran plat. Question jeux vidéo, Ross en connaissait un rayon pour y avoir joué des heures à l'étranger, accumulant voitures volées et points de bonus entre les sorties aériennes et les missions de sauvetage.

Il se jeta à l'eau :

— Bonjour, je cherche M. Charles Bellamy. Est-ce qu'il est là ?

— Je vais voir si je peux le trouver, répondit le jeune garçon.

Au même moment, une voix de femme s'éleva :

— Max ? Qui a sonné ?

— Quelqu'un pour grand-père, cria le dénommé Max par-dessus son épaule.

Grand-père. Les petits-enfants de Charles l'appelaient « grand-père », eux aussi.

Derrière l'adolescent, Ross distinguait un portemanteau chargé de blousons et de casquettes, un porte-parapluie et une table. Le mur était décoré de photos encadrées : des individus souriants posaient près du lac, sur une piste de ski, ou dans un décor indéterminé qui pour eux revêtait sans doute une grande importance. Ces gens étaient peut-être ses tantes, ses oncles et ses cousins…

Couché sur une marche d'escalier recouverte de moquette, les pattes avant glissées sous son corps, un chat roux remuait calmement sa queue au pelage fourni.

Une femme aux cheveux blancs entra dans le vestibule en s'essuyant les mains à une serviette à thé. Elle dévisagea Ross d'un air curieux.

— Oui ?

Il s'aperçut avec gêne qu'il se tenait quasiment au garde-à-vous sous la véranda.

— Madame Bellamy ?

— C'est moi-même.

Elle inclina la tête sur le côté et la lumière se refléta sur ses verres de lunettes. Peut-être lui trouvait-elle un air de famille. Est-ce qu'il ressemblait à grand-père ? Certaines personnes prétendaient que oui.

— Pardon de vous déranger, madame. Mon nom est Ross Bellamy. Je suis le petit-fils de George Bellamy.

La serviette glissa des mains de la vieille dame. L'espace d'une seconde, son visage se décomposa sous l'effet du choc. Ni elle ni lui n'esquissèrent le geste de ramasser la serviette. D'une main, elle s'appuya à la table comme pour ne pas tomber. Ross ne s'attendait à aucune réaction en particulier, mais jamais il n'aurait imaginé devoir affronter cette vulnérabilité teintée de souffrance. Et d'autre chose encore. De crainte ? Mais cette femme n'avait rien à craindre.

— Mon intention n'était pas de vous surprendre, dit-il très vite. Puis-je entrer ?

— Oh… Oh, mais certainement. A propos, je m'appelle Jane.

Mais cela, Ross l'avait déjà deviné. Elle s'écarta du passage en précisant :

— Jane Bellamy. Oui, je vous en prie, entrez donc.

Grand-père s'était demandé à voix haute si le mariage de son frère avait survécu à l'usure du temps. Apparemment, la réponse était oui. Ross avait souvent regretté que le mariage de son grand-père n'ait pas été plus heureux. Lui et « Granny Jack » — c'était le nom qu'avec ses cousins, il donnait à leur grand-mère — avaient mené une vie mouvementée, pleine de charme et d'insouciance. Mais la perte de leur fils les avait affectés de façon différente et, à partir de là, leurs chemins s'étaient séparés, chacun tentant à sa manière de surmonter cette tragédie.

Ross n'était lui-même qu'un enfant à l'époque, traumatisé par son propre chagrin, mais il se rendait bien compte que le couple de ses grands-parents se détériorait peu à peu à l'épreuve du deuil. Ils n'avaient jamais été jusqu'au divorce, mais sur la fin, chacun menait sa vie de son côté. La façon dont Granny Jack avait trouvé la mort en compagnie de son amant avait été un choc pour tout le monde — sauf peut-être pour grand-père.

— Allons… euh… allons nous asseoir.

Jane Bellamy lui indiqua une pièce de l'autre côté de l'entrée.

— Merci.

Ross se baissa pour ramasser la serviette à thé et la lui tendit.

Jane Bellamy le conduisit jusqu'à une verrière donnant sur un jardin bien entretenu, loin du vacarme que faisait son petit-fils en jouant sur la Wii.

— Ainsi donc, George est… Il s'est passé quelque chose ?

Elle se tenait très droite, comme pour affronter une mauvaise nouvelle.

— Grand-père est à Avalon. Il a loué un cottage au Camp Kioga.

— Bonté divine ! J'aurais dû m'en douter. Renée, la directrice d'hébergement, a bien mentionné qu'un certain M. Bellamy avait pris une location, mais j'ai pensé qu'il s'agissait d'une coïncidence. Jamais je n'aurais imaginé que George reviendrait un jour ici. Jamais de la vie.

— Il aimerait revoir son frère.

— Non, jamais je n'aurais pu imaginer une telle chose, répétait Jane.

A cet instant, Charles Bellamy entra dans la pièce. Ross, désorienté, crut, l'espace d'une seconde, voir s'avancer son grand-père — grand, mince, élégant, avec sa masse de cheveux blancs et ses yeux bleus.

— Imaginer quoi ? demanda-t-il à sa femme.

Sa voix aussi était celle de grand-père.

— Ce jeune homme s'appelle Ross Bellamy, expliqua Jane. C'est le… le petit-fils de George.

Elle prononça le prénom de grand-père d'une voix altérée.

Contrairement à son épouse, Charles ne manifesta ni crainte ni vulnérabilité, mais seulement une neutralité bienveillante. Il tendit la main à Ross.

— Enchanté de faire votre connaissance.

— George voudrait te voir, poursuivit Jane.

— Quand ? demanda-t-il abruptement.

— Quand cela vous conviendra, bien sûr, répondit Ross. Mais assez rapidement, si c'est possible.

Charles esquissa un bref sourire.

— Très bien, c'est d'accord. Ainsi, mon frère George désire me revoir… Et il n'aurait pas pu venir ici en personne ?

— Il ne voulait pas vous déranger ni vous mettre dans l'embarras.

Ross se méfiait du silence de Jane et de la prudente impassibilité qu'affichait Charles. Voilà pourquoi le projet de grand-père n'était pas une bonne idée. Ces gens-là avaient le pouvoir de lui faire du mal.

— Vous comprenez, il voulait vous laisser la possibilité de réfléchir.

Jane et Charles échangèrent un bref regard. Jane détourna les yeux la première et lissa son tablier du plat de la main.

Grand-père avait parlé d'une brouille entre frères, mais la vieille dame semblait plus agitée que son mari.

Charles restait de marbre, à moins qu'il ne fût sincèrement indifférent à la situation.

— Qu'est-ce qui l'a poussé à cette initiative ? s'enquit-il. Pourquoi maintenant ? Et pourquoi est-il venu ici ?

Au départ, George avait bien fait la leçon à Ross : surtout ne pas supplier. Mais en fin de compte, il était revenu sur sa décision, non sans un brin d'humour noir : « Oh, et puis zut, après tout ! Vas-y donc ! Dis-leur carrément que je suis mourant. Ça ne rime à rien de leur cacher la vérité. Après tout, je ne suis pas fier au point de dédaigner jouer la carte de la compassion. »

— Mon grand-père..., commença-t-il. Mon grand-père ne va pas bien.

Mais à sa grande horreur, une boule brûlante se forma dans sa gorge, une montée de larmes qui le prit par surprise. Depuis le moment où on lui avait appris la maladie de grand-père, il n'avait pas pleuré. Et maintenant, à cause de ces quelques mots prononcés devant deux inconnus, il était sur le point de craquer.

— Excusez-moi, murmura-t-il, les yeux rivés au sol, serrant les poings de toutes ses forces.

Il s'obligea à les regarder.

Ressaisis-toi. Ressaisis-toi !

Jane voulut dire quelque chose, mais Charles croisa son regard et, d'un signe de tête quasi imperceptible, la dissuada de parler. Il ressemblait tellement à grand-père que c'en était intolérable. Son frère cadet... si alerte et si bien portant, alors que grand-père souffrait d'une maladie mortelle, ce n'était pas juste ! Non, ce n'était pas juste.

Il se racla la gorge.

— Le pronostic n'est pas bon, reprit-il d'une voix

précipitée. C'est pourquoi il a choisi ce moment pour vous présenter cette… requête.

Le gros chat roux fit son entrée dans la pièce et s'insinua sans bruit entre les chevilles de Ross.

Jane prit la parole :

— Laissez-moi vous offrir à boire. J'ai de la citronnade au réfrigérateur.

Elle semblait impatiente de faire quelque chose.

— Merci, répondit-il. De la citronnade, c'est parfait.

Pourvu qu'il puisse la garder… Ses larmes refoulées lui donnaient la nausée. Le chagrin avait enflé en lui comme un orage invisible, silencieux, et pour une raison inconnue, il avait choisi ce moment précis pour éclater à la surface.

— Nous sommes terriblement désolés, dit Charles. Je comprends que vous devez vivre des moments bien tristes. George est donc… Mais alors, il n'est pas à l'hôpital ?

Ross fit non de la tête.

— Pour le moment, il va très bien. Mais c'est… temporaire. Il a arrêté son traitement, et je voudrais le persuader de le reprendre. C'est pour ça que j'espère que vous accepterez de le voir le plus vite possible.

Jane se plaqua la main sur la poitrine, comme quelqu'un qui est victime d'une crise cardiaque. Elle luttait pour se donner une contenance, c'était évident.

— Je vais nous chercher à boire, murmura-t-elle.

Et elle se précipita dans la cuisine.

— Si je puis me permettre, demanda Charles, qu'est-ce que George vous a dit à propos de moi ?

— Pour être franc, monsieur, il ne m'a parlé de vous que très récemment. Dans ma famille, très peu de personnes savaient qu'il avait un frère.

Ross joignit l'extrémité de ses doigts.

— A vrai dire, je ne sais pas trop pourquoi il tient tant à

vous revoir. Mais je ferais n'importe quoi pour mon grand-père. Je me sens plus proche de lui que de n'importe qui. Il est… il est tout pour moi.

— Je comprends. Il fut un temps où c'était pareil pour moi.

Ross était surpris d'entendre un aveu aussi intime et honnête de la part de Charles qui, jusqu'à présent, s'était montré très circonspect.

— Je suis sûr que mon grand-père aimerait en discuter avec vous.

— Ça me ferait plaisir, à moi aussi.

Leurs regards se croisèrent sans que ni l'un ni l'autre ne baissent les yeux. Ross éprouvait une espèce de soulagement terrible à se trouver un point commun avec cet inconnu.

Jane revint avec un plateau chargé de citronnade et de biscuits.

— Qu'est-ce qui te ferait plaisir, à toi aussi ? demanda-t-elle à son mari.

— De revoir George. Je disais simplement à Ross que j'aimerais parler du bon vieux temps avec mon frère. Nous qui étions si proches, nous sommes devenus des étrangers l'un pour l'autre, chacun d'un côté de l'Atlantique. C'est peut-être l'unique occasion de comprendre ce qui a provoqué cette brouille entre nous, voire d'y remédier.

Comme Jane se penchait pour poser le plateau, l'un des grands verres se renversa avec fracas. Le liquide pâle se répandit sur la vénérable table à cocktail, parmi les éclats de verre et les glaçons.

Ross et Charles se levèrent comme un seul homme.

— Non, ne bougez pas ! ordonna Jane d'une voix urgente. C'est moi qui ai tout sali, c'est moi qui vais tout nettoyer. Je dois éponger ça avant que les dégâts ne soient irréversibles.

12

Avalon, comté d'Ulster, Etat de New York
Eté 1945

Au Camp Kioga, le jour des arrivées était toujours empreint d'une certaine effervescence. Jane Gordon tenait le compte à rebours, barrant d'une croix chaque jour qui passait sur le calendrier accroché au mur. Bien sûr, cette année, tout était différent, à bien des égards, et certainement pas en mieux.

Stuart était mort depuis presque un an. Il ne serait plus jamais là pour donner un coup de main, taquiner tout le monde et transformer les corvées en amusement. Plus jamais on ne l'entendrait siffler faux en tondant les pelouses du domaine, en refaisant à la chaux blanche les lignes des courts de tennis, en tendant les filets de volley ou en réparant les couchettes.

Maman non plus n'était plus là. Anéantie par le double choc de la mort de Stuart et de la mise en quarantaine précipitée du camp, pour cause de polio. Quelque chose s'était brisé en elle, quelque chose qui l'avait changée au point qu'elle ne ressemblait plus du tout à maman.

Avant d'apprendre la mort de Stuart, elle chantait devant la fenêtre de la cuisine, au-dessus de l'évier, heureuse de contempler la pelouse luxuriante et la route en terre battue qui menait à la maison.

Mais depuis qu'une voiture du gouvernement avait emprunté ce chemin pour leur apporter la terrible nouvelle, maman n'était plus la même. Son attitude était bizarre ; elle regardait toujours par la fenêtre, mais elle ne chantait plus. Parfois, elle lavait et relavait à l'infini le même saladier ou le même verre à orangeade, jusqu'à ce que Jane ou son père s'en aperçoive et la prenne par la main pour la conduire vers le sofa ou la balancelle de la véranda.

Personne ne parlait beaucoup, on disait juste que maman était très triste et très silencieuse, mais plus le temps passait et plus son état empirait. Une nuit, Jane avait été réveillée par un bruit sourd et monotone. *Frrr, frrr, frrr.* Elle était descendue et avait trouvé sa mère, coiffée d'un fichu, en train de balayer méthodiquement la véranda. Il faisait nuit noire.

Epouvantée par l'étrange comportement de sa mère, elle s'était approchée avec douceur.

— Maman ? On est en pleine nuit, tu sais ?

— Oui, oui, avait répondu sa mère d'un air absent.

Sans lui accorder un seul regard. De toute façon, depuis les obsèques de Stuart, elle ne la regardait plus vraiment.

— Maman, tu devrais rentrer.

Elle avait fixé Jane sans la voir et une petite flaque s'était formée sous elle.

— Oh ! avait-elle simplement dit.

— Maman ! Tu… euh… Oh, mon Dieu, maman ! Je crois que tu t'es oubliée, avait balbutié Jane, mortifiée.

Quelques jours après, son père l'avait prise à part pour lui dire que maman souffrait d'une « dépression nerveuse » et qu'elle devait aller passer quelque temps dans un « sanatorium ». Là, entourée de médecins et d'infirmières, elle serait à même de se rétablir.

Et en effet, au fil des semaines et des mois, maman se remettait petit à petit. Tous les dimanches après-midi, Jane et son père allaient lui rendre visite à la clinique de Poughkeepsie. Elle ne chantait plus comme avant, elle ne jouait plus du piano, mais elle était redevenue capable de s'habiller, de se coiffer et de soutenir une conversation.

A plusieurs reprises, elle avait tenté de revenir à Avalon, mais l'épreuve s'était avérée trop pénible pour elle. Au bout du compte, il avait été décidé qu'elle irait vivre chez sa sœur, à New Haven.

Jane s'efforçait de ne pas s'apitoyer sur son sort, mais des fois, c'était plus fort qu'elle. Quand le cafard la prenait, elle partait faire du canoë, explorant pendant des heures les endroits secrets aux confins du lac bordé par la forêt.

Malgré les soucis, un sentiment irrépressible poussait Jane à attendre l'été à venir avec impatience. Certains jours, elle en oubliait même sa mère, ce qui l'emplissait de culpabilité. Quand elle en faisait l'aveu à son père, il la serrait dans ses bras en disant :

— Tu dois vivre ta vie, Janie. C'est parfois la seule chose à faire, vivre sa vie. Allons, tu vas m'aider à hisser le drapeau du camp afin de marquer l'ouverture de la saison.

En tant qu'hôtes, ils n'étaient pas censés faire de favoritisme, mais elle ne pouvait s'empêcher d'avoir certaines préférences parmi les résidents. L'an dernier, les frères Bellamy, George et Charles, étaient de loin ses chouchous, aussi avait-elle été folle de joie en apprenant qu'ils revenaient cet été. Elle avait tant aimé leurs jeux et leurs aventures, comme les trois mousquetaires à l'assaut du vaste monde, chacun veillant sur les autres. Elle était tout excitée à l'idée de les revoir.

— Tu sais, papa, je me suis fait beaucoup de souci. Pour George.

Son père hocha la tête.

— Tout le monde était très inquiet. Mais s'il était mort de la polio, nous l'aurions su, je pense.

Elle mit toute son énergie à hisser le drapeau au moyen de la poulie.

— Il me tarde de le voir ! Je suis si contente qu'il soit guéri !

— Tu sais, Janie, il ne sera peut-être pas tout à fait…

Il fut interrompu par la cloche du camp et tous deux se hâtèrent d'aller offrir aux résidents un accueil dans la plus pure tradition du Camp Kioga. Les gens arrivaient dans des cars gigantesques. Plus personne ne prenait sa voiture, même les gens les plus riches, à cause du rationnement de carburant.

Se sentant déjà adulte du haut de ses douze ans, Jane arborait une marinière toute neuve. Elle s'était fait des anglaises et Mme Romano, la cuisinière en chef, l'avait comparée à Shirley Temple. Toute la journée, elle avait fait de gros efforts pour ne pas se tacher.

Elle accueillit les résidents — nouveaux venus et habitués de longue date — en compagnie de son père et du reste du personnel. Quand on lui demandait des nouvelles de sa mère, elle débitait la phrase qu'elle s'était inlassablement entraînée à dire sans pleurer : « Maman passe l'été chez sa sœur, dans le Connecticut. »

Elle parvint même à sourire à Violetta Winslow, une affreuse snobinarde qui disait toujours du mal de tout le monde. Mme Winslow se déclara satisfaite de voir que l'extérieur des chalets avait été repeint, mais… l'intérieur, avait-il aussi été rénové ?

— Je suis sûre que vous trouverez tout à votre goût, affirma Jane.

Elle mourait d'impatience de voir Charles et George sortir

du bus. L'attente était presque insupportable. Seraient-ils les derniers à descendre ? Ce n'était pas juste de la faire languir. Non, vraiment pas juste.

Cet été, elle avait de grands projets pour leur trio. Elle voulait trouver la source des chutes de Meerskill, la cataracte qui dégringolait d'une hauteur vertigineuse, à l'aplomb du lac des Saules. Elle voulait nager jusqu'au fond de la partie la plus profonde du lac. Elle voulait traverser les rapides du torrent et escalader les rochers de la gorge.

Une femme élancée, vêtue d'un élégant bain de soleil, émergea du bus. Son foulard rouge et ses lunettes noires lui donnaient de faux airs de Lana Turner. Se pouvait-il que ce soit… ?

Oui. C'était bien Mme Bellamy, aucun doute là-dessus. Enfin, ses résidents préférés étaient arrivés ! Charles bondit hors du bus. Qu'est-ce qu'il avait grandi ! Il était beau comme un dieu. Jane se fraya un passage parmi les clients regroupés devant le camp. Ils avaient tellement de choses à se raconter, tellement de…

M. Bellamy descendit du bus à son tour, sa manche vide épinglée sur l'épaule. Il se tourna pour parler à quelqu'un derrière lui, et un employé solidement charpenté apparut, portant George dans ses bras.

Jane s'interrompit dans son élan, la gorge nouée d'une terrible appréhension. Pourquoi devait-on porter George pour le faire descendre du bus ?

Mais elle connaissait la réponse. Elle refusait d'y croire, mais elle savait. Clouée sur place, elle regarda l'employé du camp ouvrir le pliant qu'il avait apporté. Non, ce n'était pas un pliant, mais… un fauteuil roulant.

C'était la première fois qu'elle en voyait un de si près. Fascinée, elle ne pouvait détacher ses yeux de l'employé. Celui-ci se baissa pour déposer George sur le siège.

George n'avait pas l'air très en forme. Pâle et amaigri, il regardait droit devant lui, sans sourire, tandis que son père se mettait sur un genou afin d'ajuster le repose-pieds du fauteuil. Son visage était vide de toute expression, mais même de loin, on voyait qu'il avait le regard hanté.

Une infime partie d'elle-même eut envie de prendre ses jambes à son cou, pétrie de honte et de terreur. Comment se comportait-on dans de telles circonstances ?

Mais il était trop tard pour se cacher, aussi elle continua d'avancer et s'approcha de la famille Bellamy.

— Bienvenue au camp !

Elle fut récompensée par un sourire ravi de la part de Charles. Elle croisa également le regard de George, mais ne vit pas la plus petite trace de plaisir sur sa mine orageuse.

— Je ne m'étais pas rendu compte que tu étais…

— Vas-y, dis-le ! coupa George d'un ton agressif. Infirme ! Je suis infirme.

— Non, j'allais dire que je ne m'étais pas rendu compte que tu étais sur le point d'arriver avant que papa ne me le dise, hier.

Elle ajouta abruptement :

— Tu sais, je suis bien contente que tu ne sois pas mort de la polio.

— Eh bien, nous sommes deux.

Jane fut frappée d'une inspiration subite : elle savait quelle contenance adopter avec George. Il ne fallait pas faire comme si tout était normal, comme si ses problèmes n'existaient pas. Ce serait une erreur.

Après la mort de Stuart, les gens lui disaient des trucs du genre « Désormais, il est auprès du Seigneur », ou « Il est mort pour une noble cause », mais ces paroles bien intentionnées ne lui étaient d'aucun réconfort. Et puis, il y avait aussi certaines personnes qui n'acceptaient pas de reconnaître que quelque chose clochait dans le comportement de sa mère. Comme s'il était normal qu'une femme reste deux jours d'affilée à fixer le vide, immobile comme une statue ! On l'avait internée dans une clinique spécialisée, et à sa sortie, elle avait annoncé à son mari et à sa fille qu'elle ne pouvait plus revenir vivre avec eux. Mais rien n'y faisait : ces gens-là continuaient à prétendre qu'il n'y avait rien d'étrange là-dedans.

Et d'une certaine manière, faire comme si tout allait bien était plus pénible à vivre que de prendre les problèmes à bras-le-corps.

Jane, elle, avait envie qu'on s'aperçoive de son chagrin et de sa confusion au quotidien. Elle voulait qu'on compatisse à l'horreur de sa situation, même si cela signifiait pour elle d'admettre l'absence de solution pour l'avenir. Mais peut-être, alors, parviendrait-elle à se convaincre que, quoi qu'il advienne, la vie valait quand même la peine d'être vécue.

Non, elle n'allait pas faire semblant avec George. Il lui était arrivé une chose épouvantable et elle lui devait la franchise, c'était bien le minimum.

— Bienvenue au Camp Kioga, dit-elle aux frères Bellamy. Nous avons fait quelques petits changements. J'ai hâte de vous les montrer. Allez, venez !

Aussitôt, Charles lui emboîta le pas tandis que les autres restaient immobiles. Jane se retourna.

— George, tu viens ?

Il la fixa d'un regard empli de rage contenue, comme s'il la soupçonnait de se moquer de lui.

— Fais donc visiter mon frère. Moi, je ne peux aller nulle part sans qu'on me pousse, au cas où tu n'aurais pas remarqué. Je vais directement au chalet.

Il s'écoula un silence chargé de tension et de défi. Jane voyait au-delà de la colère de George, car durant la période qui avait suivi la mort de Stuart, elle avait appris une chose : la colère servait aux gens à dissimuler leur tristesse. Cependant, ils avaient toujours envie que quelqu'un leur arrache ce masque.

— Allez, George… Dans les chalets, il n'y a rien à faire, à part lire et écouter la radio pendant que les parents jacassent comme des pies.

— De toute façon, je ne peux rien faire d'autre.

— Tu as des yeux pour voir, non ?

— Oui, mais…

— Alors, viens. On a un nouveau plongeoir. Je peux pousser ton fauteuil ?

— Non !

— Moi, je peux, intervint Charles.

Et il empoigna fermement les poignées du fauteuil roulant.

13

Jane se vouait corps et âme à la mission qu'elle s'était fixée, et quand il s'agissait d'amadouer George Bellamy, elle ne ménageait pas sa peine. L'extirper de sa gangue de rage et de désespoir était devenu sa raison d'être. Bien entendu, il lui fallait aussi accomplir les tâches qui lui incombaient au camp, tâches d'autant plus nombreuses qu'elle avait un an de plus et que sa mère n'était plus là. Mais le reste de son temps était consacré à George.

Habituellement, elle le trouvait sous la véranda du cottage que louaient les Bellamy au bord du lac. Papa avait installé une rampe d'accès afin qu'on puisse faire entrer et sortir George en fauteuil roulant. Chaque jour, elle trouvait une bonne raison pour l'amener à mettre le nez dehors.

— J'ai trouvé un nid rempli d'une couvée de rouges-gorges qui vient d'éclore.

C'était la suggestion du jour.

— Non, merci, ça ne m'intéresse pas.

Il persistait dans ses idées noires.

— M. Jacoby m'a dit qu'on pouvait aller voir son élevage de lombrics. Tu as déjà vu un élevage de lombrics ?

— Non, et je n'y tiens pas.

Charles sortit sous la véranda.

— Qu'est-ce qu'il te prend ? Comment peut-on ne pas avoir envie de voir un élevage de lombrics ?

Il s'éloigna à pas lourds, écœuré.

Jane se sentait tiraillée entre les deux frères. Elle avait vraiment envie de leur faire voir l'élevage de lombrics du voisin. D'un autre côté, elle voulait rester loyale envers George. Peut-être pouvait-on faire quelque chose pour l'égayer ?

— J'ai une idée ! Et si tu me disais ce qui te ferait plaisir ?

— Je n'ai envie de rien faire.

— Mais même ne rien faire, c'est faire quelque chose. Rester assis sous la véranda, c'est quelque chose, sauf que ce n'est pas très intéressant. Tu dois choisir, George !

— Ah oui ? Qui a dit ça ?

— Moi.

Il leva le menton d'un air de défi et braqua son regard droit devant lui.

— Et qui es-tu pour me donner des ordres ?

— La fille du propriétaire de ce camp, voilà qui je suis ! Alors, choisis quelque chose, sinon c'est moi qui choisirai pour toi.

Il se tourna vers elle, furieux, et marmonna du bout des lèvres :

— Je suis censé apprendre à manœuvrer cet engin par moi-même.

— Alors pourquoi est-ce que tu ne le fais pas ?

— Parce que c'est impossible.

— Non, George, c'est toi qui es impossible. Je pense que ce fauteuil est simplement difficile à déplacer, ce n'est pas la même chose qu'impossible.

— Facile à dire, quand ce n'est pas toi qui le fais !

— Tu ne le fais pas non plus…

— Parce que je ne peux pas.

— Parce que tu ne veux pas. Ne pas vouloir, c'est différent de ne pas pouvoir.

— Tu n'es qu'une idiote.

— Et toi, un paresseux. Je te propose un marché. Si tu arrives à aller en fauteuil jusqu'au chemin, je te promets que tu ne seras pas déçu.

— C'est-à-dire ?

— Tu verras quand tu auras descendu cette rampe d'accès. Ça vaut le détour, je t'assure.

— Ouais, ça va être extra ! s'écria Charles qui les avait rejoints.

— Qu'est-ce que tu en sais, toi ? grommela George.

— Je sais quand quelque chose mérite d'être vu.

Au bout du compte, la curiosité fut la plus forte. George peina, ahana, devint tout rouge sous l'effort, mais il réussit à descendre la rampe sans dégringoler. Jane s'abstint de toutes félicitations : faire grand cas de ses progrès ne servirait qu'à le faire rentrer dans sa coquille.

— Par ici, indiqua-t-elle. C'est tout près.

Elle les conduisit jusqu'à la grange. Le bâtiment se dressait non loin de chez elle, au-delà d'une frontière signalée par un panneau « Réservé au personnel du camp ». De toute évidence, le fait de pénétrer en territoire défendu exerçait un attrait irrésistible sur les deux garçons.

— Très bien, dit George, le front ruisselant de sueur. J'y suis. Qu'est-ce que tu voulais me montrer ?

Elle leur fit signe d'entrer dans la grange. A l'intérieur, il faisait chaud et l'air embaumait la nourriture enrobée de mélasse et le foin séché. Elle leur fit « chut » en posant un doigt sur ses lèvres et se baissa pour écarter un tas de paille au fond d'une vieille mangeoire. Là, dans un rayon de soleil qui filtrait entre les chevrons du toit, il y avait une maman chatte, lovée autour d'une portée de chatons duveteux.

Le visage des deux frères s'éclaira.

— On peut les prendre ? demanda Charles.

— Pas encore. Ils sont trop petits. Mais Salem n'est pas du tout sauvage. Elle vous laissera toucher ses chatons, le moment venu.

Tous les trois, ils prirent l'habitude d'aller visiter la grange tous les jours. En général, Charles ne tenait pas longtemps en place ; il s'amusait à grimper dans le fenil ou à jouer sur le tracteur. Avec les chatons, George faisait preuve d'une patience infinie — il leur parlait et avait sympathisé avec Salem. Au bout de quelques jours, les chatons s'aventurèrent hors de leur nid et se mirent à explorer le vaste monde qui les entourait.

George les mitraillait avec l'appareil Kodak Brownie que lui avaient offert ses parents.

— Ils ont déjà chacun leur personnalité, affirmait-il. Celui-ci, le noir, est très timide. Au contraire, celui d'à côté cherche toujours quelque chose pour jouer. Et celui qui ressemble à Salem est curieux de tout. Je l'appelle le « Docteur ». Je lui ai apporté un jouet, aujourd'hui.

Il sortit un bouton attaché au bout d'une ficelle et entreprit de l'agiter par terre.

Les petits chats ne tardèrent pas à se prendre d'intérêt pour le gadget. Sous la conduite du chaton roux, ils finirent tous par aller inspecter ce jouet irrésistible. Au début, ils lui donnaient un coup de patte et battaient peureusement en retraite pour voir ce qu'il allait faire. Puis, la confiance venant, ils attrapèrent le bouton et s'en disputèrent la propriété. George ramenait le bouton de plus en plus près de ses pieds, puis à hauteur de ses jambes, avant de le poser carrément sur ses genoux. Très vite, il put les caresser et les cajoler.

— Tu vois, il faut juste un peu de patience.

Il se mit à rire gentiment, chose qui ne lui arrivait que

trop rarement, tandis que les chatons lançaient des coups de patte au bouton.

— Ils sont mignons, tu ne trouves pas ? dit Jane.

Elle adorait les voir lui grimper dessus.

— Attends, je vais vous prendre en photo !

— Non, répliqua George d'un ton sec, faisant sursauter deux chatons.

— Très bien, comme tu veux.

Elle n'insista pas. Il ne voulait sans doute pas être photographié en chaise roulante.

— Qu'est-ce qu'il va leur arriver ? s'enquit-il.

— Mon père nous laissera en garder un. Et je vais lui demander si je peux en apporter un à ma mère, à New Haven.

— Ta mère est à New Haven ?

— Oui, c'est là-bas qu'elle vit, maintenant.

— Pour toujours ?

Jane fit oui de la tête et déglutit péniblement.

— Depuis que mon frère a été tué, elle ne veut plus vivre ici.

George se tut.

— Il lui manque trop, c'est ça ?

— Il nous manque à tous. Mais être ici à la ferme et au Camp Kioga, ça la rend triste tout le temps. Elle ne peut plus faire son travail tous les jours comme avant.

Au prix d'un énorme effort elle conclut :

— D'une certaine façon, c'est mieux qu'elle soit là-bas, chez ma tante. Tu vois, quand elle déprime à propos de Stuart, je… hum… eh bien, elle me fait un peu peur.

Jane découvrait avec étonnement qu'elle pouvait se confier à George dans la lumière tamisée de la grange, à l'abri des nombreuses ombres. En un sens, elle se sentait isolée de lui, comme au confessionnal, à l'église. Cette impression d'intimité lui facilitait la parole.

— Je suis désolé, dit George.

Cette expression qu'elle avait tant de fois entendue au cours de l'année passée lui donna envie de hurler. Tout le monde était désolé ! Désolé que Stuart se soit trouvé sur un navire bombardé par les Japonais. Désolé qu'il ait rejoint le royaume de l'au-delà. Désolé que ses restes n'aient pas été assez nombreux pour qu'on les leur renvoie dans un carton. Désolé qu'on ne puisse réparer le cœur brisé de sa mère, de même qu'on ne pouvait reconstituer le corps de Stuart.

Tout le monde était désolé, mais ça ne servait à rien.

— Je parie que tu détestes qu'on te dise ça, affirma George comme s'il lisait dans ses pensées. Je parie que tu détestes que les gens te disent combien ils sont désolés.

Jane remua ses pieds nus dans la paille qui recouvrait le sol et opina. Comment le savait-il ?

— Moi aussi, je l'entends souvent, poursuivit-il. Des tas de gens sont désolés que j'aie été malade. Ils sont tellement désolés que moi aussi je me mets à m'apitoyer sur mon sort. C'est pour ça que je t'ai dit que j'étais désolé, parce que je veux que tu saches que je vais cesser de m'apitoyer sur mon sort. A partir de maintenant. A partir de cette minute.

Dans le silence de la grange à peine troublé par les miaulements aigus des chatons, Jane n'osait parler. Avait-elle bien entendu ? Mais oui, ce n'était pas une hallucination auditive. Très lentement, elle releva la tête et s'illumina d'un sourire qui la fit presque décoller de terre.

— Ce sont les chatons qui t'ont fait changer d'avis ?

George secoua la tête.

— Non. Pas les chatons.

Elle attendait des explications, mais il se tut, l'air quelque peu mystérieux.

Après ce jour, le trio prit l'habitude de faire de longues randonnées sous la conduite de Jane qui, parfois, devait desceller de grosses pierres du chemin ou supprimer des branches gênantes à l'aide des cisailles de son père. Au fil des jours, George gagnait en force dans les bras, ce qui lui permettait de manœuvrer les grandes roues du fauteuil avec une vitesse et une assurance accrues. Dans les montées les plus raides, Charles le poussait sans rechigner, même quand le dénivelé lui faisait les joues cramoisies.

Conséquence de cet exercice quotidien, Charles développa une belle musculature et prit un teint tout bronzé. Jane, elle, collectionnait les égratignures entre les incursions dans les sous-bois et les piqûres d'insectes qu'elle grattait. Et lentement, George se transforma, lui aussi. Il quitta peu à peu sa place d'observateur passif pour participer à sa façon à leurs aventures. Ils jouaient toujours aux trois mousquetaires, au roi des pirates et à Superman, mais pas comme avant, quand ils galopaient, sautaient et escaladaient tous ensemble. George ne pouvait plus courir à travers bois comme un Mohawk en chasse, aussi se glissa-t-il dans le rôle du narrateur. Il échafaudait des scénarios riches en péripéties que Jane et Charles suivaient avec passion, captivés par son récit, quand ils n'interprétaient pas à la lettre ses consignes dramatiques. Parfois, les histoires inventées par George les amenaient à prendre certains risques ou à faire des bêtises, mais cela finissait toujours par des rires.

Au début, Mme Bellamy se tordait les mains d'inquiétude chaque fois que Jane organisait une nouvelle aventure. Mais M. Bellamy leur donnait toujours sa permission, et tous les trois s'enfonçaient dans la forêt. Jane était même autorisée à les emmener au terrain de tir. Là, les deux frères bénéficiaient des leçons d'un des résidents du camp, un ancien tireur d'élite qui avait perdu une jambe à la guerre. George, visiblement inspiré par cet homme qui maîtrisait un sport malgré son handicap, s'entraînait dur à la carabine et devint vite la meilleure gâchette du camp.

Jane se réjouissait de voir George sortir de sa coquille. Elle était heureuse d'avoir repris sa place parmi les trois mousquetaires. George leur enseigna à jouer aux échecs et au backgammon. Ensemble, ils faisaient des mots croisés et organisaient des concours d'orthographe avec les autres enfants du camp.

Un soir, Jane proposa une partie de cache-cache. Les participants au jeu avaient tous été découverts quand, affolée, elle s'aperçut que George manquait à l'appel. Tout le monde s'époumona pour le retrouver. Jane sentait son cœur cogner dans sa poitrine, comme un oiseau paniqué pris au piège. Enfin, la voix de Charles retentit :

— Par ici ! Il nous appelait, mais nos cris couvraient sa voix.

George était assis par terre, à l'orée du bois, les cheveux et la chemise pleins d'herbe et de bardane, mais il ne semblait pas blessé.

— Il va bien, cria un des enfants. Il ne saigne même pas.

Rassurés, les autres se désintéressèrent de son sort et tous s'égaillèrent.

Les genoux flageolants, Jane se laissa choir à côté de George, soulagée.

— Qu'est-ce qui s'est passé ? On était tous très inquiets.

— J'ai fait la culbute, répliqua-t-il en s'essuyant rageusement les joues.

— Je vais chercher ton fauteuil, dit Charles.

Et il se fraya un chemin dans l'obscurité en écartant les branchages.

Jane resta avec George le temps de recouvrer un rythme cardiaque plus tranquille.

— Tu vas bien, George ? Tu trembles.

— Je me suis perdu, mon fauteuil s'est renversé et j'ai dû ramper jusqu'à l'orée du bois. Tu sais ce que c'est, de ramper à travers bois dans le noir ?

— Non, je ne sais pas, rétorqua-t-elle. Mais ça va peut-être enfin t'inciter à remarcher.

Il ne servait à rien de le dorloter, surtout quand il faisait l'enfant.

— Je ne peux pas, pauvre idiote ! Tu crois que je resterais dans ce fauteuil, si je pouvais marcher ?

— Moi, je pense que tu as peur d'essayer, exactement comme tu avais peur de manœuvrer ton fauteuil, à ton arrivée. Pourtant, maintenant, tu sais te déplacer tout seul. C'est une question d'entraînement, c'est tout.

George contemplait sa jambe avec un air de concentration extrême.

— Les traceurs, tu sais ce que c'est ? demanda-t-il d'une toute petite voix, presque dans un murmure. Chez les victimes de la polio, je veux dire.

Jane secoua la tête.

— Jamais entendu parler.

— Les traceurs sont de minuscules filaments de tissu musculaire qui subsistent encore dans la zone endommagée. Si tu as des traceurs, on peut développer ces muscles vivants pour qu'à terme ils remplacent le tissu atrophié. Tu sais ce que ça veut dire, *atrophié* ?

— Abîmé, je pense ?

George opina.

— Tout à fait. A l'hôpital, je passais des heures à observer ma jambe, pour voir si j'avais des traceurs.

— Et tu en as trouvé ?

Il haussa les épaules.

— Je n'ai pas l'œil exercé.

Elle avait envie de le toucher, voire de le serrer dans ses

bras ou de caresser ses cheveux comme son propre père le faisait pour lui dire bonne nuit. Au lieu de quoi, elle le mit au défi :

— Tu trouveras peut-être ces muscles en essayant de t'en servir. En essayant de marcher, par exemple.

— Tu ne comprends rien ! répliqua-t-il sèchement. Marcher, c'est différent.

— Pourquoi, parce que c'est dur ? Allez, ne me dis pas que c'est l'effort qui te fait peur ?

— Non, mais si je m'entraîne de toutes mes forces et que ça ne sert à rien ?

Jane réfléchit quelques minutes.

— Qu'est-ce qu'il peut t'arriver de plus terrible ? D'échouer ? Crois-moi, il y a pire dans la vie.

14

Au Camp Kioga, la soirée dansante des familles était un rituel immuable. Du moins, c'était l'avis de Jane. A en croire les professeurs venus de New York, la danse était une distraction des plus amusante. En son for intérieur, Jane les approuvait sans réserve, même si pour rien au monde elle ne l'aurait avoué aux autres enfants, et surtout pas à Charles et George. A tous les coups, ils se seraient moqués d'elle.

— Moi, je n'y vais pas, déclara George, qui rechignait à entrer dans la salle à manger.

Il y avait là un orchestre de cinq musiciens et, sur la piste de danse, des couples de toutes sortes évoluaient avec grâce. Les hommes portaient des pantalons dont le pli se cassait sur leurs chaussures brillantes, et les femmes ressemblaient à des fleurs dans leur jupe ample, soutenue par une crinoline qui se gonflait quand elles tournoyaient au bras de leur cavalier.

— Bien sûr que si, tu viens. Ce soir, il y a de la pêche Melba au dessert, signala Charles.

— Très bien, je mangerai une pêche Melba, mais pour la danse, inutile d'insister.

— Ce soir, tout le monde danse, affirma Jane de son ton le plus autoritaire. Sans exception.

— Balivernes !

— Ah ! On voit bien que tu ne connais pas la soirée des familles.

— Je ne peux pas danser. Je ne peux même pas marcher.

— Eh bien, tu feras comme tu pourras. Allons-y !

Et sur ce, elle entra d'un pas décidé, sans même se retourner pour vérifier que les deux frères la suivaient. D'habitude, elle prenait la tête de leur trio et Charles et George lui emboîtaient le pas. L'animation de la soirée avait été confiée à un orchestre célèbre : c'était le Klinger Kabaret, qui se produisait au centre de Manhattan. Les musiciens jouaient si bien, qu'avec l'aide de la pêche Melba, ils réussirent à amener un sourire sur les lèvres de George. Les professeurs avaient fait danser Jane avec tous les garçons du camp, et aussi avec certaines filles, vu qu'elles étaient toujours en supériorité numérique.

Pour un garçon, Charles se débrouillait plutôt bien. Il était particulièrement doué pour le bumps-a-daisy et le jitterbug, qui faisaient fureur. Elle l'avait choisi comme partenaire pour la dernière danse, et tous deux sautaient et swinguaient comme un couple de professionnels. Tout à coup, l'œil de Jane fut attiré par George et, stupéfaite, elle vérifia que sa vue ne lui jouait pas de tours.

— Charles !

Il lui fallait presque crier pour se faire entendre par-dessus les cuivres assourdissants de l'orchestre.

— Regarde George. Je rêve ou quoi ?

— Non, tu ne rêves pas !

Les yeux rivés sur George, ils faillirent s'emmêler les pieds. Assis à l'écart dans son fauteuil, George sirotait un soda aux extraits végétaux. Et ses pieds remuaient au rythme de la musique.

Jane et Charles fondirent sur lui.

— George, tu bouges tes pieds ! s'écria-t-elle.

— Eh bien, oui, et alors ?

Mais il ne pouvait réprimer le sourire qui illuminait son visage.

— Alors rien ! Danse avec moi !

— Danser avec toi ? Mais, Jane, tu es folle, tu…

Elle le coupa :

— Charles va t'aider.

Et elle se laissa carrément choir sur ses genoux.

Au même instant, Charles propulsa le fauteuil roulant sur la piste. Pris par le rythme effréné de leur propre prestation, c'est à peine si les autres danseurs leur jetèrent un regard.

George riait aux éclats, et pour Jane, c'était merveilleux d'entendre ce rire. Elle connut un moment de bonheur fugace. C'était un éclair de perfection, la sensation que tout allait bien. Elle était sur les genoux de George et riait, la tête rejetée en arrière. Charles poussait le fauteuil comme un fou, le faisant tourner au rythme de la musique. Ils étaient unis par l'esprit, leurs âmes emmêlées, comme trois morceaux d'un tout momentanément ressoudés.

Suite à cette soirée, Jane avait décrété que rien n'était impossible à George. Aussi, jour après jour, s'employait-elle à le lui démontrer.

— Viens nager avec nous, lui proposa-t-elle un après-midi, après avoir échappé aux constantes exigences de Mme Romano, en cuisine.

Elle portait une espèce de barboteuse héritée d'une cousine, un maillot de bain qu'elle avait en horreur, mais la journée était caniculaire et elle mourait d'envie d'aller piquer une tête dans le lac.

— Non, répliqua George.

— Allez…

Charles lui donna une bourrade dans l'épaule en s'emparant d'une paire de serviettes.

— Viens, il fait une chaleur d'enfer, aujourd'hui.

— Eh bien, tu n'as qu'à y aller, toi !

Jane tourna les talons.

— Allons-y, Charles, tu vois bien que ça ne l'intéresse pas.

— Je te souhaite bien du plaisir à mariner dans ton jus, George ! lança ce dernier en lui emboîtant le pas.

Mais Jane savait que George ne supporterait pas longtemps de rester seul. Il n'y arrivait plus. Il trouvait toujours un moyen pour se joindre à eux, même si cela se résumait à s'asseoir à l'ombre pour les regarder jouer. Et comme de bien entendu, il les rattrapa sur le ponton. Ils s'installèrent dans un coin agréablement ombragé, près du vestiaire contenant les serviettes et les gilets de sauvetage.

Charles poussa un cri d'Indien sur le sentier de la guerre et courut bruyamment sur toute la longueur du ponton. Arrivé au bout, il fit une bombe qui projeta d'énormes éclaboussures. Jane était déchirée entre l'envie d'aller jouer avec les autres enfants et son refus d'abandonner George.

Celui-ci l'encouragea :

— Vas-y ! J'ai apporté mon appareil. Je vais prendre quelques photos.

Avec un cri de plaisir, elle courut au ponton et se jeta elle aussi dans le lac. L'eau froide lui enveloppa la peau comme de la soie.

— Par ici, lança Charles. On joue à chat dans l'eau ! C'est moi le chat !

Jane nageait comme une folle, bien décidée à ne pas se laisser attraper. Petit à petit, d'autres enfants entrèrent dans le jeu et ils finirent par se retrouver à une douzaine au moins. On ne pouvait rêver plus merveilleuse journée d'été. La seule chose qui aurait pu l'embellir encore, ç'aurait été que…

Jane s'arrêta de nager. Elle regarda tout autour, à la

recherche de George, mais il avait délaissé son coin. C'est alors qu'elle le vit. Engagé sur le ponton, il tirait de toutes ses forces sur les roues de son fauteuil. Il y avait attaché une bouée de sauvetage, mais lui-même n'en portait pas. Il s'acharnait sur les roues et le fauteuil gagnait de la vitesse. Elle voulut l'appeler, mais le choc lui avait ôté la voix.

Le fauteuil, lancé à fond, passa le bord du ponton, porté par son élan. George fut éjecté et heurta l'eau dans une gerbe d'éclaboussures. L'espace d'une seconde, tout le monde resta figé d'horreur. Puis le fauteuil remonta d'un coup à la surface, soutenu par la bouée.

Le siège était vide. Charles nagea comme un fou jusqu'au ponton.

Après ce qui leur parut à tous une éternité, George émergea de l'eau et prit une grande goulée d'air frais.

— Je vais bien ! cria-t-il.

Il regardait les enfants qui l'entouraient. Quand ceux-ci comprirent que tout allait bien, ils se lancèrent dans un concert de sifflets et d'applaudissements.

Jane nagea jusqu'à lui.

— Espèce de taré ! Tu nous as flanqué une peur bleue !

— Regarde, dit-il. Je nage.

Pas très bien, remarqua-t-elle, mais enfin, c'est vrai qu'il nageait. *Il nageait.* Avec des mouvements maladroits, il barbota lentement jusqu'au ponton. Charles et les autres se désintéressèrent de la scène et reprirent leur jeu de chat. Jane suivit George et ensemble ils agrippèrent l'échelle fixée au ponton.

— Je suis très fière de toi, déclara-t-elle. Vraiment.

— Quand j'ai décollé, tout au bout, lui avoua-t-il en baissant la voix pour que les autres n'entendent pas, j'ai coulé comme une pierre. Je me suis dit que si je renonçais à me battre, j'allais me noyer. Et tout d'un coup, j'ai compris qu'il fallait que j'aille au-delà de mes forces pour rester en vie. Et je me suis mis à nager.

— George !

Elle le prit par la taille et lui donna un bref baiser mouillé sur la joue. Prenant aussitôt conscience de ce qu'elle venait de faire, elle s'écarta brusquement de lui et nagea dans la direction opposée. Toutefois, la tentation était trop forte : elle se retourna pour voir s'il était aussi embarrassé qu'elle.

Il n'avait pas l'air embarrassé du tout ! L'expression de son visage resterait à jamais gravée dans son esprit.

— Hé, regardez par ici ! cria Charles.

Il se tenait sur le ponton, muni de l'appareil photo Brownie.

— Souriez !

George et Jane levèrent un visage hilare vers l'objectif.

— Tiens le Docteur, d'accord ? dit George en tendant le chaton roux à son frère. Et ne le laisse pas filer.

— Pas de problème ! répondit Charles en cajolant le petit animal.

L'été tirait à sa fin et l'heure était au départ. Nantie de la permission de son père, Jane avait décidé de leur offrir un chaton en guise de cadeau d'adieu, et bien entendu, leur choix s'était porté sur le Docteur, qui était d'un caractère aussi doux que sa mère, dont il avait aussi hérité la couleur. A présent, les deux frères devaient rentrer à New York.

Jane s'efforçait de ne pas être trop triste en regardant George qui avait fait rouler son fauteuil jusqu'au bord du parking, où tout le monde attendait l'arrivée des bus en provenance de la gare d'Avalon. Il avait au fond des yeux cette lueur particulière, comme quand il était sur le point de lancer « échec et mat » au cours d'une partie ou quand il échafaudait une histoire du tonnerre.

— Qu'est-ce qui se passe ? demanda-t-elle.

Au lieu de répondre, il mit les freins à son fauteuil roulant et s'agrippa aux accoudoirs. Tout au long de l'été, ses mains et ses bras étaient devenus si forts et si bruns qu'il lui rappelait Stuart, qui balançait des balles de foin avec désinvolture.

Les sourcils froncés de concentration, George replia les repose-pieds de son fauteuil et prit fermement appui par terre.

Jane retenait sa respiration. Instinctivement, elle avait envie de s'avancer pour l'aider, mais elle se retint. C'était la dernière chose à faire ; il ne fallait ni intervenir ni lui conseiller la prudence. Elle jeta un regard en direction de Charles. Il se mordait furieusement la lèvre inférieure.

George se projeta en avant mais retomba en arrière contre le dossier. Il ne les regardait pas. Jane serrait les dents de toutes ses forces pour ne rien dire. Il ne fallait surtout pas qu'il brûle les étapes, qu'il se croie obligé d'y arriver tout de suite. Il fit une deuxième tentative. Et échoua quatre fois d'affilée.

La sueur perlait à son front. Il s'essuya les mains à son pantalon. Prit appui sur ses mains et ses pieds… et se hissa hors du fauteuil.

Le chaton émit un miaulement de protestation et Charles relâcha sa prise. George fit un pas en avant. Puis un autre. Puis s'arrêta, le visage moite et livide sous l'effort. Jane ne pouvait en supporter davantage : elle s'élança pour lui prendre le bras. Il tremblait mais il avait le sourire.

— Bravo, George, murmura-t-elle. Je savais que tu y arriverais.

— Il le fallait. Ma mère veut que je garde le lit pour me traiter en invalide jusqu'à la fin de mes jours. Quant à mon père, il voudrait que je retourne à l'Institut des enfants, et je ne veux pas de ça non plus. Alors, je me suis dit que j'avais tout intérêt à marcher sans aide.

Il flageola sur ses jambes et Jane, le soutenant de toutes ses forces, le fit rasseoir dans le fauteuil.

— A peine trois pas, lâcha-t-il. C'est nul !

— C'est un début. Tu en feras davantage demain, et un peu plus chaque jour. Promets-le-moi.

— D'accord, mais alors il faudra que toi aussi tu me promettes quelque chose.

— Tout ce que tu veux, George, je te le jure.

— Quand je reviendrai, promets-moi que tu me réserveras une danse.

15

— Qu'est-ce que tu fais ce soir, grand-père ? demanda Ross.

— Je n'ai rien de prévu. Mon amie Millie est allée voir des connaissances à Albany et malheureusement, elle ne rentre pas avant demain.

— Alors Millie et toi, vous…

Ross était légèrement paniqué par la tournure des événements. La vieille dame avait-elle passé la nuit avec grand-père ?

— Nous avons passé un moment fort agréable. Je n'en dirai pas plus, je suis un gentleman.

Ross laissa échapper un petit rire nerveux. Il admirait l'exploit de son grand-père, mais préférait laisser tomber le sujet.

— Enfin, bref, pour ce soir…

Grand-père ôta ses lunettes de lecture.

— Oui, à quoi penses-tu ?

— Tu te sens d'attaque pour revoir ton frère ?

Grand-père s'avança sur son siège, les mains cramponnées aux accoudoirs.

— Tout à fait.

— Et sa femme, Jane ? Tu veux qu'elle vienne, elle aussi ?

— Elle…

Grand-père s'éclaircit la voix.

— Elle est la bienvenue, cela va sans dire.

Il se laissa aller contre le dossier de son fauteuil avec un air de soulagement mêlé d'appréhension.

— Ce soir… J'ai peine à y croire. Vous avez entendu ça, Claire ?

— Oui, George, et je m'en réjouis pour vous.

Après quelques discussions, ils optèrent pour un dîner fourni par les cuisines du camp. Le repas se passerait en petit comité, sous la véranda, face au lac. De cette manière, leurs retrouvailles se dérouleraient dans l'ambiance la plus intime possible. Nul doute que l'émotion serait au rendez-vous.

Au fil des heures, Ross sentait la tension monter en lui tandis qu'il aidait son grand-père à se préparer.

— Redis-moi comment tu l'as trouvé, demanda grand-père. Quelle a été ta première impression ?

Ross lui passa un miroir à main.

— Tu n'as qu'à te regarder. Vous pourriez tout aussi bien être jumeaux.

Grand-père s'épanouit sous ses yeux.

— Avant, les gens disaient que nous nous ressemblions énormément. Quand nous étions jeunes, c'était moi, le plus sportif des deux. Puis, après ma maladie, je suis devenu l'intellectuel.

Il se frotta la cuisse.

Maintenant qu'il était au courant pour la polio, Ross voyait son grand-père sous un autre jour. Il avait enduré une maladie dévastatrice. Une maladie qui l'avait transformé à tout jamais. Et pourtant, cela ne l'avait pas empêché d'avoir une belle vie. Il espérait parvenir à le convaincre d'affronter ce nouveau combat… Le fait de revoir son frère constituerait peut-être pour lui un facteur de motivation.

— Je ne sais pas comment te remercier d'avoir organisé ces retrouvailles, fiston. Pour moi, ça n'a pas de prix.

— Je l'ai fait avec le plus grand plaisir, tu le sais.

— Tu l'as trouvé sympathique ? Et Jane ?

— Disons qu'ils étaient surpris de faire ma connaissance. Mais… cordiaux. Je les ai trouvés aimables. C'est-à-dire, pour des inconnus.

— As-tu vaguement évoqué… le passé, avec eux ?

Grand-père semblait tendu.

— Non. C'est une affaire entre vous deux. Tu peux choisir de m'en parler ou non. C'est à toi de voir.

— Peut-être que ma sottise te servira d'exemple, afin d'éviter qu'une telle chose se reproduise.

— Vu que je suis fils unique, c'est peu probable, plaisanta Ross.

— Tu as un demi-frère et une demi-sœur, je te rappelle.

— Ah, ces chers Donnie et Denise… Comment pourrais-je les oublier ?

— Ross…

— Ne t'en fais pas, grand-père. Je m'entends très bien avec eux.

— Je regrette de ne pas avoir eu ton bon sens, à l'époque où tout ça s'est passé.

— Tout ça quoi ?

Ross lui tendit une élégante chemise.

George enfila les manches.

— Les études ont marqué une période instable pour mon frère et moi. A l'université, nous étions rivaux, en compétition pour tout, cela allait des notes aux cartes de clubs.

— C'est normal, entre frères. Mais d'habitude, ça ne débouche pas sur plus de cinquante ans de silence radio.

— Notre rivalité allait plus loin que cela, je l'avoue.

— C'est évident. C'était quoi le problème ? Je ne comprends pas.

Grand-père hésita, puis ramassa un bouton de manchette en argent.

— Je n'ai pas approuvé son mariage.

— Avec Jane.

— C'est exact. Je n'ai pas fait mystère de ma désapprobation. Je sais, de nos jours cela semble incroyablement snob pour quelqu'un de ton âge, mais… à l'époque, c'était différent. On ne plaisantait pas avec l'origine sociale. J'aime à penser que je ne nous considérais pas supérieurs à Jane, mais simplement différents. Les Gordon étaient des fermiers, ainsi que les propriétaires du Camp Kioga. Ils ne roulaient pas sur l'or et Jane effectuait des corvées domestiques. En ce temps-là, elle travaillait comme femme de ménage à New Haven. Charles et moi faisions nos études à Yale. Le contraste n'aurait pas pu être plus marqué. Et puis, quand Charles a annoncé son intention de l'épouser… ma foi, nos parents étaient hors d'eux. Elle était loin de correspondre à leur idéal de belle-fille. D'où la tension qui régnait entre nous à cette période. Une tension extrême.

Sa main se mit à trembler et Ross dut l'aider à fixer son autre bouton de manchette.

— Tu étais un produit de ton époque, dit-il, bien décidé à ne pas juger son grand-père.

— Je ne suis pas fier de la façon dont je me suis conduit à l'époque. Je me suis drapé dans ma vertueuse indignation et Charles a convolé en justes noces avec Jane. Après cela, nous… nous ne nous sommes plus fréquentés. Chacun a suivi sa route. Je suis parti vivre à Paris, j'ai épousé ta grand-mère. Charles et moi avions chacun une famille, un métier, des vies bien remplies. Une année, les garçons étaient encore petits, nos parents nous ont invités à passer des vacances à Gstaad, une station de ski en Suisse. Dans un élan de magnanimité, ils ont également convié Charles, Jane ainsi que leurs enfants. Mais cette année-là, Charles se battait au Viêt-nam et bien entendu, Jane a décliné l'invitation. Ta grand-mère et moi n'y sommes pas allés non plus. Je ne pouvais pas m'éloigner du journal et Jackie croulait sous les petits garçons, comme elle aimait à le dire. En fin de compte, mes parents s'y sont rendus tout seuls. Et puis la nouvelle est tombée au *Herald Tribune* : un effroyable accident de téléphérique s'était produit au-dessus du glacier des Diablerets. Un câble s'était rompu. La cabine et les quatre-vingts passagers qu'elle transportait s'était écrasée cent mètres plus bas.

Il frémit et marqua une pause.

Dans son enfance, Ross avait entendu parler du drame, mais l'accident lui avait toujours paru lointain et irréel. Pourquoi, il l'ignorait. La mort de son père dans un éclair de violence l'avait privé de tous ses repères. Mais le deuil de grand-père avait été tout aussi terrible. Voire plus pénible, si l'on songeait qu'il avait perdu père et mère en même temps.

— Quel cauchemar ç'a dû être pour toi, dit-il.

Grand-père hocha la tête.

— J'aurais dû faire signe à Charles, à ce moment-là. Dans des circonstances normales, nous nous serions revus, mais il n'a pas pu assister aux funérailles.

— Parce qu'il se battait au Viêt-nam.

Mais ce n'était pas là toute l'histoire, comprenait Ross. Il y avait autre chose.

— Le temps a passé, poursuivit grand-père. Les années ont filé. Je les ai laissées filer, et Charles aussi, j'imagine.

Ross étudiait son grand-père, ses traits burinés par les ans, ses yeux bleu pâle au regard lointain. Le vieil homme sortit deux cravates. Il paraissait exténué, affaibli par tous ces souvenirs.

— Laquelle, d'après toi ?

Ross sourit. Grand-père était comme un adolescent qui se prépare à aller danser.

— La rayée, sans hésitation.

— Excellent choix.

Grand-père se tourna vers le miroir et passa la cravate autour de son cou.

— C'est moi qui ai appris à Charles à nouer sa cravate. Avec un seul bras, notre père n'était pas très habile.

— C'est aussi toi qui m'as appris à le faire.

Grand-père croisa un côté de la cravate sur l'autre.

— Le nœud Windsor. L'art le plus élémentaire de la distinction masculine.

Il passa l'extrémité de la cravate dans la boucle… et s'interrompit. Son front se plissa d'incertitude.

— Grand-père ?

— C'est que… Je ne sais plus…

Il avait l'air perturbé et un tremblement agitait sa main gauche.

— Pourtant, j'ai fait ce nœud des centaines de fois…

Ross s'efforçait de ne pas trahir son inquiétude.

— Laisse-moi faire, dit-il en lui prenant les mains. S'il te plaît.

Et, bouleversé, il lui confectionna très doucement un impeccable nœud Windsor. Puis il le prit par les épaules et le fit pivoter vers le miroir.

— Je t'aime, grand-père. Tu es beau comme un astre.

Le cottage avait été préparé par les soins du personnel de la résidence qui avait disposé les fleurs, le repas et le vin. La table était mise pour trois personnes, Ross et Claire ayant jugé préférable d'aller dîner ailleurs. Jane et Charles Bellamy arrivèrent à l'heure convenue. Ils franchirent le seuil d'un air nerveux. L'espace de quelques secondes, tous demeurèrent figés. Les deux frères se tenaient face à face. Leur hésitation faisait peine à voir.

Pour une raison inexplicable, Ross prit la main de Claire et la serra de toutes ses forces. Jane porta la main à son cœur. Elle resta posée là, légère comme un oiseau sur le point de s'envoler. Charles et George continuaient à se dévisager en chiens de faïence.

Finalement, grand-père prononça le nom de son frère. Ils se saluèrent et, rapidement, leur poignée de main se transforma en embrassade. Dès ce premier contact, la tension qui régnait entre eux parut se muer en une autre émotion. Ross ne distinguait pas leurs visages, mais leur langage corporel en disait suffisamment long sur leur état d'esprit : soulagement, réconfort, joie prudente. Au bout d'un long moment, ils s'écartèrent.

— Je suis heureux que tu sois venu, dit grand-père.

— Bien sûr que je suis venu, répliqua Charles.

Il recula d'un pas et fit signe à Jane de s'avancer.

Grand-père l'embrassa elle aussi, plus brièvement, avec plus de raideur. Elle serrait une poignée de Kleenex.

— Tu vois, j'ai pris mes précautions, plaisanta-t-elle.

— Vous connaissez déjà mon petit-fils, Ross, dit grand-père. Et je vous présente Claire.

Claire les salua, le visage radieux. Elle semblait prendre un réel plaisir à cette réunion familiale. S'apercevant qu'il lui tenait toujours la main, Ross s'empressa de la lâcher. Cette femme était-elle réelle ? se demanda-t-il pour la énième fois. Parce qu'à cet instant, elle semblait trop merveilleuse pour être vraie. Elle avait organisé ce dîner à la perfection, en collaboration avec le personnel en cuisine, afin de s'assurer que tout se déroulerait sans anicroche. Jusqu'à la musique d'ambiance qui était idéalement choisie — c'était un tube des années 40 ou 50, la décennie du swing. Entièrement focalisée sur les désirs de grand-père, elle attendait ces retrouvailles avec une nervosité égale à la leur.

— Je suis si contente que vous ayez pu venir si vite, se réjouit-elle.

— Moi aussi, renchérit grand-père. Nous avons des tas de choses à nous dire.

Jane examinait déjà les photos de famille qu'il avait disposées un peu partout dans la pièce.

— Oh, George ! J'ai tellement hâte que tu nous racontes tout ! C'est merveilleux d'être de nouveau réunis tous les trois. Les trois mousquetaires… C'est ainsi que nous nous surnommions quand nous étions jeunes.

— Un pour tous, tous pour un ! lança grand-père.

Charles intervint :

— Je crois qu'un toast s'impose.

Claire reprit la main de Ross.

— Eh bien, nous allons vous laisser.

Jane leur adressa un sourire radieux.

— Vous formez un couple ravissant, tous les deux.

Claire retira sa main avec brusquerie.

— Oh ! Mais nous ne sommes pas… Je suis là pour George. D'ailleurs, il sait comment me joindre en cas de besoin. J'ai également noté mon numéro près du téléphone.

— Je vous remercie, dit Charles. Mais tout va bien se passer, j'en suis certain.

Le soleil se couchait presque quand Claire et Ross quittèrent la maison du lac. Elle sentait sa tension en marchant à son côté. Il s'arrêta pour jeter un dernier regard aux fenêtres éclairées du cottage.

— On dirait qu'ils s'entendent bien ensemble, dit-elle, comprenant l'inquiétude qui avait été la sienne avant les retrouvailles.

Ils virent George verser un verre de vin et le présenter à Jane. Mais celle-ci, tournée vers son mari, ne semblait pas s'en être aperçue. George demeura le verre à la main. Même de loin, il leur paraissait… diminué.

Charles lui prit le verre des mains, il le tendit à Jane et s'en servit un pour trinquer. Tous levèrent leur verre.

— Il ne sait plus nouer sa cravate, dit Ross.

Sa voix, remarqua Claire avec émotion, était teintée d'une tristesse résignée. C'était la chose la plus pénible dans les maladies comme celle de George. On voyait la personne s'étioler, petit à petit. Et à la fin, tout s'écroulait. Seul demeurait l'amour qu'on avait reçu d'elle.

Claire frissonna. Sa dernière heure venue, elle ne laisserait rien derrière elle. A moins qu'elle ne trouve un moyen de vivre sa vie au grand jour.

— George a de la chance que vous soyez là pour l'aider, dit-elle avec douceur.

Ross resta quelques instants silencieux, mais quelque chose le chiffonnait.

— Mon grand-père ne m'a pas tout dit au sujet de sa relation avec son frère.

C'était aussi l'impression de Claire, mais elle avait appris à laisser ses patients dévoiler leur histoire à leur rythme, si tant est qu'ils veuillent en parler.

— Il a franchi une grande étape, aujourd'hui.

— Allons nous acheter quelque chose à manger, suggéra Ross.

— Pourquoi ne pas aller dîner au pavillon ?

— J'ai une meilleure idée, dit-il en sortant ses clés de voiture. Ne vous inquiétez pas, ce n'est pas loin.

Décidément, l'étrange faculté qu'il avait de lire dans ses pensées la rendait nerveuse. Elle n'avait pas l'habitude d'être aussi transparente pour les autres. Du reste, la plupart des gens n'essayaient même pas d'avoir d'elle une connaissance plus intime — elle avait trop bien peaufiné sa couverture anonyme. Mais Ross était différent. Ce n'était pas le genre de personne à qui l'on peut cacher des choses, ou du moins pas longtemps, caractéristique qui rendait sa fréquentation dangereuse. Cependant, il l'intriguait. Et plus encore quand elle découvrit sa voiture.

— Une décapotable ! On peut baisser la capote ?

Ross sourit et lui lança une casquette de base-ball.

— C'est tout l'intérêt de ce type de voiture. Allez, montez !

— Pourquoi êtes-vous si gentil avec moi ?

— Je suis toujours gentil.

Claire réfléchit. Ils s'étaient pourtant violemment affrontés à propos du traitement de George… Puis elle se rappela leur baiser. Oui, Ross savait se montrer tendre.

D'une simple pression sur un bouton, la capote se replia. Il passa la première, et ils sortirent du parking.

Claire ne s'y connaissait guère en voitures, mais elle sentait la puissance du roadster qui se mit à filer sur la route.

Personnellement, elle n'avait rien d'un as du volant. A seize ans, son père adoptif, Vance Jordan, lui avait appris à conduire. Vance Jordan, le même homme qu'elle fuyait aujourd'hui. Dire qu'elle lui vouait une confiance absolue ! Elle en avait froid dans le dos. Deux jours avant d'être témoin du meurtre de deux jeunes innocents, elle prenait encore une leçon de conduite avec lui. Gonflée de fierté, elle avait répondu à ses questions pièges sur le Code de la route, en vue de passer son permis.

Elle ne l'avait jamais passé, mais avait obtenu un permis plus tard, sous sa nouvelle identité, longtemps après que

Clarissa Tancredi eut cessé d'exister. Il lui avait fallu du temps avant de pouvoir monter en voiture à côté d'un homme sans éprouver des sueurs froides.

Ross Bellamy lui inspirait des émotions très différentes : impatience et frustration. Affection, aussi, et… désir. Mais aucune n'était recommandée à quelqu'un qui se trouvait dans sa situation. Elle ramassa ses cheveux sous la casquette de base-ball et pianota sur les touches de la radio, à la recherche d'une station à son goût. C'était une soirée idyllique, annonciatrice de l'été imminent. L'air embaumait le doux parfum de la nature en bourgeons. Roulant au hasard dans le crépuscule, ils finirent par dénicher un drive-in à l'ancienne, où ils commandèrent des milk-shakes au lait végétal et des hamburgers accompagnés de frites. Puis ils se garèrent près du lac devant un point de vue pittoresque, au-dessus d'une large étendue d'eau bordée de roches abruptes. On y voyait des hydravions amerrir, mais pour l'heure, seul un avion de la taille d'un jouet était amarré au débarcadère prévu à cet effet.

Claire frissonna, rattrapée par le souvenir de Vance Jordan. Quand elle avait été placée chez eux, Vance et Teresa avaient fêté l'événement en lui offrant son baptême de l'air. Ils étaient allés au quai n° 8 de l'Hudson. Pleine d'admiration, elle avait regardé Vance vérifier avec assurance tous les paramètres du tableau de bord. A l'époque, il incarnait une figure paternelle idéale.

Elle chassa cette image du passé, plongea une longue cuillère en plastique dans son gobelet et savoura la crème glacée onctueuse. Depuis le temps qu'elle ne s'était pas offert de milk-shake et de frites, ce repas sur le pouce avait des allures de festin.

La lune sortit, baignant le paysage d'une lueur bleutée.

— Regardez ça, dit Ross en se calant contre le dossier

de son siège. C'est magnifique. *Clair de lune*… c'est de là que vient votre prénom ?

— Non.

Elle tenait ce prénom d'une personne décédée depuis vingt-cinq ans et dont elle s'était approprié l'identité lorsqu'il lui avait fallu se cacher. Mais bien sûr, elle ne pouvait pas le lui dire.

— A quoi ressemble votre famille ? demanda-t-il. Vous ne parlez pas beaucoup de vous. Où habitent vos parents ? Et votre père, que fait-il ?

— A part abandonner sa famille, vous voulez dire ? Quoique, pour nous abandonner, il aurait fallu qu'il reste un peu plus longtemps avec ma mère.

Aussitôt, elle détourna les yeux et baissa la tête. Qu'est-ce qu'il lui avait pris d'être aussi franche ? La question de Ross l'avait prise au dépourvu.

— Je n'ai pas de famille à proprement parler.

On ne lui posait jamais de questions à ce sujet. Sa réserve obstinée décourageait toute tentative.

— Ma mère est morte quand j'étais jeune. J'ai connu toute une série de parents d'accueil, et je suis seule depuis… le lycée.

— Mince, murmura Ross. C'est moche, ça. Je vous demande pardon, Claire, j'étais à mille lieues de me douter.

— Je vais très bien, affirma-t-elle, regrettant de ne pouvoir lui en dire plus.

Elle espérait qu'il ne creuserait pas plus loin, mais en même temps, une partie d'elle-même brûlait qu'il le fasse. Elle avait envie de tout lui raconter. L'ennui, dans sa situation, c'était qu'il fallait sans arrêt lutter pour garder le silence sur des sujets essentiels.

— Désolée, mais je n'aime guère en parler. Je n'ai pas grandi dans un milieu offrant ce genre d'opportunités.

Passer l'été au bord d'un lac, faire du bateau, pêcher… pour moi, c'est comme un rêve.

— Que faisiez-vous de vos étés, alors ?

— Je regardais beaucoup la télévision. Tout mon savoir sur les camps de vacances provient des films d'horreur pour adolescents.

— Pas étonnant que vous préfériez le Camp Kioga.

Il était loin de se douter à quel point… Sa mère, fille unique, ne lui avait pratiquement jamais rien dit sur ses propres parents. Elle se souvenait l'avoir interrogée, une fois. Elle était au CE2 à l'époque, et elle avait rapporté de l'école un prospectus concernant la fête des grands-parents.

— Non, ma belle, il n'y aura pas de fête chez nous, avait déclaré sa mère en jetant le papier à la poubelle. Je te l'ai toujours dit, tes grands-parents ne font pas partie de l'équipe. C'est toi et moi contre le reste du monde.

C'était la seule explication qu'elle avait pu obtenir.

— Vous ne parlez pas beaucoup de vous non plus, fit-elle remarquer à Ross, bien décidée à éviter d'autres questions.

— Si.

— Menteur !

— Demandez-moi ce que vous voulez. Je suis un livre ouvert.

— Très bien. Quand vous étiez petit, que vouliez-vous faire, comme métier ?

Il réfléchit une minute, se remémorant l'enfant qu'il était.

— Des tas de choses. Champion de ski, star du rock, pompier, pilote de Formule 1, espion et spécialiste des fusées.

Il laissa passer quelques secondes avant de compléter :

— Oncle, aussi. J'avais beaucoup d'affection pour mes oncles et je voulais avoir tout plein de neveux et de nièces. Mais ce n'est pas très facile, quand on est fils unique. J'étais plutôt attiré par les choses difficiles ou impossibles. Je me demande ce que ça dit sur moi.

— Que vous êtes un grand rêveur. Ce n'est pas un crime.

— A seize ans, ma mère m'as envoyé au laboratoire de l'E.M.F.E.R. — Espace Multi-Filières pour une Education Rationnelle. Je suis sûr que l'ironie de l'acronyme échappait totalement aux gens qui dirigeaient le labo en question.

Claire fronça les sourcils.

— Ça donne la chair de poule.

— En fait, il s'agissait d'un programme destiné à faciliter l'orientation des jeunes en fonction de leurs aptitudes et de leurs affinités. On nous a soumis à des batteries de tests, l'idée étant qu'en identifiant nos points forts, nous serions mieux armés pour affronter la Vraie Vie.

— Vos résultats ont-ils indiqué que vous étiez fait pour être pilote d'hélicoptère ?

— Pour être franc, je ne m'en souviens plus.

Ross pêcha une cuillerée de crème glacée dans son milk-shake.

Ils contemplaient en silence les étoiles qui pointaient une à une ; un chœur de grenouilles assurait le fond sonore. Claire se sentait merveilleusement détendue. Ce tête-à-tête avec Ross dans la voiture, ce repas extravagant, cette parenthèse loin du reste du monde avait un pouvoir incroyablement relaxant. Elle soupira :

— Quel endroit magnifique…

— Ça me rappelle les endroits où les gens se garent pour faire l'amour dans leur voiture.

Claire manqua s'étouffer avec une frite.

— Surtout ne vous faites aucune illusion !

— Trop tard. J'y pense depuis le début de la soirée.

— Mauvaise idée.

Elle repoussa son repas, l'appétit coupé. Pour une fois,

elle aurait tant aimé explorer la proposition qu'elle lisait dans ses yeux, s'abandonner au désir qui embrasait chaque parcelle de son corps !

— Au contraire, je trouve que c'est la meilleure idée que j'aie eue depuis longtemps. Ce baiser…

— … n'aurait jamais dû avoir lieu. Ce n'était pas professionnel de ma part. Je suis là pour votre grand-père, rien de plus.

— Mais si autre chose survient… ?

— Croyez-moi, ça n'arrivera pas.

— Pourquoi ?

— Parce que nous ne le permettrons pas. Dans un tel contexte, on ne s'engage pas dans une idylle. C'est… ça ne rime à rien, voilà tout.

— Depuis quand l'amour connaît-il la raison ?

— Qui a parlé d'amour ?

— Moi.

Ross se mit à rire.

— Vous me regardez comme si des crapauds jaillissaient de ma bouche.

Claire ne savait pas flirter et, de toute façon, ce genre de badinage n'amenait que des ennuis.

— Les crapauds, je peux gérer. Le flirt, beaucoup moins.

— Vous saviez que mon grand-père vous avait choisie avec l'idée que vous me plairiez ?

— Absurde !

Et pourtant… George avait lourdement insisté sur le fait que Natalie Sweet n'était pas la petite amie de Ross.

— Vous n'avez qu'à lui demander. Il vous le confirmera.

— Pourquoi aurait-il fait une chose pareille ?

— Il se fait du souci pour moi. Il veut que je me fixe quelque part, que je fonde une famille.

Cette fois, ce fut au tour de Claire d'éclater de rire.

— Avec moi ? Dans ce cas, on peut dire qu'il a frappé à la mauvaise porte !

— Tiens, et pourquoi ça ?

Elle contre-attaqua par une autre question :

— Pourquoi est-ce si important pour lui ?

— Il ne veut pas me laisser seul.

— Et vous, que voulez-vous ?

— Moi, tout ce que je veux, c'est coucher.

— Ross !

— Je suis franc, c'est tout !

Mal à l'aise, Claire se trémoussa sur son siège et se rencogna contre la portière.

— Dès qu'il m'a engagée, votre grand-père m'a tout de suite parlé de vous.

— Sans doute parce que c'est moi qui lui ai causé le plus de tracas.

Il se pinça la base du nez entre le pouce et l'index et soupira d'une voix angoissée :

— Seigneur, comme je regrette d'avoir passé ces deux ans en zone de guerre, alors que j'aurais pu rester auprès de lui !

— Si George vous entendait, il serait furieux.

— C'est bien pour ça que je vous le dis à vous et non à lui.

— Vous pouvez tout me dire, Ross.

Elle mourait d'envie de le toucher et glissa ses mains entre ses genoux pour couper court à la tentation.

Ross regardait droit devant lui, mais, de toute évidence, il ne voyait pas l'arrondi des collines baignées de clair de lune.

— Mon grand-père est un phare pour moi. Il l'a toujours été, mais c'est encore plus vrai depuis que j'ai perdu mon père. Je croyais qu'il cesserait de se tourmenter pour moi, maintenant que j'ai quitté l'armée, mais il a décidé de s'inquiéter pour mon avenir.

— C'est parce qu'il vous aime énormément.

Ross cala son milk-shake dans le porte-gobelet et son visage prit une expression songeuse.

— Il a raison sur un point. Je ne veux plus être seul. Maintenant que je suis rentré, je me sens vraiment prêt à aborder un nouveau chapitre. A fonder une famille, à me fixer dans un endroit tranquille et sûr. Après tout ce que j'ai vu là-bas, je… il n'y a que ça qui compte vraiment.

Claire aurait pu l'écouter parler toute la nuit. Il lui dévoilait un pan de ses rêves, et c'était douloureusement intime. En même temps, elle aurait voulu lui demander ce qu'il se passerait s'il découvrait que ses ambitions n'étaient pas réalisables. Se laisserait-il mourir à petit feu ? Ou bien reprendrait-il sa vie itinérante en fuyant toute attache sentimentale ?

Enfin, il se détendit. Il se tourna vers elle et sourit.

— Mais ne mettons pas la charrue avant les bœufs. Et si on s'organisait un rendez-vous galant ? Ce soir, ça compte, comme rendez-vous ?

Elle se mit à rire, comme si sa question l'amusait.

— Ah, bien sûr !

Pour masquer son trouble, elle consulta son téléphone portable et son moniteur de surveillance, afin de s'assurer qu'elle n'avait pas manqué un message de George.

— Tout va bien ?

— Pas de nouvelles, bonnes nouvelles.

— Et vous, au fait, qu'est-ce qui vous a poussée à choisir cette spécialité médicale ? Accompagner les gens vers la sortie… C'était un rêve de petite fille ?

— Très drôle. Oui, c'est connu, toutes les petites filles rêvent de faire de l'accompagnement de fin de vie.

— Alors, qu'est-ce qui vous a attirée là-dedans ?

— « Attirée », ce n'est pas vraiment le mot. Je parlerais plutôt de… vocation. Ça me convient. C'est un travail essentiel, et un travail qui nécessite d'être bien fait, avec amour. Je peux aimer mes patients de tout mon cœur. Je les aime tout le temps qu'il leur reste à vivre. Ensuite, je les laisse partir et je passe à un autre.

— Je ne sais pas comment vous faites. Comment pouvez-vous supporter ça ?

— Je le fais, c'est tout.

Consciente que sa voix s'enrouait d'émotion, elle se tut. Elle éprouvait une véritable passion pour son métier, mais il n'était pas dans ses habitudes d'en parler. Et Ross l'incitait si dangereusement aux confidences…

— J'ai découvert cette spécialité en stage. Certains secteurs étaient plus gratifiants que d'autres : la puériculture, le travail clinique, les urgences… Retaper les gens et les renvoyer chez eux, à peu près d'aplomb. J'aimais ces spécialités, comme tout le monde, elles étaient faciles à aimer. Et puis, j'ai bien réfléchi à mon rôle de soignante, j'ai fait un peu d'introspection et je me suis aperçue que le métier d'infirmière était une profession très nuancée, qu'il y avait plusieurs manières de venir en aide aux autres. J'ai appris qu'aider ne signifiait pas forcément guérir. Lors des cours et des évaluations, on parlait beaucoup de la notion de « belle mort ». Cela donnait lieu à d'intéressantes discussions, mais personne ne connaissait vraiment la réponse.

— Félicitations, mademoiselle Turner ! lança Ross, une lueur malicieuse au fond des yeux. Vous remportez haut la main l'oscar de la meilleure comédienne.

Pour toute réaction, Claire inclina la tête sur le côté et le regarda, perplexe.

— Je ne vois pas du tout de quoi vous parlez.

— Laissez-moi vous prédire l'avenir. Un de ces jours, vous me montrerez votre vrai visage.

Le ton de Ross lui glaça le sang. Personne ne lui avait jamais parlé ainsi. Venant de lui, comment devait-elle prendre cette sorte de menace ?

— Vous m'accusez de cacher quelque chose ?

— Ce n'est pas une accusation, mais une simple observation. Libre à vous de me prouver que j'ai tort. Quand bon vous semblera.

Ross et Claire rentrèrent au cottage alors que Charles et Jane étaient sur le point de s'en aller. Claire trouva George très pâle, mais peut-être était-ce dû au vin. Comme il était souriant et détendu, elle s'abstint de toute remarque.

— Quelle merveilleuse soirée nous avons passée ! disait Jane à Ross. Merci d'avoir organisé ces retrouvailles.

Ross hocha la tête.

— Merci à vous d'être venus.

Claire, prise dans une douce torpeur, se ressentait encore du désir brûlant qui, toute la soirée, lui avait chaviré le corps et l'âme. Ross Bellamy lui faisait l'effet d'une drogue dure, enivrante.

— Nous avons de grands projets, déclara Charles. Il faut à tout prix organiser une réunion de famille.

— Oui, une merveilleuse réunion, ici, au Camp Kioga, précisa Jane, transportée par l'idée de cette mission. Je vais tout arranger pour que nous nous retrouvions tous ensemble — la famille de George et la nôtre.

Claire lança un regard en direction de Ross. Il affichait un sourire un peu contraint.

— Tu te sens prêt à affronter un rassemblement de ce genre, grand-père ?

— Absolument.

Il avait l'air ravi mais fatigué.

— Si quelqu'un peut organiser une réunion en si peu de temps, c'est bien Jane.

— Nous vous avons apporté un album de famille afin que tu puisses y jeter un coup d'œil, Ross, dit cette dernière.

— Merci, je n'y manquerai pas.

— Bonne nuit, George, dit Charles. On se voit demain.

Il tint la porte d'entrée à son épouse qui continuait à babiller gaiement, tout à ses projets.

— C'était une soirée très agréable. La réalité s'est avérée beaucoup plus simple que je n'imaginais, dit George d'un ton vaguement mélancolique. Il faut dire que Charles et moi étions en rivalité sur tant de points ! Que tout cela paraît ridicule aujourd'hui !

Ross s'inquiétait toujours.

— Tu es sûr de pouvoir faire face à une grande réunion de famille ? Tu n'as pas accepté pour leur faire plaisir ?

— Pas du tout, c'est exactement ce que je souhaite. Une occasion de connaître leurs enfants et petits-enfants. Je me suis toujours posé des questions sur mon frère. Sur eux.

Il fronça les sourcils et se massa les tempes.

— Fiston, aide-moi à me coucher, veux-tu ?

Ross se tourna vers Claire, le regard aiguisé par l'appréhension. Elle répondit à son angoisse muette sur un ton qu'elle espérait rassurant :

— Bonne idée. Je vais chercher vos médicaments, George.

Elle prit son temps pour ce faire, consciente qu'ils parlaient à voix basse. Pourvu que ce ne soit pas d'elle ! Par pitié, non !

Lorsqu'elle les rejoignit, George, calé contre ses oreillers, feuilletait l'album que lui avait apporté son frère. Il était bourré à craquer de photos en noir et blanc, d'instantanés Kodachrome pâlis, de Polaroïd aux coins brunâtres et de nombreux tirages numériques.

George fixait avec concentration un portrait de Charles en uniforme militaire, entouré de sa femme et de leurs quatre enfants.

— Grand-père ? dit Ross d'une voix douce.

George se moucha.

— Je regrette d'avoir manqué toutes ces années de la vie de mon frère.

Il agita une main impatiente.

— Trêve de regrets ! Je me sens fatigué. Ça ira mieux demain matin. Baisse la lumière, veux-tu ? Elle est trop forte.

Claire lui tendit un petit gobelet de comprimés ainsi qu'un verre d'eau.

— Tenez, voilà pour vous.

Il avala ses médicaments et leur fit signe de s'en aller.

— Allons, ne restez pas ici. Il est encore tôt. Reprenez votre soirée à deux.

— Mais ce n'était pas ce genre de soirée, rectifia Claire sans regarder Ross.

— Alors, vous êtes deux idiots. Vous vous plaisez, ça crève les yeux, même mon frère s'en est aperçu. Partez, maintenant. Laissez un vieil homme se reposer.

Ils sortirent de la chambre. Claire se rendit dans la cuisine pour faire la vaisselle.

— Laissez ça, dit Ross. Les employés s'en chargeront demain matin.

— Je n'ai pas l'habitude, vous savez. Pour moi, ces mots ne veulent rien dire.

— C'est une expression Mohawk qui signifie : « Ramenez-vous en vitesse, histoire qu'on reste encore un peu ensemble. »

Claire sentit son ventre s'embraser.

— Il vaut mieux que vous partiez, Ross.

— Comme vous voulez.

Mais au lieu d'aller vers la porte, il traversa la pièce et la plaqua tendrement contre le plan de travail.

Elle posa les mains sur ses bras, mais ne le repoussa pas. Il était si fort, si… rassurant ! Il l'embrassa. Ses lèvres se firent caresse, puis forcèrent l'intimité de sa bouche. La tête lui tournait.

Au bout d'un moment, elle réussit à s'écarter et murmura :

— Ross, qu'est-ce que vous faites ?

— Je vous dis bonne nuit.

— Vous ne pouvez pas me dire bonne nuit en m'embrassant.

— C'est pourtant ce que je viens de faire. Et j'ai bien envie de recommencer.

— Arrêtez, Ross ! Sans rire. Ce n'est pas correct, et à bien des égards…

— Sauf que moi, je trouve ça très agréable.

Il prit délicatement son visage entre ses mains.

— Savez-vous depuis combien de temps je n'avais pas embrassé une femme ?

— Environ vingt-quatre heures.

— Mais avant cela, ça faisait plus de deux ans. C'est si bon de vous embrasser !

— Vous devriez vous en aller, maintenant.

Mais elle ne pouvait plus bouger. Elle n'en avait pas envie. Elle voulait rester ici toute la nuit, dans ses bras.

— Encore une minute.

Il se pencha pour l'embrasser de nouveau.

Claire se morigéna. « Ecarte-toi, ne sois pas sotte… » Mais son cœur restait sourd à ses exhortations. Elle était submergée de désir, affamée non pas de baisers ou de complicité, mais de contact humain. Ross voulait voir son vrai visage… Pour la première fois de sa vie, elle envisageait cette possibilité. De toute façon, elle devait le mettre en garde. Il devait savoir dans quoi il s'engageait, c'était plus correct.

— Ross, murmura-t-elle contre sa bouche, il y a quelque chose que vous devez savoir sur moi.

— Je veux tout savoir sur vous. Votre chanson préférée, votre couleur préférée. Le rythme de votre respiration quand vous dormez, la couleur de votre appartement, les livres que vous aimez lire…

Elle le coupa :

— Je ne parlais pas de ce genre de choses.

Oh, si seulement tout n'était pas si compliqué ! Si seulement elle pouvait lui dire la vérité, toute la vérité ! Voyons, quels mots emploierait-elle ? *J'ai vu un policier commettre deux meurtres et si jamais il me retrouve, il me tuera.*

Pour gâcher l'ambiance, il n'y avait pas mieux…

Ross l'embrassa encore et ses lèvres titillèrent tendrement la courbe de son cou.

— Je vous propose une chose, dit-il. On continue sur notre lancée et ensuite vous me raconterez tout.

— Bonne idée, mais…

Un bruit sourd résonna depuis la chambre de George.

Ross recula brusquement comme s'il s'était brûlé les mains à son contact.

— Grand-père !

Ils s'élancèrent vers la chambre de George. Son dispositif d'alarme gisait par terre. Sans doute l'avait-il fait tomber en essayant de l'attraper.

— Il fait une attaque, dit Claire en se précipitant à son chevet.

Elle contrôla ses voies aériennes et le tourna sur le côté, en position de sécurité.

Ross empoigna le téléphone qui se trouvait sur la table de nuit.

— J'appelle le SAMU !

— Non, vous ne pouvez pas ! s'écria-t-elle précipitamment.

— Quoi ?

Ross allait détester ce qu'elle allait lui dire. Et sans doute aussi la détester, elle. Mais il fallait lui dire la vérité.

— Vous ne pouvez pas appeler le SAMU parce que votre grand-père a signé une DNR. Une demande de non-réanimation.

16

Ross appela le SAMU.

Il se fichait pas mal des protestations de Claire et de cette foutaise de DNR. Son grand-père avait besoin d'aide. Et quand bien même un papier stipulait qu'on ne devait pas le réanimer, cela ne signifiait pas pour autant une interdiction de soins.

Par précaution, grand-père avait été sanglé sur une planche dorsale, et un collier cervical lui enserrait le cou afin qu'il ne bouge pas pendant le transport. Il reprit connaissance et murmura quelque chose, mais sa voix était étouffée par le masque à oxygène. En sa qualité d'infirmière, Claire l'accompagnait dans l'ambulance. Ross les suivait en voiture.

A son arrivée au Benedictine Hospital, grand-père fut immédiatement conduit aux urgences. Le temps que Ross gare la voiture et fonce jusqu'au service, Claire était déjà en plein conciliabule avec un médecin et deux infirmières. Grand-père, étendu sur un lit, était entouré de machines, de tables roulantes et de tuyaux. Plusieurs internes et infirmières s'activaient autour de lui.

— Je vous présente Ross Bellamy, dit Claire, le petit-fils de M. Bellamy.

— Et mon grand-père n'a pas signé de DNR, affirma-t-il, refusant de croiser le regard de Claire. Il doit être maintenu en vie à tout prix, c'est ainsi que vous devez le soigner. Alors, faites votre boulot !

Le Dr Randolph s'avança vers lui. C'était un jeune interne à la barbe de trois jours et aux cheveux ébouriffés. Il tenait la chemise en papier kraft que lui avait confiée Claire, et qui contenait tout le dossier médical de grand-père.

— Pour votre information, monsieur, cela signifie que toutes les mesures de réanimation et de maintien en vie seront mises en œuvre. Il peut se produire une obstruction ou un collapsus des voix aériennes. Cela impliquera sans doute une intubation et le placement de votre grand-père sous respirateur. D'autres mesures pourront encore être prises : pose d'une sonde, défibrillation, transfusions, alimentation artificielle…

La liste d'horreurs était interminable. Ross se rappelait ces mesures de maintien en vie. Il les avait vues pratiquées en Afghanistan. Des procédures toujours brutales, mais au moins, le patient restait en vie.

Ses réflexions furent interrompues par un grand fracas. Tout le monde tourna la tête vers George. Il avait réussi à libérer sa main de la sangle en Velcro et avait renversé un plateau chargé d'instruments. Claire se précipita à son chevet et écarta l'infirmier qui installait la valve de la poche.

— Sa respiration semble s'être un peu améliorée, constata le Dr Randolph.

Grand-père toussa et agita faiblement la main.

— Pour l'amour du ciel, Ross, qu'est-ce que tu ne comprends pas, dans l'expression « ordre de ne pas réanimer » ?

Malgré le refus de grand-père de rester à l'hôpital, on le garda quelques heures en observation. Le service des urgences était illuminé de lumières crues. Il y régnait une activité et un vacarme incessants, entre les pleurs d'enfants, les soliloques d'ivrognes, les gémissements des malades et des blessés, les allées et venues des soignants qui lançaient des ordres à tout bout de champ. Les dents serrées, Ross repoussait les sinistres souvenirs qui le ramenaient à la guerre afin de pouvoir se concentrer sur son grand-père. Un rideau bleu qui arrivait à cinquante centimètres du sol offrait un semblant d'intimité.

— Vois-tu, Ross, quand tu étais au front, je livrais ma propre bataille, à la clinique Mayo. Tu crois peut-être que je ne voulais pas me battre contre cette maladie ? Tu crois que je ne voulais pas en venir à bout ? J'ai donné tout ce que j'avais, Ross. On m'a anesthésié la tête, on m'a vissé un cadre en métal dans le crâne et on m'a bombardé de rayons gamma. On m'a injecté des produits de chimio…

— Tu ne me l'avais pas dit, grand-père.

— Et toi, tu ne m'as pas dit non plus ce que tu avais vu, dans tes propres combats. Ross, la tumeur ne cesse de récidiver. Le processus ne s'arrêtera jamais et je refuse de revivre ça, tu comprends ? C'est hors de question. Même pour toi.

George sombra doucement dans le sommeil. Ross sortit précipitamment de la zone séparée par le rideau, rattrapé par ses émotions.

Son chagrin se réactiva comme une source qui se dégèle après l'hiver. Il avait passé ces deux dernières années dans une espèce d'engourdissement, coupé du monde dans une bulle qui le séparait de tout. A présent, la bulle avait éclaté. Les sentiments qu'il n'avait pas éprouvés depuis des années affluaient vers son cœur : tristesse et désespoir devant la maladie de son grand-père, impression de futilité totale.

Grand-père… Une vague de souvenirs le submergea, le noya sous un raz-de-marée d'émotions.

Il n'émit pas un son, mais Claire devait avoir senti son abattement. Elle le suivit dans un endroit tranquille, près de la fontaine d'eau. Il pleurait. Bon sang, depuis quand pleurait-il ?

— Je pensais que je serais prêt, le moment venu, articula-t-il d'une voix rauque et mal assurée. J'ai perdu mon père, et pourtant, j'ai tenu le choc.

Il s'essuya le visage à l'aide de sa manche.

— Je tiendrai le choc pour lui aussi.

— Bien sûr que vous y arriverez. C'est la seule façon de faire honneur à votre grand-père.

— Mais je le sais, tout ça ! Sauf que je m'en tire comme un nul !

Il inspira profondément, surpris de se sentir encore en vie. Il avait toujours cru qu'une telle souffrance le tuerait.

— Pas du tout, vous vous en sortez très bien, je vous assure.

— Non, ce n'est pas vrai ! Maintenant qu'il a revu son frère, je veux le ramener à New York. Je veux qu'il revoie le médecin qui…

— Et si vous pensiez un peu à ce qu'il veut, *lui* ? C'est la seule chose qui compte. Vous avez le droit de craquer, Ross. Vous avez le droit d'avoir peur, mais vous devez vous focaliser sur George.

Ross savait ce qui l'effrayait : continuer à vivre sans son grand-père. Pourtant, après cette soirée, il avait compris que l'obliger à reprendre un traitement entraînerait pour lui des souffrances inutiles.

— Oui…, admit-il au bout d'un moment. Je sais. Mais moi, qu'est-ce que je vais faire, bon sang ?

— Prenez la situation au jour le jour. Voire peut-être heure par heure. Le meilleur service que vous puissiez rendre à George, c'est d'être auprès de lui. Passez vos coups de cafard sur moi, je peux les supporter. Mais si votre grand-père vous sent inquiet et stressé, vous lui communiquerez votre stress et votre inquiétude. Quand vous êtes avec lui, lâchez prise.

Lâcher prise. Ross s'imaginait en train de lâcher prise. Lâcher la main d'un soldat dans une situation d'urgence. Lâcher un poisson pris au bord de l'eau. Lâcher prise, pensait-il. *Lâcher prise.*

Ces simples mots prononcés par Claire se drapaient autour de son esprit, venaient à son secours aussi sûrement qu'un hélicoptère d'évacuation sanitaire. Sa douce présence le soulevait de terre, l'emportait au loin. La meilleure façon d'aimer son grand-père, à présent, c'était de le laisser partir.

De l'hôpital, Ross appela son oncle Trevor et lui apprit les derniers événements. Celui-ci fut catégorique : il fallait ramener George à New York sur-le-champ.

— Je pense plutôt que tu ferais mieux de venir ici, répliqua Ross. D'ailleurs, tout le monde devrait venir, et vite.

Ils argumentèrent un moment, car le reste de la famille s'accrochait toujours à l'espoir que l'état de George pouvait être amélioré. En définitive, ce fut Ross qui l'emporta. Trevor accepta de se rendre à Avalon. Ses frères, Gérard et Louis, suivraient peu de temps après.

Ross et Claire repassèrent derrière le rideau. George sommeillait toujours, mais dès son réveil, ils le ramèneraient au Camp Kioga.

— Est-ce qu'il nous entend ? s'enquit Ross.

— Peut-être.

Elle rajusta un coin de la couverture bleue qui le bordait.

Sur ce lit médicalisé, grand-père semblait parti très loin, comme perdu dans un monde de rêves. Ross jeta un coup d'œil circulaire à la pièce et rassembla les affaires du vieil homme. Cela tenait en peu de choses : ses pantoufles et sa vieille veste rapetassée aux coudes avec des pièces, le tout laissé en tas comme s'il s'agissait du linge de la veille.

Quand Ross les ramassa, quelque chose s'envola d'une poche — une photographie. Un vieux tirage en noir et blanc aux bords dentelés. Il représentait un garçon et une fille en train de faire du surplace dans un lac, riant aux éclats devant l'objectif.

Au dos du cliché, quelqu'un avait écrit : « George Bellamy & Jane Gordon, Camp Kioga, 1945. »

17

Avalon, comté d'Ulster, Etat de New York
Eté 1955

Charles et George se disputaient les clés de voiture. Il leur arrivait souvent de se quereller pour savoir qui conduirait la DeSoto. Même si, en général, George cédait le premier. Tandis qu'il fixait la toile de la capote après l'avoir repliée, il lança les clés à son frère. Sur le parking du Camp Kioga, l'air était sec et brûlant ; une balade en décapotable serait l'occasion d'une parenthèse de fraîcheur bienvenue.

— Maman veut qu'on ramène une tourte pour le pique-nique, dit George. Tu n'as qu'à conduire. Moi, je regarderai le paysage.

Deux jeunes filles — queue-de-cheval, jambes nues et tenue blanche — passèrent devant eux d'un pas nonchalant pour se rendre sur les courts de tennis. George les suivit des yeux.

— J'aime bien admirer les beautés de la nature, de temps en temps…

Charles prit le volant. Un coude appuyé sur le montant de la vitre, il était hilare.

— Vas-y ! Flirte tout ton soûl, lança-t-il avec bonne humeur. Moi, j'attends le grand amour.

— La vie est trop courte pour attendre quoi que ce soit, décréta George.

Comme c'était bon de sentir la brise sur son visage et l'air chargé des doux parfums de l'été... Herbe fraîchement coupée, fleurs épanouies, odeur sèche des trottoirs brûlants de soleil. Ils franchirent le portail d'entrée. A la radio, Bill Haley et ses Comètes hurlaient « *Burn that candle* ».

— Enfin de retour au Camp Kioga ! s'exclama Charles. Dix ans que nous n'étions pas venus, je n'arrive pas à y croire !

Le temps avait filé. A la rentrée, George entamerait sa dernière année à Yale. Leur mère, prise d'un brusque accès de nostalgie, avait souhaité que toute la famille retourne au Camp Kioga. C'étaient peut-être leurs dernières vacances en famille, avait-elle allégué, car, une fois diplômé, George volerait de ses propres ailes et rien ne serait plus jamais comme avant.

George n'avait guère opposé de résistance à ce projet. Il songeait souvent aux étés qu'il avait passés ici, dans son enfance. Tant de drames concentrés en si peu de temps — une série de péripéties enfantines brutalement interrompues par une double tragédie : la mort cruelle d'un jeune homme et la polio dont lui-même avait été victime. L'été suivant, il était finalement parvenu à dompter la maladie, à partir du moment où il avait compris qu'il était le seul obstacle à sa guérison. Puisant dans des ressources qu'il ignorait posséder, il s'était extirpé de son fauteuil roulant et s'était mis debout, sur ses deux pieds, plus résolu que jamais à se bâtir une vie digne de ce nom.

Dix ans. Et autant d'étés dont la polio l'avait privé — lui et toute sa famille, d'ailleurs. Jamais il n'aurait pu imaginer que sa rééducation lui prendrait tant de temps et d'énergie. Quand il avait démontré sa volonté de remarcher, ses parents avaient remué ciel et terre, cherchant pour lui les meilleures cliniques et les meilleurs protocoles de soins. Il avait été admis à Warm Springs, en Georgie, là même où le grand Franklin Delano Roosevelt avait séjourné. Après la victoire des Alliés, ses parents l'avaient ensuite envoyé en Suisse, au célèbre Institut Fleurier, dans le canton de Neuchâtel.

Il n'avait retrouvé l'usage de ses jambes qu'au prix de pénibles efforts qui le consumaient. Mais, comme disait Franklin Delano Roosevelt, « quand on passe deux ans à essayer de remuer un orteil, on apprend à relativiser ». George était bien d'accord là-dessus. Il était désormais capable de remarcher, même s'il ne pouvait plus courir, danser ou bondir d'immeuble en immeuble. Il ressemblait à n'importe quel garçon de son âge, tant que son pantalon couvrait l'appareillage orthopédique qui équipait sa jambe droite. Les kinésithérapeutes et les infirmières qui s'occupaient de lui se félicitaient de ce résultat quasiment inespéré.

Les Bellamy avaient préféré consacrer leurs étés à sa rééducation plutôt qu'au Camp Kioga. La polio lui avait aussi fait prendre un certain retard dans ses études, et il avait finalement intégré l'université avec à peine un an d'avance sur Charles. Il prétendait ne pas s'en formaliser, mais les gens établissaient des comparaisons entre son frère et lui. Il ne comprenait pas pourquoi. Charles et lui étaient si différents ! Charles était le plus sportif, le plus espiègle, le boute-en-train qui faisait des farces, dansait avec les filles et se donnait en spectacle sans être le moins du monde intimidé.

George, de son côté, était plus sérieux, plus réfléchi. Il avait gardé l'habitude de tenir son journal, comme quand il était plus jeune, et se consacrait avec passion à ses cours d'écriture. Grâce à ses nombreux mois passés en Suisse romande, il parlait couramment le français et rêvait de devenir correspondant de presse à l'étranger pour le compte d'un grand journal.

Mais cet été, les quatre membres de la famille Bellamy allaient retourner au Camp Kioga, à la recherche de ce qu'ils y avaient laissé ou de ce qu'ils n'avaient jamais connu : l'innocence, l'acceptation, la simplicité. Et de fait, le Camp Kioga leur offrait cette promesse : c'était un lieu où tout semblait facile, dans la lumière dorée du soleil, comme un rêve qu'on garde précieusement au fond de son cœur.

George s'interrogeait souvent au sujet de Jane Gordon, la fillette à la tignasse frisée et aux genoux écorchés qui transformait chacune de leurs journées en aventure. Il ne l'avait pas encore revue, mais ils n'étaient là que depuis quelques jours. Saurait-il seulement la reconnaître ? Elle devait être majeure, aujourd'hui.

Il regarda ostensiblement l'heure à sa montre, une Breitling offerte par ses grands-parents paternels à l'occasion de son bac. Quand grand-père la lui avait tendue, il l'avait regardé droit dans les yeux en disant : « Fais en sorte que ta famille soit fière de toi, fiston. »

Ce qui, pour un Bellamy, revenait à fréquenter une école prestigieuse, évoluer dans des cercles choisis, épouser une jeune fille de bonne famille et habiter un quartier huppé. C'était assez simple comme formule : « Fais tout comme il faut, et tu réussiras dans la vie. »

Et, conformément à la tradition, George et Charles avaient suivi cette voie. Ils avaient quitté le nid familial pour intégrer le lycée préparatoire d'Andover, prétendant virilement ne pas se languir de la maison dans leur nouvelle vie de pensionnaire. George, surtout, s'était démarqué en réussissant à jongler entre ses exercices de rééducation et le cursus rigoureux qu'il avait choisi. A présent, les deux frères poursuivaient leurs études à Yale, sur les traces de leur père et de leur grand-père.

Ni l'un ni l'autre n'avait encore rencontré sa future épouse. En son for intérieur, George trouvait assez ternes les filles qu'il rencontrait aux soirées de la fac. Leur personnalité sans relief et leur maniérisme étudié le laissaient de marbre. Lors des dîners organisés au pavillon du Camp Kioga, sa mère le gourmandait toujours : « Vraiment, George, je souhaiterais que tu te joignes aux autres. Je vois là cinq ou six jeunes filles qui ne demandent qu'à danser avec toi. »

Il gardait toujours une réponse diplomatique en réserve. « Mère, n'ayant aucun don pour la danse, je préfère laisser Charles faire honneur à cet art. »

En réalité, George n'avait jamais appris à danser. La dernière fois qu'il s'était aventuré sur une piste, c'était ici, au Camp Kioga. Il avait tenu Jane Gordon sur ses genoux tandis que Charles les faisait tournoyer en fauteuil sur une chanson de Guy Lombardo. Jane et Charles en gardaient-ils un souvenir aussi vif ?

Quand il avait pu remarcher, il n'avait pas eu envie d'apprendre à danser, même si, pour un gentleman, c'était un élément essentiel du savoir-vivre en société. Sans doute aurait-il pu se débrouiller le temps d'un ou deux airs, mais il préférait s'abstenir. Car par-dessus tout, George tenait aux apparences. Il aimait mieux ne pas danser que risquer de ternir son image en public.

Sa mère n'insistait guère. La maladie de son fils lui avait causé la peur de sa vie et, trop reconnaissante de le voir rétabli, elle n'osait exiger autre chose de lui.

De toute façon, Charles dansait pour deux, et avec succès. Le jitterbug, le Lindy hop, toutes ces danses amusantes et rapides convenaient à merveille à son naturel extraverti.

Millicent et Béatrice Darrow, deux sœurs originaires

de Boston, séjournaient dans le cottage voisin du leur ; aussi s'attendait-on que Charles et George les escortent tout l'été. Deux filles tout à fait chic, selon les critères de George — étudiantes à Vassar, l'équivalent de Yale au féminin. Les deux jeunes filles arboraient la beauté agréable et vaguement chevaline que l'on associe souvent à la bonne société de la Nouvelle-Angleterre, et elles parlaient plusieurs langues avec un accent uniforme et prononcé. Du point de vue des Bellamy, ces filles représentaient l'alliance idéale pour leurs fils. George n'en était pas aussi convaincu, mais il avait quand même promis de leur ramener une tourte aux cerises de la boulangerie Sky River.

— Sapristi, George, vise un peu ça !

Charles faillit tomber à genoux devant la vitrine regorgeant de beignets, de tartelettes aux fruits rouges, de tourtes, de gâteaux et de biscuits divers.

La boulangerie était bondée de clients venus faire leurs achats en prévision des fêtes et des pique-niques du week-end. Récemment fondé par les Majesky, un couple d'immigrants, l'établissement s'était déjà taillé une belle réputation dans la région, grâce à la variété et à la qualité des produits qu'on y vendait.

— Je n'arrive pas à savoir quel parfum je préfère ! s'exclama quelqu'un dans la boulangerie, d'un ton qui tranchait sur les autres.

Quelque chose dans cette voix — son timbre ou son intonation — le bouleversa au plus profond de lui-même. Ses cheveux se hérissèrent sur sa nuque. Balayant la foule du regard, il aperçut une fille en short et en T-shirt, entourée d'un groupe d'enfants. Elle portait l'uniforme d'animatrice du Camp Kioga, jusqu'au bandana emblématique noué autour du cou. Les enfants, eux, étaient tous en uniforme de colonie de vacances et se pressaient autour d'elle en réclamant des gâteaux à cor et à cri. Quelque chose dans son rire, une note ou un son bien particulier, résonna en lui comme la corde pincée d'un instrument. Il sentit ce son le parcourir et c'était une sensation folle, car, de l'endroit où il était, il ne pouvait pas vraiment voir son visage.

Elle se tenait dans un rayon de lumière qui frappait la devanture du magasin, comme si le soleil lui-même l'avait isolée dans la foule. Pourtant, elle n'avait rien de bien extraordinaire. De taille et de corpulence moyennes, elle était peut-être un peu plus voluptueuse que la normale, et ses frisettes roux foncé étaient rassemblées en queue-de-cheval bien haute. Son short laissait admirer une jolie paire de jambes.

Il devait l'avoir dévisagée avec insistance, car elle perçut son regard curieux posé sur elle. Interrompant ce qu'elle était en train de faire, elle se redressa et se tourna vers lui.

Le cœur de George s'arrêta de battre. Ils se reconnurent tous les deux au même instant. Jane Gordon.

Elle avait changé de mille façons, mais ce dont il se souvenait le mieux chez elle n'avait pas bougé : ses grands yeux noisette, sa traînée de taches de rousseur sur les joues et sur le nez, et sa large bouche expressive, toujours prête à sourire. Tout en elle respirait l'exubérance, comme à l'époque où ils étaient enfants.

En quelques secondes, il comprit ce qui manquait aux sœurs Darrow et aux filles que ses parents considéraient comme de bons partis pour lui. Il leur manquait ce dont Jane débordait : une espèce de vitalité irrépressible qui lui sauta immédiatement aux yeux.

Jane et lui avaient beau être aujourd'hui des étrangers l'un pour l'autre, ils partageaient ce moment empreint de souvenirs. George voyait dans son regard qu'elle l'avait reconnu.

Il ressentait également une étincelle inédite, quelque chose qui n'existait pas du temps où ils étaient plus jeunes. Ni l'un ni l'autre n'avaient échangé un mot par-dessus le vacarme du magasin bondé, et pourtant, il aurait juré qu'autour d'eux l'air crépitait d'électricité. Tous ses sens le pressaient d'agir. Un geste simple, direct. Il devait aller vers Jane, renouer avec elle… et l'inviter à sortir.

Elle n'attendait que ça, c'était évident. En dépit de cette longue séparation, il voyait une invite au fond de son regard et dans la chaleur de son sourire.

Sauf que le moment était mal choisi. Visiblement, elle était fort occupée par les enfants dont elle avait la charge. Quant à lui, il était passé faire une course et la boulangerie était pleine de monde.

La vie n'offre pas souvent de moments tels que celui-là — des moments où une seule parole, un simple geste sont susceptibles de tout changer. Laisser filer cette occasion revenait à accepter que quelque chose d'unique lui glisse entre les doigts.

Timidement, il esquissa un pas vers elle. Une charnière de son appareillage orthopédique émit un grincement infime, imperceptible pour tous à part lui. Mais cela suffit à semer le doute dans son esprit. Que diable allait-il lui dire ? « Bonjour, quels sont tes projets pour le reste de ta vie ? » « Excuse-moi, mais je crois que je suis en train de tomber amoureux de toi » ? Assurément, tout ce qu'il pourrait dire semblerait ridicule. En outre, quelle fille aussi vivante voudrait d'un canard boiteux comme lui ?

— Sapristiiii ! s'exclama une voix derrière lui. Garde-moi une place dans la file. Je dois aller parler à quelqu'un.

Très sûr de lui, Charles fendit la foule en trois enjambées et s'arrêta à hauteur de Jane. L'espace d'une seconde, elle parut déroutée. Et peut-être, oui, peut-être lança-t-elle à

George une supplique muette, comme si elle avait voulu que ce soit lui qui l'aborde en premier, et pas Charles. Mais, bien sûr, c'était peut-être un effet de son imagination.

A vrai dire, il ne saurait jamais ce que Jane avait pensé à cet instant. Il n'était certain que d'une chose, debout dans cette boulangerie bondée : leur vie à tous les trois ne serait plus jamais la même.

— Hein, qui aurait cru ça ? Je suis déjà à moitié amoureux de Jane Gordon ! déclara Charles.

Ce soir-là, toute la famille était réunie autour d'un apéritif au coin de la cheminée. Charles dévisageait son frère et ses parents, les yeux pétillant d'excitation.

— Vous croyez au coup de foudre ? Parce que j'ai bien l'impression que c'est ce qui m'arrive !

— Balivernes ! lâcha George.

Un bloc de rancœur glacée lui écrasait la poitrine. Une fois de plus, Charles l'avait coiffé au poteau. Mais cette fois, l'enjeu était autrement plus grave que la simple possession d'un trousseau de clés. Tout l'après-midi, George avait passé et repassé la scène dans sa tête. S'il n'avait pas douté de lui-même, s'il avait ignoré la gêne de son appareillage à la jambe et agi une fraction de seconde plus vite, c'est lui qui, ce soir, serait en train de raconter à ses parents qu'il avait rencontré une fille exceptionnelle.

— Quand je pense que pendant tout ce temps elle vivait à New Haven et qu'on ne s'en doutait même pas ! poursuivait Charles.

George, parfaitement maître de lui, but une toute petite gorgée de son whisky à l'eau.

Pendant ce temps, leur mère réfléchissait à voix haute :

— Nous ne connaissons pas de Gordon, n'est-ce pas ?

Et pourtant, ce nom m'est familier. Ses parents résident-ils au camp ?

Charles éclata de rire. Son abondante masse de cheveux blonds brillait dans la lueur des chandelles.

— C'est ça, le plus fou ! s'écria-t-il avec un sourire exubérant. Ils ne résident pas au camp. Ils le *dirigent* !

Avec son joyeux mépris pour toute forme de convention, Charles avait conté fleurette à Jane Gordon et appris qu'elle passait une bonne partie de l'année à New Haven avec sa mère. Dix ans après avoir perdu son fils à la guerre, Mme Gordon refusait toujours de retourner à Avalon, tandis que M. Gordon insistait pour continuer à gérer l'entreprise familiale.

C'était vraiment étrange, pensait George, que Jane passe la plus grande partie de son temps à New Haven et qu'ils ne l'aient jamais croisée là-bas. Dans son esprit, il gardait l'image d'une petite fille bizarre et maigrichonne, avec de grandes dents et des yeux rieurs. Mais entre-temps, le vilain petit canard s'était transformé en cygne.

— Oh, juste ciel ! s'exclama sa mère. Voilà pourquoi ce nom ne m'est pas inconnu… C'est une famille de la région, voilà tout.

En entendant cette déclaration, George sentit le nœud de tension se dénouer dans sa poitrine. Il ne regrettait plus de ne pas avoir accosté Jane à la boulangerie ; au contraire, il se sentait soulagé. *Une fille de la région.* « De la région » était une expression codée signifiant « au-dessous de nous ». « De la région » signifiait une fille de la classe ouvrière. Une fille qui aurait détonné à l'université qu'ils fréquentaient. Ni Charles ni lui n'avaient intérêt à s'éprendre d'elle, et il n'allait certainement pas entrer en conflit avec son frère pour la conquête de son cœur.

De toute façon, une idylle avec Jane Gordon serait

d'emblée vouée à l'échec. Ils n'avaient rien en commun. Une fois estompée l'attirance initiale, il ne resterait rien pour alimenter leur passion. Soit, cette attitude était peut-être snob ou élitiste, mais ce n'était pas lui qui avait fixé les règles de la vie en société.

Grâce à Charles, il avait évité une situation délicate. Il aurait vraiment été très maladroit de flirter avec elle, d'oser peut-être une ouverture, pour en fin de compte essuyer une rebuffade parce qu'il avait une patte folle et ne convenait pas à son monde à elle.

Cependant, tandis que Charles continuait inlassablement à disserter sur elle — Jane Bonnie Gordon, une fille de fermier qui avait grandi ici, à Avalon ! —, George comprit soudain que son frère ne saisissait pas ce genre de nuance.

— Fiston, dit leur père à Charles, nous ne te reprochons pas de flirter un peu le temps d'un été, à condition que vous en restiez là.

— Trop tard, rétorqua Charles avec désinvolture. Nous avons *déjà* dépassé ce stade.

Leur mère s'éventa.

— Dieu tout-puissant, ne me dis pas que… ?

— Bien sûr que non, s'empressa de corriger Charles. Nous ne nous sommes revus qu'aujourd'hui. C'est une fille géniale, et vous allez l'adorer.

— Et quelle université fréquente-t-elle ? demanda leur mère d'un ton appuyé.

— Jane ne fait pas d'études supérieures. Elle dit que son père a déjà bien du mal à maintenir le Camp Kioga hors du rouge. Mais je veux que vous compreniez. Je n'ai pas l'intention de l'inviter à sortir ou de la courtiser comme je le ferais avec n'importe quelle fille.

— Ce n'est pas n'importe quelle fille, intervint leur père

d'une voix grave et menaçante. Elle ne convient pas à un jeune homme tel que toi.

— Oh, père… Ne sois pas si vieux jeu ! s'écria Charles en riant. On n'est plus au XIXe siècle ! Ce n'est pas *Carmen* de Bizet.

Le fait qu'il ait jeté cet opéra sur le tapis — une œuvre ayant pour thème la lutte des classes provoquée par l'amour d'une cigarière pour un puissant aristocrate — prouvait bien que Charles, à un certain niveau, comprenait la situation. Jane ne convenait pas du tout à son frère. Plus vite il accepterait cette réalité, plus vite ils pourraient tourner la page.

George était néanmoins frustré de s'apercevoir que son propre cœur n'obéissait pas à sa raison. Contre tout bon sens, il se prenait à rêver interminablement à ces moments passés à la boulangerie. Ces quelques secondes avaient été pour lui un véritable déclic. Pourquoi n'avait-il pas fait le premier pas ? Pourquoi ne lui avait-il pas adressé la parole, quand l'occasion lui en était offerte ?

Parce qu'il avait eu peur. Il s'était dissimulé derrière les règles de la bonne société pour ne pas avoir l'air ridicule. Ce n'était pas l'aspect de lui-même qu'il préférait.

— Tiens, regardez qui voilà ! s'écria sa mère. Les Darrow se joignent à nous pour le dîner.

Elle se leva, vogua vers eux pour les accueillir et, quelques minutes plus tard, ils partageaient tous une longue table — deux charmantes familles, dont tous les membres s'étaient mis sur leur trente et un. Le dîner se déroula dans une atmosphère de grande convivialité. Ils discutèrent de la démission de Churchill de son poste de premier ministre et du vaccin Salk contre la polio.

— Quelle bénédiction ! s'enthousiasma Millicent Darrow, la cadette des deux sœurs. Quelle chance que nous n'ayons plus à craindre cette terrible maladie !

George, qui polissait un verre à vin, changea de sujet.

D'un jour à l'autre, on allait inaugurer un parc d'attractions baptisé Disneyland, qui promettait de faire fureur en Californie. Puis, à son grand soulagement, les femmes se lancèrent dans une grande discussion sur *Marjorie Morningstar*, le best-seller que tout le monde s'arrachait.

Au terme du repas, l'ensemble musical attaqua les premières mesures de « *Dance with me, Henry* » et les filles jetèrent un regard impatient aux deux frères.

— C'est ma chanson préférée, dit Millicent.

— Je vous prie d'excuser mon frère, dit Charles aux deux sœurs, il refuse de danser.

Les filles échangèrent un regard.

— Même pas un petit fox-trot ? Oh, Georgie, dis-moi que ce n'est pas vrai ? demanda Béatrice avec une moue boudeuse.

George, qui détestait qu'on l'appelle « Georgie », la gratifia de son plus charmant sourire.

— Considérez cela comme un geste charitable, mesdemoiselles. Je ne veux pas m'attaquer à une pauvre jeune fille sans défense et lui causer des dommages physiques irréversibles.

Les deux sœurs éclatèrent de rire.

— Nous sommes plus solides que tu ne crois, je t'assure. De vraies Yankees !

— Mais n'oubliez pas les ravages psychologiques que vous encourez, en choisissant pour cavalier le pire danseur qui ait jamais foulé une piste de danse !

Il haussa un sourcil.

— Croyez-moi, ajouta-t-il, personne ne peut surmonter un tel traumatisme.

— C'est vrai, acquiesça Millicent. Une réputation est

plus fragile qu'un corps humain. Un os brisé se ressoude. Une réputation ternie le reste à jamais.

— Non, mais tu entends ce que tu dis ?

Charles était incrédule.

— Tu parles comme une vieille chouette !

Millicent lui lança un regard torve.

— Je te remercie !

Aussitôt, Charles rattrapa le coup :

— Mais tu as l'air d'une *jeune* chouette.

— Ah, voilà qui est mieux !

Elle battit des paupières dans sa direction, avant de se tourner vers George.

— Tu n'as pas pris de cours de danse, à l'école ? Je pensais pourtant que cet art faisait partie de la panoplie du parfait gentleman.

— Tu as raison, répliqua-t-il. C'est sans doute pour ça que je ne suis pas un gentleman.

Tous éclatèrent de rire comme s'il avait fait un trait d'humour.

— Comment as-tu pu échapper aux cours de danse ? Où étais-tu quand tout le monde apprenait à valser ?

« Dans un poumon d'acier, pensa-t-il. Je luttais contre la mort. »

Il sentait le regard de son frère posé sur lui. Charles ne comprenait pas sa réticence à parler de la maladie. Et George ne pouvait comprendre que ce soit si difficile à comprendre. Comment diable pouvait-on se vanter d'une pareille faiblesse ?

Contrairement à son frère aîné, Charles avait mené une vie fort agréable. Tout lui venait sans effort : les bonnes notes, les trophées sportifs, l'aisance en société… tout. Assurément, il représentait l'archétype du jeune Américain dans toute sa splendeur. Pas étonnant, sans doute, qu'il ne puisse se mettre à la place d'une victime de la polio affligée d'une patte folle…

— Tu nous as manqué, au concours de bridge, cet après-midi, remarqua Millicent. Où étais-tu ?

— Oh, de-ci, de-là, répondit Charles.

George le soupçonnait d'avoir réussi à s'éclipser pour aller voir Jane Gordon. Charles aurait dû être plus raisonnable. Mais une fois de plus, il avait suivi ses impulsions, au mépris des conséquences.

— Qui a gagné le concours ? s'enquit Charles.

— George et Béatrice, bien entendu.

— Mon grand frère gagne toujours à tout, affirma Charles avec un sourire contrit.

— Ne vous faites pas d'illusions, rectifia George, remarquant au passage que Charles n'avait pas avoué où il était pendant le concours de bridge. J'ai tendance à ne m'essayer qu'aux activités dans lesquelles je suis susceptible de briller.

— Ah, voilà donc ton secret ! dit Millicent.

— Ce n'est plus un secret, puisque je viens de vous le révéler.

— C'est une idée à méditer, déclara Charles. La clé de la réussite serait de ne s'attaquer qu'à des choses qu'on est sûr de réussir.

— En tout cas, ça marche pour moi, dit George. Et n'importe comment, ça réduit la frustration au minimum.

L'orchestre attaqua une version animée de « *Moments to remember* » et de nombreux couples s'élancèrent sur la piste de danse.

Béatrice revint une dernière fois à la charge :

— Tu es certain de ne pas vouloir être mon cavalier, George ?

— Crois-moi, j'ai trop d'estime pour ta mobilité et ton intégrité physique pour t'infliger un danseur de mon espèce.

— Je vais te dire, intervint Charles d'une voix de velours. Envoyons George nous chercher une autre bouteille de vin. Et pendant ce temps, je danserai avec vous deux. Nous inventerons une nouvelle danse.

Les filles furent charmées par la perspective d'être à deux contre un, et comme Charles se levait pour leur offrir un bras à chacune, George lança à son frère un regard de gratitude mêlée de soulagement.

— N'oublie pas le vin, lui rappela Charles. Et choisis-nous une bonne bouteille. Ou plutôt deux, tant que tu y es !

— Je reviens dans une seconde.

George se leva de table, conscient de chacun de ses pas. Depuis des années, il s'appliquait à cacher les ravages de la maladie. Un tailleur de Londres lui confectionnait tous ses vêtements, depuis les costumes jusqu'aux tenues plus décontractées. Chaque pantalon, y compris ses pantalons de golf, était conçu pour dissimuler l'appareillage orthopédique qu'il portait à la jambe droite. Il traversa la vaste salle à manger bouillonnante d'effervescence. Sa confiance, il le savait, venait de l'entraînement auquel il s'était astreint.

La salle à manger était particulièrement animée — c'était un vendredi soir. Le vendredi, les hommes quittaient New York pour rejoindre leur famille dans leur villégiature d'été. Parkhurst Bellamy ne faisait pas exception à la règle. Comme les autres, il était arrivé à l'heure de l'apéritif, et depuis, il n'avait pas cessé de boire. Ses parents étaient en pleine conversation avec les Darrow. Ensemble, ils formaient un quatuor séduisant et plein de suffisance — l'incarnation du rêve américain.

George s'aperçut, en brouillant volontairement sa vision, que tous les gens présents dans la salle lui apparaissaient identiques. Pâles et soignés, ils portaient des tenues coûteuses et fumaient des cigarettes étrangères qu'ils tiraient d'étuis monogrammés.

A la lisière de la foule se tenait une personne qui détonnait parmi les autres. Ses cheveux étaient trop frisés, ses traits trop vivants, son expression trop spontanée.

Jane Gordon, vêtue d'un banal uniforme de serveuse, la taille ceinte d'un tablier, était de service en salle, ce soir. Debout à la table des desserts, elle coupait des tranches de gâteau fourré ou couronnait des tourtes à la crème de banane d'une généreuse cuillerée de crème fouettée.

Durant une pause, il la vit se faufiler par une porte latérale afin de gagner le grand débarcadère donnant sur le lac. Mû par une subite impulsion, il la suivit. Il agissait rarement sur un coup de tête, mais il ne cessait de penser à cette occasion manquée, à la boulangerie. En outre, ses compagnons de table étaient tous en train de danser.

Tout d'abord, Jane ne s'aperçut pas de sa présence ; elle se tenait au garde-fou, tournant le dos à la salle à manger. Une guirlande de lanternes en papier illuminait le débarcadère, désert à présent que tout le monde dansait à l'intérieur. Jane se tenait face au lac qui s'étendait dans toute sa splendeur tranquille, baigné par le clair de lune. C'était l'été, la nuit était douce, la température idéale, la brise aussi légère que le souffle d'un enfant endormi.

George restait dans l'ombre. Qu'allait-il lui dire ? Son attirance initiale n'était peut-être qu'un fugace sentiment de nostalgie. Pourtant, non. Vu la façon dont son rythme cardiaque s'était accéléré, ce sentiment était encore bien réel.

Son stupide appareillage grinça. Elle se tourna vivement.

— Oh, désolée, monsieur ! Vous désirez quelque chose ?

Elle s'exprimait avec un drôle d'accent du Nord. A l'époque où ils étaient enfants, cela ne l'avait pas vraiment frappé.

— Bonsoir, Jane, dit-il en s'avançant dans la lumière.

Elle se détendit au son de sa voix.

— George Bellamy ! Je t'ai vu hier, à la boulangerie, mais je n'ai pas eu l'occasion de te faire un petit coucou.

Un sourire éblouissant illumina son visage.

— Eh bien… coucou, George !

— Coucou à toi aussi. Je… hum… j'aurais dû te dire quelque chose à la boulangerie, mais tu avais l'air très occupée. Je n'ai pas voulu te déranger.

— J'ai passé la journée à m'interroger à ton sujet, tu sais.

Oh, mince ! Peut-être éprouvait-elle une attirance semblable à la sienne ?

— Jane…

— Dis donc ! Tu as fait des progrès incroyables.

Le cœur de George se serra en comprenant à quoi Jane faisait allusion. Son attitude n'avait donc rien à voir avec une quelconque attirance.

— Oui, confirma-t-il. Incroyables.

— C'est un vrai miracle, hein ? La dernière fois qu'on s'est vus, tu étais en chaise roulante. Et maintenant, te voilà debout, prêt à conquérir le monde ! Quant à moi, regarde, je tire au flanc, une fois de plus.

— Ah, c'est donc ça ! ironisa-t-il, trop content de changer de sujet. Tu tires au flanc ? C'est bien agréable.

— Ne va pas cafter, d'accord ? La vieille Mme Romano, en cuisine, est un véritable adjudant-chef. Je déteste avoir des ennuis et décevoir les gens.

— J'ai du mal à t'imaginer dans ce rôle.

— Oh, crois-moi, je peux faire pas mal de bêtises.

Elle s'éventa à l'aide de son tablier.

— J'avais besoin de prendre l'air. La fumée de cigarette me dérange.

La fumée le dérangeait aussi, à tel point qu'il était incapable de fumer comme la plupart des hommes de son âge.

Encore une séquelle de la polio : l'intolérance au tabac, en raison de ses poumons affaiblis.

Jane scrutait la piste par la baie vitrée.

— C'est bien ton frère, qui est en train de danser avec deux filles à la fois ?

— Que veux-tu que je te dise ? C'est un homme aux multiples talents.

— Et toi, alors ? Quels sont tes talents ?

— Oh, mes talents, je les cache, répliqua-t-il en plaisantant.

— Pourquoi ?

— Par modestie. Et toi ?

— Oh, moi, je suis douée pour tout un tas de choses, affirma-t-elle dans un grand sourire. Pour faire des parts de gâteaux, par exemple.

— Admirable !

— Et la crème fouettée. Je la réussis à merveille.

— Eh, ce n'est pas donné à tout le monde…

Jane pouffa et son regard s'égara de nouveau vers la baie vitrée. Une autre danse commençait, et les sœurs Darrow semblaient exhorter Charles à rester avec elles.

— Il a beaucoup de succès auprès des filles, commenta-t-elle.

— Comme tu peux le voir. Ça t'ennuie ?

— Pas vraiment, répondit-elle d'un ton décontracté. Je ne suis pas jalouse. Et puis, je n'ai pas de souci à me faire. Il est déjà à moitié amoureux de moi.

Surpris, George éclata de rire.

— Je te demande pardon ?

— Ce n'est pas de la vanité de ma part, George, je dis la vérité. Charles est à moitié amoureux de moi.

George était abasourdi par sa franchise et sa confiance en elle. Et aussi, de façon injustifiable, totalement envieux.

— Et de ton côté, qu'en est-il ?

— J'attends de voir si ces sentiments sont réciproques.

La lune accentuait les méplats de son visage, le transformant en élégant bas-relief. Brusquement, elle ne ressemblait plus à une petite provinciale, mais à une princesse sophistiquée.

— Tu n'es pas pressée, c'est ça ?

De l'index, elle s'effleura la lèvre inférieure.

— Je me réserve peut-être pour quelqu'un d'autre…

George se demanda si elle plaisantait — ou si elle éprouvait aussi cette même attirance électrique.

Il se sermonna intérieurement. Que gagnerait-il à s'intéresser à cette fille, à part un cœur brisé ? Elle était issue de la classe ouvrière, sa mère était mentalement perturbée et son père s'en sortait difficilement. Elle n'avait pas fait d'études supérieures. Non, en dehors de son physique flamboyant et de son charme inné, Jane Gordon n'avait rien qui puisse faire le bonheur d'un homme. Certainement pas d'un homme tel que lui.

En outre, Charles en pinçait pour elle, même si lui-même pensait que cette passade s'estomperait dès que les feuilles commenceraient à jaunir. Non, mieux valait ôter ses illusions à Jane.

— Tu perds ton temps à attendre quelqu'un d'autre.

Elle se rapprocha de lui.

— Tu en es sûr ? Tu en es absolument, définitivement sûr ?

Le temps s'arrêta. Même la brise nocturne semblait s'être posée, comme si le monde tout entier retenait son souffle. Le chœur des criquets se tut. George avait l'impression folle que sa vie tenait tout entière dans ce seul moment. Qu'éprouverait-il à enlacer Jane ? Il ne pouvait s'empêcher d'imaginer cette sensation. Serait-elle ferme et robuste, ou douce et svelte, sous ses mains ? Quelle serait l'odeur de ses cheveux, le goût de ses lèvres ? Il titubait dans le noir au bord d'une falaise, sur le point de faire un pas en avant alors qu'il ignorait ce qu'il y avait au-delà.

Et cela ne le dérangeait pas outre mesure. Pour l'instant, rien ne comptait en dehors de cette fille qui se tenait devant lui. La passion et le désir tournoyaient comme un brouillard, oblitérant ses anciens repères : le bon sens, le statut social, le milieu d'origine, les études et les attentes de sa famille.

George n'avait jamais rien éprouvé de semblable. Certes, il avait eu *envie* d'éprouver cela pour une fille, et assurément, il s'y était essayé. Mais avec Jane, tout était si différent ! Il ne s'agissait pas d'une vague affinité plus ou moins arrangée par ses parents qui l'auraient guidé vers une jeune fille de bonne famille, une jeune fille convenable. Avec Jane, il ressentait un désir brut, indéniable, auquel il ne pouvait opposer aucune résistance, un désir irrépressible.

Il avança encore d'un pas. Au prix d'un gros effort sur lui-même, il se déplaçait avec une lenteur torturante. S'il l'embrassait de toute la force de sa passion, il risquait de l'effrayer. Or, il ne voulait pas lui faire peur. Son seul souhait, c'était de la rendre heureuse.

A présent, elle n'était plus qu'à un cil de lui. Sa bouche était entrouverte, amollie par l'attente. L'air vibra entre eux lorsqu'il murmura son nom. Il n'arrivait plus à penser de manière cohérente. Il n'arrivait plus à penser du tout.

— Tu te souviens de ce que tu m'as promis, la dernière fois qu'on s'est vus ? lui demanda Jane.

— C'était il y a dix ans…

— Moi, je m'en souviens. Tu avais promis de danser avec moi.

— Dans mon souvenir, rectifia-t-il, c'est *toi* qui avais promis de danser avec moi.

— Ah… Donc, tu t'en souviens.

De tout, il se souvenait de tout. De chaque seconde — de

sa façon de le mettre au défi, de ses moqueries. Des chatons dans la grange. De son plongeon dans le lac des Saules. Des traceurs dont il épiait le moindre signe dans ses jambes. De leur premier — et unique — baiser de jeunesse. De tout.

— Dans ce cas, enchaîna-t-elle, tu me dois une danse.

Il était bien incapable de faire des étincelles sur une piste, mais là n'était pas la question. Sitôt qu'il la toucha, le monde cessa d'exister pour lui. Il n'y avait plus que sa main, nichée contre sa fine taille. Son autre main tenait la sienne. A cet instant, il éprouva un bonheur si parfait que, sans raison, il se mit à rire doucement. Les yeux baissés sur Jane, il se perdait en elle, il était perdu…

— Ah, te voilà ! cria Charles depuis le seuil. Je te cherche partout. Tu t'es esquivé dehors pour me voler ma copine ?

Dans un sursaut d'horreur, George revint à lui et fit un pas en arrière.

— Ah, ah ! Te voler ta copine. Très drôle, Chaz…

Il n'avait pas croisé le regard de Jane. Plus tard, il se poserait toujours la question. S'il l'avait regardée, qu'aurait-il lu sur son visage ? Des regrets ? Du désir, de la confusion ou de la colère ? En fait, il ne savait presque rien de cette fille et n'avait aucun droit de le déplorer.

— Je ferais mieux de retourner travailler, murmura Jane.

Et elle retourna prestement à l'intérieur de la salle à manger.

18

Pour les Bellamy, cet été se teintait d'une nostalgie douce-amère. C'était sans doute la dernière fois qu'ils passaient leurs vacances en famille au Camp Kioga. L'année prochaine, à la même époque, George serait diplômé de Yale. Il s'embarquerait alors pour le Grand Voyage, la récompense marquant la fin de ses études. En effet, il était de tradition que les jeunes gens de bonne famille passent les six semaines suivant l'obtention de leur diplôme à visiter l'Europe et ses principales capitales.

En son for intérieur, George attendait la fin de l'été avec impatience. Croiser Jane Gordon tous les jours lui était pénible, d'autant qu'il n'ignorait pas qu'elle avait une aventure en cachette avec Charles. Il devait se forcer à détourner son regard d'elle, et seule la certitude que l'ardeur de son frère retomberait avec l'arrivée de l'automne le consolait un peu.

L'été s'acheva enfin, mettant un terme à ses tourments. Chaque année, le camp organisait toute une série de festivités de clôture : compétitions sportives, fêtes, régates, ainsi qu'une soirée passée à chanter sur le rivage autour d'un feu de camp.

Les Bellamy participèrent à une ultime compétition de voile au crépuscule. Le vent était faible, mais personne n'aurait songé à s'en plaindre. Ce soir-là, l'objectif n'était pas de faire de la vitesse, mais plutôt de s'approprier la splendeur du lac et de ses collines boisées, afin de garder au cœur un fragment d'été en prévision de l'hiver.

— Parfois, je me demande l'effet que ça fait de vivre dans un bled aussi paumé qu'Avalon, dit Charles. Ça ne me déplairait pas, je pense.

— Sottises ! rétorqua son père. Avant les premières gelées, tu serais déjà mort d'ennui.

— Je n'en sais rien.

— Eh bien, moi, je le sais. Mes fils sont faits pour être des hommes du monde.

— Si tu le dis, père, acquiesça George, rien que pour avoir la paix.

A la vérité, lui non plus ne voulait pas d'un tel destin. Il rêvait de New York, Paris, Shanghai... Tokyo, même — cette ville détruite par les bombardements et qui, depuis sa reconstruction, était devenue l'une des capitales les plus modernes de la planète. Il avait envie de voir du pays et de faire des rencontres, d'écrire sur les grands sujets d'actualité.

Sa mère se tamponna les yeux.

— Nous avons vraiment passé des moments merveilleux, ici.

George ne put s'empêcher d'ironiser :

— Ah oui ! Comme l'été où j'ai eu la polio, pour le coup, c'était vraiment merveilleux !

— Ce n'est pas drôle, répliqua Charles. Personne n'est à l'abri de ce genre de chose ; ça peut te tomber dessus n'importe où.

Parkhurst Bellamy tapota l'épaule de sa femme.

— Allons, allons, mon petit. Nous reviendrons.

— Sans doute, oui... mais plus jamais comme ça. Plus jamais en famille, tous les quatre. Moi et mes trois hommes adorés.

— Ce sera encore mieux ! Un jour prochain, George et Charles se marieront ; ils nous amèneront leur épouse et éventuellement, leurs propres enfants.

Theodosia soupira et posa la tête sur l'épaule de son mari.

— Vous entendez votre père, les garçons ? Vous avez des devoirs envers votre famille.

Les deux frères éclatèrent de rire, tout en sachant que leur mère n'était pas loin de la vérité.

Finalement, il fallut se résoudre à dire adieu au Camp Kioga. Ils sortirent leurs bagages du bungalow et entreprirent de faire un dernier tour du domaine. George se sentait vaguement nauséeux. Un pressentiment inexplicable lui soufflait que jamais il n'y reviendrait, en dépit du discours de sa mère sur les générations futures.

Déjà, les employés du camp avaient investi les cottages pour les mettre en ordre avant la fermeture annuelle. George chercha Jane du regard mais ne la vit pas. Peut-être Charles et elle se disaient-ils au revoir dans l'intimité... Il chassa cette idée de son esprit. Cela ne le regardait pas. L'été était fini, *fini*.

Lorsque leurs affaires furent toutes chargées dans la DeSoto, Charles arriva d'un pas bondissant et fourra dans le coffre son sac de marin avachi. Sa joue était marquée d'un soupçon de rouge à lèvres, de la subtile teinte corail qu'aimait à porter Jane Gordon. Cette couleur, George l'avait mémorisée et décrite avec force détails dans son journal.

Sapristi ! Son journal !

— Je dois retourner au bungalow ! J'ai oublié quelque chose.

— Oh, George..., soupira sa mère. Un de ces jours, tu oublieras ta tête !

— J'en ai pour une minute.

Il s'éloigna rapidement en tâchant de ne pas épargner sa

mauvaise jambe. L'idée de laisser son journal intime lui était insupportable. Chaque soir, il y consignait ses observations de la journée avant de se mettre au lit. Certaines entrées étaient tout à fait prosaïques, d'autres plus profondes, mais toutes relevaient du domaine privé. Il l'avait oublié dans le tiroir de sa table de chevet, avec son stylo plume préféré.

Les employés commençaient déjà à sortir des brassées de linge de maison. Il entra dans sa chambre et se figea.

Jane. Elle était là. Le carnet de moleskine entre ses mains.

Il s'avança, le ventre noué d'anxiété.

— Je suis revenu le chercher.

L'avait-elle lu ? Comment savoir ? Non, Jane n'avait pas dû avoir le temps de prendre connaissance de ses pensées les plus intimes — dont bon nombre la concernaient. Il était partagé entre un terrible sentiment de colère et une furieuse envie de l'embrasser. Osant à peine la regarder, il lui arracha le journal sans manières, avant de laisser tomber un laconique :

— Au revoir, Jane.

Et il tourna les talons.

19

Dès sa sortie de l'hôpital, George avait retrouvé son cottage au Camp Kioga. Son fils Trevor arriva le lendemain matin, accompagné de sa fille Ivy. Celle-ci croisa le regard de son grand-père et s'effondra en pleurs dans ses bras. Puis, apercevant son cousin, elle lui sauta au cou avec un cri de joie. Ross se moqua gentiment :

— Claire, permettez-moi de vous présenter ma cousine Ivy, la reine du mélodrame.

Ivy était adorable dans tous les sens du terme : adorable à l'œil — une petite poupée chinoise aux cheveux de soie, tendance bohème chic —, mais adorable aussi par son naturel foncièrement bon et sincère. Vis-à-vis de Claire, elle restait sur ses gardes mais s'adressa à elle d'un ton aimable :

— Je vous remercie de prendre soin de mon grand-père.

— George est un homme tout à fait remarquable. Vous avez de la chance d'avoir un grand-père tel que lui.

— Oui, je sais.

Ivy promena son regard sur le Camp Kioga.

— Quel endroit extraordinaire ! Je suis contente d'être ici, grand-père, et le reste de la famille ne va pas tarder à arriver.

— Dans ce cas, je vais aller me reposer un peu, déclara

George, histoire de congédier tout le monde en douceur. Tout à l'heure, nous pourrons aller faire un tour en ville.

Sur le seuil du cottage, Claire annonça :

— Je dois passer voir le directeur de la restauration. J'organise un dîner de bienvenue en l'honneur de votre famille.

Trevor apprécia l'initiative :

— Quelle bonne idée ! Je vous remercie.

— Vous êtes plus jeune que je ne l'imaginais, dit Ivy. Ça fait longtemps que vous exercez cette spécialité ?

— Cinq ans. J'ai commencé dès ma sortie de l'école d'infirmières.

— Ça ne doit pas être facile…

— Non, en effet.

Claire ne voyait pas pourquoi elle aurait menti sur ce point.

— Mais ce n'est pas une raison pour ne pas faire ce métier. Voyez-vous, chacun de mes patients m'a laissé un cadeau.

Elle eut un petit sourire devant l'expression alarmée de Trevor.

— Non, pas le genre de cadeau auquel vous pensez, quoi qu'on ait pu vous dire sur mon compte. J'entends par là qu'ils m'ont tous laissé un peu de leur amour ou de leur sagesse, quelque chose à quoi me raccrocher. Le deuxième patient dont je me suis occupée était une enfant, une petite fille de neuf ans prénommée Joy. C'est elle qui m'a convaincue de croire aux miracles.

— Elle s'en est sortie ?

Claire secoua la tête.

— Je ne parlais pas de ce genre de miracles. Non, le vrai miracle, c'est la résilience de l'esprit et les richesses insoupçonnées du cœur humain. Joy me manque. Tous mes patients me manquent, mais mes sentiments ne doivent pas entrer en ligne de compte.

Ivy se remit à pleurer.

— Elle est merveilleuse, confia-t-elle à Ross, sans se soucier de sa présence. C'est vrai, Claire, je vous trouve merveilleuse, sincèrement. Et Ross partage mon opinion, je le vois bien.

— Je crois, dit-il, que nous devrions rester concentrés sur grand-père.

— Oui, tu as raison. Que s'est-il passé hier soir ? Pourquoi n'est-il pas resté à l'hôpital ? Je croyais que tu voulais que son état s'améliore ?

— Evidemment, répliqua Ross, c'est notre souhait à tous. Mais nous ne pouvons rien faire de plus. Personne ne peut plus rien pour lui. Le médecin m'a fourni tout un tas de données sur sa maladie, et j'avoue que l'horizon est plutôt sombre.

Trevor hocha la tête.

— Oui, je me suis renseigné, moi aussi. Mais es-tu sûr que sa décision soit la plus sage ?

— Oh, moi, je ne suis sûr de rien ! Mais à l'hôpital… Ecoute, nous n'allons pas lui faire subir tout ça. Son vœu le plus cher, c'est de rester auprès de nous. En fait, il sait très bien ce qu'il veut, il a même fait une liste de souhaits très précis.

Laissant Ross expliquer à son oncle et à sa cousine la fonction de la fameuse liste de George, Claire dirigea ses pas vers le pavillon principal. C'était un soulagement de savoir que désormais, Ross était son allié.

George s'était habillé comme pour une réunion d'affaires : il avait rendez-vous en ville.

— Tu veux vraiment voir un juriste, grand-père ? s'enquit Ross. Sérieusement ?

— Pourquoi ? On peut y aller pour s'amuser ?

— Tu as Me Matlock, à New York. Il s'occupe de tes affaires depuis des années.

— Oh, mais il ne s'agit que d'une broutille, d'une petite modification à apporter à un document. Pas de quoi déranger Sherman.

— Quel genre de document ?

— Maintenant que tu es revenu, je vais te donner procuration sur tout, à condition que tu n'en profites pas pour me renvoyer de force à l'hôpital.

Le visage de Ross se voila d'une ombre d'appréhension.

— Et Trevor ?

Son oncle leva les mains en geste d'apaisement.

— Oh, moi, je te laisse tout pouvoir !

Mais grand-père insistait :

— Je tiens à ce que ce soit toi, Ross. Pour de multiples raisons. Nous avons toujours été sur la même longueur d'onde, toi et moi, et ce depuis que tu es tout petit.

Ivy écarquilla les yeux.

— Maman va en faire une jaunisse.

— Ivy…, dit son père d'un ton menaçant.

— Oh, moi, je disais ça comme ça…

Elle se tourna vers son grand-père.

— Pourquoi ne pas aller tous ensemble à Avalon ? Papa et moi, nous visiterons la ville et nous vous retrouverons plus tard.

— C'est une excellente idée, acquiesça George.

La plaque fixée sur la porte de l'étude signalait une association de trois juristes : Melinda Lee Parkington, Wendell

Whitcomb et Sophie Shepherd. Ross s'effaça devant son grand-père et Claire, et tous trois pénétrèrent dans le hall d'accueil. A la réception trônait une fille tout droit sortie d'un album de manga : cheveux roses, lunettes papillon, piercings, ongles laqués de noir. « Daphné McDaniel », indiquait le badge posé devant elle, et juste en dessous de son nom, on pouvait lire : « On ne me paie pas assez pour être aimable. »

Elle leva les yeux et son attention se porta sur George, qui tenait une épaisse enveloppe.

— Puis-je vous aider, mons… ?

Elle fut interrompue par un éclat de voix courroucé.

— Débrouille-toi, Wendell !

Un homme à la chevelure d'un roux flamboyant sortit en trombe d'un des bureaux.

— Je te paie pour ça ! La mère de mon fils s'est barrée avec lui mais j'ai des droits !

Il s'arrêta à l'accueil.

— Je veux un rendez-vous pour la semaine prochaine.

— Je m'en occupe tout de suite, répondit froidement Daphné. Dès que j'aurai renseigné ces personnes. En attendant, Logan, prends donc un siège.

— Je suis plutôt pressé.

Daphné le dévisagea d'un regard qui disait clairement : « Toi, ne commence pas à m'énerver. » Elle poussa vers lui un grand bocal rempli de friandises.

— Un Twizzler ?

L'homme prit un bonbon et s'écarta du bureau.

Daphné reporta son attention sur George.

— Très bien. Sophie ne va pas tarder à vous recevoir. C'est par ici.

Et elle les conduisit vers une salle de réunion.

Un instant plus tard, ils étaient rejoints par la juriste

choisie par George. Sophie Shepherd était blonde, élégante et enceinte. Ses cheveux étaient ramassés en chignon lisse et elle portait un rang de perles sur un tailleur gris tourterelle. Son gros ventre était masqué par un ample chemisier rose. Après les avoir tous salués d'une poignée de main, elle posa sur la table un dossier juridique.

— Les félicitations sont de mise, à ce que je vois, commenta George.

— Oui, merci.

Claire observait la juriste. Elle éprouvait toujours un pincement de cœur à la vue d'une femme enceinte. Avoir un enfant était un rêve inaccessible pour elle, qui était tout le temps sur le qui-vive, toujours prête à lever le camp. Non, ç'aurait été le comble de l'ineptie. Néanmoins, elle ne pouvait s'empêcher d'envier les femmes dans cet état.

— C'est votre premier ? s'enquit George.

— Mon cinquième, en fait. J'ai deux grands enfants de mon premier mariage, et j'ai en ai adopté deux autres avec mon second mari, Noah. Alors en tout, pour moi, ça fait cinq. D'ailleurs, à ce sujet, je dois vous faire part d'un détail avant que nous n'allions plus loin : j'ai été mariée à Greg Bellamy.

— Le fils de Charles ?

George s'épanouit.

— Mais c'est merveilleux !

Ross crut bon d'intervenir :

— C'était son *premier* mari, grand-père.

— Ah oui ? Eh bien, euh… pas si merveilleux que ça, alors…

— Si j'ai mentionné ce fait, enchaîna Sophie Shepherd, c'est pour que tout soit bien clair entre nous. Mes deux aînés, Max et Daisy, sont des Bellamy — à ce titre, ils font donc partie de votre famille. Pour ma part, je suis remariée mais je tenais à ce que vous soyez au courant. Si vous préférez vous adresser à l'un de mes associés, je le comprendrai parfaitement.

— Pas du tout, assura George.

Claire croisa son regard.

— George, si vous n'avez pas besoin de moi, je vais vous attendre dehors.

Elle n'avait ni besoin ni envie de connaître en détail les dispositions testamentaires de ses patients. Elle s'esquiva par la porte entrebâillée et retourna à l'accueil.

La réceptionniste était en train de dire au revoir à l'homme aux cheveux roux. Quelle pouvait bien être la nature de son problème ? Certes, cela ne la regardait en rien, mais c'était plus fort qu'elle, ce Logan l'intriguait. On ne pouvait qu'être ébloui par sa beauté, sa jeunesse et l'intensité de sa présence. A en juger par ses commentaires rageurs, sa femme était partie en emmenant leur fils. C'était là l'illustration parfaite des souffrances et des complications qu'elle s'évitait en restant célibataire, sans attaches d'aucune sorte.

Mais Claire n'était pas dupe des nombreux mensonges qu'elle se faisait à elle-même : ils lui permettaient simplement de supporter sa solitude…

Daphné griffonna quelque chose au dos d'une carte et la tendit au dénommé Logan. Celui-ci la fourra dans sa poche et tourna les talons, suivi du regard par la réceptionniste. Il tira la porte à lui d'un geste brusque et sortit. Notant l'intérêt de Claire, Daphné ouvrit le bocal d'apothicaire contenant les Twizzlers.

— Une petite douceur, ça fait du bien de temps en temps… Servez-vous.

Claire sourit mais secoua la tête.

— Non, merci.

Elle feuilletait un numéro de *Coastal Living*, s'attardant

sur des photos estivales de pique-niques et de belvédères en bord de lac. Y avait-il vraiment des gens qui vivaient ainsi, entourés de buissons fleuris, dans des patios au mobilier de luxe ? Elle reposa le magazine sur la pile et prit le *New York Times*, histoire de se replonger dans la réalité en parcourant un article sur les démêlés judiciaires d'un parrain de la mafia.

L'entretien avec la juriste fut bref. A leur sortie de la salle de réunion, George et Sophie Shepherd se comportaient déjà comme deux vieux amis.

Sophie lui tendit un prospectus.

— Le groupe de mon mari se produit bénévolement tout à l'heure. Il s'agit de collecter des fonds pour financer la bibliothèque municipale. Le concert se tiendra dans le parc.

— Votre mari est musicien ? Comme c'est sympathique !

— Non, ce n'est qu'un passe-temps, mais il adore ça. Noah est à la batterie, alors vous voyez, il est loin d'être la vedette du groupe. En fait, dans la vie, il est vétérinaire.

— Ne l'écoutez pas, intervint Daphné. Noah est un excellent batteur et son groupe est *gé-nial*.

Sur l'invitation on pouvait lire : « *Interior Child* — Concert unique. Parrainé par l'Amicale de la bibliothèque municipale d'Avalon. »

— Quel style de musique joue-t-il ? demanda Claire.

Déjà elle imaginait un élégant quintette avec piano… et batterie.

— Principalement du ska et du punk rock vintage, répliqua la juriste.

Daphné sourit jusqu'aux oreilles.

— Sophie, il te faut vraiment travailler ton look de femme de rocker !

*
* *

Ils se rendirent tous ensemble à la manifestation organisée en faveur de la bibliothèque. Claire était persuadée que George ne s'y attarderait guère. Il se fatiguait si vite... Pourtant, après une sieste et une bonne dose de médicaments, il aborda l'événement avec un regain d'énergie.

A leur arrivée, la fête battait son plein. Une estrade avait été dressée dans le parc entourant la bibliothèque. La soirée était agréable. Portées par la brise, des aigrettes de pissenlit dansaient dans l'air ensoleillé et de délicieuses odeurs s'échappaient des stands et des baraques. Ross poussait le fauteuil roulant de son grand-père. Certaines personnes confiaient leur visage aux pinceaux créatifs des maquilleuses, d'autres étaient déguisées en personnages de roman. Ailleurs, des bénévoles vendaient des briques de pavage gravées au nom des donateurs et, plus loin, un stand proposait des *kolaches* offerts par la boulangerie Sky River. Claire, occupée à observer les familles flânant dans le parc, s'aperçut que Ross se livrait au même passe-temps qu'elle.

Ivy était enthousiaste :

— Oh, comme je suis contente d'être venue ! Hein, Ross, tu n'es pas content d'être ici ?

Ross suivait du regard deux enfants qui couraient en tous sens, un ballon de baudruche à la main.

— C'est à ce genre de scène que pensent les soldats basés à l'étranger, répondit-il simplement.

Cette façon qu'il avait de dire les choses avec une franchise dénuée de toute affectation laissait Claire songeuse. Quel effet cela faisait-il d'exprimer sa pensée sans avoir à peser chacun de ses mots ? Parfois, Ross semblait deviner qu'elle dissimulait des zones d'ombre, même s'il était loin d'en imaginer l'ampleur. En fait, plus elle le côtoyait et plus il devenait difficile de se cacher de lui. Elle n'avait jamais rencontré quelqu'un qui voie aussi clair dans son cœur, et cette idée la remplissait d'inquiétude.

Un retour de son strident déchira les énormes amplis. Ross marqua un mouvement de recul — une séquelle de la guerre, sans doute. Mais aussitôt il se tourna vers la scène, l'air serein, ayant apparemment évacué ce trop-plein de tension.

Un type échevelé s'avança vers le micro ; il était vêtu d'un T-shirt moulant et d'un jean cigarette lacéré.

— Bonjour, je m'appelle Eddie Haven et voici notre groupe, *Interior Child.*

Puis il entreprit de présenter chacun des membres du groupe à l'assistance : une certaine Brandi à la basse, Noah Shepherd à la batterie, et enfin, Rayburn Tolley aux claviers.

Claire sursauta en reconnaissant l'homme campé derrière le synthé.

— Regardez, George ! C'est le policier qui nous a contrôlés le jour de notre arrivée au camp.

— En effet, c'est lui. Ross, Ivy ! Vous saviez que vos mères respectives avaient lancé les forces de l'ordre à nos trousses ? Eh bien, c'est ce jeune homme qui nous a arrêtés.

— Seigneur Dieu !

Ivy se tourna vers Claire.

— Je suis mortifiée.

— Ce policier me soupçonnait d'avoir enlevé votre grand-père…

— Au moins ne vous a-t-il pas verbalisée pour excès de vitesse, souligna George. C'était très gentil de sa part.

Eddie Haven annonça au micro :

— J'aimerais dédier une chanson à votre bibliothécaire préférée, quelqu'un pour qui j'éprouve moi aussi une tendresse toute particulière… Maureen Davenport !

Et, d'un geste théâtral, il plaqua un accord de guitare

électrique sous des applaudissements de plus en plus forts. Ravie bien qu'un peu intimidée d'être l'objet de tous les regards, une jeune femme monta sur scène et leur délivra un bref discours de bienvenue.

— Si le budget de la bibliothèque est en constante augmentation, c'est grâce au soutien de notre communauté, mais la route est encore longue, sachez-le. Et surtout n'oubliez pas ! Nous sommes toujours à la recherche d'un sponsor qui souhaiterait donner son nom à notre nouvelle annexe consacrée à la généalogie. C'est une requête ambitieuse, je le sais, mais à force d'œuvrer pour le maintien de cette bibliothèque, j'ai appris les vertus de l'audace !

— Voilà ce qui me plaît, chez cette fille, plaisanta Eddie Haven. Elle donne un petit côté sexy à notre vénérable institution.

Sa remarque fut accueillie par une salve d'applaudissements entrecoupés de sifflets frénétiques.

Pour son premier titre, le groupe se lança dans une ballade enjouée qui eut tôt fait de rassembler devant la scène un essaim d'enfants surexcités. Notant chez George un léger mouvement de recul, Claire fit signe à Ross et ils s'éloignèrent des haut-parleurs.

— Ce n'est pas ton style de musique, grand-père ?

— Il semblerait que non, mais je ne regrette pas pour autant d'être venu.

Le groupe enchaîna sur un slow langoureux et des couples se mirent à danser. Eddie Haven avait une voix envoûtante, rauque de sensualité.

George sauta sur l'occasion :

— Ne vous gênez pas pour moi, tous les deux. Allez danser.

— Grand-père…

— Tu as entendu ce qu'il a dit, glissa Ivy.

Ross leva les yeux au ciel, mais renonça à opposer d'autres arguments.

— Vous permettez, Claire ?

En dépit de l'aspect contraint de la situation, elle fut parcourue d'un frisson inattendu. Ross la tenait de façon très convenable, mais elle gardait quand même l'impression d'une étreinte illicite. Elle adorait la douce chaleur de sa main au creux de sa taille, la fermeté de l'épaule sur laquelle elle s'appuyait. Peut-être était-ce dû à son passé militaire ou à sa profession de pilote d'évacuation sanitaire, mais avec lui, elle se sentait en sécurité, de façon irrationnelle mais merveilleuse. Romantique aussi, étant donné les circonstances, à tel point que c'en était gênant. « Ressaisis-toi ! » s'exhorta-t-elle intérieurement. En vain. Rien ne pouvait atténuer le penchant qu'elle éprouvait pour cet homme.

— Vos cheveux sentent les fleurs, murmura-t-il.

Elle inclina la tête sur le côté afin de le dévisager. Il resserra son étreinte et elle se laissa aller à quelques minutes d'abandon, au bref fantasme d'être à lui, au grand jour. A la fin du slow, ils se retournèrent : le fauteuil de George était vide. Passé un court instant de panique, ils l'aperçurent en pleine conversation avec la bibliothécaire, flanqué d'Ivy et de Trevor. Claire était intriguée.

— A votre avis, de quoi parlent-ils ?

— Je vous parie que grand-père lui fait une offre de parrainage.

Ross marqua une pause.

— Une offre fort appréciée, me semble-t-il.

En effet, la bibliothécaire embrassa George, puis recula en se tamponnant les yeux. Le vieil homme revint vers eux, le visage rayonnant. Les yeux d'Ivy brillaient de fierté et Trevor affichait un air pensif.

— Que se passe-t-il ? s'enquit Ross.

— Eh bien, répondit George en se rasseyant dans son fauteuil, nous venons d'avoir une conversation très intéressante avec cette jeune femme, ce qui m'a permis de faire d'une pierre deux coups : venir en aide à la bibliothèque et rayer une entrée de ma liste.

— Comment ça, grand-père ?

— Je voulais laisser une trace indélébile. Quoi de mieux que d'acheter le droit de donner mon nom à l'annexe de la bibliothèque ?

— Quoi, tu vas avoir un bâtiment à ton nom ?

— Pas exactement, rectifia George d'un air adouci. Au nom de ton père. L'annexe Pierce Bellamy. Ça sonne bien, tu ne trouves pas ?

Claire observait Ross. Il était profondément ému.

— Tu es vraiment incroyable, grand-père.

George opina. Rien qu'à sa façon de hocher la tête, Claire comprit qu'il avait son compte de fatigue pour la soirée. Elle croisa le regard de Ross, qui comprit son message muet.

— Bon, dit-il, et maintenant, je propose que nous rentrions.

Et tous repartirent vers le lac.

George s'était bien remis de son attaque mais, à certains petits détails, Ross voyait la maladie progresser. Un mot employé pour un autre, un ustensile qui lui échappait des mains ou des absences dans la conversation. Grand-père dormait beaucoup, tandis que pendant ses périodes d'éveil, il semblait très agité. Depuis l'accident qui l'avait conduit aux urgences, on ne pouvait plus se bercer d'illusions : grand-père n'était plus dans son état normal.

Ross n'arrivait pas à y croire, il *refusait* d'y croire, même s'il évoluait à présent vers une forme d'acceptation. Cette seule pensée l'anéantissait, mais que pouvait-il faire d'autre ?

Trevor et Ivy rendirent visite à Jane Bellamy dans le but de l'aider à organiser la réunion de famille dont la date approchait à grands pas. Et si personne n'évoquait explicitement la raison d'une telle urgence, elle était présente dans tous les esprits.

Ross chassa ses idées noires. Aujourd'hui, il s'était donné comme objectif d'offrir une belle journée à son grand-père. Or, ce matin, celui-ci avait émis le souhait d'aller faire du bateau sur le lac.

Ross avait réquisitionné Claire :

— Donnez-moi un coup de main. Nous allons tout préparer, ainsi grand-père n'aura plus qu'à nous rejoindre.

Le cat-boat présentait une coque profilée et son siège arrière était confortablement rembourré. L'embarcation lui rappelait le modeste bateau dans lequel grand-père l'emmenait canoter sur le détroit de Long Island, quand il était petit.

Claire le suivit jusqu'au ponton.

— Montrez-moi ce qu'il faut faire, je n'ai jamais fait de bateau.

Ross se surprit à admirer ses jambes en même temps que lui venaient à l'esprit des pensées totalement inconvenantes.

— Surveillez cette amarre, d'accord ?

Il lui désigna le gros cordage enroulé de façon lâche autour d'un taquet.

— Attrapez le bout ! Mais attrapez-le, bon sang !

Claire était complètement perdue.

— Hein, quoi ? Quel bout ?

Le cordage glissa dans l'eau et le bateau s'éloigna en dansant au gré des flots.

Elle le suivit du regard, consternée.

— Et maintenant ? Qu'est-ce que je fais ?

— C'est vous qui étiez responsable de l'amarre, alors allez chercher le bateau !

— Hein ? Pas question que je saute là-dedans !

Ross lui lança un regard noir, envoya valser ses chaussures et ôta son T-shirt. L'eau était fraîche, drapée de rubans de soleil ; en quelques mouvements de crawl, il rattrapa l'amarre, remorqua le bateau jusqu'au ponton et se hissa hors de l'eau.

— Merci beaucoup pour le bain !

— De rien, répliqua Claire.

Elle fixait sa poitrine nue d'un tel regard qu'il lui accorda son entière absolution. Et s'abstint de remettre son T-shirt avant un bon moment. Il ne s'était pas trouvé torse nu devant une femme depuis cette dernière fusillade en Afghanistan, quand on avait examiné ses blessures. Mais cette fois, la situation était tout à fait différente, même si Claire était infirmière. Elle affichait une expression tout sauf professionnelle.

Il enchaîna comme si de rien n'était :

— Bon, vous pouvez peut-être m'aider à fixer le mât ?

— Oui, mais vous allez devoir me dire ce que je dois faire.

— Essayez de garder l'équilibre. Je vais tenir le mât pendant que vous le guiderez à l'intérieur de ce trou, là, à la proue. Faites attention à vos doigts.

Claire était agile et coopérative, et Ross se détendit malgré lui. Très vite, ils abaissèrent la bôme et hissèrent la voile. La main en visière, Claire leva la tête vers le mât, illuminée par la sensation du devoir accompli. Ross l'observait sans mot dire. Il était fou de son visage, de ses yeux. C'était plus fort que lui, même si c'était là l'œuvre de grand-père, le plan machiavélique qu'il tramait depuis le début. N'empêche que parfois, quand il n'y prenait pas garde, il s'imaginait Claire sous les traits de la femme de sa vie !

Comme si elle avait senti son regard, elle ôta la main de devant ses yeux.

— Qu'y a-t-il ? demanda-t-elle.

— Rien. Je fantasmais sur vous.

— Ross !

— Je sais, je sais… je débloque. Qu'est-ce que vous voulez que je vous dise ? Mettez-moi en prison !

— Vous dites n'importe quoi.

Ses joues s'empourprèrent, ce qu'il trouva étrangement séduisant. Elle changea de sujet :

— Et si vous me montriez comment on… Je ne sais pas, moi… Comment on ferme les écoutilles ? Comment on grée les voiles ?

Compris. Elle ne souhaitait pas flirter avec lui. Il lui montra comment gréer la voile, puis l'envoya chercher grand-père. Celui-ci avait l'air tout à fait comme d'habitude dans ses Top-Sider, son cardigan à col en V et le vieux bob râpé qu'il mettait depuis des années. Il se posta devant lui avec un grand sourire.

— Paré à naviguer, moussaillon ?

Claire l'aida à enfiler son gilet de sauvetage. Ross releva la dérive, largua les amarres et repoussa le ponton. La voile se gonfla sous l'effet d'une légère brise, propulsant la petite embarcation vers le milieu du lac.

A la barre, avec le soutien musclé de Claire, George imprima au gouvernail quelques mouvements de godille afin que le bateau prenne le cap à la bonne allure.

Les yeux brillants, Claire exultait.

— Est-ce que nous naviguons déjà ?

George confirma.

— Mais oui, nous naviguons. Quand le bateau se mettra à gîter, vous n'aurez qu'à vous asseoir en vous tenant au bastingage.

— Ça ne saurait tarder, lança Ross en faisant signe à Claire de passer de son côté.

Comme s'il n'avait attendu que ce signal, le cat-boat commença à gîter. Ross passa un bras derrière Claire et lui montra comment faire contrepoids de son corps.

— Soyez prudente ! Un bateau comme celui-ci peut vous jeter à l'eau, si vous ne compensez pas le mouvement.

C'était bon d'être près d'elle, de sentir son épaule tiède et nue pressée contre la sienne, d'être enveloppé par son parfum fleuri... Ses cheveux bruns lui chatouillaient doucement la joue. Il se laissa aller au bonheur du moment. Au lieu de regretter de ne pouvoir soumettre son grand-père à davantage d'examens et de traitements, il s'abandonnait à l'instant présent, selon le souhait de ce dernier. Le soleil sur le lac, le vent dans la voile, Claire à ses côtés, le rire sonore de grand-père, le doux clapotis de l'eau contre la coque...

— C'est merveilleux de faire du bateau ! s'écria Claire avec enthousiasme. J'étais loin de me douter ! C'est à la fois relaxant et euphorisant.

Elle gratifia George d'un sourire radieux.

— Un véritable privilège !

L'un dans l'autre, ce fut une journée réussie, riche en moments inoubliables, du moins Ross l'espérait-il.

Grand-père coiffé de son inénarrable bob Gilligan, le visage levé vers le ciel d'été. Et puis Claire, les yeux remplis d'étoiles pour sa première expérience en bateau.

Néanmoins, cette virée sur l'eau avait épuisé grand-père.

— Je vais aller m'allonger un petit moment.

— Attends, grand-père, je viens t'aider, proposa Ross, une fois le cat-boat amarré au ponton.

Dans la chambre, un bouquet de lilas répandait son parfum relayé par la brise. Le lac était d'un bleu lumineux, paré du reflet des saules bordant le rivage. George retira ses chaussures et s'adossa à ses oreillers avec un soupir.

— Ça va, grand-père ? Tu n'as pas froid ?

— C'est parfait. Merci pour cette belle journée, Ross.

— Tu veux rire ? J'ai toujours aimé faire du bateau avec toi. La première fois que tu m'as pris sur l'eau, j'avais six ans. Ce jour-là, nous avons canoté jusqu'à la nuit, tu te rappelles ?

Grand-père hocha la tête, mais déjà ses paupières se fermaient d'épuisement.

— Tu m'as demandé où était le paradis. Et ma réponse n'a pas changé depuis. Le paradis, mon garçon, c'est ici. Auprès de toi.

Claire observait Ross. Il sortit du cottage et marcha jusqu'au bout du ponton. Là, il affala la voile et la replia à l'intérieur d'une housse qu'il rangea dans la coque du cat-boat. Elle serait bien allée lui proposer son aide mais, même à cette distance, elle pouvait voir qu'il pleurait.

Dans son métier d'infirmière, elle était souvent confrontée à cette délicate manœuvre qui consiste à prodiguer un certain réconfort aux proches avant de les laisser méditer, pleurer, s'effondrer puis se ressaisir, seuls avec eux-mêmes. Le chagrin a son rythme propre, aussi intime et unique que le deuil qui en est la cause. Jamais elle ne serait immunisée contre la peine d'autrui, mais c'était un processus qui lui était devenu familier. Elle s'y attendait. Elle l'espérait, même.

Pourtant, en voyant Ross — ses larges épaules secouées de sanglots, ses poings massifs serrés d'impuissance —, elle éprouvait un regain de compassion. Il lui inspirait une telle tendresse qu'elle souffrait de le voir souffrir. Jusqu'à présent, elle avait réussi à se détacher de la douleur des autres, mais avec Ross, c'était différent : il avait pris une trop grande place dans sa vie. Elle était censée maintenir une distance professionnelle, mais avec lui, son approche habituelle échouait. Pire, une relation intime était en train de se nouer entre elle et cet homme, presque à son corps défendant.

Etait-elle tombée amoureuse ? Hélas, il y avait tout lieu de le croire.

Au cinéma et dans les livres, c'était un événement joyeux, le début d'une vie heureuse. Mais dans son cas, il ne s'agissait que d'un nouvel obstacle sur sa route. Un obstacle qu'il lui fallait trouver le moyen de surmonter.

Décidément, la personne qui avait forgé l'expression « *tomber* amoureux » avait mis en plein dans le mille. De fait, elle chavirait dans un état d'apesanteur avec cette même sensation d'inéluctable. Mais quand on tombe, on ne peut ni arrêter sa chute ni revenir en arrière. Et l'atterrissage est toujours douloureux.

20

Les jours suivants virent débarquer le reste de la famille de George : ses fils Gérard, du Cap, et Louis, de Tokyo, tous deux accompagnés de leur épouse et de leurs enfants respectifs.

Ils arrivèrent au Camp Kioga tels des vassaux convoqués par leur monarque, lequel était incarné par George qui, enfoncé dans un grand fauteuil, les accueillit dans le hall du pavillon principal. Les retrouvailles étaient pour la plupart mouillées de larmes, mais égayées d'un rire, à l'occasion, au milieu d'un flot incessant de paroles. A chaque nouvelle arrivée, George semblait de plus en plus à son aise : il respirait le contentement.

C'était là toute la force de la famille, songeait Claire. Les liens du sang et de l'histoire commune formaient un tissu émotionnel semblable à un filet de sécurité invisible. George n'y trouverait pas de remède miracle au mal qui le rongeait, mais ces retrouvailles donnaient lieu à une autre forme de thérapie. Même Ross en semblait désormais conscient, devant le spectacle de ses oncles, tantes et cousins faisant assaut de rires, de pleurs et d'embrassades. Si terrible que soit la phase terminale d'une maladie, elle offrait à la famille l'occasion de se rassembler. Claire était heureuse que les Bellamy aient fait le choix de saisir l'opportunité qui leur était donnée par les circonstances.

Certains parents de George avaient pris une chambre à Avalon, à l'auberge historique du lac des Saules, qui se trouvait appartenir à un autre membre de la famille — Greg, le fils de Charles, qui l'exploitait avec sa femme, Nina. Mais pour la plupart, ils avaient trouvé à se loger au Camp Kioga. La rangée de chalets en bord de lac et les hébergements multicouchages se remplirent rapidement de personnes venues voir George.

La femme de Trevor était arrivée, elle aussi, accompagnée des frères et sœurs d'Ivy. Louis et son épouse étaient survoltés par l'effet conjugué de la caféine et du décalage horaire. Quant à Gérard, plusieurs fois divorcé, il avait de nombreux enfants. Certains membres de la famille affichaient un optimisme à toute épreuve qui semblait factice ou forcé. D'autres encore étaient tout bonnement épouvantés, réaction que Claire comprenait parfaitement. La mort imminente d'un être cher représente pour ses proches un véritable séisme psychologique, et la pire des terreurs est toujours induite par l'amour.

Quand tout le monde fut arrivé, la famille se réunit au pavillon principal pour prendre part à un dîner de bienvenue.

Claire promenait son regard sur le salon en pleine effervescence. Ross la rassura :

— N'essayez pas de vous y retrouver parmi toutes ces nouvelles têtes. Vous finirez bien par comprendre qui est qui.

— C'est merveilleux d'avoir une si grande famille !

— Merveilleux, oui, mais toute médaille a son revers.

— *Un revers ?* Je me suis toujours demandé ce que les gens entendaient par là au sujet de leur famille.

— Oh, vous allez très vite comprendre…

Il tendit les bras en direction d'une séduisante blonde qui

s'approchait d'eux dans un claquement de talons hauts. La cinquantaine, estima Claire, malgré des efforts acharnés pour paraître plus jeune — sans trop de succès. Elle avait les traits figés et les lèvres gonflées d'une femme qui a eu recours à la chirurgie esthétique ; son visage anguleux arborait un sourire étudié, parfaitement dépourvu de charme.

— Claire, permettez-moi de vous présenter ma mère, Winifred.

Elle comprenait mieux le manque de chaleur de Ross…

— Enchantée de faire votre connaissance, madame.

— Et voici ma tante Alice, continua Ross en lui présentant une femme un peu plus jeune et plus enrobée que Winifred, quoique aussi rigide dans son allégeance à la mode.

— Alice est la mère d'Ivy.

— C'est nous qui avons alerté la police au sujet de George, précisa Winifred.

Au moins la mère de Ross n'y allait-elle pas par quatre chemins…

— George a de la chance d'avoir une famille aussi aimante.

— C'est certain.

Winifred l'inspectait de la tête aux pieds.

— Eclairez donc ma lanterne, mademoiselle. Qu'est-ce qui pousse une jeune femme comme vous à s'enfuir avec un vieil homme ?

— J'apprécie votre franchise, madame.

C'était la vérité. Il était bien pire de feindre.

— Et je vais vous répondre. Je suis infirmière diplômée et votre beau-père a fait appel à mes services.

Winifred et Alice échangèrent un regard lourd de soupçon.

— Eh bien, si vous souhaitez sincèrement venir en aide à George, vous devez le convaincre de rentrer à New York, déclara Alice. Voilà ce qu'il lui faut : des gens compétents qui ne veulent que son bien.

Sur cette pique, les deux femmes lui tournèrent résolument le dos.

— A ce sujet, intervint Ross, je pense que le garçon cherche preneur pour ses deux derniers cocktails.

Il les guida vers un serveur chargé d'un plateau et conduisit Claire dans la direction opposée.

— Vous venez de voir le revers de la médaille.

— Je ne prends pas leurs soupçons de façon personnelle, vous savez. Elles se font du souci pour votre grand-père.

— Pour son argent, vous voulez dire !

— Ce n'est pas tant une question d'argent qu'une façon de se cramponner à ce qu'elles ont.

— Vous êtes plus gentille que la plupart des gens.

— Non, mais sur ce point, je ne peux pas être d'accord avec vous. J'énonce simplement un fait.

— Seigneur ! Vous ne pouvez donc pas accepter le moindre compliment ? Vraiment, Claire, je ne vous comprends pas.

Elle se troubla.

— Veuillez m'excuser, Ross. Je dois aller m'assurer que tout est prêt. Tout le monde s'apprête à passer à table, je crois. Rendez-moi service : amenez George quand je vous ferai signe.

Elle espérait que George apprécierait ce dîner de bienvenue. Tout avait été mis sur pied à la vitesse de l'éclair. L'organisation de cet événement, comme bien des choses figurant sur la liste de George, l'avait mise en contact avec la petite bourgade d'Avalon, et cette immersion dans la vie de proximité lui avait plu. Tout était plus simple quand on fréquentait ses semblables et qu'on tissait des liens d'amitié avec eux, il fallait bien le reconnaître. Cette idée l'attristait un peu, car une petite ville comme Avalon ne pouvait être pour elle qu'un foyer temporaire. Quelques coups de téléphone lui avaient suffi pour se procurer un menu composé des mets préférés de George — dont, bien sûr, un dessert de la boulangerie Sky River — et pour louer un micro supplémentaire à raccorder à la sono ainsi qu'à la machine à karaoké.

Elle savoura l'expression de George lorsqu'il entra dans la salle à manger. Les autres résidents du camp assistaient à la scène avec surprise et ravissement. Millicent Darrow était là, mais, de même que Claire, elle se tenait à l'écart, comprenant d'instinct qu'il s'agissait d'un événement familial.

— Je vous remercie tous d'être là, commença George qui trônait en bout de table. Votre présence ici m'honore. Vous me rappelez tout ce que la vie a de beau et de bon à offrir. Je suis venu ici avec une liste de souhaits que j'espérais accomplir. Mais, à vrai dire, même si je n'en réalise qu'un seul, je peux me vanter d'avoir eu une vie bien remplie. Grâce à vous, je serai toujours ici. Toujours. Parce que j'ai une famille.

Il leva son verre, mélange coloré de Midori, de citron vert et de vodka.

— Et j'adresse des remerciements tout particuliers à la personne qui a créé le Bellamy Hammer. J'ai toujours rêvé d'avoir un cocktail à mon nom.

— Bravo ! Bravo !

Tout le monde leva le verre pour saluer ces propos.

— Et maintenant, je vais vous demander de bien vouloir me supporter. Bénissez le ciel que ma prestation de ce soir reste à jamais unique, mais il s'agit de quelque chose que j'ai toujours voulu faire : chanter une chanson pour ma famille.

— Tu rigoles ? lança un de ses petits-fils adolescents.

— Je crains bien que non, mon garçon. Allez, aidez-moi à monter sur scène.

George gravit les trois marches de la plate-forme en coin, soutenu par deux de ses petits-fils, au son d'un riff assourdi de l'orchestre. Quelqu'un lui tendit un micro et on l'aida à se jucher sur un tabouret de crooner. Les projecteurs en arrière-plan découpaient sa silhouette et illuminaient ses rares cheveux blancs. Le morceau débuta par un glissando au piano accompagné d'un roulement de caisse claire. Puis le guitariste plaqua une série d'accords familiers et George se lança dans son interprétation de « *L-O-V-E* » de Nat King Cole. Il chantait d'une voix frêle et les premières notes, mal assurées, reflétaient son incertitude. Arrivé au bout de la première phrase, il hésita et s'interrompit, tout confus.

— Je suis désolé. Je… je voulais faire mieux pour vous.

— C'est formidable, grand-père ! s'écria Ivy en s'élançant sur la scène. Tu es parfait !

Elle fit signe au pianiste de reprendre et entonna la chanson. Puis elle tourna l'écran de karaoké vers la salle, invitant toute l'assistance à se joindre à elle. Visiblement encouragé par ce soutien, George se mit à chanter d'une voix veloutée de baryton, étonnamment juste. A la fin du premier couplet, tout le monde chantait, accompagné par le concert de cuivres émanant de la bande enregistrée du karaoké. Certains convives étaient ivres de cocktails et de vin, d'autres d'émotion. Encouragés par toute la salle, ils bissèrent la chanson tous en chœur. Cette fois, George semblait plus à l'aise, plus détendu — on aurait dit la réincarnation de Dean Martin.

Claire fredonnait à mi-voix en se balançant légèrement au rythme de la célèbre mélodie. Quelques couples se levèrent pour aller danser. Elle jeta un coup d'œil à Ross. Renversé sur sa chaise, il accompagnait George avec un large sourire. De toute évidence, il prenait un plaisir immense à voir son grand-père en vedette. La chanson s'acheva dans les applaudissements, les rires et, bien sûr, les larmes.

« Vous ne savez pas la chance que vous avez », songeait Claire en observant cette famille. Même ceux qui sanglotaient avaient de la chance, car George Bellamy avait embelli leur existence, et, si aigu que soit leur chagrin, tous garderaient à jamais dans le cœur l'amour qu'il leur prodiguait ce soir.

— Rassurez-vous, je ne vous infligerai pas d'autres chansons de mon cru, plaisanta-t-il en replaçant le micro sur son pied. Je me contenterai de réquisitionner la plus jeune de mes petites-filles pour une dernière danse, avant de vous dire bonsoir.

Il prit la main de la petite Jessica, une fillette courtaude et toute confuse. Elle était rouge d'avoir pleuré, mais elle gagna de bonne grâce la piste de danse où ils furent rejoints par d'autres couples.

Une ombre tomba sur Claire : Ross se tenait devant elle, la main tendue.

Elle tamponna ses yeux à l'aide d'une serviette.

— Il est vraiment merveilleux !

— Venez danser avec moi, Claire. Grand-père sera ravi.

Passé une seconde d'hésitation, elle céda, pour faire plaisir à George. Ross avait le rythme dans la peau, il débordait d'assurance sur la piste. Claire était enivrée par la proximité de son corps, par son odeur virile et ses bras musclés qui l'enlaçaient. George n'avait pas à s'inquiéter pour l'avenir de son petit-fils préféré. Un de ces jours, une femme s'éprendrait follement de lui.

Rectification ! C'était déjà fait. Sauf que, par malheur, ce n'était pas la bonne.

L'orchestre jouait un slow et, sans même s'en rendre compte, elle appuya légèrement sa joue contre sa poitrine. C'était un geste tout naturel, parfaitement approprié. Ross éprouvait peut-être la même chose, car sa main se resserra autour de sa taille. Elle aurait dû le voir venir, ce jour où elle perdrait la tête pour un homme. Dire qu'elle avait été si prudente, jusqu'ici ! Que lui était-il donc arrivé ?

Soudain, la poche de poitrine de Ross se mit à vibrer et la réalité s'immisça entre eux par l'intermédiaire d'un téléphone portable.

— Excusez-moi.

Ross s'écarta et sortit l'appareil. L'écran était éclairé par un message qu'elle n'était sans doute pas censée voir mais qu'il lui montra délibérément.

« Ross, tu es amoureux graaaaave ! »

— C'est de ma cousine Ivy, expliqua-t-il, très à l'aise.

Claire s'empourpra de honte.

— Hum… elle est du genre taquin…

— Peut-être. Mais il lui arrive de voir juste.

Avec l'arrivée de la famille, les choses étaient devenues beaucoup plus compliquées. Les Bellamy avaient quasiment pris possession de tout le camp. Les cousines de Ross s'étaient installées dans un hébergement multicouchages, le Chalet Saratoga, et ses cousins avaient investi son équivalent, la Maison Ticonderoga. Les familles logeaient face au lac, dans la rangée de chalets à toit pentu. Mais le lieu de réunion principal restait le Refuge d'été, où l'on trouvait souvent grand-père en train de se relaxer, de lire, d'écouter de la musique, de défier un adversaire aux échecs ou au Parcheesi. Son rire sonore ponctuait souvent les conversations et, parfois, en fermant les yeux, Ross pouvait s'imaginer l'espace de quelques secondes que tout allait bien.

La grande réunion qui devait rassembler les deux branches de la famille Bellamy était toujours en cours de préparation, mais, dans l'intervalle, beaucoup de choses restaient encore à régler. Grand-père avait fièrement présenté son frère à tous ses invités. Il voulait que tout le monde explore le Camp Kioga, que tout le monde vive ce qu'il avait connu enfant. Les journées étaient consacrées au bateau, à la pêche, à la randonnée, à la natation, et même au tir à l'arc et à la carabine. George ne pouvait pas participer à toutes ces activités, mais il semblait prendre un plaisir particulier à voir les autres découvrir le rythme intemporel de l'été. C'est ainsi que l'oncle Charles alla jusqu'à organiser un concours de tir à la carabine — il ne s'agissait pas de viser des pigeons d'argile mais bien des cibles disposées sur le terrain d'entraînement. C'était un sport très prisé au camp, et grand-père s'avéra redoutable à la carabine à verrou.

De son côté, Claire orchestrait la vie de George heure par heure avec une compétence tranquille. Comme l'avait prédit le médecin, il passait de plus en plus de temps à dormir, mais il ne semblait pas souffrir, et ses périodes d'éveil étaient sereines. Cependant, chaque moment était lesté d'un certain poids, de l'impression mélancolique que tous se constituaient des souvenirs pour plus tard, car bientôt, trop vite, il ne leur resterait rien d'autre. Ross savait que jamais il n'oublierait l'image de son grand-père assis sous la véranda, au milieu de sa famille qu'il régalait d'anecdotes concernant les étés de son enfance au Camp Kioga. Car grand-père était un conteur passionné — d'ailleurs, il en avait fait son métier. Et aujourd'hui, son sens du détail et sa faculté de mémoire lui servaient à résumer les événements marquants de son existence.

Tout était régi par ses souhaits et son état de santé. Un soir, la famille se rendit au grand complet sur le terrain de base-ball d'Avalon. La petite ville s'enorgueillissait de sa propre équipe — les Frelons —, qui faisait partie de la Ligue indépendante de base-ball américano-canadien. Les Frelons étaient coachés de main de maître par Dino

Carminucci, qui durant des années avait activement collaboré à l'entraînement des Yankees. Et la plus belle réussite du club était incarnée par leur lanceur vedette, Bo Crutcher, qui avait embrassé une brillante carrière, justement chez les Yankees.

Natalie Sweet, l'amie de Ross, avait fait le voyage depuis New York. Etoile montante du journalisme sportif, elle était toujours partante pour assister à un match de base-ball. Lorsqu'elle aperçut Ross, elle ne mâcha pas ses mots :

— Dis donc, tu as l'air complètement changé.

— Comment ça ?

— Ma foi, tu es… Bon, ça va te paraître bizarre, vu les circonstances, mais tu as l'air… bien dans ta peau.

— Oh, ce n'est qu'une impression, crois-moi ! Mais pour l'instant, je dois me focaliser sur l'essentiel, à savoir mon grand-père, et m'assurer que chaque jour qui passe soit positif.

— Waouh… Tout ça ne te ressemble guère. Toi qui as toujours été un homme d'action, je te retrouve en maître zen.

— C'est Claire, elle exerce une bonne influence sur moi.

Tout surpris de son propre aveu, il s'empressa d'enchaîner, devant l'air stupéfait de Natalie :

— Tiens, à propos… Tu devais me dénicher des renseignements sur elle, non ?

Natalie hésita.

— Ecoute, Ross… j'ai été très occupée. Et puis, mon gars, je te rappelle qu'on est là pour voir un match de base-ball !

Entouré d'affiches publicitaires à la gloire des commerces locaux, le terrain était inondé par les lumières du stade. Les gradins avaient été pris d'assaut et le stand de la concession vendait des hot dogs, des bières et du pop-corn. Une musique d'orgue nasilla dans la sono ; l'air crépitait d'excitation.

Les Frelons affrontaient l'équipe des Bremolos dans une ambiance de rivalité acharnée.

Chelsea Nash, une jeune fille du coin, interpréta l'hymne national, qui fut suivi du traditionnel : « Jouez ! »

— Çà alors, j'hallucine ! s'écria Micah, le cousin de Ross. Mais c'est grand-père, sur le terrain !

— Mesdames et messieurs, annonça la voix onctueuse du présentateur, nous avons la joie d'avoir ce soir parmi nous une personnalité de tout premier rang pour effectuer le lancer d'ouverture.

Micah trépignait :

— Trop cool ! Je vous parie que grand-père…

— Chut, écoute ! lança sa sœur Hazel.

— Il n'était pas revenu à Avalon depuis… waouh ! 1955. Je vous demande d'accueillir chaleureusement M. Geoooorge Bellamyyyy !

Des tonnerres d'applaudissements montèrent du stade.

Grand-père, vêtu du maillot honorifique des Frelons, marcha jusqu'au monticule de son équipe, saluant le public de la main. En le voyant s'avancer sous les lumières crues du stade, accompagné par le thème « Charge » interprété à l'orgue, Ross sentit une boule d'émotion lui monter dans la gorge. Il avait l'air si frêle… Pourtant, c'est le visage rayonnant qu'il pivota sur lui-même pour lancer la balle au receveur.

— Hé, pas mal, commenta Micah. Il a évité l'humiliation.

— Grand-père est fantastique ! renchérit Hazel avec enthousiasme, avant de fondre en larmes.

George quitta le terrain sous les applaudissements du public.

Ross descendit les gradins à la recherche de Claire. Elle s'était déjà munie de la canne de George, et son fauteuil roulant attendait à proximité.

— Je vous remercie pour ce que vous venez de faire, lui dit-il, sachant que c'était elle qui avait tout organisé.

— De rien, répondit-elle en rougissant un peu.

Ils ne s'étaient pas beaucoup vus depuis la soirée de bienvenue. Ivy le taquinait sans arrêt à propos de son béguin pour l'infirmière de grand-père, mais il s'en moquait. Après tout, c'était la vérité : *il avait complètement flashé sur elle*. Un coup de cœur intempestif mais impossible à nier. En pleine tragédie familiale, il était tombé amoureux. Evidemment, tout cela n'avait pas échappé à l'œil aiguisé de grand-père. Il avait toujours lu en lui comme dans un livre ouvert. Ross avait bien tenté de s'en défendre, sous prétexte de vouloir se consacrer entièrement à lui, mais l'argument n'avait pas convaincu grand-père.

— Sottises, mon garçon ! avait-il rétorqué. Il n'existe pas de bon ou de mauvais moment pour tomber amoureux. Regarde Millie et moi.

— Vous êtes amoureux ?

— Ça te semble donc si invraisemblable ?

— Non, disons… rapide.

— C'est la seule façon de procéder, quand on n'a pas la vie devant soi.

— Tu vas la rendre très malheureuse, tu sais.

— Oh, mais je lui ai expliqué ma situation. Au début, j'appréciais de fréquenter quelqu'un qui ignorait tout de ma maladie, mais à partir du moment où les choses ont… évolué entre nous, je me suis rendu compte qu'elle était en droit de savoir.

Il laissa passer quelques minutes pendant lesquelles il ôta ses lunettes, s'essuya les yeux, puis nettoya ses verres avec le coin de son maillot de base-ball.

— Elle m'a dit de lui briser le cœur sans hésiter. Qu'elle

préférait vivre cet été avec moi plutôt que rien du tout. C'est une femme remarquable, Millie.

Ross aperçut Charles et Jane Bellamy qui leur faisaient signe depuis les tribunes. Grand-père s'excusa pour aller les saluer. Jane tenait sur ses genoux son arrière-petit-fils qui était en train de lui baver copieusement dessus. Ross avait rencontré une grande partie de la famille de Charles : son plus jeune fils, Greg, et sa femme, Nina, leurs deux filles, Jenny et Olivia, ainsi que leurs familles respectives. Son petit-fils Max travaillait au camp à temps partiel et la sœur de ce dernier, Daisy, était partie vivre un temps à l'étranger. Quant au fils aîné, Philip, il effectuait un long périple en compagnie de sa femme.

Pour l'instant, tous ces gens lui apparaissaient comme des étrangers. Des étrangers plutôt sympathiques, mais rien de plus. Claire interrompit ses réflexions :

— A quoi pensez-vous ?

— A tous ces Bellamy que je ne connaissais pas. Grand-père est très impatient de me voir nouer des relations avec eux.

— Ça se comprend.

— Mais on ne peut pas devenir intimes sur commande, du jour au lendemain ! C'est le genre de lien qui se tisse avec le temps, par le biais d'expériences communes.

— George en est parfaitement conscient, mais il faut bien commencer quelque part.

Claire avait raison. Il n'empêche que c'était une perspective douce-amère, car derrière les sentiments qu'on attendait de lui se profilait le vide que laisserait grand-père.

Ce dernier les rejoignit quelques minutes plus tard, l'air fatigué mais heureux.

— C'était un bon lancer, non ?

Ross acquiesça.

— Remarquable. Tu as toujours eu un bon bras.

— Oh, tu exagères…, protesta George.

Il prit la canne des mains de Claire.

— Et voilà, une autre mission accomplie !

— Vous êtes largement dans les temps, George.

— Oh, mais jusqu'ici, c'était juste un échauffement ! Il me reste encore des tas de choses à faire. Vous ne pensez tout de même pas que j'ai oublié le saut en parachute ?

Sauter à 250 km/h en chute libre avec son grand-père… Pour Ross, l'expérience dépassait largement les limites de sa zone de confort.

En guise de boutade, grand-père avait lancé que s'il se tuait en sautant, le reste de sa liste ne serait plus un souci pour personne. Ross avait déniché un club de parachutisme à New Paltz, non loin du Camp Kioga. Le club jouissait d'une réputation irréprochable en matière de sérieux et de sécurité, et fournissait à ses clients un attirail composé des équipements les plus performants. Duke Elder, le propriétaire-exploitant, était comme lui un ancien militaire. A l'armée, il était dans les parachutistes et, après sa démobilisation, il avait obtenu son brevet pour piloter divers types d'aéronefs. En plus de son club de parachutisme, il gérait une compagnie de transport aérien desservant Newark, Logan et LaGuardia.

Par une belle journée sans nuages, toute la famille se rendit au terrain d'aviation où on leur donna à visionner une brève vidéo de formation. Dans sa tenue de parachutiste, muni d'un casque et de lunettes de saut, George était aussi excité qu'un gosse.

— Un casque, hein ? avait-il observé d'un ton ironique. Je ne suis pas sûr d'en saisir l'utilité. Si jamais nous avons un pépin à dix mille pieds, je risque de me casser bien plus que la tête !

Claire réagit au quart de tour.

— Alors, faites en sorte qu'il n'y ait pas de pépin, Ross.

George se frottait les mains.

— Je vois qu'elle n'hésite pas à te tarabuster, mon garçon ! J'aime ce genre de femmes.

— Tu plaisantes, hein, grand-père ?

— Pas du tout, ça prouve qu'elle t'aime.

— Ça prouve surtout qu'elle est casse-pieds !

Claire intervint, excédée :

— Et si elle en avait assez de vous entendre discuter de sa petite personne comme si elle n'était pas là ?

Elle s'avança et étreignit George avec affection.

— Amusez-vous bien. Vous verrez, vous allez vivre une expérience extraordinaire.

— Je voudrais bien aller avec eux..., soupira Micah.

L'adolescent regardait l'avion avec envie et son grand-père l'emmena visiter l'appareil. Immédiatement, la mère de Ross s'en prit à Claire :

— C'est vous qui lui avez mis cette idée dans la tête ?

— Moi ? Pourquoi ferais-je une chose pareille ?

— Ma foi, ça me paraît évident.

— Maman !

Ross envoya à sa mère un message d'avertissement à voix basse, mais celle-ci passa outre.

— Plus vite George sera mort, plus vite elle pourra faire main basse sur sa fortune.

— Veuillez m'excuser, dit Claire en s'éloignant.

— Il y a quelque chose de louche chez cette fille, déclara Winifred. Je n'arrive pas à le définir, mais... elle cache bien son jeu.

— C'est ça ! jeta Ross, exaspéré. Et toi, tu nages en plein délire !

Il ajusta ses lunettes de protection et rejoignit son grand-père à bord de l'avion. Au sol, le reste de la famille formait un petit groupe anxieux, non loin du point d'atterrissage.

La phase d'ascension fut rapide et bruyante. Grand-père regardait par le hublot, immobile et silencieux. Il croisa le regard de Ross et se pencha pour lui tendre un minuscule bout de papier plié en quatre. Dessus, il avait recopié une phrase tirée de *La République* de Platon. Ross glissa le papier tout au fond de sa poche.

L'avion atteignit enfin les treize mille pieds et le moment de sauter arriva. Juste avant d'avancer vers l'ouverture, Ross s'adressa une dernière fois à son grand-père :

— Tu es bien sûr ? articula-t-il silencieusement.

Grand-père opina, leva le pouce et répondit sur le même mode :

— A toi de jouer.

Derrière les lunettes de protection, ses yeux brillaient et il était hilare, même si son rire était couvert par le mugissement du vent. Ross bénissait le ciel de pouvoir offrir cette joie à son grand-père. Il fixa les mousquetons pour le saut en tandem, priant de toutes ses forces pour réussir l'atterrissage.

Des sauts, Ross en avait effectué des centaines, en opération ou au cours d'exercices d'entraînement. Il connaissait par cœur cette bouffée d'euphorie et le rugissement de l'air pendant la chute. Mais sauter en tandem à 250 km/h avec un être aimé, c'était une sensation inédite, une expérience risquée. La confiance que lui témoignait son grand-père le remplissait de tendresse, d'angoisse et de respect.

Au bip de l'altimètre, Ross lui fit signe de la main : « Go ». Il extirpa le parachute éjecteur de sa housse et le lança dans le flux d'air qui les enveloppait. La bride du parachute extracteur déclencha l'ouverture du sac-harnais biplace, et les suspentes libérèrent chacune un caisson jusqu'à tension complète. La voile se gonfla sous l'effet d'une bourrasque impressionnante, ce qui les projeta momentanément vers le haut.

Une fois l'aile entièrement déployée, la décélération fut immédiate et leur chute se transforma en lente dérive sous la voilure. Ross contrôlait leur déplacement au moyen des commandes de manœuvre, s'efforçant d'épargner le maximum d'à-coups à son grand-père. Il sentait sa jubilation se communiquer à lui comme un courant électrique. Enfin, il tira sur les deux poignées de commande, l'aile perdit de la vitesse et ils furent une dernière fois propulsés vers le ciel, comme une brève ascension au paradis.

21

Après son saut en parachute, George rayonnait.

— J'ai édicté une nouvelle règle, déclara-t-il ce soir-là au dîner. Ne remettez jamais — je dis bien jamais — vos envies de sensations fortes à plus tard. Vivez votre vie à fond !

Claire s'aperçut qu'elle regardait Ross et détourna les yeux. Mais les mots de George lui trottaient dans la tête, soulignant une pénible vérité. Elle ne remettait pas ses envies de sensations fortes à plus tard. Elle remettait *tout* à plus tard.

Elle était assise sur le ponton, au clair de lune, quand Ross vint la rejoindre.

— Que se passe-t-il, Claire ?

— Eh bien, j'ai un léger problème de… d'hébergement.

— Comment ça ?

— C'est votre grand-père et Mlle Darrow…

— Millie ?

— Oui, Millie. Ça ne vous perturbe pas, j'espère ?

— Vous voulez rire ? Au contraire, ça m'inspire. En fait, ça pourrait même très bien arranger nos affaires.

— Je ne comprends pas, prétendit Claire.

Oh que si, elle comprenait ! Elle ne comprenait que trop bien…

— Vous n'avez plus de toit, constata-t-il.

— Je peux toujours essayer de me glisser discrètement à l'intérieur…

— Au risque d'interrompre quelque chose ? Oubliez ça.

— Je pourrais aller dormir dans le chalet de vos cousines. D'après Ivy, ce n'est pas la place qui manque…

— Pas question. Je ne vais pas laisser passer l'occasion de vous avoir à moi tout seul.

Le cœur de Claire s'arrêta de battre.

— Pourquoi ?

— Parce que j'en ai assez, tout simplement.

— Assez de quoi ?

— Assez de faire comme si je ne pensais pas tout le temps à vous. Assez de me retenir de vous toucher.

— Ross…

— Ecoutez, je ne peux pas être plus franc, alors maintenant, c'est à vous de décider. Vous n'avez qu'un mot à dire et je m'en irai. Je ne vous referai plus jamais cette proposition. La balle est dans votre camp, Claire.. Cette décision doit venir de vous.

Il s'interrompit et la considéra avec une intensité presque… physique.

— Mais moi, je crois que vous en avez envie. Oui, j'en suis convaincu.

Elle avait passé des années à éviter ce type de situation. Avec succès, d'ailleurs, mais ce résultat n'était pas à mettre au compte de sa volonté, de son intelligence ou de sa débrouillardise. Non, elle y était parvenue parce qu'elle ne connaissait pas encore Ross Bellamy. Mais depuis leur rencontre, elle se sentait irrémédiablement transformée. Il l'avait enveloppée de ses bras, avait posé ses lèvres sur les siennes et un verrou avait sauté en elle, une porte s'était ouverte. Elle avait compris que plus jamais elle ne pourrait revenir à son ancienne vie, retrouver son rôle d'intermédiaire, qui la protégeait de toute relation autre que temporaire ou superficielle.

— Eh bien ? dit-il.

Faisant taire sa raison, elle se dressa sur la pointe des pieds et l'embrassa. Elle s'agrippait à lui avec toute la force d'un désir refoulé depuis toujours — attitude qui aurait dû l'alerter. Au lieu de quoi, il la serra dans ses bras et elle fut gagnée par un sentiment nouveau, inconnu, euphorique.

Si elle le laissait partir maintenant, elle ne se le pardonnerait jamais.

Les mains de Ross descendirent le long de son dos et il la plaqua encore plus fort contre lui. La chaleur de ses caresses lui coupa le souffle. Elle ressentait tout avec une conscience aiguë — pas seulement son étreinte, mais chaque infime détail de la scène. La brise légère sur sa peau. La fraîche odeur du lac. Le doux bruissement d'un animal dans les taillis. Même la lune lui paraissait briller avec une intensité particulière, comme si elle la percevait sous l'emprise d'une substance illicite. Pourtant, elle n'avait rien pris de tel, c'était bien ça le plus extraordinaire. Elle voyait le monde tel qu'il était, sans filtre ni œillères, peut-être pour la première fois.

Ils marchèrent main dans la main jusqu'au chalet de Ross, le corps et l'esprit embrumés de désir. Au passage, elle notait néanmoins le reflet argenté de la lune sur le lac, le vacillement d'un feu de camp dans le lointain et la faible pulsation d'une musique qui s'échappait du pavillon principal, sur le rivage opposé. Elle n'avait pas encore vu l'intérieur du chalet de Ross, mais ne fut pas étonnée par l'ambiance d'ordre et de sérénité qui y régnait. Il leur servit un verre de vin de glace, comme s'il savait que c'était son vin préféré. Par un réflexe né d'une longue habitude, elle n'en prit qu'une petite gorgée et se prépara à reposer son verre. Mais le vin doux, brûlé par le gel, était absolument exquis… Une gorgée, ce n'était pas assez.

— Tchin-tchin, murmura-t-elle d'une voix douce.

Et elle vida son verre d'un trait.

— Ah, vous avez retrouvé votre voix…

Il emporta la bouteille dans la chambre.

Dans *sa* chambre. La chambre de Ross Bellamy. En y entrant, elle franchissait un pas de géant, mais Ross était loin de s'en douter. Pas plus qu'il n'imaginait à quel point elle le désirait. La brise du lac soufflait doucement par la fenêtre à moustiquaire, faisant ondoyer les rideaux clairs. Dans la lumière tamisée, le regard de Claire était attiré par ses affaires personnelles — ces trois cravates par exemple, posées sur un cintre, comme s'il s'était demandé laquelle serait la mieux assortie à sa chemise. Une pile de livres sur la table de chevet : *Le Grand Livre de la pêche à la mouche*, un énorme best-seller aux nombreuses pages cornées, mais aussi un mince volume au titre inattendu : *Trouver Dieu dans les endroits calmes*. Une étagère servait de vide-poches : téléphone portable, notes griffonnées, un couteau.

Et puis il y avait le lit. Le cadre d'époque était en hêtre, la tête de lit ornée d'une scène campagnarde, le couchage luxueux. Il y avait même un édredon moelleux et une couverture Pendleton repliée. Ross tira sur le nœud qui retenait sa robe et celle-ci glissa par terre. Il retint son souffle, ce qui porta l'excitation de Claire à son comble. Elle avait tellement l'habitude de se cacher qu'elle n'était pas préparée à un tel sentiment de libération. Quant à Ross, il venait de quitter l'armée et cela se voyait…

Ils s'allongèrent sur le lit et partagèrent tout ce qui suivit : les gloussements nerveux, les soupirs de ravissement, les baisers interminables, d'autres verres de vin, l'impatience maladroite de Ross tandis qu'il enfilait un préservatif sans se départir de son humour. Claire était submergée par le besoin impérieux de tout lui dire, de se dépouiller de ses secrets comme de vêtements superflus qu'on retire un à un. Il trembla en s'enfonçant lentement, trop lentement en elle, et elle vint à sa rencontre en le serrant aussi fort que dans ses rêves. Il eut un moment d'hésitation, elle eut un léger sursaut de douleur, puis elle l'attira encore plus près. Il s'immobilisa en appui sur ses bras musclés, son visage dans l'ombre mais la voix rauque d'incrédulité :

— Ce n'est pas possible.

— Si, ça l'est, murmura-t-elle. Et je suis très heureuse de t'avoir attendu.

Il l'embrassait et remuait en elle avec une lenteur exquise, créant un profond rythme d'intimité qui lui donna l'impression de s'envoler, puis d'exploser en mille éclats. Elle cria — son nom peut-être, à moins que ce ne fût qu'un son inarticulé — et revint sur terre en douceur, comme une feuille portée par le vent, dans le creux sécurisant de ses bras. Ils restèrent une éternité sans parler. Les mots étaient inutiles. Il avait mis au jour l'un de ses plus profonds désirs et elle s'y était abandonnée avec joie. Voire reconnaissance.

Enfin quelqu'un qui possédait l'étrange faculté de la voir comme elle était, car il savait lire au fond de son âme. Les secrets qu'elle lui avait confiés étaient les secrets de son cœur — sa solitude et son envie désespérée d'être aimée. La douceur de son étreinte. Elle ne pouvait être honnête en paroles, mais en caresses, c'était possible.

L'amour était un plaisir enivrant, un genre de douleur aiguë qui s'échappait d'un point enfoui au plus profond d'elle-même. Un abandon de tout contrôle, dont elle s'était toujours protégée. Et il n'y avait rien d'étonnant à cela.

L'amour était une chose dangereuse, qui la rendait totalement vulnérable, qui lui donnait l'impression qu'elle allait mourir d'une seconde à l'autre. L'impression qu'elle allait vivre pour toujours.

22

Ross s'éveilla en douceur, pétri de l'agréable fatigue que procure une intense nuit d'amour, et tendit le bras pour attirer Claire contre lui.

Mais son bras se referma sur du vide. Où diable était-elle passée ?

Grand-père. Un problème avec grand-père.

Ross enfila un jean en toute hâte et traversa l'enceinte du camp comme un fou.

Fausse alerte. Son grand-père dormait paisiblement. Peut-être était-elle allée boire un café au pavillon ?

Il retourna à son chalet pour se munir d'un pull et chaussa des baskets. Au pavillon, on servait le petit déjeuner. Des résidents en tenue de golf ou de tennis commençaient leur journée. Mais toujours pas de Claire.

Elle avait demandé à être conduite à la gare, lui apprit la réceptionniste du matin. Claire avait simplement dit que des raisons personnelles l'obligeaient à s'en aller d'urgence et qu'elle ne reviendrait pas. Le premier train était parti plus d'une heure plus tôt.

Ross était complètement dérouté. L'avait-il effarouchée ? C'était possible. Il avait eu le choc de sa vie en découvrant qu'elle était vierge. *Etait*. Car elle ne l'était *plus*, après la nuit qu'ils avaient passée ensemble. Il avait été le premier, ce qui l'avait proprement bouleversé. Peut-être avait-elle été aussi bouleversée que lui. Et dans sa panique, elle était partie… mais où ? Il tira son téléphone portable de sa poche et composa le numéro de Claire. Au bout de quelques tonalités, la voix anonyme d'un message préenregistré lui répondit. Il raccrocha.

Puis il appela Natalie. Le soir où elle était venue assister au match de base-ball, elle n'avait pas encore eu le temps de vérifier le passé de Claire. Peut-être s'en était-elle occupée entre-temps ?

— Je me demandais si tu avais trouvé quelque chose au sujet de Claire ?

— Oh, là là ! Toi, tu as couché avec elle.

Flûte ! Comment avait-elle deviné ?

— Ecoute, Natalie, ça se corse. Claire a décampé. Filé à l'anglaise, quoi, le coup classique.

— Je suis vraiment désolée pour toi, Ross, mais je ne peux pas dire que ça m'étonne. Elle n'est pas… Je suis à peu près sûre qu'elle a beaucoup de choses à cacher. C'est ce que j'allais te dire au match de base-ball, mais…

— Une minute ! Tu le savais, l'autre soir ? Pourquoi est-ce que tu ne m'as rien dit ?

— Ça ne m'a pas paru correct. Tu avais l'air si heureux avec elle…

— Mais d'après toi, c'est une menteuse.

— Je ne sais pas ce qu'elle est au juste. Simplement… il vaut peut-être mieux pour toi qu'elle soit partie, tu sais.

— Non, je ne sais pas, Nat. Je nage complètement, figure-toi !

Il trouva son grand-père sous la véranda, en train de boire une tasse de thé, les yeux fixés sur la boîte compartimentée qui contenait ses médicaments.

— D'habitude, Claire m'aide à m'y retrouver, dit-il, les sourcils froncés.

— Claire est partie. Elle a prévenu l'accueil qu'elle ne reviendrait pas et elle a sauté dans le premier train pour New York. Sans explication, sans adieu. Rien.

— Cela ne lui ressemble pas.

— C'est drôle que tu dises ça !

Ross prit le pilulier et trouva les instructions dans le dossier de soins. L'heure de chaque prise était indiquée dans les moindres détails, et paraphée par Claire dont la signature figurait au bas de chaque page. *C. Turner.* C'était la première fois qu'il voyait sa signature. C'était bizarre, finalement. La nuit dernière, tandis qu'il la tenait dans ses bras et murmurait des mots doux à son oreille, il avait eu l'impression de tout connaître d'elle. Tout faux !

— Pourquoi est-ce si drôle ? demanda grand-père.

— Parce que si l'on y réfléchit bien, on ne sait rien d'elle.

Ross donna à son grand-père les mêmes comprimés que la veille et inscrivit l'heure de la prise sur le document. Si Claire ne revenait pas, il faudrait lui trouver une remplaçante.

La nuit dernière, tout était simple, limpide. L'attirance qui avait grandi entre eux tout au long de l'été s'était muée en une passion dépassant toutes ses espérances. Il s'était endormi avec la certitude de tenir son destin entre ses bras. Faux et archifaux !

— Moi qui pensais l'avoir cernée ! Tu sais, grand-père, je commençais même à imaginer que nous avions un avenir.

— Fiston, une fois qu'on a fait le tour d'une femme, ce n'est plus amusant. Ce n'est pas plus mal que tu aies encore des choses à découvrir sur Claire.

— Oui, mais j'ai l'impression qu'elle ne voulait pas qu'on en sache davantage sur elle, ni moi ni personne. Et à la réflexion, que m'a-t-elle donné comme renseignements sur elle-même ? Pas grand-chose. Bon sang ! J'aurais dû en exiger davantage.

— Peut-être. Pour autant, peut-être aussi t'a-t-elle déjà dit tout ce qu'il fallait que tu saches.

Qu'elle était douce et attentionnée. Maladivement modeste, dévouée à son travail. Nulle à la belote et volontiers narquoise. Vulnérable. Et prudente au-delà de toute mesure. Dans un sens, elle lui rappelait les réfugiés des combats en Afghanistan, ces gens au regard hanté par des traumatismes dont ils refusaient de parler.

— Et si elle ne revient pas ?

— Alors, ce sera à toi d'aller la chercher, répondit grand-père avec simplicité.

— Pour la harceler ? Non, je ne pense pas.

Déjà, il se faisait à l'idée de l'avoir perdue. De toute façon, leur histoire était vouée à l'échec. Ils s'étaient rencontrés dans des circonstances totalement artificielles. A peine libéré de l'armée et confronté à la mort prochaine de son grand-père, il n'était pas en état de s'engager dans une histoire d'amour passionnée.

— Balivernes ! explosa grand-père. Fiston, je t'ai donné des tas de conseils durant toutes ces années, mais si tu dois n'en retenir qu'un, que ce soit celui-ci. Quand tu sais que tu es dans le vrai, fonce !

— Mais…

— Laisse-moi finir.

Grand-père leva une main tremblante, sinistre rappel de sa maladie.

— Dans la vie, on laisse trop souvent filer sa chance par manque d'audace. Et pendant qu'on pèse le pour et le contre, qu'on rationalise ses choix ou qu'on élabore une de ces fichues matrices décisionnelles, les occasions nous glissent entre les doigts ! Si ton cœur te dicte d'agir, qui es-tu pour argumenter ? Il y a plus de sagesse dans un battement de cœur humain que dans dix milliards de neurones !

— J'approuve tout à fait ton raisonnement, grand-père, sauf qu'entre Claire et moi, il ne s'agit pas d'amour.

— Je vous ai observés quand vous étiez ensemble. Il s'agit bel et bien d'amour ou je ne m'y connais pas.

Il marqua une pause, et contempla le paysage qui resplendissait dans la lumière du matin.

— Certains sentiments sont si forts qu'ils ont tendance à effrayer. Et dans la peur, on préfère se réfugier dans le déni. Mon propos tient en une phrase : ne laisse pas les sornettes qui t'encombrent l'esprit te distraire de la vérité qui est sous tes yeux.

Il s'empara de son carnet et un courant d'air en fit tourner les pages.

— Et crois-moi, je sais de quoi je parle.

Le côté gauche de son visage s'était affaissé et son élocution devenait de plus en plus laborieuse, constata Ross avec inquiétude.

— Tu devrais peut-être aller te coucher, grand-père, faire une petite sieste.

— Je dormirai quand je serai mort ! répliqua-t-il sèchement. Et je ne plaisante pas. Ecoute, Ross, je n'ai pas mené une vie exemplaire. Loin de là. J'aimerais te dire que j'ai gagné en sagesse avec l'âge, mais je n'ai qu'un conseil à te laisser : vis. Vis ta vie. Ne te soucie pas de l'opinion des autres et lance-toi à corps perdu dans la vie. Fais des erreurs. Quand j'y pense, c'est fou tout ce que j'ai manqué par peur de me tromper ! Mais si tu prends conscience que tu commettras toujours des erreurs, et ce malgré toutes tes précautions, alors tu auras peut-être moins peur.

— Peur ?

« Ai-je peur ? » se demanda Ross.

— Consacre-toi aux choses qui comptent vraiment, poursuivait grand-père. Il y a bien longtemps, j'ai passé une semaine de ma vie à repaver mon allée. L'ancienne défigurait le quartier, elle était pleine de nids-de-poule et déformée par les racines d'arbres. Des mauvaises herbes poussaient à travers les fissures. J'ai donc passé toute une semaine à superviser une équipe d'ouvriers. J'ai surveillé chaque aspect de leur travail, je leur ai même dicté l'emplacement des pavés et la hauteur à donner aux massifs d'arbustes. Bon sang, quel dommage que je ne puisse pas revivre cette semaine-là ! Je t'assure que j'aurais employé mon temps différemment ! Conclusion : ne brade pas ta vie pour des foutaises qui n'en valent pas la peine ! C'est tout ce que j'ai à dire.

— Je m'en souviendrai, promit Ross.

En voyant le roman à moitié lu que Claire avait abandonné sur la table, grand-père fronça les sourcils.

— Bah, tu es déjà en train d'oublier…

Ross ne perdait pas de vue que, quels que soient ses problèmes avec Claire, son devoir était de soutenir son grand-père.

— Tu veux me parler de ce qui t'embête vraiment ?

Le vieil homme resta si longtemps sans répondre que Ross crut qu'il s'était assoupi. Enfin, il rompit son silence :

— C'était Jane. La cause de la brouille entre Charles et moi.

— C'était sa faute à elle ?

Grand-père eut l'ombre d'une hésitation. Puis il déclara avec fermeté :

— Non, c'était ma faute. Mais Jane était…

Il prit une profonde inspiration.

— Charles et moi étions tous les deux amoureux d'elle. Et bien sûr, c'est lui qui a conquis son cœur.

— Pourquoi « bien sûr » ?

— Parce qu'il a toujours su trancher quand il le fallait. Moi, j'avais tendance à tergiverser et à tout analyser, en me demandant quel tour prendrait chaque option envisagée. Charles, lui, respirait l'insouciance — de nous deux, c'était lui le fonceur. Il ne se posait jamais de questions, lui. Il marchait à l'instinct et n'hésitait pas à se jeter à l'eau. Enfin, bref… Il est tombé amoureux de Jane et a entrepris de faire sa conquête. J'étais moi aussi très épris de Jane, mais à force de décortiquer mentalement notre relation, j'ai conclu que nous courions à la catastrophe. J'étais obnubilé par nos différences. Moi, issu d'un milieu privilégié, et elle, fière de ses origines modestes. Nos parents parlaient à peine la même langue. Tout cela n'avait aucun sens pour Charles, c'était un idéaliste. Il croyait qu'avec assez d'amour et de volonté, on pouvait conquérir le monde.

— Et toi, grand-père ?

— Moi, j'étais le cynique des deux. J'étais sûr que le monde se moquait bien de l'amour et de la sincérité. Quand Jane m'a prouvé que j'avais tort, il était trop tard pour faire marche arrière. Elle appartenait déjà à Charles. A un moment, j'ai cru que j'avais peut-être une chance, mais… je me trompais.

De nouveau, il hésita. Son silence renfermait tout un monde de pensées inexprimées.

— Grand-père ?

— Je ne sais pas par où commencer, voilà tout.

— Tu as déjà commencé. Tu m'as raconté que tu venais ici quand tu étais petit. Et que tu y étais revenu alors que tu étais étudiant. En t'écoutant, j'avais déjà deviné que ton frère et toi aviez tous les deux un faible pour Jane.

— C'était il y a si longtemps…

Les yeux de grand-père s'embuèrent de souvenirs.

Mais il y avait quelque chose qu'il continuait à taire. Ross n'arrivait pas à mettre le doigt dessus.

Grand-père avait les yeux fermés. Ross alla chercher une couverture et la lui étendit doucement sur les genoux, pour qu'il n'ait pas froid quand s'accumuleraient les nuages du passé.

23

New Haven, Connecticut
Automne 1955

A l'UFR de journalisme de Yale, George était le premier de sa classe. Réputé pour son jugement, il avait été nommé rédacteur en chef du *Yale Daily News* — le *nec plus ultra* en matière de presse étudiante. Au journal, ses collègues le surnommaient Clark Kent, en raison de ses légendaires talents d'investigation. Ses rivaux, en revanche, l'appelaient « Clark Can't » — allusion moqueuse à sa vie sentimentale inexistante.

Et pour cause : George avait renoncé à l'élue de son cœur en faveur de son frère.

Car désormais, c'est ainsi qu'il jugeait la situation. Ainsi qu'il la jugerait toujours. Personne n'était au courant de son sacrifice ; il cachait la vérité au plus profond de son cœur, dans le repli le plus secret de son âme. Charles lui-même était à mille lieues d'imaginer que son frère avait renoncé pour lui à la femme de sa vie.

Du reste, à quoi bon en parler ? George ne voulait pas faire étalage de son abnégation — il n'était pas candidat au martyre. Il cherchait simplement un moyen de s'évader dans l'avenir afin de ne plus ruminer le passé, de ne plus ressasser ce qui aurait pu être si seulement il avait été plus sûr de lui. Plus affirmé. Plus enclin à suivre les élans de son cœur.

N'importe comment, une histoire d'amour avec Jane Gordon aurait été vouée à l'échec : ils étaient issus d'univers trop différents… Avant la fin de l'été, ils se seraient mutuellement brisé le cœur, c'était couru. Résultat, il avait laissé à Charles le triste privilège de vivre son premier chagrin d'amour.

Leurs parents ne sauraient sans doute jamais quelle dramatique rivalité Jane Gordon avait engendrée bien malgré elle. En outre, contrairement aux espoirs souvent formulés par leur mère, ni Charles ni lui n'étaient sensibles aux charmes des sœurs Darrow. Les Darrow et les Bellamy nourrissaient certaines aspirations concernant l'alliance dynastique de leurs deux familles, mais en dépit de tous leurs efforts, aucune union ne s'était concrétisée.

De temps en temps, on questionnait George sur sa fréquente acrimonie, on s'étonnait qu'il ne profite pas pleinement des défis et distractions que lui offrait sa dernière année à Yale.

Il faut dire qu'en fin de cursus, les étudiants versaient volontiers dans la mélancolie, regrettant déjà la fin de leur période à Yale. Pas George. Au contraire, il avait hâte d'avoir fini. De partir. Parce que désormais, Jane Gordon faisait partie du décor. Comme s'il ne suffisait pas que l'été dernier ait été rempli de sa présence, elle habitait maintenant chez des parents à New Haven afin de s'occuper de sa mère. Pire encore ! La rumeur voulait qu'elle travaille sur le campus. Un miracle qu'ils ne se soient pas encore croisés…

George était fermement décidé à se bâtir un avenir prestigieux, ambition qui impliquait pour lui de faire une croix sur Jane Gordon. Il lui fallait feindre l'indifférence à son égard, ne plus s'interroger sur ses sentiments à elle. Ils n'avaient jamais évoqué leur amour réciproque. Peut-être se leurrait-il complètement… Il avait pu déceler dans son attitude des sous-entendus qui n'existaient pas en réalité. Et si tout cela n'était que pure invention de sa part ?

Pourtant, non, il ne se fourvoyait pas. Une infime partie de son cerveau connaissait la vérité : ce qui avait surgi entre Jane et lui était bien de l'amour, un sentiment qui, pour être tacite, n'en était pas moins puissant. Pour lui, c'était aussi clair que les principes du journalisme objectif.

Et Jane aussi le savait, même si elle n'avait jamais abordé le sujet. Certes, son attirance pour lui n'était ni visible ni tangible, mais il la sentait comme la pluie d'automne sur ses épaules lorsqu'il traversait le campus entre deux cours ou séminaires. Et quand, malgré tout, il se retrouvait en proie à l'incertitude, il n'avait qu'à se rappeler l'expression du visage de Jane, ce soir-là, sur le débarcadère, pour que ce souvenir suffise à balayer ses derniers doutes : Jane luttait avec autant de force que lui contre un amour irréfutable, c'était l'évidence même.

A l'université, Charles et lui appartenaient chacun à des confréries différentes et prenaient leurs repas dans des clubs bien distincts. Cette situation était assez peu orthodoxe au sein d'une même famille, mais ils éprouvaient d'instinct le besoin de mener leur vie séparément. Leurs emplois du temps se croisaient rarement, et la passion immodérée de Charles pour le sport l'amenait à fréquenter assidûment les greens, les courts de tennis et le hangar à bateaux pour ses leçons d'aviron. George, lui, était membre du club de tir ; c'était le seul sport qu'il pratiquait.

Restait à espérer que Charles revienne à la raison et cesse de fréquenter Jane Gordon ; cela vaudrait mieux pour tout le monde. Mais à l'automne, lors d'une soirée entre étudiants de Yale et étudiantes de Vassar, George comprit que Jane n'était toujours pas tombée aux oubliettes.

Il attendait son tour au bar quand il entendit une des sœurs Darrow — il les confondait souvent — converser à voix basse.

Manifestement, elle ne s'était pas aperçue de sa présence.

— Comment, disait-elle, vous n'êtes pas au courant ? Charles Bellamy sort avec une fille de la région. Et, tenez-vous bien, elle ne fait pas partie du campus ! Il paraît qu'elle est femme de chambre à la résidence du doyen de l'université.

— Ce n'est pas possible ! répliqua une autre étudiante. Charles Bellamy ? Jamais il ne ferait une telle…

Mais George en avait assez entendu. Le lendemain, il aborda Charles, l'estomac lesté d'un bloc de glace.

Il trouva son frère en plein effort… sur le terrain de squash, en train de lober pour la victoire contre Samuel Lightsey, son meilleur ami. C'était une journée d'été indien, la lumière était dorée et il faisait bien 27°. Malgré la chaleur, l'automne avait revêtu ses plus beaux atours et la cour carrée était jonchée de feuilles malmenées par la brise.

En observant son frère — sa puissance, son physique athlétique, ses gestes façonnés par l'assurance et la grâce —, George ne pouvait réprimer un pincement d'envie. La polio l'avait privé de beaucoup de choses, mais ce qu'il regrettait le plus, c'était d'avoir perdu la vélocité et l'élégance dans le mouvement. Courir à la vitesse du vent, maîtriser tous les sports auxquels il s'essayait… Une douzaine d'années s'étaient écoulées depuis l'épisode de sa maladie, mais ces sensations restaient gravées dans son corps et dans son esprit.

Tout cela avait été balayé par la polio, et même si George s'efforçait de ne pas s'apitoyer sur son sort, depuis peu, une vague de regrets le submergeait chaque fois qu'il se trouvait confronté à une épreuve physique. Il évitait toutes les situations susceptibles de révéler sa faiblesse devant tout le monde. La balnéothérapie et la rééducation avaient leurs limites, même s'il leur devait de ne plus être en fauteuil roulant. Il ne boudait certes pas sa chance d'être parvenu à remarcher, mais encore lui fallait-il trouver un moyen de tempérer ses envies.

Or, ça n'était guère facile avec un frère aussi naturellement doué en sport, qui réussissait tout sans forcer, qui dominait toutes les disciplines physiques qu'il abordait. Non que Charles se vantât jamais de ses prouesses, mais il ne s'en cachait pas non plus. Il aimait trop le sport et les défis pour feindre de ne pas y exceller.

A la fin de la partie de squash, Charles se borna à lever un poing victorieux, puis il alla serrer la main de son adversaire. Les deux garçons aperçurent George qui les regardait, posté près des lignes de couloir, et Charles lui fit signe de venir.

— Salut, frérot. Je viens de finir mon match. Tu aurais dû voir la raclée que j'ai mise à ce jeune homme.

— La prochaine fois, promit Samuel, c'est moi qui te ferai mordre la poussière. Bon, il faut que je file. Ce soir, je dîne avec ma fiancée et Gwen n'aime pas que je sois en retard.

Samuel avait du mal à cacher sa fierté vis-à-vis de son tout nouveau statut de futur marié. Il avait demandé sa dulcinée en mariage quinze jours auparavant et, depuis, il marchait sur un nuage.

Charles jeta une serviette autour de sa nuque et s'assit à l'ombre. Il but longuement à sa gourde avant de la tendre à son frère, qui refusa d'un mouvement de tête.

— Dis donc, George, Sam m'a demandé d'être son témoin. Qu'est-ce que tu en penses ?

— C'est très sympa de sa part. En ce moment, j'ai

vraiment l'impression qu'une épidémie de mariage sévit chez les gars du campus.

— On dirait, oui…

Charles faisait tournoyer sa raquette de squash.

George décida de tâter le terrain.

— J'imagine qu'en matière de filles, les frères Bellamy sont à la traîne. A moins que tu ne me caches quelque chose… ?

Son intention n'était pas de colporter des commérages, mais s'il y avait un fond de vérité dans cette rumeur, il fallait qu'il le sache.

Charles saisit la perche qu'il lui tendait.

— Ma foi, puisque tu abordes le sujet… Eh bien, oui ! il y a quelque chose, quelque chose dont je voulais te parler. Je tenais à ce que tu sois le premier à l'apprendre.

Mais George savait déjà. La nouvelle s'était déjà nichée dans un recoin de son esprit et, s'il avait glané des renseignements auprès de son frère, c'était par pure formalité. Il resta très raide, le visage de marbre.

— Vas-y, je t'écoute.

— Je sors avec une fille. La fille la plus merveilleuse du monde, et je vais la demander en mariage.

Non, l'implora mentalement George. *Non, ne le dis pas.*

— Il s'agit de Jane Gordon.

Charles piqua un fard et sourit.

George, de son côté, sentit son moral dégringoler en flèche. Ses paumes étaient moites et sa bouche desséchée, mais son frère ne semblait pas s'en apercevoir.

— Tu te souviens, j'avais déjà le béguin pour elle l'été dernier, au Camp Kioga. Tu savais qu'elle vit à New Haven ?

Oui, il savait, mais il opta pour un ton dégagé :

— J'ai entendu dire qu'elle faisait des travaux de ménage, non ?

Charles confirma :

— Elle tient la maison du doyen. J'ai hâte que tu la revoies, maintenant que nous avons tous grandi. Elle n'a pas changé, tu sais, elle est toujours aussi sensass, comme à l'époque où nous étions gosses. Quoi de plus normal que nous soyons tombés amoureux ?

George secoua la tête. Ce projet de mariage était une catastrophe annoncée.

— Ça ne marchera pas, Charles. Je sais que Jane est…

Un ange, compléta-t-il en son for intérieur. *Une créature de rêve.*

— … une gentille fille. Mais ça ne marchera jamais, c'est impossible.

Charles eut une seconde d'hésitation, preuve qu'il n'était pas complètement naïf vis-à-vis de la situation. Cependant il n'en démordait pas :

— Nous ferons en sorte que ça marche !

— Mère et père ne toléreront pas une telle union.

— Ils s'y feront. Attends qu'ils fassent sa connaissance, ils ne pourront que succomber à son charme, comme moi !

— Tu te fais des illusions, Charles. Tu parles de *nos parents*. Ils te renieront plutôt que d'accepter que tu épouses une… une femme de chambre.

George s'efforçait de garder un ton raisonnable.

— Une femme de ménage, rectifia Charles avec obstination. Et s'ils me renient parce que j'ai trouvé la femme de ma vie, alors c'est qu'ils ne sont pas ceux que je croyais.

— Ne leur demande pas de choisir, Charles. Ils ne te le pardonneront jamais.

— Balivernes que tout ça !

Mais une note d'inquiétude s'était insinuée dans sa voix. George en profita pour insister :

— Et la famille de Jane ? Ses parents non plus ne vont

pas approuver ce mariage. Ils n'ont sûrement pas envie de voir leur fille tenter de s'intégrer dans une famille où elle n'a pas sa place.

— La place de Jane est auprès de moi. Bon sang, nous nous aimons ! Où est le mal ?

— Il ne s'agit pas d'amour, rétorqua George d'un ton cassant. Tout au plus d'une simple toquade. Qui passera…

— Notre amour durera toujours. Je le sens dans la moelle de mes os. Dire que je pensais que tu serais heureux pour moi !

— Heureux ? Heureux de te voir aller au-devant de la catastrophe ? Je ne veux pas que tu souffres, Charles.

Mais était-ce sa seule objection à ce mariage, n'y avait-il pas une autre raison, profondément enfouie en lui ?

— Ce qui me fait souffrir, persista Charles, c'est d'être séparé de Jane. Attends de tomber raide dingue amoureux et tu comprendras.

George serra le poing et frictionna vigoureusement sa mauvaise jambe.

— Réfléchis encore un peu, Charles. Tu es jeune. Rien ne presse.

— C'est bien pourquoi nous allons attendre l'été prochain pour nous marier.

Charles et Jane, mariés. *Mariés.*

— Ça ne marchera pas.

— Mais pour l'amour du ciel, George ! Je te parle de Jane ! On la connaît depuis toujours. Nous formions les trois mousquetaires, tu te souviens ? Un pour tous, tous pour un.

— A l'époque, nous étions des enfants et c'était un jeu. Là, il s'agit de la vraie vie et le mariage n'est pas un jeu. Le mariage, c'est « jusqu'à ce que la mort vous sépare ». Tu vas finir malheureux, Charles. Tu ne comprends donc pas ? Jane est une domestique. Une fille issue de rien. Sans éducation, sans raffinement. Elle va te tirer vers le bas…

— Crénom d'un chien !

Charles le foudroya du regard.

— Moi, au moins, je ne suis pas lâche devant la vie ! Tu es infirme, George, mais pas de la façon que tu penses. Ce sont tes propres peurs qui te handicapent.

George n'en croyait pas ses oreilles.

— Va au diable, jeta-t-il à son frère.

— George, attends… Tu m'as fait sortir de mes gonds mais j'allais te demander d'être mon témoin…

— Abstiens-toi !

— Très bien, je ne te demanderai rien. Je n'ai pas besoin de ta bénédiction, tu sais. J'aurais bien aimé l'avoir, mais je n'en ai pas besoin.

George était horrifié par l'annonce de son frère. Cette idée de mariage était désastreuse à tous points de vue, mais Charles était inébranlable. Faisant fi de ses conseils, il avait choisi une date au mois d'août et organisait déjà une cérémonie en plein air au Camp Kioga. Il avait des étoiles dans les yeux.

Peut-être Jane entendrait-elle finalement raison ? Oui, c'est ça, il allait parler à Jane, il lui démontrerait l'erreur qu'ils s'apprêtaient à commettre.

Il l'attendit un soir, devant la résidence du doyen. C'était un crépuscule d'automne, l'air était frais et le ciel lourd de nuages gorgées de pluie.

Visiteurs, professeurs, administrateurs… les allées et venues étaient nombreuses. Il patientait depuis un bon moment quand, voyant un concierge contourner le bâtiment, il comprit : les employés extérieurs au campus devaient passer par l'entrée de service. Il se rendit donc dans l'allée qui courait derrière les demeures majestueuses et s'adossa à une ancienne remise à calèches reconvertie en garage. Une rangée de poubelles et de containers à ordures s'alignait contre le mur.

Qu'allait-il dire à Jane ? Ils ne s'étaient pas revus depuis le jour de la fermeture du camp, l'été dernier. Déstabilisé, il s'apprêtait à repartir quand certaines fenêtres de la grande maison blanche s'éclairèrent et que quelques personnes sortirent par la porte de service. Aucune ne parut lui prêter attention et toutes s'engagèrent dans la rue.

Il repéra tout de suite Jane : une fille mince en robe sombre, portant un tablier et une sacoche visiblement lourde. Bien malgré lui, son cœur bondit dans sa poitrine. Elle marchait d'un pas lent, sans entrain. George regarda autour de lui. Des étudiants flânaient entre les réfectoires et les bibliothèques. Quel contraste frappant ! A côté de l'austère tenue de Jane, ils avaient l'air joyeux dans leur polo à losanges du dernier chic.

Il s'approcha d'elle en s'efforçant de ne pas boiter.

— Jane.

— George !

Son visage s'illumina d'un sourire qui lui coupa le souffle.

— Quelle surprise !

Il jeta un regard alentour et aussitôt s'en voulut de son attitude furtive.

— Je n'avais pas l'intention de te tomber dessus à l'improviste. En fait, je voulais te parler de… euh…

Quel idiot ! Il bafouillait comme un demeuré !

Jane ralentit le pas et inclina la tête sur le côté. Quelque chose traversa son visage : un signe de reconnaissance. De désir. Une validation tacite des sentiments qui s'étaient insinués entre eux l'été dernier… avant que Charles ne monopolise toute son attention.

George se racla la gorge et surmonta sa nervosité.

— C'est à propos de Charles.

Les yeux de Jane s'étrécirent. Le vent souleva son tablier et, à l'expression de son visage, il comprit qu'elle savait à quoi s'en tenir.

— Dans ce cas, George, tu devrais plutôt t'adresser directement à lui.

— Il refuse de m'écouter.

Jane rejeta la tête en arrière et reprit sa marche. George n'avait d'autre choix que de la suivre hors du campus. Et tout au fond de lui, il avait vaguement envie de savoir où elle habitait, dans ce quartier de New Haven qu'il ne connaissait pas malgré toutes ces années passées à Yale. L'air sentait la pluie et le vent se renforça, arrachant les feuilles mortes des érables bordant les rues. Quelques pâtés de maisons plus loin, ils arrivèrent dans un quartier ouvrier composé de bâtiments sans intérêt et de maisons mitoyennes, toutes identiques.

— Alors pourquoi es-tu venu me voir ? lui demanda-t-elle.

— Parce que toi, tu m'écouteras.

— Qu'est-ce qui te fait penser ça ?

— Jane, tu connais les règles de la société. Tu sais que ton mariage avec Charles provoquerait un déchirement au sein de nos deux familles.

Elle devint toute pâle.

— Charles t'a dit que nous allions nous marier ?

— Ne fais pas ça, Jane. Une telle union détruirait nos parents et…

— Sois franc avec moi, George. Pour une fois dans ta vie, sois franc. Dis-moi quelle est ta réelle objection à ce mariage.

Il la dévisagea, s'appliquant à garder un masque inexpressif, à ne trahir aucun de ses sentiments.

— Tu veux vraiment l'entendre ?

La pluie se mit à tomber pour de bon en rideaux de gouttes drues. Ils s'abritèrent sous l'entrée d'un magasin de linge de maison qui avait fermé pour la journée. Le vent chahutait les frisottis capricieux de Jane, l'auréolant d'une couronne couleur d'automne. Nullement impressionnée par sa colère, elle s'approcha de lui. Ses yeux renfermaient une supplique muette, terrible — mélange de souffrance et de passion — et un désir identique au sien. Elle avança encore d'un pas, suscitant chez lui un fantasme des plus étrange. Derrière elle, une nappe ivoire était exposée en vitrine et, l'espace d'une seconde, le drapé du tissu lui fit comme un voile de mariée, posé sur sa chevelure rousse. Elle se tenait si près de lui qu'il pouvait presque goûter sa bouche, ses lèvres pleines et douces, lorsqu'elle répondit :

— Oui, George, je le veux.

Bouleversé par ce « oui », George oublia tout. Il passa un bras protecteur autour d'elle, geste qui causa sa perte et lui incendia les veines. Il brûlait d'une flamme nourrie par tous ces moments d'abnégation réduits en cendres par la simplicité et la franchise de Jane. Il n'était plus maître de lui ; le désir devint une force supérieure à sa volonté. Pas plus qu'on n'arrête le vent, il ne pouvait le dominer. Il lui empoigna les bras, l'attira violemment à lui et plaqua sa bouche sur la sienne. Enfin ! Enfin !

Jane poussa un gémissement étouffé — de résistance ? d'abandon ? —, et sa sacoche heurta le sol avec un bruit sourd. Elle agrippa sa chemise à pleines mains.

George tenta de s'écarter. Jane était la petite amie de son frère ! La petite amie de son *frère* ! Une parcelle de son esprit s'en souvenait encore.

Mais il ne pouvait pas la lâcher, c'était plus fort que lui.

Jane. Jane le retenait contre elle, se cramponnait à sa chemise, l'embrassait avec une ardeur égale à la sienne.

Puis il se passa quelque chose. Le vent tourna et se mit à leur fouetter le visage comme un ruban glacé.

« Non, pensa-t-il. Non, non, non. »

Au prix d'un énorme effort sur lui-même, il recula d'un pas. Il tenait Jane à bout de bras.

Sous l'assaut du vent, elle battit des paupières et des larmes jaillirent de ses yeux.

— George…

Mais il était trop effrayé pour l'écouter jusqu'au bout.

— Bon sang ! C'est… Nous ne pouvons pas…

Il tâtonnait à la recherche des mots justes.

— Je suis venu pour t'empêcher d'épouser mon frère.

Elle leva le regard vers lui. Elle était belle, bouleversée, ses yeux l'imploraient de lui donner quelque chose qu'il ne possédait pas.

— George, répéta-t-elle doucement.

Et plus doucement encore, sa voix presque noyée par le mugissement du vent :

— Tu sais ce qui m'empêcherait d'épouser Charles.

Oui, il le savait. Et c'était la seule chose qu'il ne pouvait lui offrir. Son cœur se transforma en pierre.

— Toute cette histoire ne peut déboucher que sur des ennuis. Laisse notre famille tranquille, Jane. Je te demande de…

D'un ton cinglant, elle rompit le charme :

— C'est bien pour ça que je me refuse à t'obéir.

Il se sentit brutalement tiré d'un rêve.

— Jane…

Elle ramassa sa sacoche.

— Si tu aimes ton frère, George, tu vas oublier ce qui vient de se passer.

— Et si toi, tu l'aimais, tu ne m'aurais pas laissé t'embrasser, cria-t-il contre le vent.

— Mais je ne t'ai pas laissé faire !

— Non, tu m'as supplié !

Jane blêmit.

— Si quelqu'un risque de gâcher quelque chose, George, c'est toi. Si tu ne parviens pas à te comporter en frère envers Charles, tu vas tous nous détruire. Il faut que tu le comprennes. Je veux que tu…

— Non, tais-toi…

— … je veux que tu sois heureux pour Charles et moi. Que tu danses au mariage qui célébrera notre amour.

— Votre amour ? répéta-t-il, incrédule. Votre amour ?

— Oui, Charles m'aime. Parce qu'il a osé me le dire, *lui*.

Sur ces mots, elle resserra son châle autour d'elle et, dans un tourbillon de neige fondue, s'éloigna avec une dignité singulière, la tête haute malgré la pluie qui lui fouettait le visage.

Il l'appela mais le vent emporta son prénom. Les paroles de Jane résonnaient dans sa tête. *Il a osé me le dire, lui.* Mais l'écho des mots qu'elle n'avait pas prononcés rugissait encore plus fort à ses oreilles : Jane n'avait pas dit qu'elle aimait Charles.

Cet hiver-là, les relations furent tendues entre les deux frères et l'arrivée du printemps n'apporta aucune amélioration. A force de s'éviter, ils s'éloignaient de plus en plus l'un de l'autre. George ne faisait pas mystère de sa désapprobation à l'égard de Jane. Assurément, il s'était conduit comme un imbécile, mais il ne pouvait pas retirer les mots qu'il avait lancés à la tête de Charles. Pas plus que Charles ne pouvait retirer ceux qu'il lui avait assenés : lâche. *Infirme*.

Depuis cette scène, leurs échanges s'étaient réduits au strict minimum. Leurs rapports étaient comparables aux premiers gels : froids et cassants, du moins en surface.

La dernière année du cursus de George était riche en défis

et son projet de partir travailler à l'étranger s'était concrétisé. On lui avait offert la chance de travailler à l'*International Herald Tribune*, le prestigieux journal basé à Paris.

Charles, lui, était de plus en plus absent de la vie sociale universitaire. Les étudiants jasaient sur sa petite amie — une fille extérieure au campus ! —, mais soit il n'en avait pas conscience, soit il s'en moquait. Leurs parents, désormais au courant de cette relation, s'arrachaient les cheveux, mais Charles demeurait inébranlable. Les Bellamy s'accrochaient donc à l'espoir qu'il s'agirait d'une amourette sans lendemain.

George, lui, n'en était pas si sûr ; son frère était capable d'obstination. Pour sa part, il dissimulait sa souffrance derrière un masque de désapprobation et restait à l'écart de la résidence du doyen pour ne pas y croiser Jane. Il persistait à croire que Charles commettait l'erreur de sa vie avec elle, mais il était las d'interférer dans les histoires de son frère.

Jusqu'à cette nuit venteuse de la fin mars. L'hiver, cette année-là, refusait de desserrer son emprise sur le nord-est du pays. La semaine passée avait encore apporté de nouvelles chutes de neige. Les gens s'inquiétaient du retard de ce printemps qui semblait ne jamais vouloir arriver. Une pluie glaciale fouettait de traits obliques les carreaux de la fenêtre de George, lui rappelant immanquablement un autre soir de tempête, en automne, et un baiser qui le hantait encore, malgré les mois qui s'étaient écoulés entre-temps.

Son statut d'étudiant de dernière année lui conférait le privilège d'une chambre particulière située au rez-de-chaussée. Son bureau se trouvait sous l'unique fenêtre tandis qu'un lit spartiate occupait le mur opposé. Comme à son habitude, il veillait tard pour rédiger un article à la demande d'un professeur particulièrement exigeant. Le cliquetis de la machine à écrire et le sifflement du retour de chariot scandaient le vacarme de la tempête qui faisait rage au-dehors.

Tout d'abord, il n'entendit pas qu'on frappait à sa porte. Puis, le bruit pénétra sa conscience — c'étaient des coups urgents. Perplexe, il alla ouvrir.

— Jane ?

— Je t'en prie, laisse-moi entrer !

Il s'écarta de l'embrasure.

— Mais tu es trempée jusqu'aux os !

Elle pleurait et grelottait de froid.

— George, articula-t-elle en claquant des dents. Oh, George !

— Viens par ici, dit-il en lui prenant la main.

Sa peau mouillée était glacée.

— Il faut te réchauffer, sans quoi tu vas attraper la mort.

Il la conduisit jusqu'au gros radiateur en fonte dont émanait une chaleur sèche.

— Enfin, Jane, il est minuit passé ! Qu'est-ce qui se passe, grands dieux ?

Elle tremblait tellement qu'elle avait du mal à parler.

— C'est… c'est Charles. Charles et moi. Nous deux… On s'est disputés. Tout est fini entre nous, et il n'y a plus de bus, et je ne savais pas où aller…

Elle était secouée de frissons et de sanglots qui semblaient monter du tréfonds de son cœur.

George alla jusqu'au seuil de la porte, regarda à droite et à gauche. Personne. Le couloir était parfaitement désert. Accueillir une fille dans sa chambre constituait une infraction gravissime au règlement, bien qu'en pratique, cela se produisît assez fréquemment.

Pas chez George Bellamy, cependant. Pour lui, c'était une première.

Mais à son grand soulagement, personne ne traînait plus

dans les couloirs à cette heure. Il referma la porte sans bruit et retourna vers Jane. Son visage était couleur de craie, ses lèvres d'un bleu vif alarmant et elle grelottait toujours.

D'un geste sec, il s'empara de son peignoir de bain accroché à la patère de la porte.

— Enlève ces vêtements mouillés.

Les mains de Jane tremblaient tellement qu'elle ne pouvait défaire ses boutons.

— Attends, je vais le faire.

Mais ses propres mains tremblaient aussi. Il s'obligea à se concentrer sur sa tâche. La robe chemisier comportait une rangée de neuf boutons sur le devant. Il les compta consciencieusement tout en s'activant du nord vers le sud.

Le tissu trempé collait à la peau glacée de Jane. Il lui ôta sa robe en s'efforçant de conserver un détachement clinique — sans grand succès — et mit le vêtement à sécher sur le radiateur. Aussitôt de la vapeur s'en dégagea, créant dans la pièce une lumière inquiétante.

Sous sa robe Jane portait une culotte si fine qu'on voyait presque à travers. Sans l'ombre d'une hésitation, il la lui retira également. Et, même couverte de chair de poule, même secouée de frissons et de sanglots, elle était incroyablement belle.

Pestant entre ses dents, il l'enveloppa de son grand peignoir de bain, la serra contre lui et la frictionna avec vigueur. L'eau qui dégouttait de ses cheveux s'infiltra dans l'emmanchure de son pull. Mais quelle importance ? Jane dans ses bras, il était au paradis.

Elle se mit à parler de façon hachée, mais elle avait encore trop froid et était encore trop bouleversée pour s'exprimer de façon cohérente. Et puis elle avait bu. Il émanait d'elle un léger relent de levure de bière.

A son corps défendant, le désir le submergea. Il tentait

de se concentrer sur ce qu'elle disait. Elle n'arrêtait pas de répéter :

— Nous nous sommes disputés. Tout est fini entre nous. En fait, il ne m'aime pas. Je n'ai plus personne.

— Chut…, répondait-il en berçant sa tête contre sa poitrine. Chut, ça va aller…

Il aurait dû s'enquérir de ce qui s'était passé avec Charles, mais à dire vrai, seul comptait pour lui l'instant présent, et il refusait qu'une parole malheureuse puisse rompre le charme du moment. Il avait déjà laissé passer une occasion, ce n'était pas pour retomber dans la même ornière. Des murmures apaisants lui vinrent spontanément aux lèvres, des mots qu'il ne chercha pas à retenir :

— Chut, Jane… Ça va aller. Je suis là, moi. Je t'aime.

Elle s'interrompit au milieu d'un sanglot, le souffle coupé, et leva la tête. Ses yeux brillaient dans la lumière de la lampe de bureau.

— George ?

Elle prononça son nom comme une question, à moins que ce ne fût une supplique.

Quand elle le regardait avec ces yeux-là, il devenait incapable de penser. Il n'entendait plus que ce que lui dictait son cœur, au mépris de tout bon sens. Jane. Il était amoureux d'elle. Il l'aimait depuis longtemps, mais jusqu'à ce soir, il ne s'était jamais autorisé à exprimer son amour à voix haute. Le seul fait de prononcer ces mots démystifia une énigme qui était toujours restée enfouie en lui. A présent, il savait avec certitude ce qu'était l'amour.

Il lui prit délicatement la tête entre ses mains.

— Oui, Jane, répéta-t-il entre deux baisers. Oui, c'est vrai, je t'aime. Je n'ai jamais rien dit à cause de Charles, mais maintenant je peux bien te l'avouer : je t'aime. Je t'ai toujours aimée.

Les pans du peignoir s'écartèrent et George ôta brusquement son pull d'une seule main, vibrant du désir sauvage de sentir sa peau contre la sienne. Jane était encore glacée, mais elle se réchauffa rapidement entre ses bras et en quelques secondes, la passion les embrasa tous deux.

Dans sa minuscule chambre universitaire, on ne pouvait aller que sur le lit. Il l'allongea et lui donna un long baiser plein d'ardeur, à moitié ivre de désir. Elle était tout pour lui : le monde, l'univers — tout. Il parcourait son corps de caresses tandis qu'elle continuait de pleurer, mais plus doucement. De temps en temps, elle disait : « Je t'en prie. » Et puis : « Arrête. » Et enfin : « Je t'en prie, n'arrête pas. »

De toute façon, même s'il avait voulu, il n'aurait pu s'arrêter. Le feu refusait de s'éteindre. Jane était tout ce dont il avait toujours rêvé, elle représentait tous ses fantasmes réunis, et non, il ne s'arrêterait pas. Jamais.

La nuit se déroulait à l'infini. Ils étaient tour à tour impatients, tendres, atrocement lents, puis emportés par une passion irrésistible. Des flots de plaisir et d'émotion circulaient entre eux comme un torrent bouillonnant, et George connut enfin le véritable sens du mot extase.

Jane savait-elle que pour lui elle était la première ? Mortifié par sa mauvaise jambe, il avait toujours été maladroit avec les filles et n'avait jamais connu de relation sérieuse. Mais maintenant, il était heureux que son cœur l'ait fait se réserver pour Jane. S'en était-elle aperçue ? Et finalement, était-ce si important ? A un moment — il n'avait pas rêvé — elle s'était penchée pour toucher sa cuisse atrophiée, baignant sa peau de ses larmes.

Evidemment, il manquait d'expérience. Faisait-il tout ce qu'il fallait ? Trop gêné pour lui poser la question, il se concentrait sur elle et se laissait guider par ses réactions. Si sa respiration s'accélérait sous l'effet d'une certaine caresse, si elle poussait un petit cri involontaire ou s'agrippait à lui, il savait qu'il était sur la bonne piste.

Elle le séduisait à tant d'égards ! Enfants déjà, ils étaient complémentaires comme deux pièces de puzzle faites pour s'emboîter. Même au cours de ce deuxième été, celui où il se remettait péniblement de sa polio, plein de haine pour le monde entier y compris lui-même, Jane ne l'avait pas laissé tomber. Elle l'avait forcé à aller au bout de lui-même. A repousser ses limites. Et quand il l'avait revue, l'été dernier, il était resté médusé devant sa métamorphose. A tel point qu'il s'était trouvé à court de mots.

Erreur fatale. Muet devant elle, il avait laissé passer sa chance alors que Charles, lui, s'était avancé hardiment. Comme il regrettait ce moment ! Cette hésitation qui lui avait coûté si cher ! Mais maintenant, il pourrait s'excuser auprès de Jane. Il passerait le reste de ses jours à se faire pardonner.

Le reste de ses jours.

Tout à coup, l'idée de faire sa vie avec Jane Gordon ne lui semblait plus du tout aussi insensée. Tous ses préjugés stupides tombaient un à un. D'ailleurs, l'idée de franchir les obstacles artificiels érigés par ses parents était follement libératrice. Pas étonnant que Charles ait été aussi convaincu que le monde entier accepterait son histoire d'amour avec Jane.

Charles…

Mais pour l'instant, il n'était pas prêt à penser à son malheureux frère, plaqué par sa fiancée. Son cœur débordait d'amour pour Jane ; tout ce qu'il avait à donner lui était réservé. Après, on verrait.

La nuit passa, rythmée par leur amour, et même s'ils parlaient peu, les caresses les rapprochaient davantage que de simples mots.

Et quand enfin ils s'endormirent, repus, enivrés, allongés l'un en travers de l'autre dans un état d'épuisement extatique, George dut se rendre à l'évidence : son cœur ne lui appartenait plus. L'avenir qu'il s'était imaginé avait disparu en fumée, comme un rêve envolé.

Tard dans la matinée, il s'éveilla dans une chambre vide. Le peignoir de bain était accroché à la patère.

Il cligna des yeux, ébloui par le soleil qui s'insinuait par les côtés du store. Il alla à la fenêtre, tira sur le cordon et souleva le châssis pour contempler la cour carrée. Son réveil fut salué par une nuée d'oiseaux chanteurs. La tempête était passée, laissant derrière elle un monde propre et net. On sentait même l'odeur du printemps — herbe humide et fleurs sur le point d'éclore. L'hiver s'en était allé dans la nuit.

La cour carrée étincelait sous un voile de rosée, à peine troublée par quelques allées et venues. L'équipe de cross-country, en short blanc et maillot de corps à col en V, trottinait en rangs serrés. D'ordinaire, George éprouvait toujours un pincement d'envie à la vue de ces athlètes affûtés, sûrs d'eux, sculptés par la performance sportive.

Pas ce matin, pourtant ; pas quand dans son esprit rayonnait encore le souvenir de la nuit passée. Comme lors de l'été qui avait suivi sa polio, Jane lui avait ouvert les yeux à la vie et l'avait incité à repousser ses limites.

Après cette nuit, il se sentait capable de tout.

Sa douce rêverie fut interrompue par une apostrophe railleuse :

— Hé, Bellamy ! Tu nous fais un numéro d'exhibitionnisme ou quoi ?

Brutalement ramené sur terre, George s'aperçut qu'il était nu comme un ver devant la fenêtre ouverte.

— C'est tout moi, ça ! lança-t-il à son ami Jeffords qui se dirigeait vers le réfectoire. Un vrai m'as-tu-vu !

Comment se faisait-il que le monde ait changé en une nuit et que personne à part lui ne s'en soit rendu compte ?

Il se retourna et contempla sa chambre. Un rayon de soleil barrait le lit en diagonale. Draps et couvertures gisaient pêle-mêle. La seule vue de son lit lui remettait à la mémoire chaque caresse, chaque baiser, chaque détail intime de sa nuit avec Jane. Qu'ils aient atteint un tel degré d'intimité lui paraissait encore incroyable.

Lors des cérémonies de mariage, on disait bien que deux personnes ne faisaient plus qu'une, mais pour lui, cette expression n'avait été jusqu'ici que du vent. Il considérait chaque individu comme une entité à part entière, prisonnière des limites de son corps.

Mais la nuit dernière l'avait fait changer d'avis : il avait appris qu'on pouvait se libérer de son propre corps et franchir une frontière mystique afin de fusionner avec l'autre. Et ce n'était pas qu'une question de sexe. Quelque chose de plus puissant était aussi à l'œuvre, un concept auquel il n'avait jamais cru jusqu'à la veille : l'amour.

Il comprenait enfin pourquoi les artistes et écrivains avaient de tout temps célébré dans leurs œuvres la simple notion humaine de l'amour. Les hommes faisaient la guerre, exploraient les océans, escaladaient des montagnes, tout cela au nom de l'amour. Des poèmes épiques, des sculptures monumentales, voire des palais entiers avaient été créés à sa gloire.

George le comprenait enfin.

Il rassembla ses affaires de toilette en sifflotant, prêt à traverser le couloir en direction des douches. Avant de sortir de la chambre, il s'arrêta pour enfouir son visage dans le peignoir de bain, dans l'espoir que le tissu-éponge serait encore imprégné du parfum de Jane. Pas de chance. Son peignoir sentait simplement… le peignoir.

En fait, il ne restait plus aucune trace de Jane dans la chambre. Elle s'était éclipsée comme une voleuse, à la faveur de la nuit, et n'importe comment, il l'avait laissée filer. A l'avenir, il serait plus vigilant.

Pas étonnant que Charles ait soutenu mordicus vouloir l'épouser !

Penser à Charles le mit mal à l'aise. La nuit dernière, il avait été sourd et aveugle à tout ce qui n'était pas Jane. Et cela excluait aussi son frère.

Mais ce matin, à la lumière crue d'un nouveau jour, il n'était plus possible de se voiler la face : il avait fait l'amour avec la petite amie de son frère. Ou plutôt non : avec son *ex*-petite amie. Car Jane était venue à lui en pleurs, bouleversée. Jusqu'ici, il ne s'était guère soucié de savoir où Charles avait passé la nuit.

Son frère avait certainement le cœur brisé. Et si, rendu fou de désespoir, il avait tout cassé dans une crise de rage ?

Non, à la réflexion, l'hypothèse était assez improbable. Charles était un homme à femmes — avec lui, c'était plutôt « une de perdue, dix de retrouvées »…

Au demeurant, sa rupture avec Jane avait peut-être été provoquée par l'une de ses frasques…

— Oui, eh bien, le malheur des uns fait le bonheur des autres, marmonna-t-il.

Alors qu'il s'emparait de son serviteur de douche, un reflet attira son regard. Il se pencha et ramassa l'objet qui gisait entre le lit et la table de chevet. C'était une boucle d'oreille d'argent en forme de pâquerette. La boucle d'oreille de Jane.

George la rangea soigneusement, presque avec respect, dans le premier tiroir de son bureau. Au soupir qu'il laissa échapper, il prit conscience de l'angoisse un peu irraisonnée qui contractait sa poitrine.

La boucle d'oreille était la preuve tangible que la nuit

dernière avait bien eu lieu. Il avait vraiment couché avec Jane Gordon.

Sa trouvaille lui procura un véritable soulagement car, sans cette boucle d'oreille, il aurait pu croire avoir rêvé toute cette nuit.

24

Au registre des talismans, la boucle d'oreille de Jane avait supplanté la patte de lapin porte-bonheur de George. Il la tira de sa poche tandis que le professeur de français débitait d'une voix monocorde les nuances du subjonctif en littérature classique.

— Qu'est-ce que tu as là ? chuchota Jeffords en se cachant derrière son cahier.

— D'après toi ?

En fait, George ne s'était jamais intéressé aux boucles d'oreilles et, pour la première fois, il examina de près le petit mécanisme. On aurait dit un instrument de torture miniature — des poucettes. Apparemment, ce genre de truc tenait en place en traversant le lobe percé. Aïe !

Jeffords, que tout cela ne passionnait guère, se pencha pour murmurer à l'oreille de son autre voisin.

La matinée s'étirait interminablement. George avait l'esprit totalement obnubilé par Jane. Il avait hâte de la revoir, même si la suite s'annonçait un peu problématique : emporté par la folle passion de la nuit dernière, il avait omis de lui demander quelques renseignements essentiels.

Son adresse, par exemple.

Et son numéro de téléphone.

Mais avait-elle seulement le téléphone ? Car on avait

beau être à la moitié du XXe siècle, certains foyers n'étaient pas encore équipés du téléphone, élément pourtant essentiel du confort moderne.

Bientôt, un désagréable pressentiment s'insinua dans son esprit, comme si des nuages noirs étaient venus masquer son soleil intérieur. Certes, Jane s'était esquivée pendant qu'il dormait, mais surtout elle n'avait rien laissé derrière elle hormis cette boucle d'oreille. Et si ce porte-bonheur était en fait un mauvais présage ? Il tournait et retournait nerveusement le petit mécanisme entre ses doigts. Pourquoi Jane ne l'avait-elle pas réveillé ? Elle aurait au moins pu lui laisser un petit mot, non ?

La seule façon de la retrouver était d'aller se poster derrière la résidence du doyen et d'attendre qu'elle ait fini son service. Mais ce jour-là, il devait s'être trompé d'horaire car il attendit deux heures et ne la vit ni entrer ni sortir. C'était peut-être son jour de congé ? Et la seule personne qui aurait pu avoir ses coordonnées, c'était son frère. Or, il était évidemment exclu qu'il s'adresse à lui.

Le lendemain, il se leva de bonne heure et patienta longuement, jusqu'à ce que le crépuscule badigeonne le ciel de traînées anthracite.

« Allez, Jane ! » l'exhortait-il en silence.

Il l'imaginait dans son tablier de femme de ménage, sortant de la vieille maison tarabiscotée. Dès qu'elle l'apercevrait, un sourire illuminerait son visage et elle se précipiterait dans ses bras. Il la serrerait contre lui et la gronderait pour avoir filé à l'anglaise.

Alors, elle se mettrait à rire et répliquerait qu'un étudiant de Yale devait avoir suffisamment de capacités intellectuelles pour retrouver sa dulcinée.

Les moustiques arrivèrent en même temps que la nuit. Saletés de bestioles ! George se mit à brasser l'air pour les éloigner. Il allait abandonner son poste de guet quand enfin du monde apparut à la porte de service. Un petit groupe de femmes émergea, en tenue de domestique. A ses yeux, elles se ressemblaient toutes, comme des pèlerins dans une pièce de théâtre. Il se leva, clignant des yeux dans la lumière pour tenter de repérer Jane.

Les femmes riaient et bavardaient. En tout, elles étaient six. Deux d'entre elles restèrent à la traîne, le temps d'allumer une cigarette à l'aide d'un briquet Zippo. Puis le petit groupe traversa la rue pour rejoindre l'arrêt de bus. Leur journée de travail terminée, elles rentraient chez elles.

Enfin, George distingua Jane parmi les autres — il reconnut sa silhouette élancée et ses cheveux indisciplinés qui s'échappaient de ses peignes. Mais contrairement à la dernière fois, elle resta avec ses collègues, ne lui laissant pas la moindre chance de lui parler en tête à tête.

Son prénom lui brûlait les lèvres, mais il hésitait. Que se passerait-il s'il l'appelait à voix haute ? La mettrait-il dans l'embarras devant ses amies ? Ou pire, devineraient-elles ce qui s'était passé durant cette nuit d'orage, dans sa chambre de la résidence universitaire ? Jane y perdrait-elle sa réputation ?

Il ne voulait pas être la cause de son éventuelle disgrâce.

Tandis qu'il délibérait intérieurement, Jane tourna la tête dans sa direction et parut remarquer sa présence. Elle esquissa un geste de la main vers lui.

Au même instant, un groupe d'étudiants sortit de la maison DeWitt où la turbulente société Gamma Delta tenait ses réunions. A Yale, ces garçons se situaient tout en haut de l'échelle sociale. George était l'un des leurs ; ils étaient ses pairs.

— *Georgie Porgie, pudding and pie !* récita Greenhill en lui passant un bras autour du cou.

Un nuage d'haleine alcoolisée embrumait l'air. De toute évidence, ils avaient pris de l'avance sur l'heure des cocktails…

— *Kissed the girls and made them cry*, compléta Sterling. Alors, Georgie Porgie, qu'est-ce que tu fiches ici, seul comme un rat ?

— Il court la gueuse ! brailla Akers avant de repérer les domestiques qui attendaient le bus, de l'autre côté de la rue. Hé, les mecs ! Visez ce que je vois !

— La brigade des soubrettes ! vociféra Greenhill.

George intervint, mû par un mauvais pressentiment :

— Hé, les gars…

Akers fit un geste lubrique.

— Oh, les filles, venez nous embrasser !

— Ça, c'est des nanas comme je les aime, déclara Wilson. Elles se laissent sauter dans toutes les positions et ensuite, elles te repassent ta chemise. La femme idéale, quoi !

Les autres rugirent de rire tandis que l'estomac de George se contractait.

Les employées à l'entretien se rapprochèrent entre elles et tournèrent le dos aux railleries masculines.

George n'osait plus accoster Jane. Pas avec cette bande d'abrutis dans les parages. Il regrettait tant de ne pouvoir lui parler… Pourvu qu'elle comprenne que s'il la laissait tomber, c'était pour ne pas attirer sur elle l'attention de ces imbéciles ! Il ne rimait à rien d'encourir leur mépris.

— Il paraît que les femmes à tout faire du campus font vraiment *tout*, lança Akers.

— Ouais, et que quand elles disent non, elles pensent oui. Et que « stop » veut dire « encore ».

George ne pouvait rester sourd aux souvenirs qui lui martelaient l'esprit. *Je t'en prie. N'arrête pas.*

Je t'en prie. Jane l'implorait-elle de la laisser tranquille ?

N'arrête pas.

Voulait-elle dire, au contraire, « Je t'en prie, arrête-toi » ? S'était-il mépris sur le sens de ses mots ?

Flûte ! Il fallait qu'il lui parle.

Mais déjà Greenhill revenait à la charge :

— D'ailleurs, je vais peut-être m'en faire une tout de suite. Tiens, la rouquine, ça m'a tout l'air d'être un morceau de choix.

George n'y tint plus.

— Hé, les gars, j'ai une meilleure idée !

Il empoigna Greenhill par le dos de son blouson et le fit pivoter dans la direction opposée.

— Allons plutôt voir s'ils ont commencé à servir de l'alcool au Kelly's Pub.

Et il embraya rapidement sur un bavardage à bâtons rompus, conscient qu'il allait devoir user de toute son éloquence pour les détourner de leur but tout en restant crédible dans sa manœuvre.

Mais il avait affaire à de sales petits esprits, facilement manipulables, qui se laissèrent vite convaincre d'aller tenter leur chance au Kelly's. George aurait voulu hurler au monde son amour pour Jane, mais les types de cette espèce ne comprendraient pas.

Lorsqu'il osa lancer un coup d'œil furtif par-dessus son épaule, il vit que Jane le regardait, mais elle était bien trop loin pour qu'il puisse déchiffrer son expression.

George réitéra sa démarche le lendemain. De nouveau, il attendit Jane à l'heure où elle quittait son service. Pour une fois, il allait faire preuve d'audace, au lieu de tergiverser et de se perdre en interrogations prudentes. Ayant pris un train pour Manhattan, il s'était joyeusement endetté chez Tiffany pour l'achat d'un solitaire certifié et numéroté. La couleur et la clarté du diamant étaient irréprochables, et un certificat gemmologique relié de cuir attestait de la perfection de la pierre. George s'était mentalement répété le discours qu'il tiendrait à Jane. Il comptait l'approcher directement et lui demander un entretien en privé devant toutes ses collègues.

« Je suis amoureux de toi, lui dirait-il. Mes sentiments sont irrévocables. »

Et aussi : « Partons vivre ensemble. Viens à Paris avec moi. »

Paris — la ville des amoureux. C'était la solution idéale ! A des milliers de kilomètres de ses parents et de tous ces petits snobinards qui ne croyaient pas qu'un Bellamy puisse faire sa vie avec une prolétaire.

Séparés par un océan de tous ces regards inquisiteurs, Jane et lui auraient le monde à leurs pieds.

Oui ! George éprouvait la satisfaction de voir les choses se combiner parfaitement entre elles, de voir son projet s'organiser au mieux. Il brûlait d'impatience de parler à Jane. Assis sur le banc de l'arrêt de bus, il parcourut le journal, histoire de tuer le temps. La page des spectacles proposait la critique d'une nouvelle pièce, *En attendant Godot*, dont la première représentation venait d'avoir lieu au John Golden. L'auteur, Samuel Beckett, était irlandais mais, coïncidence, il vivait à Paris, lui aussi. George y vit un heureux présage, le signe que sa décision était la bonne.

La pièce avait pour vedette Bert Lahr, célèbre pour avoir interprété le lion plein de couardise du *Magicien d'Oz*. Fallait-il là aussi y voir un symbole ?

— Salut à toi, étranger ! fit une voix derrière lui.

Surpris, il leva les yeux de son journal.

— Charles !

Son frère portait un pantalon de flanelle grise et un gilet en cachemire à col en V. Ses cheveux luisaient de

Brylcreem. Dune main, il tenait un bouquet, et de l'autre une boîte de chocolats en forme de cœur.

— Qu'est-ce que tu fais là ? s'enquit-il. Tu profites du bon air du printemps ?

Ne sachant quelle contenance adopter, George se contenta d'opiner tandis que son esprit calculait à toute vitesse.

Charles avait raison, on aurait dit que le printemps était arrivé dans la nuit. Déjà, le feuillage vert tendre des arbres ombrageait le chemin. Les buissons de lilas, énormes et vénérables, croulaient sous les grappes de fleurs. Il n'était pas une plate-bande qui ne regorge de tulipes et de jonquilles.

— Oui, je prends l'air. Et toi ?

— Moi, je suis passé voir Jane, répondit Charles en désignant la résidence du doyen. Elle travaille juste en face.

Je sais, pensa George. Il avait un goût de poussière dans la bouche, sa gorge était sèche. Il devait tenter de décrypter la situation sans rien dévoiler de ce qui s'était passé entre Jane et lui. Il s'éclaircit la voix et désigna du menton les fleurs et les chocolats.

— En quel honneur ?

Les oreilles de Charles rougirent.

— Jane et moi, nous avons eu une petite prise de bec, il y a deux jours.

Une petite prise de bec ! Une petite prise de bec qui avait fait s'enfuir Jane à minuit, en plein orage, persuadée que leur histoire était finie ! Une petite prise de bec qui l'avait précipitée dans les bras d'un autre homme ! Dans son lit !

— Mais tout est arrangé, maintenant, s'empressa d'expliquer Charles. Je suis allé la voir hier soir et elle a accepté de passer l'éponge. Malgré tout, je crois qu'elle est encore un peu à cran. J'ai beaucoup à me faire pardonner…

Il lui brandit le bouquet sous le nez.

— Ce sont des pivoines, ses fleurs préférées.

George se leva, pris d'un élancement dans sa mauvaise jambe. Que faire ? S'attarder dans le coin, histoire de vider l'abcès une bonne fois pour toutes ? Mais s'il faisait ça, la réputation de Jane serait ternie à jamais… Révéler leur amour au monde entier ne déboucherait sur rien de bon. En tout cas pas maintenant, pas comme ça.

— Bon, je ferais mieux d'y aller. J'ai un séminaire de journalisme, ce soir. Robert Eisenstadt va nous parler de ses photos d'après-guerre.

— Reste encore quelques minutes… Comme ça, tu pourras dire bonjour à Jane. Tu sais, George, j'aimerais que vous appreniez à vous connaître, tous les deux. C'est vraiment une fille merveilleuse.

Je sais, songea de nouveau George. Jane l'obsédait : il ne pensait qu'à leur nuit passée ensemble, à ses baisers murmurés sur sa peau, à son désespoir qui, par la miraculeuse alchimie des corps, s'était mué en amour.

Il jeta le journal dans une poubelle toute proche.

— Non, Charles. Désolé, mais tout ça ne me dit rien qui vaille.

S'agissant de sa vie privée, George n'avait jamais eu recours aux techniques d'investigation apprises sur les bancs de la fac. Toutefois, ses nouvelles compétences de journaliste s'avérèrent pour le coup fort utiles lorsqu'il entreprit de découvrir l'adresse de Jane. Il apprit ainsi le nom de jeune fille de sa mère — Swift —, et le nom d'épouse de sa tante — Scanlon. Les deux sœurs vivaient à l'est de la ville, dans un quartier où aucun particulier ne jouissait d'une ligne téléphonique.

Ce soir-là, ses recherches l'avaient mené dans une partie délabrée de Lower State Street, jusqu'à une modeste maison en bardeaux, coincée dans une rangée d'habitations toutes identiques. C'était là que rentraient les ouvriers, éreintés par leur poste de douze heures à l'usine de grillage ou à la filature de bonneterie, là qu'ils s'emportaient contre leur femme, élevaient leurs enfants, jouaient au base-ball des rues et buvaient de la bière sous leur véranda avant de repartir au boulot en traînant les pieds, le lendemain.

C'était le quartier de Jane.

George tendit l'argent de sa course au chauffeur de taxi. C'était la première fois qu'il mettait les pieds dans cette partie de la ville. Comparé aux pelouses manucurées de Yale, on se serait cru sur une autre planète. Quel étrange sentiment Jane devait-elle éprouver, à naviguer chaque jour entre ces deux mondes…

— Vous voulez que je poireaute un peu dans le coin ? s'enquit le chauffeur de taxi.

— Non. Enfin… si.

A cette heure-là, il aurait certainement du mal à trouver un autre taxi dans les parages.

— Vous pouvez m'attendre dix minutes ?

— Pour sûr ! Moi, vous savez, j'ai tout mon temps.

Pourquoi dix minutes ? George aurait été bien en peine de le dire. Peut-être s'imaginait-il que c'était le laps de temps nécessaire pour trouver la femme de sa vie et déposer son cœur à ses pieds. Passé ce délai, soit elle vous faisait entrer, soit vous repartiez bredouille.

Simple, non ?

Deux maisons plus loin, un chiot d'origine bâtarde lança un aboiement rauque. Une porte claqua. George s'arma de courage, redressa les épaules et traversa la bande de pelouse envahie de mauvaises herbes qui faisait office de jardin. Par la fenêtre, il apercevait la famille. Outre Jane, il y avait là un couple d'âge mûr — l'oncle et la tante —, ainsi qu'une autre femme, sans doute la mère de Jane, qu'il n'avait pas revue depuis l'été 44. Il la reconnut à peine : ses cheveux étaient blancs, son visage vide de toute expression et ses mains tricotaient frénétiquement comme si sa vie en dépendait.

Tous les quatre étaient massés autour d'un gros poste de TSF aux touches nimbées d'une lueur ambrée. La voix de Walter Winchell s'échappait du haut-parleur — on la distinguait parfaitement par la fenêtre ouverte.

George brûlait d'envie de soustraire Jane à ce décor, de l'emporter vers une autre vie.

Car Paris les attendait, même s'il subsistait un obstacle. Jane avait affirmé que tout était fini avec Charles, mais elle ne lui avait jamais dit qu'elle l'aimait, lui…

Brusquement, il se sentit emprunté dans son polo de Yale dont les couleurs emblématiques rutilaient dans le crépuscule. Il l'ôta prestement et le jeta sur ses épaules. Puis il frappa à la porte d'un poing déterminé. Pourvu que ce soit Jane qui réponde… Manque de chance, ce fut son oncle qui ouvrit la porte. La maison exhalait un vague relent d'oignon frit.

L'oncle de Jane était un grand bonhomme mal rasé à la bedaine de buveur de bière et au charme un peu fruste. Il portait un pantalon de travail et un paquet de Lucky Strike était coincé dans la manche de son maillot de corps.

— C'est pour quoi ?

— Je m'appelle George Bellamy. Je suis venu voir…

— C'est pour moi, oncle Billy ! s'interposa Jane. On va s'installer sous la véranda.

— Bon, si c'est ça, alors ça va…

L'oncle dévisageait George d'un regard torve.

— Je vous avais pris pour un de ces jeunes bigots, vous comprenez, ceux qui font du porte-à-porte, histoire de répandre la bonne parole.

— Hum… non, monsieur, il ne s'agit pas de ça du tout.

Satisfait, l'homme hocha la tête et retourna à son émission de radio.

George n'y tenait plus. Il aurait voulu enlever Jane et l'emporter loin d'ici à tout jamais. Mais mieux valait s'en tenir à la solution la plus réaliste :

— Je suis venu plaider ma cause.

— Il n'y a rien à dire, George.

Ils s'assirent sous la véranda, même si elle n'offrait qu'une intimité toute relative. Le quartier était très animé : des parents appelaient leurs enfants pour qu'ils aillent au lit, des chiens aboyaient, on entendait des fracas de poêles et de casseroles, des couples en train de se disputer… Dans certains jardins gisaient des bicyclettes abandonnées.

Mais George était bien décidé à ne pas se laisser démonter.

— C'est pourtant toi qui es venue me trouver, Jane. Tu as passé la nuit dans ma chambre. Tu appelles ça rien ?

— J'appelle ça une erreur, une folie imputable au désespoir du moment. J'ai réellement cru que j'avais perdu Charles à jamais. Alors, n'ayant personne vers qui me tourner, je me suis précipitée chez toi. Tout ce que je voulais, c'était parler à quelqu'un.

— Nous avons fait bien plus que parler, Jane…

Je t'en prie. N'arrête pas. Ces mots résonnaient encore à ses oreilles, aussi nettement que l'émission de radio à l'intérieur de la maison.

— C'était… un accident. Une erreur. J'avais trop bu et j'étais complètement désemparée. Je ne savais pas que… Enfin, je ne m'attendais pas à…

— Balivernes ! éclata George. Tu es venue me trouver en toute connaissance de cause ! Tu n'ignorais pas mes sentiments à ton égard, ni ce que je…

— Non, George ! Comment aurais-je su que tu éprouvais

pour moi autre chose que du mépris ? Tu ne m'as jamais donné de preuve de ton amour.

— Alors, pourquoi être venue dans ma chambre ?

— Parce que Charles respecte ton opinion. Je pensais que tu pourrais le raisonner, que tu le convaincrais de changer d'avis.

— C'est faux, tu n'es pas naïve à ce point ! Et l'alcool n'est qu'un prétexte, tu savais très bien que j'étais amoureux de toi, Jane. N'essaie pas de le nier !

— Oh, George…

Des larmes coulaient le long de ses joues.

Il en profita pour enfoncer le clou d'un ton accusateur :

— Et toi aussi, Jane, tu as des sentiments pour moi. J'en suis certain.

— Mais…

— Chut, écoute-moi, ma chérie. Il n'est pas trop tard pour nous deux. J'ai un travail qui m'attend à Paris. Je commence le mois prochain, juste après la remise des diplômes. Nous pouvons partir ensemble, vivre comme un couple de vrais Parisiens, dans un appartement vieillot de la rive gauche. Ce rêve deviendra réalité !

Jane lissa sa jupe sur ses genoux et contempla le quartier délabré.

— De quel rêve parles-tu, George ?

— Du nôtre, bécassine ! Enfin, je te parle de Paris, nom d'une pipe ! Tout le monde rêve d'aller à Paris !

— Mais tu ne sais rien de mes rêves, répliqua-t-elle d'une voix hachée. Je ne veux pas aller à Paris avec toi, George. Ni à Paris ni ailleurs.

Elle désigna le quartier envahi de mauvaises herbes.

— C'est ça, mon monde. Ma vie est ici. Je m'occupe de ma mère, et l'été, j'aide mon père au camp. Comment pourrais-je m'acquitter de mes devoirs envers eux en vivant à Paris ?

— Nous verrons une fois là-bas, Jane, nous trouverons un arrangement…

Elle le coupa en essuyant ses larmes :

— Nous ne ferons rien de tel ! Tu ne comprends donc pas ? Mon père et ma mère n'ont plus que moi au monde. Tu ne peux pas « t'arranger » pour donner une autre fille à mes parents, si riche que tu sois.

— Très bien, j'annulerai mes projets à Paris ! Je peux même emménager ici sur-le-champ, si tu le souhaites. Je t'aime, Jane. Je ferai n'importe quoi pour vivre auprès de toi.

Il plongea la main dans la poche de son pantalon et ses doigts se refermèrent sur le petit écrin à bijou. Mais déjà Jane lui coupait l'herbe sous les pieds :

— Voyons, George, arrête ta comédie ! Tu ne m'aimes pas plus que je ne t'aime.

Ses doigts relâchèrent l'écrin et, de son autre main, il effleura sa joue humide de larmes.

— Alors pourquoi pleures-tu ? Explique-moi.

— Je pleure de frustration, parce que tu refuses de m'écouter. Il faut que tu comprennes, George. Je suis de nouveau avec Charles. Nous nous sommes réconciliés.

— Il y a trois jours, tu étais avec moi, lui rappela-t-il avec une note de cruauté qui le surprit lui-même. Tu m'as affirmé qu'entre Charles et toi tout était fini, et tu t'es jetée dans mes bras. Dans mon *lit*, Jane !

— Eh bien, je n'aurais pas dû. Encore une fois, j'étais bouleversée : brusquement, l'avenir que je croyais bâti sur du solide venait de s'effondrer. J'ai paniqué, voilà tout.

— Ça ne m'étonne pas ! Alors, c'est ça ! Tu as eu peur d'avoir perdu la poule aux œufs d'or ! Ton petit ami plein aux as ? Et tu t'es dit que tu allais le remplacer par un type tout aussi riche ! Tu…

La gifle de Jane le fit taire. Il accueillit presque avec soulagement la brûlure aiguë sur sa joue — elle lui avait évité de prononcer des mots qu'il aurait regrettés par la suite. En même temps, il éprouvait une impression d'étouffement qui lui rappelait l'horreur du poumon d'acier de sa jeunesse. Il se sentait piégé. Le souffle coupé, il ne savait trop si ses poumons fonctionnaient encore.

La soudaineté et la violence du coup semblaient avoir surpris Jane tout autant que lui.

— Je n'aurais jamais dû faire ça, dit-elle en se tenant la taille, pliée en deux comme si elle avait mal au ventre.

— Charles est au courant, pour nous deux ? s'enquit George, bien décidé à rester de glace.

— Non, et il ne doit jamais savoir. Cette trahison lui ferait trop de peine. Elle le détruirait.

— Et nous alors, que faisons-nous en ce moment ? Nous nous détruisons mutuellement !

En tout cas, c'était l'impression qu'il avait. Il était effondré. Anéanti.

— Nous devons oublier cette nuit, reprit Jane plus calmement. Dans l'intérêt de Charles.

— Ce n'est pas possible !

— Tout est possible.

Elle se leva en s'essuyant les mains à son tablier d'un geste décidé.

— N'essaie plus de me revoir, George. Pars pour Paris. Là-bas, tu réaliseras ton rêve.

— Mais mon rêve, je l'ai déjà réalisé ! Cette nuit-là, dans ma chambre…

De nouveau les larmes brillèrent sur le visage de Jane.

— Ce n'était pas un rêve, George. C'était un accident. Une erreur.

— Jane, ne fais pas ça !

— Trop tard.

Elle posa la main sur la poignée de la porte et, pour la première fois, il remarqua le diamant qui étincelait à son annulaire gauche.

Leur échange avait duré dix minutes exactement. Une chance qu'il ait demandé au taxi de l'attendre.

— Enfin, George, sois au moins heureux pour moi !

Une note de désespoir perçait dans la voix de Charles. Il n'avait pas lâché son frère d'une semelle tout au long du terminal de LaGuardia. George était sur le point de s'envoler pour Paris et il était venu lui dire au revoir.

— Ecoute, je ne vais quand même pas faire semblant de l'être !

George s'efforçait de rester concentré sur les bagagistes et les pilotes en uniforme qui se pressaient vers leur avion tandis que son frère continuait à se lamenter :

— C'est déjà bien assez que père et mère nous refusent leur bénédiction…

Leurs parents avaient supplié Charles de ne pas épouser Jane Gordon. Ils étaient même allés jusqu'à menacer de le déshériter, sans pour autant parvenir à entamer sa résolution.

— Que mère et mère désapprouvent mon mariage, je peux le comprendre : ils sont tellement vieux jeu ! Mais toi, mon frère ! Pourquoi ne peux-tu te réjouir pour nous ?

— Parce que je n'ai pas besoin d'une boule de cristal pour te prédire l'avenir qui t'attend. Jane et toi, vous êtes trop différents l'un de l'autre !

Il persistait dans sa théorie des classes sociales — c'était autrement plus facile que de dire la vérité...

— Mais la différence, c'est ce qui fait le sel de la vie ! s'insurgea Charles.

— L'excès de sel est toujours nuisible, surtout quand il s'agit de construire sa vie *durablement*.

La seule pensée de Charles et Jane lui était insupportable. Etre obligé de faire bonne figure durant la noce, à l'occasion des vacances et des réunions familiales, cacher qu'il crevait intérieurement de les voir s'aimer... Ça, jamais !

Son frère soupira.

— Non, décidément, je ne te comprends pas. Nous connaissons Jane depuis notre enfance.

— Elle va te briser le cœur ! Cette fille est une moins-que-rien !

Charles releva le menton comme sous l'effet d'un uppercut.

— J'attends des excuses immédiatement, George.

— Quoi, parce que je veux t'éviter une vie de malheur ? Car c'est ce qui t'attend, Charles, crois-moi ! C'est la pure vérité, même si pour l'instant tu refuses de la voir.

— Non, c'est toi que je refuse de voir plus longtemps, George ! Reviens quand tu seras prêt à me présenter tes excuses.

— Tu peux toujours attendre !

25

Malgré la violente dispute sur laquelle ils s'étaient quittés, George avait bien l'intention de se reprendre et d'assister au mariage de son frère, au mois d'août. Fraîchement émoulu de Yale, il habitait désormais Paris où il pouvait enfin vivre de sa passion pour l'écriture. Il couvrait des reportages et des événements d'envergure internationale : les conflits armés en Egypte, le canal de Suez, les séismes et les jeux Olympiques.

Il habitait un appartement non loin de la place de la Concorde et fréquentait ses semblables férus de littérature. Il visitait les lieux de prédilection d'Hemingway, de Gertrude Stein, d'Alice B. Toklas et de J.P. Donleavy. Il dévorait des livres censurés, buvait de l'absinthe et avait même fait la conquête de deux femmes.

L'une d'elles prétendant s'être éprise de lui, il s'était bien gardé de la décourager tant elle était excitante. Il s'agissait de Jacqueline duPont, riche héritière d'une entreprise d'exportation de champagne. Elle était farouchement belle, sexuellement libérée, et ses tenues dernier cri lui avaient valu d'être photographiée pour le *Women's Wear Daily*.

La pensée d'inviter Jackie au mariage de son frère lui avait brièvement traversé l'esprit. Il pouvait toujours la présenter comme sa petite amie… Mais aussitôt il avait repoussé cette idée. C'était hors de question. Il ne pouvait imaginer Jackie dans son tailleur Chanel et ses perles de famille, assistant au mariage de Charles avec une femme de chambre.

Il s'était jeté à corps perdu dans le travail et, en quelques semaines, avait réussi à retenir l'attention d'un des principaux rédacteurs en chef du journal — le *Trib*, comme l'appelaient les initiés. George travaillait dans un bureau exigu et encombré, à côté d'immenses pointures du journalisme — l'acerbe Art Buchwald, l'infatigable Desmond Burke et autres légendes. Très tôt, la carrière de George avait été guidée par un rédacteur en chef exigeant, celui-là même qui avait supervisé le reportage sur la Blitzkrieg primé par un Pulitzer.

George allait s'envoler pour New York afin d'assister au mariage, quand, deux jours avant, on lui proposa une opportunité en or : la couverture exclusive d'une prestigieuse conférence de l'OTAN. Le général de Gaulle y serait présent.

Il accepta sans hésiter. L'événement était d'un enjeu international. Il effectuerait son travail de journaliste et sauterait dans le premier vol transatlantique afin d'arriver à temps pour la cérémonie. Certes, le timing s'annonçait plus que serré, mais c'était la nature du journalisme moderne ! On suivait un sujet en temps réel, on livrait des reportages à chaud. Il existait même une nouvelle expression pour ça : l'info de toute dernière minute.

Il rédigea son article à 11 heures du soir et l'envoya par télex afin qu'il paraisse dans le *Trib*, mais aussi dans le *New York Times*. Sa tâche accomplie, il s'aperçut qu'il n'y avait qu'un seul vol susceptible de le faire arriver à temps pour le mariage.

Plus tard, il dirait que les événements s'étaient ligués contre lui.

Le train qui le conduisit à l'aéroport d'Orly avait du retard. A l'aéroport, il se trouva pris dans une bousculade de gens pressés. Il y avait la queue au comptoir des billets. Arrivé devant l'hôtesse, il s'aperçut qu'un pickpocket l'avait délesté de son billet d'avion, de son passeport et de tout son argent liquide. Il parvint néanmoins à convaincre l'employée au guichet de lui vendre un aller simple en échange d'un billet à ordre, et croisa les doigts pour que les autorités douanières accordent foi à son histoire de pickpocket. L'employée lui conseilla de courir s'il voulait avoir une chance d'attraper son vol pour New York, car une fois les portes fermées, l'avion s'engagerait sur la piste d'envol et il serait trop tard.

Courir, ce n'était pas son fort… Et justement, ce jour-là, il portait son appareillage orthopédique qu'il devait encore endurer de temps en temps, et les charnières et autres mécanismes ne lui autorisaient rien de plus que la marche rapide.

A une centaine de mètres environ de la porte de départ, il vit l'avion de la Pan American remonter sa passerelle.

Cria-t-il assez fort pour être entendu, ou juste assez pour dire *après coup* qu'il avait essayé ?

En fin de compte, cela n'avait pas d'importance. Un vol manqué était un vol manqué. Il s'était donné une chance d'assister au mariage de son frère et il l'avait laissée filer.

Dieu merci.

George se plongea dans le travail avec passion. Il vivait l'information, respirait l'actualité, produisait article après article sur des thèmes aussi divers que les inaugurations de musée, les visites d'Etat ou les soulèvements sociaux.

Il fit pression de toutes ses forces pour décrocher l'interview exclusive du scientifique Jonas Salk. Installés dans le salon de l'hôtel Prince de Galles, ils discutèrent de la mise au point du vaccin contre la polio.

Soucieux de maintenir l'interview sur un plan strictement professionnel, il ne révéla pas au Dr Salk qu'il avait lui-même été victime de cette maladie. Mais à la fin de leur conversation, tandis qu'ils échangeaient une poignée de main devant le photographe du journal, le Dr Salk garda sa main dans la sienne et lui en examina la paume.

Il existe un signe révélateur de la polio, un signe si subtil que personne ne le remarque jamais — personne à part les spécialistes. Chez une personne non affectée par la maladie, le muscle situé à la base du pouce est sain et épais. Or, chez George, ce muscle était pratiquement absent.

Le Dr Salk se contenta de lui demander :

— Quand ?

— Durant l'été 44.

George était tout surpris d'éprouver un regain d'émotion, vestige de cette époque : terreur, rage et chagrin de savoir qu'il avait contracté une maladie dont il garderait à jamais des séquelles.

— J'en suis profondément navré pour vous, dit le Dr Salk.

Et aussitôt, George se retrouva en pensée dans le Service 8 du centre de soins où on l'avait envoyé dans l'espoir de le sauver de la mort. Il entendait encore les hurlements des garçons qu'on ramenait du bloc opératoire, les sanglots déchirants des parents à qui l'on annonçait que leur enfant était mort dans la nuit. Et toujours, comme dans un cauchemar, cette impossibilité de s'échapper, le bruit de succion et le chuintement lancinant du poumon d'acier. Il se ressaisit :

— Moi, ce n'est rien. Je fais partie de ceux qui ont eu de la chance.

En décembre, George reçut une lettre rédigée sur le papier personnalisé de sa mère. La liaison avec les Etats-Unis étant d'ordinaire assez mauvaise, il ne téléphonait que rarement à la maison, aussi attendait-il avec impatience les courriers de ses parents. Du côté de Charles, c'était le silence radio ; de toute évidence, son frère restait fidèle à son serment de ne pas lui pardonner avant d'avoir reçu ses excuses.

Or, pour être infatigable et prolifique dans son travail, George était un épistolier médiocre. Il n'aimait pas écrire sur lui-même. Le jour du mariage, il avait envoyé un télégramme à Charles : « Avion raté. Continuez noce sans moi. Meilleurs vœux bonheur. »

Ç'avait été leur dernière communication.

Finalement, il trouvait remarquablement facile d'éviter les rapports avec son frère, et il était clair qu'il en allait de même pour ce dernier. Les seules nouvelles concernant Charles lui parvenaient par le biais de la lettre hebdomadaire de leur mère. Or celle-ci n'avait pas grand-chose à dire à propos de son plus jeune fils, à part qu'il allait bien et comptait faire carrière dans le droit.

Charles, avocat…

George se demandait quel genre d'homme de loi il ferait. Il pourrait toujours le poursuivre pour rupture de… de quoi, au juste ? De relations fraternelles ?

Puis en décembre arriva une nouvelle inattendue. Charles et son épouse avaient eu un petit garçon. L'enfant avait été baptisé Philip Angus Bellamy, en l'honneur de ses deux grands-pères.

Au début, George n'éprouva qu'un vague pincement de curiosité. Pas d'envie, bien sûr — il n'aimait guère les bébés. Pour lui, c'étaient des créatures bruyantes, synonymes de nez morveux et de régurgitations, et qui, de surcroît, empêchaient tout le monde de dormir. Alors non, merci bien !

Plus tard, assis à la terrasse de son bar préféré de Montmartre, il sirotait un pastis âcre et glacé en lisant *Le Monde*, quand une idée le frappa à retardement. Il tambourina de ses quatre doigts sur la surface émaillée de la table.

Charles et Jane s'étaient mariés en août.

Leur fils était né en décembre.

Le martèlement de ses doigts résonnait sur la table : *tap, tap, tap, tap… tap.*

Août, septembre, octobre, novembre… décembre.

Cinq mois, ce n'était pas la durée normale de gestation, si ?

Sauf pour une chèvre anglo-nubienne.

Il arrivait fréquemment qu'un enfant naisse prématuré. Mais pas de quatre mois. C'était rigoureusement impossible. D'autant que sa mère avait bien précisé que le petit Philip était un magnifique bébé de 3,6 kilos.

Certes, il était inconvenant de calculer, mais George calcula. Après avoir vérifié la date que mentionnait sa mère dans sa lettre, il ouvrit son petit agenda relié de cuir, celui qu'on lui avait offert en cadeau pour la remise de son diplôme. Il sortit un crayon.

Compta neuf mois à rebours à partir de la date de naissance de l'enfant.

La mine de son crayon se brisa en tombant sur ce fameux jour de la fin mars. Il tâcha par tous les moyens imaginables de se voiler la face. Mais la vérité était là, en face de lui.

Il s'agissait du jour — de la nuit exacte qu'il avait passée avec Jane. Et neuf mois plus tard, de l'autre côté de l'océan, Jane avait donné naissance à un petit garçon.

Après ce choc, George perdit un peu les pédales. Il se soûla à mort et prit d'assaut la citadelle que représentait l'appartement de Jacqueline duPont, avenue Foch, celui qu'elle partageait avec trois jeunes femmes de bonne famille. Il lui fit l'amour avec un acharnement brutal qui la surprit et l'enchanta, ce qu'elle lui fit savoir.

— Je suis content que ça t'ait plu, répondit-il. Marions-nous.

Elle se mit à rire et lui prodigua certaines caresses particulièrement osées.

— J'ai bien cru que tu ne me le demanderais jamais, dit-elle.

La veille du jour de l'an, ils s'envolèrent pour Monte-Carlo à bord d'un jet privé appartenant à la famille duPont. Jackie, qui était d'un caractère plus hardi que romantique, considérait cette escapade comme le summum de l'aventure.

Parmi les lumières scintillantes de la Côte d'Azur, ils dénichèrent un employé d'état civil qui ne fit aucune difficulté pour officialiser leur union en échange d'un pot-de-vin. La cérémonie se déroula sans tambours ni trompettes : ils se contentèrent de signer quelques documents à la hâte, puis, de retour à l'hôtel Villa Mondial, ils s'offrirent un service d'étage somptuaire : champagne, huîtres, caviar et chocolats décorés d'une feuille d'or.

Les Bellamy étaient riches, mais la fortune de Jackie les mit définitivement à l'abri de tout souci d'ordre financier. L'argent leur procurait une vie gaie et exaltante. Malgré tout, George, qui aurait très bien pu démissionner du journal, avait insisté pour rester journaliste et travaillait plus dur que jamais.

Jackie était elle aussi prolifique à sa façon, puisqu'elle lui donna quatre fils au cours des dix premières années de leur mariage — l'occasion pour George de découvrir que tout compte fait, il adorait les bébés. Il se métamorphosa en père exemplaire pour Pierce, Louis, Gérard et Trevor, les comblant de tout son amour.

Leur vie était un véritable tourbillon. George ne pensait que rarement à son pays — *les States*, comme disaient les Américains expatriés à Paris. Il ne lui coûtait donc rien de garder le silence radio avec son frère.

C'est par leurs parents qu'il apprit que Charles s'était

engagé comme volontaire au Viêt-nam où il était désormais procureur militaire en chef dans un poste avancé quelque part dans la jungle.

Lorsque leurs parents trouvèrent la mort dans un accident de téléphérique en Suisse, Charles était injoignable — il servait encore à l'étranger —, et ce fut George qui s'occupa des formalités de succession. Le patrimoine fut divisé en deux parts égales. En quelques années, les deux frères étaient parvenus à mener des vies si séparées qu'ils auraient tout aussi bien pu être des étrangers l'un pour l'autre.

INVITATION

George et Charles Bellamy vous prient d'honorer de votre présence la première réunion officielle de leur famille.

samedi 21 août 2010

Camp Kioga, D47, Avalon,
comté d'Ulster, New York.

hébergement rustique fourni.

26

Claire avait été à deux doigts de croire que l'amour pouvait tout changer. Avec Ross, elle avait découvert la passion, ce puissant séisme émotionnel. Dans ses bras, elle se sentait en sécurité, chérie, protégée — elle oubliait tout. Comment avait-elle pu vivre aussi longtemps sans connaître un tel épanouissement ? Comment était-ce possible ?

Maintenant qu'elle avait rencontré Ross, son amour lui était aussi naturel et nécessaire que l'air qu'elle respirait.

Elle qui croyait avoir maîtrisé depuis longtemps l'art du détachement ! Elle avait pourtant bien appris à garder ses distances avec ses semblables et s'était résignée à ce qu'il en soit toujours ainsi. D'ailleurs, son attitude fonctionnait à merveille… jusqu'à l'entrée en scène de Ross. Il avait enrayé la belle mécanique, balayé tous ses efforts, démoli le rempart qui protégeait son cœur.

Et comme une idiote, elle l'avait laissé faire. Une nuit avec Ross l'avait transformée en femme remplie d'émotions qu'elle n'avait jamais osé éprouver jusqu'ici. Le rappel à la réalité avait été cruel, son timing implacable. Elle sommeillait dans les bras de Ross, flottant béatement dans le souvenir de la nuit passée, quand le monde extérieur avait fait irruption dans la chambre sous la forme d'un texto. Elle avait jeté un œil à son portable qui gisait par terre, près du lit, joyeusement abandonné à son sort la nuit précédente. Le témoin lumineux signalant un message clignotait avec insistance.

Elle s'était alors glissée hors du lit avec mille précautions, priant pour que George n'ait pas eu de problème dans la nuit. Mais non. Le message, reçu plusieurs heures auparavant, émanait de Mel Reno, mais tout à sa passion pour Ross, elle ne l'avait pas vu plus tôt. Une telle négligence ne lui ressemblait pas.

Il faut dire qu'elle n'était plus elle-même quand il s'agissait de Ross. Il la recréait à partir d'une argile nouvelle, lui façonnait une autre personnalité. Avec Ross, elle ne se reconnaissait plus : elle devenait une femme pétrie d'amour, de joie et de vulnérabilité, une femme dont l'avenir n'avait rien de commun avec la morne solitude qu'elle avait décidé une fois pour toute de s'infliger.

Cependant, il ne fallait pas se voiler la face : ce bonheur tenait du fantasme, c'était un phénomène aussi délicat et éphémère que de la barbe à papa. Elle avait eu tort de se montrer aussi naïve. Ce n'était pas dans son caractère, mais Ross lui avait fait découvrir quelque chose de plus fort que la raison. Mais enfin, un coup d'œil au texto avait mis un terme à toute cette folie. Une folie, oui… même si, sur le moment, cette aventure lui était apparue comme la chose la plus normale du monde. Et maintenant, quitter Ross revenait littéralement à s'arracher un membre.

Elle s'était glissée sans bruit hors du chalet. Le soleil se levait à peine et la surface du lac miroitait paisiblement, parée des somptueux reflets rose orangé de l'aurore. Si forte qu'ait été la tentation de laisser un mot d'explication à George, elle avait résisté. La nuit dernière, elle avait failli oublier les règles du jeu, et la réalité n'avait pas tardé à se rappeler brutalement à elle. Non, la seule façon de rester en sécurité et de protéger son entourage, c'était de partir sans laisser de traces dans la vie des gens.

Elle avait tenté à plusieurs reprises de joindre Mel, elle l'avait rappelé sur son portable, lui avait envoyé un texto — pas de réponse. Une telle chose ne s'était jamais produite. Mel répondait invariablement, jour et nuit, en toutes circonstances.

Même si elle s'était toujours défendue d'en savoir trop sur son ange gardien, elle possédait le numéro de téléphone de son propriétaire, qu'elle n'avait pas hésité à tirer de son sommeil. Et si l'homme lui avait répondu encore groggy, la nouvelle qu'il lui avait apprise l'avait tétanisée. Mel, victime d'une agression, avait été admis aux soins intensifs du CHU. Affolée, elle avait appelé l'hôpital pour s'enquérir de son état de santé.

— Vous êtes de la famille ? lui avait-on demandé à l'accueil.

— Je suis…

Rien du tout. Elle n'était rien pour personne.

— … sa fille, avait-elle menti en griffonnant l'adresse de l'hôpital et le numéro de la chambre.

Les nouvelles n'étaient pas bonnes. Mel avait été laissé pour mort et son état était critique. Pour Claire, la raison de son agression ne faisait aucun doute. Et ce qui lui restait à faire non plus.

Dans sa panique, elle faillit oublier son kit d'urgence qu'elle avait caché près de la sortie du Camp Kioga.

Elle récupéra son sac et attrapa le premier train pour New York. Une fois arrivée, elle se fondit dans le flot anonyme de l'humanité, prit le métro de Grand Central à Penn Station et, de là, se rendit à Newark. Dans son élan, elle se précipita à l'hôpital. Mais devant le bâtiment, sa détermination fléchit. Mel avait failli se faire tuer : en allant le voir, elle l'exposait à un danger encore plus grave. Néanmoins, il lui restait l'option de ruser — après tout, elle était infirmière. Peut-être pouvait-elle se faufiler clandestinement dans le service ? Elle fouilla son sac à la recherche de son téléphone, en vain. Où était-il passé ? Elle devait l'avoir oublié au camp ou laissé tomber dans sa fuite ! Contrariée, elle se mit à arpenter la place circulaire qui s'étendait devant l'hôpital. Qu'avait-elle bien pu faire de son portable ?

Elle s'était montrée négligente, alors qu'en temps normal, jamais elle n'aurait commis une telle sottise. Manifestement, l'amour l'avait aussi rendue stupide — il ne manquait plus que ça ! C'était clair, elle ne pourrait jamais retourner à Avalon. Non, jamais. Jamais elle ne reverrait Ross, ni aucun des Bellamy. Elle ne serait pas là pour le dernier soupir de George, elle ne serait pas là pour soutenir Ross.

Je suis désolée. Tellement désolée.

Son cœur saignait, mais l'heure n'était ni aux regrets ni aux lamentations : elle avait une mission à accomplir, des dispositions à prendre.

La place du CHU grouillait de piétons suffoqués par la canicule. Que faire ? Il lui fallait agir vite, et elle ne pouvait se fier au personnel soignant. Conclusion : elle devait se procurer un autre portable ainsi qu'une carte, le tout payé en liquide, dénicher un cybercafé et…

— Tu n'es pas facile à retrouver, comme fille, constata calmement une voix masculine. Mais j'imagine que tu le sais.

Elle fit volte-face, déjà sur la défensive. Au même instant, elle reconnut son interlocuteur.

— *Ross !* Qu'est-ce que tu fais ici ?

Elle aurait donné n'importe quoi pour se jeter dans ses bras.

— Comment as-tu retrouvé ma trace ?

Il lui tendit son téléphone portable.

— Tu as oublié ça en partant.

Bien sûr ! Il devait l'avoir localisée en consultant le dernier numéro qu'elle avait appelé : l'hôpital. *Quelle idiote !*

— Alors j'ai filé voir Duke Elder, qui m'a déposé ici d'un coup d'aile.

Duke Elder, le gérant du club de parachutisme…

— Tu n'aurais pas dû venir, Ross, protesta-t-elle, sans grande conviction.

— N'aie pas peur. Mon intention n'est pas de te harceler — tu n'es pas la première à filer en douce sans attendre le matin. Mais après cette nuit, je pensais que… Enfin, Claire, tu ne peux pas t'enfuir sans la moindre explication ?

Déjà, elle sentait ses bonnes résolutions fléchir. Dans le désarroi qui était le sien, Ross lui apparaissait comme un sauveur. Las et exaspéré, mais… un sauveur malgré tout. Il y avait quelque chose d'indéniablement excitant dans le fait qu'un homme ait tout lâché pour partir à sa recherche, mû par la seule force de sa passion. Elle reprit sa marche avant de céder à l'attendrissement.

— Non, Ross, je ne crains pas que tu me harcèles. Tout ça n'a rien à voir avec toi. C'est une affaire personnelle.

— Faux ! rétorqua-t-il en la rattrapant. Ça me concerne aussi. Que se passe-t-il, à la fin ?

Il avait l'air furieux, blessé. Et à juste titre. Mais elle aussi avait de bonnes raisons de prendre ses distances avec lui.

— Ecoute, Ross, je ne peux pas t'expliquer, et d'ailleurs, rien ne m'y oblige. Ma situation chez ton grand-père ne me convenait pas, c'est tout.

— Et ta situation avec moi ? Elle ne te convenait pas non plus ?

Oh, Ross… C'est la plus belle chose qui me soit jamais arrivée. Si seulement elle avait pu lui dire la vérité ! Que l'amour avait été une révélation pour elle, comme de voir l'océan pour la première fois. Qu'en une seule nuit, il lui avait fait entrevoir un bonheur si parfait qu'elle en avait eu les larmes aux yeux. Mais le lui avouer était impossible. Il lui fallait persister dans son mensonge, même si les mots lui écorchaient la gorge :

— La nuit dernière était une erreur.

— Je n'y crois pas une minute, et toi non plus.

— Tu ne sais rien de moi ! lança-t-elle, au désespoir. Tu n'as pas la moindre idée de ce que je vaux.

— Claire, j'ai besoin de réponses à des questions élémentaires. Par exemple : qui es-tu, bon sang ? Je sais déjà que tu t'es approprié le numéro de sécurité sociale d'une enfant morte depuis vingt ans.

— C'est ridic...

— Et ce n'est qu'un début. Je peux creuser plus loin, tu sais, et je ne m'en priverai pas si...

— Non, l'implora-t-elle dans un souffle. Non, Ross, je t'en supplie !

Et à sa grande horreur, ses yeux s'emplirent de larmes.

— Je t'en supplie...

Emu par sa détresse, il se calma et lui sourit avec douceur, une douceur teintée de tristesse.

— Alors, parle-moi. J'ai besoin de savoir ce qui se passe. Tu n'imagines pas tout ce que j'ai appris sur ton compte. Natalie a enquêté sur ton passé et...

— Natalie ferait mieux de se mêler de ce qui la regarde !

— Elle l'a fait à ma demande. Ecoute, Claire, ta solitude dure depuis trop longtemps. Tu en as sans doute déduit qu'on est forcément seul dans l'épreuve, mais ta théorie ne tient pas debout, puisque nous voulons vivre ensemble !

— Parle pour toi ! Moi, ça ne m'intéresse pas.

Elle sentait l'urgence marteler son corps. Plus il restait là à raisonner et plus il s'exposait au danger.

— Je t'en prie, Ross, va-t'en ! Pardonne-moi de t'avoir mené en bateau en te donnant une fausse image de moi.

— Quoi ? Tu me fais des excuses ?

Incrédule, il laissa échapper un rire amer.

— Non, après tout, tu as raison, répliqua-t-elle. Je n'ai que faire de ton pardon. Adieu, Ross. Il vaut mieux que nos chemins se séparent maintenant.

Elle sentait les regards des passants fixés sur eux. Comme si elle avait besoin d'un surcroît d'attention ! Du coin de l'œil, elle repéra un mouvement suspect. Des policiers en uniforme. Ils patrouillaient autour de la zone grouillant de monde, visiblement à la recherche de quelqu'un. L'un deux avait la main posée sur son baudrier.

Elle empoigna Ross par les épaules et se plaqua contre lui afin de disparaître derrière sa large carrure. « Pardonne-moi ». pensa-t-elle, oubliant ses paroles de tout à l'heure. Dans son affolement, elle n'avait trouvé que ce moyen-là pour dissimuler son visage. Et maintenant, nichée au creux de son épaule, elle aurait voulu rester à jamais dans ses bras.

En même temps, mine de rien, elle épiait les policiers à travers ses yeux mi-clos. Ils pénétrèrent dans l'hôpital.

Horrifiée, elle s'arracha à l'étreinte de Ross.

— Je dois y aller.

Elle se précipita vers l'entrée principale. Un de ses patients ayant séjourné dans cet hôpital, elle connaissait le chemin des soins intensifs de neurologie. A son grand soulagement, les deux policiers s'engagèrent dans la direction opposée, vers le service des urgences.

Ross l'avait suivie.

— Claire, tu te conduis de manière insensée !

— Je suis simplement passée voir un ami qui est malade.

— Un ami ? Tu n'as pas d'amis. Fais-moi confiance, je me suis renseigné.

— Tu n'avais pas le droit ! protesta-t-elle, luttant contre une nouvelle montée de larmes.

— Pardon ?

Il laissa échapper un petit rire incrédule.

— Mais tu ne comprends donc pas ? Je t'aime, Claire. Je veux tout savoir de toi. Et je ne te laisserai pas partir comme ça.

Son « je t'aime » eut raison de ses dernières défenses.

— Il le faut, murmura-t-elle en s'agrippant désespérément à lui. Tu dois me laisser partir.

Mais elle savait qu'il n'en ferait rien. Pas Ross, cet homme qui incarnait la loyauté et l'affection — d'ailleurs n'était-ce pas pour cette raison qu'elle l'aimait ? Car il n'y avait aucun doute, elle l'aimait. A quoi bon se mentir plus longtemps ? Entre ses bras, elle se sentait tellement aimée, choyée, à l'abri de tout ! Et puis, c'était un homme d'une grande intelligence à qui elle vouait une confiance totale !

Le monde extérieur s'estompa dans un flou général. Elle ne voyait plus les allées et venues des visiteurs ni du personnel, elle n'entendait plus le signal des ascenseurs, les annonces des haut-parleurs, le grondement d'un avion dans le lointain… Elle ne voyait que Ross et ses yeux qui la fixaient — remplis d'attente, d'insistance. Comme s'il tenait plus à elle qu'à sa propre vie.

Avec une lenteur délibérée, elle tira de son sac un mouchoir en papier et s'essuya le visage. Et si elle lui révélait sa véritable identité ? Changerait-il d'avis sur elle ? D'un autre côté, on ne fonde pas une relation sérieuse sur un tissu de mensonges ! Le temps de sécher ses larmes, elle sut qu'elle allait le laisser entrer dans la chambre de Mel, quoi qu'il advienne. On n'échappe pas à ce qu'on est.

On peut changer de nom, déménager, s'inventer un passé, une histoire, mais au bout du compte, le noyau intrinsèque de l'individu reste intact. Elle refoulait des besoins et des désirs qui finiraient par la rattraper, voire la dépasser. Elle avait un cœur qui ne pouvait s'empêcher de tomber amoureux. Il lui fallait affronter la vérité : elle ne pouvait plus continuer toute seule. Pas après avoir rencontré Ross. C'était un constat terrible, mais bien réel.

— Je dois absolument rendre visite à quelqu'un, dit-elle avec douceur.

Et elle alla trouver l'infirmière de garde.

Même si ses jours n'étaient plus en danger, Mel avait été plongé dans un coma artificiel et placé sous respirateur. Claire, postée près de Ross face à une paroi de verre blindé, ne reconnut pas le corps recouvert de bandages, entouré de tuyaux et de moniteurs de surveillance.

— L'homme qui gît sur ce lit d'hôpital est pour moi la personne qui se rapproche le plus d'un ami. Et s'il est dans cet état, c'est par ma faute.

— Quoi ?

— Tu sais, murmura-t-elle, si je n'ai pas d'amis, c'est pour une bonne raison.

Mais déjà l'infirmière les poussait vers la sortie.

— Vous pourrez appeler pour avoir de ses nouvelles.

Une fois dehors, Ross dévisagea Claire d'un air déterminé.

— Je ne repartirai pas sans toi.

— Mais ton grand-père…

— Oh, lui… Il m'a déjà prévenu de ne pas revenir sans toi. Ecoute, quoi qu'il se soit passé… tu peux tout me dire.

— Ross, les gens qui se rapprochent de moi s'exposent au malheur.

— Tant pis, j'en accepte le risque.

Ross avait tenu le coup deux ans en zone de guerre, et il avait hérité la ténacité et l'obstination de son grand-père.

— Entrons ici, suggéra-t-elle en lui indiquant un cybercafé non loin du CHU. Je dois te montrer quelque chose.

A l'intérieur régnait une lumière tamisée, propice à la confidence, qui n'était pas sans rappeler l'atmosphère des bars clandestins à l'époque de la prohibition. La webcam au-dessus de l'écran n'était pas activée, mais par précaution, elle oblitéra l'objectif avec un Post-it. Ross alla leur chercher un soda à chacun et elle entra une adresse dans l'ordinateur. Une vieille photo scannée apparut à l'écran, montrant des rangées de dalles délimitées par du gazon à perte de vue.

— C'est le cimetière de Fairacre, expliqua-t-elle, avant de zoomer sur l'une des pierres tombales.

Celle-ci portait une inscription toute simple : « Mario et Joseph Balzano † 2001 ». La vue de ces deux noms ramena dans l'esprit de Claire les effroyables échos du cauchemar qu'elle avait vécu. Mario et Joseph n'étaient que des enfants. Et l'homme à qui ils vouaient confiance et respect les avait attaqués avec la sauvagerie d'une bête acculée au pire.

— Je ne suis jamais allée me recueillir sur leur tombe. C'était trop risqué.

Elle fit défiler l'image jusqu'à une dalle gravée d'une autre inscription : « Clarissa Tancredi † 2001 ». C'était une impression toujours angoissante, de voir son nom sur une pierre tombale.

— Et elle, qui est-ce ? demanda Ross.

Claire se mit à trembler de tout son corps :

— Elle, c'est moi.

27

Si Claire était restée vierge tout ce temps, ce n'était pas par obéissance à certaines valeurs morales ni par respect d'idéaux particulièrement élevés. C'était la peur de se rendre vulnérable qui l'avait empêchée de coucher avec un homme. Pourtant, avec Ross, c'était exactement ce qu'elle avait désiré : s'abandonner, lui confier le paysage intime de son corps… et aussi de son cœur.

Elle ne s'attendait pas à recevoir un choc d'une telle magnitude. Au cours de cette longue nuit magique, elle avait découvert que l'amour physique ne se résumait pas au sexe. C'était un moyen de la révéler à elle-même qui se passait de mots, et, pour quelqu'un qui dissimulait son moi intime depuis si longtemps, cette expérience représentait un cadeau d'une valeur inestimable.

Mais à présent, le recours à la parole s'avérait indispensable. Mise au pied du mur, elle ne pouvait confier à Ross sa véritable identité sans lui parler de son terrible secret. Faire connaissance avec l'adolescente qu'elle était jadis lui permettrait peut-être de comprendre la femme qu'elle était devenue ? Restait que, pour elle, c'était un saut dans l'inconnu. Oh, elle l'avait déjà fait, pour échapper à la mort. Sauf que cette fois, elle essayait d'échapper à tout autre chose.

A la sortie du cybercafé, elle passa devant Ross et balaya

les alentours du regard, avant de se diriger vers un parking ombragé. Il y avait çà et là des caméras de surveillance, mais elle leur tourna le dos. Elle leva les yeux vers Ross : son visage ne reflétait qu'amour et acceptation. Alors, elle prit une profonde inspiration, comme quand on se prépare à sauter du grand plongeoir.

— Avant que je poursuive, tu dois savoir quelque chose. En te racontant mon histoire, je t'expose au même danger que moi.

— Quelle sorte de danger ?

— Un homme cherche à me tuer. Je me cache de lui depuis l'âge de dix-sept ans. Et je crois qu'il est derrière l'agression de Mel.

— Waouh, attends un peu… Un type veut te tuer ?

— A cause de ce que j'ai vu. A cause de ce que Clarissa Tancredi a vu.

— Et c'était quoi ?

— Un double meurtre.

— Tu as été témoin d'un double meurtre ?

Et je continue chaque nuit en rêve. Encore aujourd'hui.

Claire opina et, consciente de la révélation qu'elle s'apprêtait à faire, son cœur se mit à battre la chamade.

— Clarissa a cessé d'exister par une belle matinée ensoleillée. Le lendemain, j'ai vécu une seconde naissance quand je me suis enfuie, nantie pour tout bagage d'un sac à dos et d'une grande enveloppe remplie de documents officiels qu'on m'avait remis dans une ruelle derrière un bar. C'est… comment dire, l'expérience la plus étrange, la plus radicale qu'on puisse imaginer, de laisser toute sa vie derrière soi et d'entrer dans la peau de quelqu'un d'autre, d'endosser un tout nouveau passé.

— Tu as pris l'identité d'une autre personne ? Tu fais partie d'un programme de protection des témoins, c'est ça ?

— Oh, ça n'a rien à voir avec ce qu'on te montre dans les émissions de faits divers. Ces programmes-là sont destinés aux personnes qui ont été témoins d'un crime fédéral. Mais en l'absence d'enquête du FBI, il n'existe aucune politique de protection, même pour quelqu'un comme moi. Le meurtre étant un crime d'Etat, c'est l'Etat qui décide de protéger — ou non — les témoins de ces méfaits.

Ross lui prit la main et la porta à sa bouche pour y déposer un baiser.

— Je veux savoir toute l'histoire, Claire. Ensuite, nous aviserons.

Le cœur battant de plus en plus fort, Claire commença son récit dans un murmure. Les mots coulaient de sa bouche comme un lent filet d'air s'échappe d'un ballon.

Depuis le jour où elle avait intégré le réseau de familles d'accueil, le système social avait très bien fonctionné pour Clarissa Tancredi. Grâce à la compassion et au dévouement de son assistante sociale, sa vie s'était enrichie de l'amour des différentes familles qui s'étaient occupées d'elle.

A seize ans, elle avait été placée au sein d'un foyer idéal sous tous rapports, selon les critères de l'administration sociale. Sa nouvelle famille se composait d'une mère travaillant à domicile, Teresa Jordan, et de son mari, Vance, inspecteur de police. Le couple accueillait déjà deux frères placés comme elle : Mario et Jo-Jo Balzano. Les Jordan vivaient à Forest Hill, vénérable quartier défiant tous les préjugés à l'encontre de Newark. Ses demeures historiques, ses avenues bordées d'arbres et ses écoles réputées en faisaient un havre de paix pour les familles prospères. La grande maison de Ridge Street n'était pas le genre d'endroit à la portée d'un salaire de policier, mais la rumeur voulait que l'argent vienne du côté de Teresa. Celle-ci travaillait en free-lance comme décoratrice de théâtre, plus pour le glamour que pour le revenu. Elle aspirait également au statut de dramaturge, bien qu'aucune de ses œuvres n'ait jamais été produite. Toutes ses pièces reposaient sur une intrigue alambiquée, fertile en révélations et rebondissements en tous genres. « Je déteste être prévisible », telle était sa devise.

Chez les Jordan, Clarissa avait toutes les raisons de s'épanouir dans la paix et la sécurité que procure une vie de famille normale. De toute façon, c'était ce qu'on lui avait promis.

Vance et Teresa avaient tout du couple idéal : aimants, communicatifs, extrêmement beaux tous les deux, passionnés par les enfants. Leur seul défaut, c'était peut-être leur excès d'indulgence, mais ils assumaient cette faiblesse sans complexe. Ils ne pouvaient pas avoir d'enfants, lui avait confié Teresa, aussi avaient-ils décidé de devenir famille d'accueil, dans l'espoir de contribuer, à leur modeste échelle, au bonheur des plus défavorisés.

Ne pas avoir d'enfants n'était pas sans avantages. Tandis que les autres parents s'éreintaient à suivre les activités de leur progéniture, Vance et Teresa vivaient un amour fusionnel. Une fête ou un anniversaire de mariage pouvait être marqué par un bijou extravagant. Pour ses quarante ans, Teresa avait offert à Vance des leçons de vol. Son brevet de pilote en poche, il les emmenait le week-end en hydravion au quai n° 8 de New York, ou parfois plus loin, dans les montagnes Poconos. Vu de l'extérieur, c'était une vie de rêve.

Néanmoins, au bout d'un certain temps, il apparut clairement que ce bonheur n'était pas sans ombre. Teresa aimait Vance de façon presque obsessionnelle, étouffante. Clarissa ne s'y connaissait guère en matière de relations conjugales, mais elle sentait bien que l'adoration de Teresa pour son mari était excessive. Cela dit, c'était peut-être une chance exceptionnelle d'être aimé ainsi ?

L'ennui, c'est que Vance avait une liaison avec une de ses subalternes, une jeune inspectrice prénommée Ava Snyder. C'étaient les garçons qui l'avaient révélé à Clarissa, peu de temps après son arrivée dans la famille. Ils se plaisaient à jouer aux détectives amateurs et avaient tendance à fourrer leur nez partout. Ils s'en sortaient toujours sans dommage, car ils avaient peaufiné leur couverture : pour tout le monde, ils n'étaient que deux grands nigauds abandonnés par leur mère, celle-ci ayant été expulsée des Etats-Unis où elle travaillait sans papiers. Personne ne leur aurait jamais accordé assez de capacités intellectuelles pour résoudre une énigme ou pour espionner les gens à leur insu ! Néanmoins, ils ne s'en privaient pas. Après avoir vu Vance s'éclipser en douce avec sa collègue, ils avaient piraté son ordinateur et filé les amants illicites comme deux pros. Vance jurait à sa maîtresse qu'il l'épouserait dès qu'il aurait mis assez d'argent de côté pour se séparer de sa riche épouse.

Si Teresa avait eu vent de cette liaison, elle aurait complètement perdu la tête.

Ou peut-être pas. Car, forte d'un certain don pour le drame, elle avait coutume de dire : « J'ai toujours un plan B en réserve. »

Mais en définitive, c'était Clarissa qui avait eu besoin d'un plan B. A dix-sept ans, on lui avait déjà tout pris, y compris sa personnalité : son nom, son passé, les quelques relations qu'elle avait — tout.

Mais elle n'osait se plaindre. Elle, au moins, était encore en vie.

Mario et Jo-Jo, eux, n'avaient pas eu sa chance. Ils avaient découvert que Vance soustrayait délibérément des preuves à la justice et empochait de l'argent issu du trafic de drogue. Apparemment, il comptait là-dessus pour se libérer du joug de sa femme. Clarissa avait été très choquée de l'apprendre, même si tout le monde savait que dans la police, la corruption était une pratique assez commune et fort envahissante. Mais quel coup porté à la confiance des citoyens ! Les trois enfants avaient abordé le sujet avec Teresa qui, elle aussi, avait réagi avec effarement.

« Moi, je ne peux pas dénoncer mon propre mari, avait-elle soupiré, la mort dans l'âme, mais vous, faites ce que vous avez à faire. »

Elle leur avait donné l'adresse d'une sous-station dans le quartier de South Ward, et leur avait dit d'attendre un type de l'IGS qui les orienterait au mieux dans leur action. Mais Clarissa avait manqué le bus. Elle avait donc appelé les garçons pour les prévenir qu'elle serait en retard au rendez-vous. Lorsqu'elle était enfin arrivée, il faisait presque nuit. Des maisons aux fenêtres condamnées, des bâtiments de brique et des portes de garages surmontées de fil barbelé dominaient les rues désertes de leurs ombres lugubres. Tout d'abord, elle avait cru avoir manqué le rendez-vous. Mais ensuite, elle avait vu trois silhouettes masculines à mi-chemin du pâté de maisons. Elle avait failli les appeler quand elle s'était aperçue que quelque chose clochait. Vance Jordan escortait les garçons vers une ruelle adjacente en les couvrant d'invectives. Les deux frères avaient l'air effrayés. Vance hurlait :

— Où est Clarissa ?

— Elle sait rien du tout ! avait répondu Mario. Je le jure devant Dieu !

Figée sur place, elle s'était recroquevillée dans l'ombre tandis que Vance continuait à vociférer. Ayant aperçu une échelle de secours rouillée, elle s'était hissée au premier niveau et s'était accroupie sur le toit d'une rôtisserie surplombant la ruelle. Là, complètement désemparée, elle s'était faite aussi petite que possible et n'avait pas émis un son. Puis il y avait eu un éclair, le claquement sec d'une détonation, et Jo-Jo s'était effondré sur le trottoir humide et maculé de graisse.

Le problème quand on veut se débarrasser de deux personnes, c'est qu'on ne peut en tuer qu'une à la fois. Mario s'était défendu. Il avait une arme, un couteau à lame rétractable, peut-être. Mais il n'avait pas échappé à son sort. Une seconde plus tard, il gisait sans vie à côté de son frère. Clarissa avait failli s'évanouir, tout en s'efforçant désespérément de ne pas trahir sa présence par le moindre bruit. Un millier de hurlements et de sanglots étaient piégés dans sa poitrine, lacérant ses chairs dans leur désir de s'en échapper. Vance avait abattu les deux frères froidement, l'un après l'autre, sans montrer plus d'émotion que s'il avait écrasé une mouche. Mario et Jo-Jo avaient aimé cet homme. Ils l'avaient idolâtré, même, rêvant un jour de suivre ses traces dans la police.

Vance Jordan avait ensuite soigneusement effacé toutes les traces de son passage dans la ruelle, pendant que Clarissa priait de toutes ses forces. *Ne lève pas les yeux, ne lève pas les yeux !*

La main de Jordan saignait ; peut-être avait-il pris un coup de couteau dans la bagarre. Il s'était enveloppé d'un chiffon qui n'arrêtait pas de se défaire. Du pied, il avait retourné les garçons sur le dos et vidé leurs poches à toute vitesse, peut-être pour faire croire qu'on les avait détroussés. Puis il s'était servi de quelque chose pour tailler la poche du jean de Mario. Evidemment. Un inspecteur de police sait exactement ce qu'on recherche sur une scène de meurtre, il sait exactement les preuves qu'il faut faire disparaître.

Vance ôtait les traces de son propre sang… Alors qu'il

regagnait son véhicule, quelque chose s'échappa du ballot qu'il portait et tomba mollement dans la rigole. Vance, qui ne s'était aperçu de rien, sauta dans sa voiture et partit. Clarissa, en état de choc, émit une série de hoquets terrifiés, incapable de penser. Elle sauta ou plutôt dégringola de l'échelle de secours. Les bras croisés sur la poitrine, secouée de tremblements, elle erra le long de la ruelle où gisaient les deux corps sans vie.

Deux voitures passèrent. D'abord une vieille guimbarde qui roulait à petite vitesse avec la sono à fond, puis une berline conduite par quelqu'un dont la tête dépassait à peine du volant. Elle retenait sa respiration, au bord du malaise, attendant que quelqu'un la remarque, aperçoive les deux corps ou…

Soudain, elle repéra l'objet que Vance avait laissé tomber dans sa précipitation. Tous ses nerfs se tendirent : c'était la poche qu'il avait découpée dans le jean de Mario.

Le tissu était maculé de sang, sans doute celui qui avait coulé de sa plaie à la main. C'est pour cette raison qu'il n'avait pas voulu l'abandonner sur place ! Il fallait éviter de trop manipuler les preuves, elle le savait. Aussi laissa-t-elle tomber du bout des doigts le lambeau de tissu dans une poche zippée de son sac à dos. Puis elle sortit son téléphone portable, mais sa main tremblait tellement qu'elle fut incapable de composer un numéro. Dans les émissions de faits divers, on omettait toujours de vous donner ce genre de détail : dans la vraie vie, vos doigts étaient tétanisés par la peur. Il lui fallut plusieurs tentatives pour composer le numéro de la police. Son pouce tremblant hésita au-dessus de la touche « Envoyer ». *Envoyer.* Envoyer quoi, exactement ?

— Ici la police, quelle est la raison de votre appel ?

Mais la peur lui avait aussi ôté l'usage de la parole. Elle avait l'impression que des mains lui enserraient la gorge.

— Allô ? Quelle est la raison de votre appel ?

Elle retrouva sa voix et articula des mots qu'elle n'aurait jamais cru prononcer un jour :

— Je viens d'être témoin d'un meurtre. Deux garçons : Mario et Jo-Jo Balzano. Il… il les a tués.

Elle avait assez vu d'émissions de faits divers à la télé pour savoir que l'affaire était transparente. Elle connaissait le tueur et elle possédait une preuve concrète de sa culpabilité.

— Etes-vous en sécurité ?

— Non… Si… Enfin, je crois, pour l'instant. S'il vous plaît…

— Quel est votre nom ?

Au dernier moment, quelque chose la retint de décliner son identité.

— Il… J'ai vu le meurtrier.

— Pouvez-vous me dire son nom ?

— Vance Jordan.

A l'autre bout du fil, il y eut un silence lourd d'incrédulité, puis son interlocuteur se ressaisit :

— Vous pouvez répéter, s'il vous plaît ?

Clarissa appuya sur la touche « Raccrocher ». Normalement, c'était une procédure toute simple de faire une déclaration à la police. Mais pour elle, ce fut le début d'un long cauchemar, d'un cauchemar interminable.

Au bout de quelques minutes, son portable se mit à vibrer : « numéro masqué ». Et maintenant ? Les mots se bousculaient en désordre dans son esprit paniqué. Son premier instinct fut de rentrer chez elle. Mais le tueur vivait sous son propre toit ! Réfléchir, il lui fallait réfléchir.

L'appel qu'elle avait passé de son portable avait dû être enregistré. Et lorsque son téléphone lui signala un appel de Vance Jordan, elle n'eut plus aucun doute là-dessus. L'interlocuteur du bureau de police l'avait forcément alerté.

— Clarissa, il faut qu'on parle.

Il avait sa voix habituelle. Calme. Paternelle.

— Ce n'est pas ce que tu crois.

— Je ne crois rien. Je sais.

— Tu n'as rien compris, ma puce. Voilà ce qui s'est passé : une crapule de dealer a buté ces deux gamins. Je suis sûr que cette ordure sera arrêtée ce soir même, et demain matin, tout sera fini.

— Tu mens. J'ai tout vu et je peux le prouver.

— Le prouver ? Tu peux prouver que dalle, ma poulette, et j'ai toute la police de mon côté. Je joue au golf avec les autres enquêteurs ! Le parrain de l'aîné du chef, c'est moi, je te signale, et tous les sergents sont à mes pieds.

C'était la vérité. Vance était intouchable, protégé par un bataillon d'alliés. Mais elle s'obstina :

— Je peux le prouver.

— Pourquoi, parce que tu as vu quelque chose ? Tu sais ce que ça vaut, *un seul* témoin oculaire ? Des clous ! Même le dernier des avocats commis d'office n'aura aucun mal à mettre ton témoignage en pièces. On ne condamne jamais sur la foi d'un seul témoin, encore moins quand il s'agit d'une fille comme toi ! Tu sais quoi ? Tu finiras en taule pour faux témoignage. Alors rentre à la maison, et on va s'expliquer, tous les deux. De toute façon, ces gamins-là étaient des planches pourries : ce sont eux qui t'auraient pervertie si on n'y avait pas mis le holà. Allons, Clarissa… Tu me connais, jamais je ne t'aurais fait du mal.

Ce ton qu'il avait… A cette seconde, elle avait su qu'il la tuerait elle aussi.

Elle s'efforça de répondre d'une voix normale :

— Très bien. Je rentre.

Elle raccrocha.

Le portable se remit à vibrer, son écran éclairé comme

une balise. *Une balise.* Certains téléphones portables étaient de véritables dispositifs de repérage. On pouvait détecter toutes leurs positions. Elle lâcha l'appareil avec horreur, comme s'il s'était agi d'un serpent, et s'enfuit dans la direction opposée. Puis, se ravisant, elle courut jusqu'au pâté de maisons suivant et dissimula le portable sous un siège, dans un bus en transit. Ce stratagème lui permettrait peut-être de gagner un peu de temps.

Elle passa la nuit dans les toilettes pour dames d'une station-service, incapable de fermer l'œil, tremblante et en pleurs. Que faire ? Au matin, elle se traîna dehors, inséra quelques pièces dans un téléphone public et appela son assistante sociale à qui elle débita toute son histoire. Sherri lui conseilla de se calmer et, ensemble, elles convinrent d'un lieu de rencontre. Mais Sherri ne vint jamais au rendez-vous. Elle avait été transportée à l'hôpital, victime d'un chauffard qui avait pris la fuite. Son état était désespéré.

Clarissa avait failli devenir folle de chagrin… et de culpabilité. Elle avait passé la journée terrée dans l'ombre, épouvantée à l'idée d'être retrouvée par Vance. Elle n'osait plus appeler personne, de peur de faire une autre victime. Quand le méchant était un flic, on ne pouvait pas appeler la police.

Tout comme Vance l'avait prédit, on avait arrêté un petit malfrat pour les meurtres de Mario et Jo-Jo. Durant sa garde à vue, il avait été poignardé à mort avec un couteau bricolé par un de ses codétenus. C'était le genre de choses qui arrivait…

Clarissa se creusait les méninges : vers qui se tourner ? Elle se souvint alors de Mel Reno, le type qui s'occupait bénévolement du club d'échecs, au lycée. Un homme calme, d'âge mûr, très apprécié des élèves et redoutable aux échecs. Il traînait un lourd passé, cependant, avait-elle appris de la bouche de Vance lors d'une conversation téléphonique — sans doute avec Ava. Reno était la risée de tous les flics, le déshonneur de sa profession, un minable qui avait été forcé de démissionner en état de disgrâce. La famille de témoins qu'il était chargé de protéger avait été décimée. *Quelle mauviette !* avait ricané Vance. *Deux témoins se sont fait buter et lui a filé sans demander son reste. Tu parles d'une poule mouillée !*

Mais Mel avait ajouté foi au récit de Clarissa, jusque dans les moindres détails. Au début, elle jubilait, sûre que justice serait faite, mais très vite, elle avait déchanté quand Mel lui avait expliqué le sort qui l'attendait. Elle allait devoir disparaître de la circulation.

Et Vance Jordan ne serait pas inquiété pour les meurtres. Sa photo s'étalait dans le *Star-Ledger* en compagnie de Teresa éplorée — on citait même sa déclaration : « Ces enfants étaient très perturbés, mais jamais nous n'aurions cru qu'une telle tragédie puisse un jour se produire. »

De l'avis de Mel, il s'agissait d'une affaire classée. Le bureau de police, handicapé par son budget restreint, ne demandait pas mieux que d'accepter l'explication du petit voyou poignardé à mort après son arrestation. Même l'existence de la poche de jean tachée du sang de Vance ne suffirait pas à faire rouvrir le dossier. Produire cette preuve en accompagnement d'une déclaration à la police ne servirait qu'à exposer Clarissa à un risque terrible — peut-être pour rien. Les procureurs avaient du mal à protéger les témoins, surtout quand le suspect faisait partie de la police. Or, ils ne disposaient ni du personnel ni du budget nécessaires pour leur assurer une protection efficace. Il arrivait parfois qu'on puisse monter une petite opération de bric et de broc en rassemblant dans une même enveloppe un peu de liquide, de l'argent saisi à des trafiquants de drogue.

D'autres fois, la délocalisation du témoin s'avérait efficace. Mais dans un cas comme le sien, on ne lui laisserait pas le temps de témoigner. Là-dessus, Mel était catégorique : on l'éliminerait avant.

Ils en eurent la confirmation en découvrant un entrefilet au bas d'un article concernant les meurtres. On y supposait que l'adolescente placée chez les Jordan, Clarissa Tancredi, était elle aussi impliquée dans un trafic de drogue, à l'instar des deux garçons assassinés. Vance et Teresa suppliaient qu'on leur fournisse la moindre information sur ses faits et gestes. Son horrible photo de l'annuaire du lycée avait été placardée partout, comme pour les enfants victimes d'enlèvement.

C'était clair : Clarissa Tancredi devait disparaître pour de bon.

Parfois, surtout les premiers jours de son exil, ses efforts pour rester en vie l'exténuaient au point qu'elle était prête à se déclarer vaincue. Elle s'imaginait entrant dans un bureau de police pour raconter toute son histoire. Mais non, elle n'avait pas le droit de faire ça ! Elle devait rester en vie, à la mémoire des deux garçons qu'on avait réduits au silence. Y avait-il seulement quelqu'un — d'autres assistantes sociales, Teresa ou des gens de son lycée — pour s'inquiéter du sort de Clarissa Tancredi ? Savait-on au moins pourquoi elle s'était évanouie dans la nature ?

Mel s'était lui-même chargé de faire poser la pierre tombale bidon — sorte de message muet censé faire comprendre qu'elle avait disparu pour de bon. Cette technique était couramment pratiquée dans les programmes de protection de témoins, mais, hélas, quelque chose avait éveillé les soupçons de Vance Jordan.

Ross l'écoutait parler, tout son corps tendu de concentration. Dieu merci, il ne l'avait ni interrompue ni questionnée. Il l'avait simplement laissée aller au bout de son récit, comme s'il comprenait intuitivement son besoin d'évacuer cette histoire refoulée.

— Mel a récemment appris que les Jordan allaient recommencer à accueillir des enfants placés. Il doit avoir tenté d'alerter les autorités…

Claire fixa le sol.

— C'est ma faute. Il y a des années que je sais que Vance Jordan est un tueur en liberté, mais la peur m'a toujours retenue de tenter quoi que ce soit.

Ross s'insurgea :

— Ah non, pas ça, Claire ! Je t'interdis de t'en vouloir.

— Mais…

— Attends, il faut encore que je sache quelque chose. La preuve que tu as ramassée, ce morceau de tissu taché du sang de Vance, qu'est-ce qu'il est devenu ?

— Je l'ai toujours. Je me disais que c'était mon seul recours, vu que dans le rapport fourni au public, la police n'a jamais mentionné que la poche de Mario avait été découpée. Seules les personnes présentes sur les lieux du crime auraient pu connaître ce détail. Les policiers omettent souvent de communiquer des détails essentiels afin de tester la fiabilité du témoin. S'il s'était agi d'une banale affaire de meurtre, j'aurais pu confier ma preuve enveloppée d'un beau ruban aux enquêteurs, et ressortir en héroïne. D'ailleurs, j'ai failli le faire. J'ai failli leur apporter le bout de tissu en personne. Ensuite, j'ai pensé à le leur envoyer de manière anonyme. Mais en me défaisant de mon unique atout, je dévoilais tout mon jeu !

— Et de toute évidence, ce type s'y entend à merveille pour faire disparaître des preuves…, commenta Ross.

Claire hocha la tête. Vance Jordan était protégé par un

rempart infranchissable. Dans la police, on se serrait les coudes, et personne n'oserait lui causer de problèmes.

— Oh, Ross, je me sens si lâche !

— Ta sécurité doit rester ta priorité numéro un. Parce que si jamais il t'arrive quelque chose, ce salaud s'en tirera, et pour de bon, cette fois.

— J'ai l'impression d'entendre Mel…

Son cœur se serra à la pensée de son ange gardien, perdu dans les limbes du coma, flottant entre la vie et la mort.

Ross la prit dans ses bras pendant qu'elle laissait couler ses larmes. Elle lui confia sa terrible inquiétude pour Mel. Elle lui parla de l'assistante sociale percutée par un chauffard qui avait pris la fuite, de sa peur que toutes les personnes à qui elle se confiait ne se fassent agresser.

— Un jour, tu m'as demandé pourquoi je ne m'investissais pas durablement auprès des gens. Maintenant, tu comprends pourquoi. Tu te demandais aussi comment je pouvais supporter de travailler dans l'accompagnement aux mourants. C'est parce que mourir n'est pas ce qui peut arriver de plus terrible à un individu : ne pas avoir de vie, c'est bien pire.

— A partir de maintenant, tout va changer, affirma Ross.

— Comment ?

— En disant la vérité.

— Comme l'ont fait ces deux gamins ?

— Attends un peu, Claire… Nous trouverons un moyen ensemble.

Il fouilla rapidement son portefeuille et en extirpa une carte professionnelle.

28

Les troubles de la vision faisaient partie des nombreux symptômes de la maladie de George, mais s'il restait parfaitement immobile en clignant des yeux, le monde retrouvait sa netteté.

Pour autant, il n'était pas toujours pressé de récupérer une vue sans défaut. Claude Monet, peintre de génie, n'avait-il pas produit ses plus grands chefs-d'œuvre alors que la cécité le gagnait ? Quand sa vue obscurcie adoucissait les lignes du monde, la plus banale des scènes lui apparaissait dans une splendeur onirique.

George, lui, n'était pas peintre — simple spectateur, tout au plus. Confortablement adossé à des coussins, il trônait plus qu'il n'était assis dans un imposant fauteuil Adirondack installé sur l'herbe verdoyante de la pelouse, près du pavillon principal où le personnel du Camp Kioga organisait la réunion familiale.

La première réunion annuelle des Bellamy.

Et pour lui, forcément la dernière. Il espérait que tout se passerait bien. Si seulement… Oh, si seulement son fils Pierce avait pu être là… Son absence minait chacun de ses jours.

Jane s'était chargée de l'essentiel de l'organisation, épaulée dans sa tâche par deux de ses petites-filles, Olivia et Dare. Vue de loin dans la brume ensoleillée, Jane aurait facilement pu passer pour une jeune fille élancée, dans sa robe bain de soleil et son chapeau de paille à large bord entouré d'un ruban jaune.

Jane… Ah, Jane…

Comme si la seule invocation de son nom avait suffi à la faire se matérialiser, elle s'avança vers lui, toujours dans un halo nébuleux.

— Olivia a établi le plan de table. Voudras-tu y jeter un œil ?

George secoua la tête en souriant.

— Non, je vous fais confiance. Rappelle-moi qui est Olivia, déjà ?

— Olivia est la fille de Philip, notre fils aîné.

Etait-ce un effet de son imagination ou décelait-il une infime tension dans la voix de Jane ? C'était difficile à dire. Il n'avait toujours pas fait connaissance avec Philip et sa femme, Laura, qui n'étaient pas encore rentrés de voyage.

— Elle est fille unique ?

— Non, Olivia a une demi-sœur, Jenny. Toutes les deux m'ont donné des arrière-petits-enfants, pour mon plus grand bonheur. Tu te rends compte, George, que je suis arrière-grand-mère ?

Pour lui, elle resterait à jamais la fraîche jeune fille qu'il avait tenue dans ses bras la dernière fois qu'il l'avait vue. Aussi s'abstint-il de répondre. Il luttait pour ignorer l'atroce migraine qui lui vrillait les tempes.

— Philip a toujours été un garçon très sérieux, poursuivit Jane sans qu'il lui ait rien demandé. Laura est sa seconde épouse. Son premier mariage n'a pas été… Disons que Philip n'a pas écouté son cœur. Il avait épousé Pamela Lightsey, la fille de Sam et Gwen.

— Je me souviens de Samuel Lightsey, il était à Yale avec moi.

— Pamela est une femme adorable, et je dois dire qu'ils ont fait de leur mieux pour que ça marche, dans l'intérêt d'Olivia. Mais… tous ces efforts ont eu raison de leur couple. Le cœur de Philip appartenait à une autre. Enfin, tout cela remonte à bien longtemps !

— Jane, il y a quelque chose qui m'a toujours intrigué.

George ne savait trop comment s'y prendre pour poser la question qui le tracassait. Il tira une boucle d'oreille de sa poche et la lui tendit.

— Ceci t'appartient, je crois.

— Non, ça ne me dit rien.

— Tu l'as laissée dans ma chambre universitaire, en 1956.

Aussitôt, Jane se raidit. Puis elle s'assit dans le fauteuil voisin du sien.

— Je n'arrive pas à croire que tu l'aies gardée durant tout ce temps. J'ai jeté sa jumelle il y a des dizaines d'années. Pour moi, c'était une cause perdue.

— Je comprends.

Elle se tourna vers lui, légèrement penchée en avant.

— Vraiment, George ? Parce que ce n'est pas l'impression que j'ai.

— Eh bien alors, éclaire ma lanterne ! répliqua-t-il sans prendre la peine de masquer son irritation.

— Oh, je ne me cherche pas d'excuses, mais les années qui ont suivi la mort de Stuart ont été affreusement pénibles pour moi. Ma mère s'est renfermée dans son chagrin. Mon père a fait de son mieux pour m'élever, mais sa manière de m'éduquer n'était pas sans failles, chose au demeurant fort compréhensible. Mon éducation souffrait d'importantes lacunes. A l'époque, je n'étais qu'une gamine futile et insouciante, rongée par l'insécurité. Et cette nuit-là…

Elle désigna la boucle d'oreille.

— … cette nuit-là, en plus, j'étais pompette, si mes souvenirs sont bons. Bouleversée par une querelle d'amoureux et flattée d'être l'objet de ton attention.

— C'était bien plus que de l'attention, Jane, tu le sais. Je t'aimais vraiment, et si je t'ai donnée à Charles, c'est uniquement parce que…

Elle le coupa :

— Que les choses soient bien claires entre nous, George. Tu ne m'as pas *donnée*. Et Charles ne m'a pas prise. Si tu crois que cette nuit est à l'origine de votre brouille, tu fais fausse route. J'ai commis un acte stupide, impulsif, blessant, et je déplore tout le chagrin que j'ai pu te causer. Mais je t'en prie, comprends-moi ! Dans mon cœur, il n'y a jamais eu d'autre homme que Charles, et ce depuis cinquante-cinq ans. Et il en sera ainsi jusqu'à notre mort. Tu dois comprendre que c'est *moi* qui ai choisi. J'ai choisi mon destin et je ne l'ai jamais regretté. Mon bonheur a dépassé mes plus folles espérances. Je n'espère qu'une chose, c'est que ta vie ait été aussi belle que la mienne.

— Elle l'était… jusqu'à ce que je perde Pierce.

Son cœur saignait encore d'une blessure non cicatrisée. Peut-être était-ce la mort de Pierce qui avait engendré son besoin obsessionnel de savoir, pour Philip. Sauf que sa curiosité se trompait de cible, il le comprenait à présent. Un test ADN ne transforme pas un homme en père, c'est *en élevant un enfant* qu'on devient parent. Pour l'essentiel, Philip était le fils de Charles, sans contestation possible.

Contrairement à Mme Gordon, George ne s'était pas laissé aller à négliger ses autres fils à la mort de Pierce. Néanmoins, c'était à ce moment-là que Jackie avait changé, qu'elle s'était détournée de lui comme si le résultat de leurs deux souffrances combinées lui était insupportable. Au début, elle avait eu quelques aventures discrètes, mais à la fin, elle ne se souciait plus de savoir quel cœur elle brisait au juste. Il y avait diverses façons de vivre un deuil, il le savait bien. Et aussi diverses façons d'aimer.

Jane posa sa main sur la sienne.

— George. Oh, mon très cher George…

Elle se leva, l'étreignit farouchement et déposa un baiser sur sa joue avant de retourner aux préparatifs de la fête.

La vue de George se brouilla de nouveau et le monde se fondit en un tableau impressionniste moucheté de soleil. Une puissante sensation déferla en lui. L'image se modifia et les couleurs estompées composèrent le visage de son fils disparu. Le vent chantonnait étrangement à ses oreilles — *A bientôt…*

29

George détaillait la tenue de Claire d'un œil réprobateur.

— Grands dieux, femme, je ne suis pas encore mort ! Vous n'avez donc rien de plus gai à vous mettre ?

Claire tira vainement sur sa robe grise. Comme toutes ses autres robes, celle-ci était volontairement terne, conçue pour se fondre dans le décor. Elle protesta mollement :

— C'est votre journée, George… Les gens se moquent bien de ce que je porte.

— Balivernes ! J'appelle Ivy.

Et il s'empara de son téléphone portable.

Claire comprit qu'il était inutile de discuter : après tout, *c'était la journée de George.*

Elle qui ne comptait jamais revoir Avalon s'était retrouvée à bord de l'avion de Duke Elder, direction le nord, au-dessus du ruban lumineux de l'Hudson qui les avait guidés vers la moyenne montagne du verdoyant comté d'Ulster. Pour la première fois de sa vie, elle osait croire à la fin de son calvaire, elle osait envisager une vie qui ne soit pas une interminable succession d'adieux.

Ross avait contacté un certain Tyrone Kennedy, au bureau du procureur de l'Etat, qui avait mis son meilleur assistant sur l'affaire. Le dossier médico-légal, étayé par une nouvelle analyse des preuves — les vêtements des deux adolescents —, suffirait à justifier une arrestation. Et une fois Vance Jordan inculpé, Claire produirait la pièce manquante du puzzle : la poche tachée de sang. A l'hôpital, Mel Reno avait été placé sous surveillance policière et son état n'inspirait plus aucune inquiétude.

En un claquement de doigts, la vie de Claire avait basculé, même si, pour autant, elle n'arrivait pas tout à fait à se croire sauvée. Le système judiciaire l'avait trop souvent déçue. Mais cette fois, ce serait différent, lui avait promis Ross. Aussi avait-elle décidé qu'au moins pour aujourd'hui, elle mettrait ses soucis de côté, sans pour cela se départir de sa méfiance.

Debout devant sa penderie, elle contemplait d'un œil hostile les quatre autres robes en sa possession. Beige, marron, anthracite et noire — sa palette standard. On frappa discrètement contre l'encadrement de la porte.

— Am, stram, gram, pique et pique et colégram, bourre et bourre et ratatam, am, stram, gram..., plaisanta Ivy. Grand-père m'a demandé de vous aider à choisir une robe pour notre grande réunion familiale.

Claire ne put retenir un cri d'admiration.

— Ivy ! Vous êtes éblouissante !

Vêtue d'une vaporeuse robe de soie aux motifs chamarrés, la cousine de Ross voletait dans la chambre, mi-femme, mi-papillon. Ses sandales étaient faites en fines torsades de fils colorés et une longue pince retenait ses cheveux en un chignon informel.

— Ça vous plaît ? s'enquit Ivy en virevoltant. Et grand-père, vous pensez qu'il va aimer ?

— Le contraire m'étonnerait ! En tout cas, il n'a guère apprécié ma robe, avoua-t-elle en baissant piteusement les yeux sur son fourreau gris sans manches. Laquelle devrais-je mettre, à votre avis ?

Ivy accorda deux secondes à la garde-robe de Claire.

— Aucune de celles-ci.

Et, saisissant sa main d'autorité, elle l'entraîna au bas de l'escalier. Elle s'arrêta le temps de passer la tête par l'encadrement d'une porte.

— Tu t'en sors, grand-père ?

— C'est mon nœud de cravate… Un peu d'aide serait la bienvenue…

Sa voix était plus fluette, un peu vague, mais Claire ne releva pas. Elle ne voulait pas inquiéter la famille en ce jour de fête.

— Les nœuds de cravate, moi, je n'y connais rien, déclara Ivy tout de go.

Claire ramassa la cravate de soie.

— Moi si. Ne bougez pas, George.

Décidément, elle le trouvait un peu pâle… Peut-être devait-elle le rassurer.

— Ecoutez, si vous avez besoin de quoi que ce soit, faites-le-moi savoir.

— Non, non, je vais très bien. Ivy, peux-tu me faire passer mes boutons de manchettes, je te prie ? Là, dans le premier tiroir du secrétaire.

Ivy fouilla dans le tiroir.

— Tiens, qu'est-ce que c'est que cet écrin de chez Tiffany, grand-père ?

— Ça, c'est une très ancienne bague qui fait partie d'une très longue histoire.

— Dis donc, elle est magnifique ! Elle doit valoir une fortune. Elle appartenait à Granny Jack ?

Un léger sourire flotta sur les lèvres du vieil homme.

— J'aime à penser qu'elle cherche encore sa propriétaire…

— Grand-père… Je ne te savais pas si romantique !

Ivy l'aida à fixer ses boutons de manchettes. Le vrombissement d'un moteur retentit au-dehors.

— Ouh là ! s'exclama-t-elle. Qu'est-ce que c'est que ça ?

— Ça, répondit George en enfilant sa veste de sport, c'est mon chauffeur. Un petit truc que j'ai toujours eu envie de faire…

Connor Davis, le mari d'Olivia, possédait une Harley. Il avait invité George à faire un tour à moto avant d'effectuer une arrivée triomphale à la fête. Claire et Ivy regardèrent partir la moto qui, dans le soleil, ressemblait à une flèche d'argent. George écartait les bras comme pour embrasser l'air. Son fameux rire s'éleva par-dessus le grave ronron du moteur.

— J'ai un grand-père tellement merveilleux…, soupira Ivy, la voix brisée par l'émotion.

— C'est vrai.

— J'ai peur. Je ne veux pas le perdre.

Elles suivirent des yeux la Harley jusqu'à un détour du chemin, puis la moto disparut de leur vue. Ivy prit la main de Claire.

— Ne croyez pas que vous allez vous en tirer comme ça !

Elle la conduisit jusqu'au chalet-dortoir rustique où logeaient les cousines et amies de la famille. L'intérieur retraçait l'âge d'or du Camp Kioga. Les murs étaient décorés d'œuvres artisanales apparemment d'époque : une pagaie de bois peint, signée par des campeurs dans les années 70, une couette psychédélique datant des années 60, des collages faits d'éléments naturels provenant du lac et des bois.

Ivy se tourna vers Claire.

— C'est parti pour une séance de relooking ! Toute résistance est inutile.

Claire rougit, quoique intriguée par l'idée. Elle avait déjà connu des transformations physiques, dans le passé, mais toutes étaient destinées à renforcer son côté ordinaire et anonyme.

— Très bien, je m'en remets à vous…

Ivy et les autres descendirent choisir un bain de soleil jaune tournesol et des sandales à talons hauts ornées de lanières dorées.

— La robe me plaît énormément, commenta Claire, mais les sandales… J'hésite. Je ne porte jamais de talons.

— Justement, c'est l'occasion ou jamais ! Ces chaussures sont top. Et elles vont faire un effet génial sur la piste de danse.

Claire examina les talons aiguilles.

— Ce sont des armes de destruction massive !

— Tss, tss, tss… Vous serez parfaite.

Ivy entreprit ensuite de la coiffer et de la maquiller, tandis que Claire s'abandonnait au luxe de se faire pomponner.

— N'oubliez pas que je suis artiste de métier, clama Ivy en brandissant un enlumineur de teint. Je suis peintre sur céramique.

— Ne le prenez pas mal, dit Nicole, la fille de Gérard, mais la montre que vous portez est particulièrement moche.

— Je ne le prends pas mal, répondit tranquillement Claire.

Et elle ôta sa grosse montre qu'elle fourra dans sa poche. Inutile de leur expliquer pourquoi il était indispensable qu'elle la garde sur elle.

Ivy effleura son front du pinceau de l'enlumineur.

— Vous savez, Ross a complètement flippé quand vous êtes partie.

— Comment ça, « flippé » ?

— Il est raide dingue amoureux de vous.

Ce constat terre à terre lui donna des frissons.

— Vous exagérez peut-être un peu…

— Pas du tout ! renchérit Bridget, une autre cousine de Ross.

Armée d'un fer à friser et d'un spray coiffant, elle s'occupait des cheveux de Claire.

— Ivy a tout à fait raison. C'est la première fois qu'on voit Ross dans cet état. Bien sûr, il a eu des copines dans le passé, mais avec vous, il est… différent. Nous pensions tous que, terrassé de chagrin pour grand-père, il serait complètement hagard, mais il va… plutôt bien. Je ne dis pas qu'il est heureux — aucun de nous ne peut l'être dans de telles circonstances —, mais il a trouvé une sorte de paix, et c'est en grande partie grâce à vous.

Claire était perplexe. Ces filles avaient-elle raison ? Bien sûr, elle savait que Ross l'aimait, même si elle avait passé l'été à se voiler la face. En vain, d'ailleurs : comme la plupart des émotions puissantes, l'amour possède une volonté propre qui ne se laisse pas nier si facilement. Où tout cela la mènerait-il ? Mystère… Mais pour la première fois de sa vie, elle ne redoutait pas ce qui l'attendait au tournant.

— Prête pour la grande révélation ?

Nicole la conduisit devant un miroir en pied.

— Ouvrez les yeux… Ta-da !

Claire contempla la fille qui la regardait dans la glace. La forme volontairement suggestive de la robe jaune vif soulignait les courbes de sa silhouette. Ses cheveux n'étaient plus une masse informe de mèches ternes retenues en arrière par une barrette, mais de chaudes ondulations qui encadraient son visage de manière flatteuse. Le maquillage mettait en valeur ses yeux et sa bouche, et un voile de blush fardait ses joues de plaisir.

— Waouh, je suis… Je suis, waouh… Vous avez fait des miracles, les filles !

— Ce n'était pas bien compliqué, répliqua Nicole. Vous êtes vraiment très jolie, Claire.

— C'est vrai, ajouta Ivy, vous avez juste besoin de quelques conseils de coiffure et de maquillage. Et surtout, d'une nouvelle garde-robe.

Elle lui tendit une paire de grandes créoles.

— Tenez, essayez donc ça.

Elles se rendirent ensemble à la réunion familiale, tout excitées à l'idée de faire connaissance avec l'autre branche des Bellamy. C'était la première fois que les enfants de Charles et de George se réunissaient officiellement. Claire était confiante ; tout irait bien. Ces gens-là n'étaient pas parfaits, mais ils souhaitaient tous la même chose : que la fête se déroule dans la joie.

Alors qu'elle se frayait un chemin vers le buffet pour prendre un verre, une voix familière l'arrêta :

— Qui est cette fille ?

Elle se retourna, un sourire aux lèvres.

— Quelle fille ?

Ross glissa un bras autour de sa taille.

— Je ne la reconnais pas.

Claire savourait son expression, mélange irrésistible de plaisir et de fierté, le tout pimenté de désir assumé, voire peut-être d'amour. D'ordinaire, elle aurait craint d'être l'objet de tant d'intérêt, mais pas aujourd'hui. Aujourd'hui, elle voulait briller.

— Tes cousines m'ont offert une séance de relooking. Et en prime, des talons aiguilles qui à l'occasion peuvent servir de scarificateur à pelouse.

— Tu es renversante.

Il se tourna pour surveiller l'arrivée des invités.

— J'espère que mon grand-oncle Charles compte au

moins un médecin parmi ses enfants et petits-enfants, parce que je vais avoir besoin d'être réanimé d'urgence.

— Il y a bien Noah, le mari de Sophie… il est vétérinaire.

— Il se pourrait bien qu'il soit obligé de me faire du bouche-à-bouche. Non, sérieusement, Claire, tu es à couper le souffle.

— J'espère que ça ne t'empêchera pas de danser avec moi ?

— Tout le monde va se battre pour danser avec toi, mais je te garde rien que pour moi. A ce propos, je voulais te demander quelque chose, ma chérie. Que penses-tu d'Avalon ?

— Ce que j'en pense ? Je…

Elle s'interrompit pour réfléchir à sa question. Elle s'était toujours interdit de s'attacher à un endroit, mais le lien avec cette petite ville s'était tissé avec autant de naturel que les saules plongeaient leurs branches dans le lac. La beauté du site et l'intimité de cette bourgade où tout le monde se connaissait l'avaient tout d'abord intimidée. Elle s'était sentie exposée, vulnérable… surtout que dès le premier jour un policier l'avait contrôlée au volant de sa voiture ! Pourtant, au fil de l'été, Avalon était devenu pour elle un havre de sécurité.

— Pourquoi cette question, Ross ? Et, je n'ai pas rêvé, tu m'as bien appelée « ma chérie » ?

— Pourquoi, ça te dérange ? J'espère bien que non, parce qu'à partir de maintenant, je ne vais plus cesser de t'appeler « ma chérie ». Ma mie. Mon amour. La dame de mes pensées.

— Ross…

— Je t'aime, Claire. Je t'aime tellement.

Malgré la foule qui se formait, elle se dressa sur la pointe des pieds pour l'embrasser.

— Moi aussi, je t'aime. A un point que… que je ne saurais dire…

— Tu viens de le faire.

Elle ne pouvait pas s'arrêter de sourire.

— Moi aussi, j'ai une question à te poser, Ross. Quel effet cela fait-il de réaliser tous les rêves de quelqu'un ?

Le vacarme de la Harley annonça l'arrivée de George.

— « A suivre… », répliqua Ross. L'invité d'honneur est là !

George descendit de la moto, rouge mais souriant au bras de son petit-fils, tandis que Connor allait garer l'engin sur le parking.

— Ce n'est pas aussi revigorant que le saut en parachute, déclara George, mais presque. Alors, qu'avez-vous pensé de mon entrée triomphale ?

— Très impressionnante, approuva Claire.

George écarquilla les yeux.

— Bonté divine… Laissez-moi vous regarder ! Ah, voilà qui est mieux ! Vous êtes d'une beauté saisissante, Claire, vous me faites honneur.

— Oh, merci, George… Vous me gênez. Comment vous sentez-vous ? Beaucoup de monde s'est déplacé pour vous voir, aujourd'hui.

— En ce cas, que la fête commence !

Elle resta à ses côtés pendant que l'orchestre — *Interior Child* — s'échauffait, et que les invités se rapprochaient des tables du buffet. Philip, l'aîné des divers cousins Bellamy, s'avança à grands pas pour saluer George. Absent jusqu'ici, il n'avait pas encore eu l'occasion de rencontrer son oncle. C'était un homme grand et séduisant dont émanaient un charme et un aplomb innés.

— J'étais impatient de faire votre connaissance, dit-il en serrant la main de George.

Ce dernier le détailla longuement et une étincelle éclaira ses yeux pâlis par la maladie.

— C'est pour moi un immense honneur de te rencontrer, répondit-il d'une voix émue.

Jane, la mère de Philip, semblait tendue et bizarrement silencieuse, constata Claire qui, depuis le début, l'avait cataloguée parmi les personnalités enjouées. Il est vrai que l'instant était solennel. La durée de séparation des deux frères se confondait avec toute l'existence de Philip. Pour George, rencontrer ce neveu était certainement… significatif.

Il retira sa main de celle de Philip et l'étreignit longuement, de toutes ses forces.

— Merci d'être venu, Philip.

— Pour rien au monde je n'aurais voulu manquer ça !

Il lui présenta sa femme, Laura.

— Au contraire, je suis bien content que nous soyons rentrés de voyage à temps pour les retrouvailles. Et ceci, ajouta-t-il en indiquant le nourrisson emmailloté dans les bras de son épouse, est mon petit-fils, Ethan Bellamy Davis. Le fils d'Olivia et de Connor.

Avant que George ait pu protester, Laura lui plaça l'enfant dans les bras. Claire, qui s'était proposée pour prendre les photos des festivités, immortalisa l'expression émerveillée du vieil homme devant la minuscule frimousse du bébé.

— Je crois, conclut Philip, que cela fait officiellement de vous son… arrière-grand-oncle.

Emu, George s'éclaircit la voix.

— Non, cela me rend surtout officiellement plus vieux que les pierres.

Il rendit l'enfant à Laura en lui recommandant bien de féliciter les parents et, de nouveau, son regard s'attarda longuement sur Philip.

— Vraiment, je suis *très* heureux de faire ta connaissance.

Puis, se tournant vers Charles :

— Ton fils est un homme bien.

— Comme son père, ponctua Jane d'une voix douce.

— Allons chercher quelque chose à nous mettre sous la dent ! suggéra George avec une soudaine brusquerie. Il paraît qu'on va danser, tout à l'heure. Vous devez prendre des forces !

Il les regarda s'éloigner, le regard pensif et les yeux embués de larmes. Ross l'aida à s'installer dans son fauteuil roulant. Son immobilité était telle qu'il semblait ne plus respirer. Claire l'observait avec attention : était-il victime d'un début d'attaque ? C'était, hélas, toujours possible.

— George ?

— Je vais bien. Simplement, je retrace deux histoires différentes, une ici et l'autre là, expliqua-t-il en indiquant alternativement sa tête et son cœur.

Manifestement, il réfléchissait encore aux événements du passé qui avaient scindé la famille en deux pendant plus d'un demi-siècle. Claire espérait qu'après la journée d'aujourd'hui, la blessure se refermerait définitivement.

Ivy intervint :

— Un homme avisé m'a dit un jour qu'il y a plus de sagesse dans le battement d'un cœur humain que dans toute une assemblée de spécialistes.

— C'est votre grand-père qui vous a dit ça ? s'étonna Claire. Mais vous savez que vous êtes brillant, George ?

— Non, je suis terriblement imparfait. Toutes ces erreurs que j'ai commises dans ma vie…

Elle l'interrompit :

— Regardez.

Devant lui s'étendait la scène de toute sa famille avec les invités qui mangeaient, parlaient et riaient. C'était un spectacle magnifique, avec le lac et la forêt en arrière-plan.

— C'est votre œuvre, à votre frère et vous, un monument érigé à la gloire de votre vie. Vous pouvez en être fier, George. Réjouissez-vous de tous les moments de bonheur que vous avez eus.

— Tu vois, dit Ross, c'est pour ça que tu la paies une fortune.

George eut un petit rire.

— Je te rappelle que c'est toi qui me reprochais de l'avoir trouvée sur internet.

Il se rembrunit.

— Claire a raison. J'ai tenu ma liste, j'ai fait mes comptes, mais j'ai pris conscience que ma plus belle réussite était devant mes yeux. Cette famille. Elle est… la preuve que j'aurai existé. Que ma vie n'aura pas été vaine.

Claire sentit les larmes lui monter aux yeux. Au bout du compte, la vie humaine se résume à l'amour qu'on a partagé avec les autres. Quelle méprise de sa part d'avoir cru qu'elle pourrait s'en passer…

Ross se pencha sur son grand-père pour lui serrer tendrement l'épaule. Touchée par le naturel de la pose, elle les cadra tous les deux et prit une photo. Mais déjà le témoin de batterie clignotait pour indiquer qu'elle était déchargée.

— Je reviens dans une minute, je dois aller chercher une batterie de rechange. Il me reste encore beaucoup de photos à prendre, aujourd'hui.

Le long du sentier boisé menant au cottage, elle regrettait de ne pas avoir engagé de photographe professionnel, mais l'idée ne lui était pas venue à l'esprit, pas plus qu'aux autres, d'ailleurs. L'une des Bellamy — Daisy — était photographe de métier, et d'ordinaire, la famille recourait à ses services pour ce genre d'événements. Mais vu qu'elle était absente, il leur faudrait se contenter de ses photos d'amateur.

Claire marchait sur un nuage, grisée par l'amour, le

cœur en liesse. Désirait-elle rester à Avalon ? Souhaitait-elle vivre avec Ross ? Oui, mille fois oui ! Elle aurait voulu pouvoir le clamer sur les toits ! L'heure était donc venue d'accepter ce pari sur l'avenir dont elle avait toujours rêvé. Forte de l'amour de Ross, elle osait enfin faire confiance à la vie — elle avait trouvé une motivation qui justifiait amplement le risque encouru.

Elle s'introduisit en fredonnant dans le cottage. A la seconde où elle franchit le seuil, elle sentit que quelque chose était différent. Dans l'air flottait une tension très vague, indicible, comme une odeur qui n'aurait été qu'une impression d'odeur. Un son qu'elle n'arrivait pas à identifier, le grincement d'une lame de plancher, peut-être, ou quelqu'un qui se retenait de respirer.

Son sang se glaça dans ses veines. Elle fit volte-face et voulut s'enfuir — trop tard. Déjà un inconnu l'empoignait par-derrière et la plaquait contre la porte. Une main lui enserrait la gorge tandis que l'autre enfonçait dans sa joue le canon lisse et froid d'une arme à feu.

30

— Quelqu'un est allé voir ce qui retenait Claire ? s'enquit Ross à la cantonade.

Elle était allée changer la batterie de l'appareil photo, mais peut-être avait-il mal compris. Il y avait plus d'une heure qu'elle était partie.

Une heure particulièrement agitée. La réunion familiale des Bellamy s'était transformée en événement d'une ampleur phénoménale. George et Charles comptaient chacun plusieurs enfants, des familles étendues, de nombreux petits-enfants et quelques arrière-petits-enfants. Déjà, certains jeunes s'avançaient vers le lac où serait lancé le feu d'artifice, sans doute trop impatients pour attendre la nuit. On les entendait descendre vers le rivage.

— Oui, moi ! répondit Ivy d'un ton crispé. Je suis allée la chercher.

— Et alors ?

— Elle a disparu. Et, hum… Ross… Je ne sais pas trop comment t'annoncer la chose, mais… La bague Tiffany de grand-père a disparu, elle aussi.

Ross s'écarta d'Ivy et de Natalie. Au loin, le bal battait son plein. Son grand-oncle Charles dansait avec son épouse et grand-père avec Mlle Darrow. Après tout ce que grand-père lui avait raconté sur le passé, cette journée aurait pu se transformer en gageure éprouvante sur le plan émotionnel, mais non. On y avait célébré la joie, et cela parce que grand-père, Charles et Jane avaient choisi de se focaliser sur l'amour qu'ils portaient en eux, au lieu de rester figés dans la rivalité ou l'amertume, sur un passé de toute façon révolu.

— Ross, que se passe-t-il ? lui demanda Ivy avec inquiétude.

— Je dois partir, dit-il précipitamment. Dis à grand-père que… Dis-lui simplement que je serai de retour dès que possible.

— Tu… tu es censé être en état d'arrestation, lança Claire entre ses mâchoires serrées.

— Oui, rétorqua Vance Jordan, et ton copain l'assistant du procureur est censé être encore en vie.

Physiquement, il n'avait pas changé : il ressemblait toujours à un flic de série télévisée, fort et séduisant.

Mon Dieu… Mon Dieu ! Le cauchemar recommençait. Et tout était sa faute !

— Tu me déçois, Clarissa. Pourtant, c'était finement joué jusqu'ici, tu es restée longtemps sans cracher le morceau. On peut dire que tu as su garder notre petit secret, pas comme les deux autres. La plupart des gens ont du mal à tenir leur langue…

Claire, elle, n'avait eu aucun mal, et pour cause ! Pour trois enfants, ce n'était pas bien difficile de garder un secret quand deux d'entre eux avaient déjà été réduits au silence…

En fin de compte, sa théorie s'avérait tristement exacte : l'amour n'engendrait qu'une terrible vulnérabilité. Aussi, quand Vance lui affirma qu'à la moindre tentative de rébellion, les Bellamy trouveraient la mort un par un, elle n'opposa aucune résistance. Car Vance mettrait sa menace à exécution, là-dessus il n'y avait aucun doute. Elle fit donc tout ce qu'il lui demandait. Tout.

Près du débarcadère, le petit hydravion dansait sur les flots, tirant sur sa ligne d'amarrage. Des bruits se répercutaient sur les parois rocheuses bordant le lac. Claire entendait des chants d'oiseaux, le soupir du vent, et aussi le clapotis de l'eau contre les flotteurs de l'hydravion.

Elle ne demanda pas à Vance quel était son plan, c'était inutile. Il allait la forcer à lui rendre la poche tachée de sang — la seule et unique preuve qui le rattachait irrévocablement aux deux meurtres. Et le plus triste dans l'histoire, c'était qu'elle la lui céderait sans se battre. L'enjeu était trop grave. En mêlant intimement sa vie à celle de Ross et de sa famille, elle avait donné tout pouvoir à Vance.

Pour autant, elle ne s'avouait pas encore vaincue. Elle avait toujours le transmetteur dans sa poche — cette affreuse montre qu'elle avait ôtée tout à l'heure.

En policier chevronné, Vance lui avait attaché les mains à l'aide de liens de serrage, mais pas les pieds, car il avait besoin qu'elle puisse le suivre. Il détourna son regard d'elle quelques secondes, le temps de consulter son GPS portable, et elle en profita pour dénouer l'amarre du bout de son talon aiguille. Le cordage ayant été enroulé à la hâte autour du taquet, il glissa mollement à terre.

Le crime parfait n'existe pas, c'était Vance lui-même qui le lui avait dit un jour. Le méchant, avait-il expliqué, finit toujours par commettre une négligence. « Trouve la négligence et le gars est coincé. »

A l'époque de cette conversation, jamais elle ne l'aurait imaginé dans la peau du méchant, mais maintenant, tout ce qu'elle avait autrefois admiré chez lui l'effrayait : ses mains puissantes et viriles, sa mâchoire carrée, sa froide détermination.

Cette étincelle de rage dans son regard lorsque la brise éloigna l'hydravion du débarcadère. Il fulminait.

— Merde ! Attrape l'amarre, Clarissa ! *Vite !*

Claire feignit l'innocence.

— Hein ? Quoi ? Quelle amarre ?

L'hydravion dérivait toujours. Jordan se retourna vivement sur lui-même, sans doute à la recherche d'une perche, mais il n'y avait rien.

— Bordel ! C'est toi qui vas aller la rattraper !

Il coupa le lien de serrage en plastique pour lui libérer les mains et la poussa brutalement dans l'eau.

L'eau glaciale se referma sur elle. Un bruit inconnu transperça la surface du lac — le sifflement amorti d'une balle. Tout son corps se contracta, bien qu'elle sût qu'elle n'était pas blessée. Vance avait tiré dans l'eau pour lui montrer qu'il ne plaisantait pas, mais s'il avait voulu l'atteindre, elle serait morte.

Elle retint sa respiration le plus longtemps possible, histoire de gagner du temps, stratagème qui incita Jordan à tirer un autre coup de feu. Puis, les poumons sur le point d'exploser, elle refit surface.

— Rattrape cette foutue corde ! hurlait Vance. Allez, bouge-toi !

Claire battait des bras, tendait la main, manquait délibérément l'amarre, afin que Jordan reste concentré sur elle. Il était crucial de détourner son attention — elle avait aperçu une ombre furtive parmi les arbres du rivage. Ils n'étaient pas seuls.

— J'essaie, hoqueta-t-elle, j'essaie, mais… Non, ne…

Vance fit feu de nouveau. Au même instant, Ross, qui s'était approché dans son dos, plongea en avant et le saisit par les chevilles. Déséquilibré, Vance s'étala de tout son long, face contre terre. Même par-dessus l'écho du coup de feu, elle entendit l'air expulsé des poumons de Jordan. A la façon froide et méthodique dont Ross frappa Vance aux yeux, au cou et à l'aine, dans un enchaînement de mouvements d'une fluidité chorégraphique, Claire se souvint qu'elle était amoureuse d'un militaire entraîné. Puis il le fouilla et lui retira le second pistolet qu'il portait à la cheville.

Tout s'était passé en quelques secondes. Dans l'eau, Claire faisait du surplace, l'amarre à la main. Encore sonnée par la rapidité des événements, elle nagea lentement jusqu'au débarcadère et enroula le cordage à un taquet. Cramponnée au rebord d'un flotteur, elle regardait autour d'elle, indécise, ne sachant trop comment s'y prendre pour sortir de l'eau glaciale.

Ross était en train d'attacher les poignets de Vance derrière son dos au moyen de son ceinturon.

— Attends, Claire…

— Ne bougez pas ! ordonna une autre voix.

Claire se figea.

Teresa.

L'image de Teresa Jordan se reflétait à la surface du lac. Depuis le début, la femme de Vance attendait son heure, tapie dans l'hydravion. A présent, debout sur un des flotteurs, elle se tenait d'une main à un hauban d'amarrage tandis que de l'autre, elle les menaçait d'une arme à feu.

— Lâchez ça ou je la descends.

Sans hésiter, Ross lança dans le lac le petit pistolet qu'il venait de confisquer à Vance. L'arme s'enfonça dans l'eau et disparut.

« Bien joué », pensa Claire.

Teresa passa du flotteur au débarcadère.

— Toi, Clarissa, sors de l'eau ! Et grouille-toi !

Elle se tourna vers Ross.

— Quant à vous… n'approchez pas.

Claire se hissa hors de l'eau en prenant appui sur le flotteur et le débarcadère. Ses bras tremblaient. Tout son corps tremblait.

— Ça va, mon chéri ? demanda Teresa à son mari. Oh, je t'en supplie, dis-moi que tu vas bien…

Vance grogna :

— T'occupe… Suis le… le plan !

Claire calculait à toute vitesse, les pensées tourbillonnaient dans son esprit. Passée la première surprise, elle aurait dû se douter de l'implication de Teresa. Cette femme aimait son mari de manière obsessionnelle. Claire s'était même fait la réflexion, à l'époque, que Teresa disjoncterait complètement si jamais elle découvrait la relation qu'entretenait Vance avec Ava, sa coéquipière.

Leur liaison durait-elle encore ? Evidemment, si elle ouvrait la bouche, elle courait le risque de se faire abattre — mais elle pouvait aussi donner à Ross une occasion d'agir…

C'était clair, il fallait tenter le tout pour le tout.

— Demande-lui plutôt si Ava Snyder fait elle aussi partie du plan !

Les traits de Teresa se figèrent et Claire sut qu'elle avait visé juste.

— Ava et lui sont amants. Depuis des années. Ça m'étonne que tu ne t'en sois jamais rendu compte.

— Tu mens.

Teresa pointa le pistolet sur la poitrine de Claire.

Elle crut que ses os allaient se liquéfier de terreur, mais poursuivit crânement :

— Il a volé une bague à M. Bellamy, un très ancien bijou Tiffany, d'une valeur inestimable. Il compte l'offrir à Ava.

C'était pure spéculation de sa part, mais elle sentait qu'elle était sur la bonne voie.

— Regarde dans sa poche, tu verras bien. Ah, il s'est bien servi de toi, de ta belle maison, de ton fric…

Teresa appuya sur la détente. Claire tituba en arrière et Ross se précipita sur Teresa, mais, voyant le pistolet de nouveau braqué sur Claire, il s'arrêta net. Le bruit de la détonation se répercutait encore contre les falaises rocheuses.

— Ross ! cria-t-elle pour le rassurer, je n'ai rien !

On ne pouvait en dire autant de Vance. Au vu du sang rouge sombre qui se répandait sur le débarcadère, Teresa devait avoir touché un organe vital. Elle était d'un calme inquiétant.

— J'ai toujours un plan B en réserve. Maintenant, il me reste à trouver une combine. C'est ma spécialité, tu te rappelles ?

Claire regarda Ross, incapable de penser, le cerveau paralysé par la terreur. Pendant ce temps, Teresa réfléchissait à voix haute :

— Voyons, ça pourrait être ton petit ami, galamment accouru à ton secours, qui aurait exécuté le ravisseur de sa dulcinée. Très prévisible, cependant… Or, moi, j'aime dérouter les gens. Et si on disait que c'était toi, l'assassin ? On pourrait voir une espèce de justice immanente dans le fait que Clarissa tue le père adoptif à qui elle faisait autrefois toute confiance…

Il y eut un claquement sec, suivi d'un bruit amorti. Le visage de Teresa refléta une stupéfaction totale. Puis elle bascula en avant.

— J'ai une meilleure idée, déclara George en abaissant sa carabine à verrou. Et si on disait ni l'un ni l'autre ?

— Grand-père ? Crénom d'un chien !

George était pâle mais déterminé.

— Tu ferais mieux d'aller voir si on peut encore faire quelque chose pour lui, fiston.

Ross tâta le pouls de Vance.

— C'est fini, marmonna-t-il avant d'aller vers Teresa. Celle-là, en revanche, est encore parmi nous.

Et il fit son devoir, il la maintint en vie jusqu'à l'arrivée de l'ambulance.

— Je ne voulais pas gâcher votre fête, George.

Claire était catastrophée. Enveloppée dans une couverture de survie, elle se laissait aller contre Ross, refusant de se détacher de lui ne serait-ce qu'un seul instant. La zone grouillait de véhicules. Les secours et la police avaient pris le relais.

— Bonté divine, Claire, mais vous n'avez rien gâché du tout ! Je rends grâce au ciel que vous n'ayez rien.

— C'est un soulagement pour nous tous, renchérit Charles.

Elle tremblait encore en pensant aux ravages qu'elle avait failli causer au sein de cette famille innocente et heureuse. Et pourtant, personne n'avait hésité à la protéger, elle, une étrangère qui vivait parmi eux sous une fausse identité. L'extraordinaire bonté dont tous avaient fait preuve envers elle l'émouvait jusqu'au tréfonds de l'âme.

Ross lui enserrait les épaules — seul le contact de ses mains parvenait à l'apaiser.

— Tout va bien, maintenant, affirma-t-il. La police va simplement te demander ta déposition, une fois que tu auras enfilé des vêtements secs.

Un inspecteur discutait avec un de ses collègues en désignant George.

— Charles, il se pourrait bien que j'aie besoin d'un avocat, dit ce dernier.

— Ça, c'est drôle. J'allais justement te proposer mes services.

— Dans ce cas, nous formerons un duo de choc !

Charles lui donna le bras, et les deux frères s'éloignèrent dans le crépuscule dont les lueurs donnaient au lac des Saules le chatoiement d'une pierre précieuse.

Ross resserra son étreinte autour des épaules de Claire, comme s'il ne voulait plus jamais la lâcher.

— Te voilà enfin de retour, Clarissa Tancredi, murmura-t-il en déposant un baiser sur sa tempe. Sois la bienvenue parmi nous.

Epilogue

Avalon, New York
Eté indien

A bord de l'avion de Duke Elder, Ross fixait du regard l'aiguille de l'altimètre qui se rapprochait des dix mille pieds. Ce n'était pas pour un saut en parachute qu'il se trouvait à bord de l'appareil en compagnie de ses trois oncles, mais pour une bien plus sombre mission. Sauf que la tristesse n'était pas de mise entre les fils de grand-père. Trevor et Louis échangeaient des souvenirs d'enfance en pouffant, tandis que circulait entre eux une bouteille de Rémy Martin. Gérard, lui, prenait des photos. Les couleurs changeantes des érables à sucre faisaient rutiler les collines de rose, d'ambre, et d'orange.

Par-dessus les casques, Ross entendait ses oncles évoquer leur père. De l'avis unanime, celui-ci n'avait pas mené une vie en tout point exemplaire, mais il l'avait vécue pleinement. Or, n'est-ce pas la seule chose qu'on attend d'un homme ? Et si la notion de « belle » mort a un sens, on pouvait dire que grand-père s'en était rapproché. Claire avait atténué ses souffrances au maximum, et il avait passé ses derniers jours à bavarder et à jouer à des jeux de plateau avec les êtres qui lui étaient le plus chers. Parfois, aussi, il demeurait assis en silence.

Grand-père avait incarné la justesse des propos que Claire lui avait tenus un jour : les mourants peuvent vous enseigner à vivre. En l'espace d'un seul été, il avait montré à Ross l'importance de s'ouvrir à une nouvelle vie. Sans compter qu'il avait également réussi à mener à bien son ultime mission : les rapprocher, Claire et lui. Elle était venue à Avalon pour s'y perdre, Ross pour se ressourcer, et ce faisant, ils s'étaient trouvés l'un l'autre. Exactement comme l'avait espéré grand-père…

Elle avait préféré conserver le nom de Claire Turner. Clarissa Tancredi avait enduré des épreuves qu'aucun enfant ne devrait jamais avoir à affronter, et Claire était bien décidée à regarder vers l'avenir. Ross considérait chaque jour passé à ses côtés comme un cadeau. Elle faisait partie intégrante de ses rêves — d'ailleurs, il voulait s'installer avec elle à Avalon.

La vie qui jusque-là lui apparaissait comme une utopie était désormais à sa portée.

Grand-père s'en était allé, mais son empreinte demeurait indélébile. Il lui avait laissé la bague Tiffany dans son écrin, accompagnée d'un mot : *« A toi de jouer. »*

Ross se tenait prêt, l'urne sur les genoux. Le récipient en céramique avait été fabriqué par Ivy à l'âge de dix ans, dans un but que tout le monde avait oublié. Mais il avait la taille adéquate et leur avait semblé se prêter parfaitement à l'occasion. L'urne pesait une tonne et s'ornait de leurres de pêche à la mouche. Une main d'enfant avait griffonné dessus :

Liste d'ingrédients :

Indices
Réponses faciles

Choses de la vie
Bon sens
Prétextes
Points discutables
Magie

Ross regarda ses oncles, puis fit coulisser l'ouverture de la soute. Le vent s'engouffra en mugissant dans l'appareil. Il les interrogea une dernière fois du regard. Les trois hommes l'observaient en silence, chacun abîmé dans ses propres pensées, mais à présent tous étaient en larmes. Avec le plus grand soin, Ross retira le couvercle, ouvrit le sac en plastique et inclina l'urne de telle manière que les cendres soient aspirées vers l'extérieur en une fine traînée. Elles se dispersèrent dans le néant tandis qu'il lisait à voix haute la citation que grand-père avait consignée sur un bout de papier, le fameux jour du saut en parachute. Il s'agissait d'un extrait de *La République* de Platon : « L'âme prend son essor vers le monde de l'invisible, et une fois là-haut, elle peut être assurée de la félicité qui l'attend, puisqu'elle demeure à jamais au paradis. »

Ross ferma les yeux. Il se rappelait la chute à travers ciel avec grand-père, ainsi que tous les autres jours de cet été, jusqu'au dernier. Peu de temps après la grande réunion familiale, George avait fait une partie de Parcheesi avec Micah, Ross et Claire. D'autres membres de la famille s'étaient rassemblés autour d'eux afin de goûter la fraîcheur de la brise vespérale. Quelqu'un jouait de la guitare et les lucioles s'étaient mises à sortir. grand-père, engoncé dans le luxueux berceau suspendu de la véranda, s'était autoproclamé sultan tout en écrasant joyeusement ses adversaires au jeu.

Son rire — c'était la dernière chose que Ross avait entendue de son grand-père.

REMERCIEMENTS

Ma profonde gratitude va à mes amies et consœurs en écriture : Anjali Banerjee, Carol Cassella, Sheila Roberts, Suzanne Selfors et Elsa Watson.

J'adresse des remerciements tout particuliers à mon équipe d'experts — le Dr Carol Wiley, Bob Mayer, Robert Dugoni et Andy Watson — pour leur aide, leurs remarques ainsi que pour leur documentation concernant des thèmes aussi hétéroclites que les hélicoptères de combat, l'évacuation sanitaire aérienne, les tumeurs au cerveau et les questions juridiques. Les éventuelles imprécisions contenues dans cet ouvrage sont entièrement de mon fait. Mention spéciale à mon amie Carol Kovac : le seul fait de te parler me libère l'esprit.

Merci à Sherrie Holmes, Joelle Klist, Bree Ogden et Lindsey LeBret pour l'organisation qu'elles m'apportent dans mon travail. Et un remerciement tout particulier à la famille Jacobi qui, par son investissement dans P.A.W.S., m'a fourni des éléments d'inspiration pour les animaux familiers qui peuplent ce roman.

Je remercie Margaret O'Neill Marbury et Adam Wilson de MIRA Books, Meg Ruley et Annelise Robey de la Jane Rotrosen Agency pour leur soutien, leur contribution et leurs conseils inestimables.

Merci à ma famille bien-aimée — la raison de toute mon existence.

A paraître le 1er septembre

Best-Sellers n°478 • suspense

Jamais je ne t'abandonnerai - Antoinette van Heugten

Danielle Parkman, une brillante avocate qui élève seule son fils Max, est complètement désemparée face aux crises de colère de plus en plus fréquentes et incontrôlables de l'adolescent. Malgré tout, elle refuse le diagnostic posé par les médecins de la meilleure clinique psychiatrique de l'Iowa. Certes, Max souffre d'une forme d'autisme rare, mais il n'est pas dangereux. Elle en est certaine. Jusqu'à ce qu'elle le retrouve inconscient et couvert de sang à côté d'un jeune patient sauvagement assassiné. Séparée de force de son enfant, Danielle s'accroche à l'idée que Max est innocent. Mais peut-elle vraiment en être sûre ? Et si son fils était bien le meurtrier ? Soutenue par Tony Sevillas, un séduisant avocat qui semble prêt à tout pour défendre sa cause, Danielle décide de braver la peur et le doute pour découvrir la vérité – et sauver son fils d'une justice qui ne voit en lui que le coupable idéal.

Best-Sellers n°479 • suspense

Les disparues du bayou - Brenda Novak

Depuis l'enlèvement de sa petite sœur Kimberly, seize ans plus tôt, Jasmine Stratford a enfoui ses souffrances au plus profond d'elle-même et s'est dévouée corps et âme à son métier de profileur. Mais son passé ressurgit brutalement lorsqu'elle reçoit un colis anonyme contenant le bracelet qu'elle avait offert à Kimberly pour ses huit ans. Bouleversée, elle se lance alors dans une enquête qui la conduit à La Nouvelle-Orléans. Sur place, elle ne tarde pas à découvrir un lien effrayant entre le meurtre récent de la fille d'un certain Romain Fornier et le kidnapping de sa petite sœur. Prête à tout pour découvrir la vérité, Jasmine prend contact avec Romain Fornier, seul capable de l'aider à démasquer le criminel. Elle se heurte alors à un homme mystérieux, muré dans le chagrin et vivant dans le bayou comme un ermite. Un homme qu'elle va devoir convaincre de l'aider à affronter le défi que leur a lancé le tueur : *« Arrêtez-moi »*.

Best-Sellers n°480 • paranormal

La nuit écarlate - Heather Graham

Lors d'un voyage en Transylvanie, Jessica Fraser, jeune psychologue, est oppressée par la sensation d'être constamment épiée. Une appréhension qui grandit encore en elle et que viennent bientôt confirmer de terrifiants incidents survenus au cœur de la forêt des Carpates. Comme si la forêt était hantée par des créatures malfaisantes. De retour chez elle à La Nouvelle–Orléans, Jessica, encore sous le choc de cette étrange expérience, fait la connaissance de Bryan McAllister, professeur d'Histoire ancienne. Et lorsque Bryan lui parle de ses recherches sur un culte satanique déjà à l'œuvre en Transylvanie et sur le point d'atteindre les Etats-Unis, l'inquiétude ne la quitte plus. Irrésistiblement attirée par cet homme qui la déstabilise pourtant profondément, Jessica accepte d'aider Bryan à dévoiler la vérité. Leur quête les entraîne des bars confinés du Quartier français de La Nouvelle-Orléans vers des forêts obscures, là où l'on craint de se perdre et de prononcer le mot tant redouté… celui de *vampire*.

Best-Sellers n°481 • roman

La maison des secrets - Emilie Richards

En emménageant dans une maison au bord de l'eau, sur la presqu'île de Happiness Key, en Floride, Dana Turner souhaite simplement offrir un havre de paix à sa fille Lizzie. Jamais elle ne se serait attendue au sentiment profond de bonheur qui la gagne dès leur installation. Car non seulement ses voisines l'accueillent chaleureusement, mais Pete Knight, un homme séduisant et attentionné, lui fait une cour assidue. Pourtant, Dana a toutes les raisons redouter que ce bien-être ne soit éphémère, car un passé douloureux la condamne à déménager sans cesse, dès que les questions sur sa vie se font trop pressantes. L'ennui, c'est que cette fois-ci, sa petite Lizzie semble plus heureuse que jamais, tandis qu'elle-même s'attache chaque jour d'avantage à Pete. Alors doit-elle encore fuir, au risque d'avoir le cœur brisé et de faire à nouveau souffrir Lizzie ? Ou peut-elle enfin dévoiler le secret qu'elle garde précieusement enfoui au plus profond de son cœur, et se donner, ainsi qu'à Lizzie, la chance de sourire pleinement à la vie ?

Best-Sellers n°482 • suspense

Dans l'ombre du danger - Maggie Shayne

Traumatisée pendant l'adolescence par son père, un homme odieux et violent, Dawn Jones a quitté Shadow Falls cinq ans plus tôt, espérant oublier les souvenirs douloureux liés à sa ville natale. Pourtant, lorsqu'elle apprend que le policier Bryan Kendall, son seul et unique amour de jeunesse, est accusé du meurtre de sa petite amie, elle décide immédiatement de retourner dans le Vermont pour lui venir en aide. Bryan, qui n'a jamais cessé de hanter ses nuits, est incapable de commettre un crime, elle en est persuadée. Mais à peine est-elle de retour qu'un nouveau meurtre vient frapper la tranquille petite communauté. Et tandis que la peur gagne les habitants, Dawn sent monter en elle une impression étrange et angoissante : celle d'être observée dans chacun de ses gestes par le tueur.

Best-Sellers n°483 • thriller

Tourmentée - Pamela Callow

Hantée par la mort de sa jeune sœur, fragilisée par une rupture amoureuse mais décidée à aller de l'avant, Kate Lange se lance à corps perdu dans sa carrière d'avocate, en Nouvelle-Ecosse. Mais le meurtre horrible de Lisa, la petite-fille de l'une de ses clientes venue lui demander conseil au sujet de l'adolescente, ravive ses blessures secrètes : aurait-elle pu empêcher ce drame ? Est-elle responsable de cette mort – comme de celle de sa petite sœur, morte 15 ans auparavant dans un accident de voiture dont elle seule a réchappé ? Tourmentée par le poids de ses doutes, déterminée à faire la lumière sur le meurtre de Lisa, Kate décide de mener sa propre enquête. Quitte à risquer sa carrière en s'exposant aux critiques acerbes et au regard d'acier de l'intransigeant Randall Barrett, son directeur de cabinet. Et sans savoir que le danger est toujours là. Car le tueur, lui, a déjà repéré sa nouvelle proie…

Best-Sellers n°484 • historique

La rebelle de Longwood - Susan Wiggs

Picardie, 1414.

Mariée précipitamment pour échapper à l'époux anglais que son oncle veut lui imposer, Belliane, châtelaine de Longwood, savoure silencieusement sa victoire. Car si son mariage avec Lazare Mondragon ne lui apportera jamais la passion à laquelle toute femme aspire, il lui permettra, croit-elle, de protéger Longwood de son ennemi éternel, l'Angleterre. Hélas, dès leur nuit de noces, Belliane découvre que Lazare ne lui donnera jamais d'enfant : s'il l'a épousée, c'est pour capter son héritage au profit de son propre fils.

Bien décidée à se battre pour garder Longwood, Belliane voit son espoir renaître lorsqu'elle rencontre Rand, un chevalier. Au fil de leurs rendez-vous secrets, Rand la guide sur le chemin de la sensualité, éveillant en elle une femme libre, rebelle et passionnée. Et suscitant au plus profond de son cœur le désir de concevoir un héritier pour Longwood. Sans imaginer que le piège qu'elle a si ardemment voulu éviter va maintenant se refermer sur elle…

Best-Sellers n°485 • historique

Piège d'émeraude - Nicola Cornick

Yorkshire, 1810.

Alice Lister est révoltée par la proposition de l'arrogant Miles Vickery. Certes, un an plus tôt, elle s'est éprise du marquis avec une passion naïve, convaincue qu'il était un homme courageux, loyal, sincère... Mais, après une cour passionnée de plusieurs mois, Miles s'est montré sous son vrai jour en disparaissant sans un mot d'explication pour poursuivre une héritière plus riche qu'elle. Depuis, Alice lui a clairement fait comprendre qu'elle ne voulait plus jamais le revoir. Alors comment ce chasseur de dot ose-t-il se présenter chez elle et lui demander sa main ? La croit-il assez sotte pour se laisser tromper une nouvelle fois ? Quoi qu'il en soit, Alice est déterminée à l'éconduire sans ménagement. Mais, alors qu'elle savoure déjà sa vengeance, le mufle abat sa dernière carte : si elle refuse de l'épouser, il dévoilera son appartenance aux Glory Girls. Un secret qui pourrait bien l'envoyer tout droit en prison…

Composé et édité par les

éditions HARLEQUIN

Achevé d'imprimer en juin 2012

BRODARD & TAUPIN

La Flèche

Dépôt légal : juillet 2011

N° d'imprimeur : 69411

Imprimé en France